Luigi Meneghello in BUR

Le Carte
Volume I. Anni Sessanta

Il laboratorio creativo dell'ultimo grande maestro della letteratura italiana contemporanea. Suggestioni, aforismi, appunti, progetti, idee e percorsi letterari, esperimenti, fantasie e "ghiribizzi": frammenti destinati a diventare eccezionali pagine di letteratura. La prima tappa di un viaggio nell'intelligenza e nella sensibilità di Luigi Meneghello.

Scrittori Contemporanei - Pagine 500 - ISBN 1703099

Il dispatrio

Le "testimonianze sulla vita di un italiano non del tutto tipico": lampi di giornate, incontri, riflessioni, echi di letture, memorie.

Scrittori Contemporanei - Pagine 242 - ISBN 1710622

Fiori italiani

Attraverso la storia di S., un ragazzo che vive l'epoca fascista, Meneghello rivisita e indaga il panorama di quella che è stata la cultura scolastica ed extrascolastica dell'Italia nell'ultimo secolo.

Scrittori Contemporanei - Pagine 272 - ISBN 1701252

Maredè, maredè...

Una ricognizione linguistica nel dialetto vicentino che si abbandona al divertimento della scoperta, dell'invenzione e della contaminazione.

Scrittori Contemporanei - Pagine 322 - ISBN 1711772

Pomo Pero

Pomo pero, del 1974, rivisita il mondo di *Libera nos a malo* con nuovo slancio emotivo e stilistico. La prosecuzione del viaggio nell'infazia e nella lingua del paese natio di Meneghello. Il culmine espressivo della "materia di Malo".

Scrittori Contemporanei - Pagine 208 - ISBN 1711772

Luigi Meneghello

I piccoli maestri

introduzione di Maria Corti

SCRITTORI CONTEMPORANEI

ISBN 978-88-17-01076-4

Prima edizione Feltrinelli 1964
Prima edizione Piccola Biblioteca La Scala marzo 1998
Quarta edizione BUR Scrittori Contemporanei maggio 2009

L'introduzione è stata pubblicata per la prima volta in L. Meneghello,
I piccoli maestri, Oscar Mondadori, Milano 1986, pp. V-XVI.

Per conoscere il mondo BUR visita il sito **www.bur.eu**

INTRODUZIONE

Fra le carte di Beppe Fenoglio ad Alba esiste un frammento di pochi fogli dattiloscritti in cui si parla di un partigiano della Resistenza piemontese di nome Jerry che fra un assalto e l'altro continua freneticamente a scrivere su quadernetti scolastici e all'autore che gli chiede se tiene un diario, risponde di no; non è un diario, è scrittura di guerra. «Gli editori saranno tutti per questo genere di letteratura» commenta l'autore. Sdoppiamento di Fenoglio? Può darsi. È certo che dentro il genere della letteratura di guerra ha brillato in Italia per alcuni anni il sottogenere letteratura della Resistenza, in quanto molti partigiani la pensarono come il protagonista di *Futility* di William Gerhardie: «Allora mi parve che l'unica cosa da fare fosse di mettere tutto ciò in un libro: è il classico modo di trattare la vita». Del resto già Omero nell'ottavo dell'*Odissea* diceva che gli dèi tessono disgrazie affinché alle future generazioni non manchi di che cantare.

Come e dove si situa *I piccoli maestri* in questo ricco quadro letterario? Premetterei intanto che nella letteratura resistenziale confluiscono principalmente tre filoni: 1) cronache o registrazioni di eventi sullo spartiacque fra memorialistica e narrativa, con molta resa documentaria e pochissima invenzione; 2) libri di memorie, in cui al punto di vista macroscopico della coralità è preferito quello microscopico della individualità di chi ricorda, postilla il reale, magari condendo la scrittura di sapori drammatici o sottilmente ironici: si pensi a *Il mio granello di sabbia* di Luciano Bolis o a *Guerriglia nei castelli romani* di Pino Levi Cavaglione, entrambi celebrati in «Politecnico» (nn. 31-32) di Vittorini e il secondo in uno scritto di Pavese; 3) infine la vera e propria narrativa sulla guerra partigiana.

Se *I piccoli maestri* dal punto di vista del genere letterario partecipa insieme del secondo e del terzo filone, sta per così dire a cavallo fra i due, in effetti la natura del rapporto che Luigi Meneghello instaura con la materia trattata, con l'oggetto della sua scrittura è squisitamente anomalo rispetto alla tradizione della letteratura resistenziale, nuovo, originalissimo.

In primo luogo c'è un forte stacco temporale fra sé e la materia: anche se Meneghello informa di avere steso abbozzi, brani, blocchi tematici negli anni Cinquanta, in realtà il libro fu scritto nel 1963 e stampato nel 1964. È un po' come scrivere di un amore vent'anni dopo: la commozione affiora, ma filtrata dal distacco spirituale e temporale, quindi senza scorie; quelle scorie che con tanta abbondanza ti vengono incontro dalla letteratura neorealistica. Inoltre vent'anni lasciano il segno in ciascuno di noi: il Meneghello "piccolo maestro" è diventato un personaggio della memoria per l'autore, il quale ormai è maestro universitario, ha fatto un'intensa esperienza all'interno della cultura anglosassone e per queste e altre ragioni esercita nei riguardi del personaggio che dice "io" nel libro un tipo di sdoppiamento ben più intenso e produttivo di quello che pertiene in genere a uno scrittore nei riguardi di se stesso: insomma l'io del libro è per Meneghello un personaggio "perduto" nel senso della *Recherche* proustiana, cioè ritrovato entro un tempo perduto e quindi più ricco di connotazioni che se Meneghello avesse scritto *I piccoli maestri* nel 1945, di ritorno da una visita all'Altopiano di Asiago. I pensieri del giovane studente di allora gli servono per pensare vent'anni dopo.

Non solo l'autore, ma anche la materia resistenziale, i cosiddetti "fatti reali della nostra guerra civile", distanziati nel tempo, sono soggetti a quel processo mirabile di selezione che la memoria opera nell'insieme di vicende che è la vita; stupenda misura, si sa, è il tempo nei riguardi del tasso di sopravvivenza, quindi di valore delle esperienze. Se Montale diceva che compito della memoria è dimenticare, non si tratta di un paradosso se non formale. In effetti la memoria in modo salutare usa l'arma della dimenticanza per tutto ciò che nel conto dell'esistenza risulta supervacaneo.

Tornato nell'inverno del 1963 sull'Altopiano di Asiago Meneghello, con uno di quei magnifici salti nel profondo di sé che sa fare l'uomo, scavalca quindici anni di vita a Reading in Inghilterra e ritrova sull'Altopiano la sua giovinezza, il gruppo di giovani amici intellettuali vicentini che con lui sono saliti a fare la guerra in collina, diventando una "squadra", gli episodi più tipici e significativi che si erano depositati, magari a sua insaputa, nelle strutture profonde dell'io. Meneghello nella Introduzione all'edizione seconda del libro (1976) afferma: «non prendevo nemmeno in considerazione la possibilità di adoperare altra materia che la verità stessa delle cose, i fatti reali della nostra guerra civile, così come li avevo visti dal loro interno». Ohimè, sembra il programma di una delle tante irreparabili cronache resistenziali; ma per fortuna il narratore vero, che c'è in Meneghello, è andato bene al di là della cronaca: è sceso dalla superficie delle cose alle loro radici sotterranee, ha fatto che qualcosa perduri e si prolunghi, qualcosa venga reciso; e così quel mondo della Resistenza tanto pieno di contraddizioni, un po' puritano, un po' casinista, sempre vivo, in cui l'eroico si mescolava al comico, il programmato al casuale, le sorti del contadino povero nel casolare semidistrutto a quelle del giovane studente fresco di letture crociane, quel mondo si è illuminato diventando il libro *I piccoli maestri*, con la sua carica di poesia e di ironia, l'oralità di un gruppo trasformata in scrittura di un artista.

Ogni cooperazione è misteriosa. Quella fra la guerra e il giovane universitario di Vicenza lo fu più di ogni altra perché, a conoscerlo di persona, mai Meneghello avrebbe stretto legami con un tema di guerra se questo tema non fosse servito perché egli sapesse di più delle strutture profonde del reale e ce lo comunicasse. Un'occhiata alla storia esterna del libro, da cui è più agevole passare all'interna.

Nella produzione artistica di Luigi Meneghello è toccato a *I piccoli maestri* un ruolo, almeno in ambito letterario, di quasi cenerentola: uscito nel 1964, dopo tanta letteratura di tematica resistenziale, il libro è stato interpretato attraverso un grosso errore di prospettiva come un fenomeno ripetitivo, una sorta di lontano epigono del neorealismo. Si aggiunga a condimento l'istintivo rifiuto di una buona percentuale di italiani verso ogni forma di scrittura dissacrante dei valori codificati, nutrita da una carica intellettuale di tendenza spesso ironica, magari addirittura con background anglosassone. Leggermente più attenti i critici all'uscita della seconda edizione nel 1976. Comunque, anche la critica più vicina a noi nel tempo ha in qualche modo privilegiato altri testi creativi dell'autore, primo fra tutti *Libera nos a malo*, come conferma il volume *Su/Per Meneghello* a cura di Giulio Lepschy, uscito nelle Edizioni di Comunità dell'83.

Terreno assolutamente vergine è ancora quello del modo con cui l'universo resistenziale si è calato nella scrittura di Meneghello, producendo varie e successive fasi elaborative, redazionali, da cui alla fine è nato il libro. *I piccoli maestri* ha in comune con le altre opere di Meneghello un aspetto essenziale: il lettore ha l'impressione di trovarsi di fronte a una scrittura che fluisce nitida e gradevole, quasi nata spontaneamente, laddove si può dire di Meneghello, come di Fenoglio e di altri notevoli scrittori, che ogni pagina è passata per un purgatorio di rifacimenti.

Il processo è sempre di carattere riduttivo; si sa che già il Dossi conferiva maggiore rilievo, quasi maggiore necessità, alla fase del *torre* rispetto a quella del *porre*. In Meneghello però la spinta è più complessa in quanto al ritocco di natura formale si accompagna molto spesso quello di natura sostanziale, etico-ideologico, teso a evitare qualsiasi forma di patetismo, di enfasi retorica o, per usare le stesse parole dello scrittore, a cercare «i mezzi stilistici per tenere a bada la commozione».

Un esame del cammino dello scrittore dalla fase genetica del libro alla finale realizzazione è agevolato oggi dal fatto che Meneghello con una felice idea ha donato al Fondo Manoscritti dell'Università di Pavia un prezioso e ricco materiale, di cui fanno parte due nuclei, uno manoscritto e l'altro dattiloscritto, che corrispondono a due parziali redazioni dei *Piccoli maestri*.

Ovviamente non è questa la sede per un discorso filologico che contempli i procedimenti di creazione e realizzazione dell'opera. Ci si limiterà perciò a offrire due dati: 1) l'autore, oltre a eliminare nel corso del lavoro intere sequenze narrative, ha operato per blocchi tematici, la cui posizione iniziale non sempre corrisponde alla finale; del resto Meneghello stesso nella citata breve ma succosa Introduzione alla seconda edizione del 1976 dei *Piccoli maestri* annotò: «Per anni ho continuato a tentare di dar forma a singoli pezzi di questa materia»; 2) entro uno stesso blocco o una stessa sequenza hanno luogo slittamenti tematici e quello che una volta si usava chiamare il "lavoro di lima", cioè l'inserimento di minute varianti stilistiche.

Questa catena di nutriti interventi non riguarda solo il passaggio dalle minute manoscritte alle successive dattiloscritte, alle bozze di stampa, ma si prolunga come sovrappiù correttorio dalla prima stampa del 1964 alla seconda del 1976, dove fra un ritocco e l'altro, fra una cancellatura e l'altra è scomparsa una cinquantina di pagine. È l'autore stesso a spiegare nelle postille introduttive, ci si perdoni l'oximoron, il perché di questa nuova riflessione critica e potatura sul proprio testo e come, a distanza di molti anni, gli paressero eccessivi certi personali scrupoli di natura antiretorica.

Si offre qui un solo minuscolo esempio dei procedimenti correttori: nel capitolo 9 dei *Piccoli maestri* si incontra l'episodio della distribuzione avvenuta a Torreselle delle camicie inglesi arrivate dal cielo, "con le armi e il formaggio canadese"; le camicie color cachi, con le tasche a trapezio. Meneghello, sempre nell'Introduzione all'edizione del 1976 ci informa che i primi abbozzi dell'episodio, risalenti agli anni Cinquanta, furono stesi in inglese col titolo *The issue of the shirts*. Diamo al proposito la parola all'autore:

> Al principio degli anni Cinquanta c'è stato un tentativo di scrivere una prima versione organica dei *Piccoli maestri* in inglese: gli abbozzi che conservo sono intitolati *The issue of the shirts*. Vertono infatti sulla storia della distribuzione delle camicie sul crinale di Torreselle, che in seguito ho rifatta più volte in italiano, e di cui una breve versione arrivò infine nel libro [...]. Quest'ultima è piuttosto smorta. Peccato. Quando accadde ci pareva, in senso etico-politico, una cosa straordinaria. Facevamo i salti per l'eccitazione.

Come si ricorderà, l'episodio riguarda la fucilazione sul posto di due fratelli, Riale Giovanni e Riale Saverio, scoperti a rubare il materiale giunto dal cielo. All'ordine di fucilazione emesso dal Commissario i due gridano: «No, dio-ladro!» a cui il Commissario risponde: «Sì, dio-boia!» e segue un concitato dialogo ritmato dalla iterazione delle due bestemmie. Il clou dell'episodio si ha quando il Commissario, che ha continuato il dialogo con aria negligente durante la fucilazione, torna indietro un paio di passi, e mentre i due si accartocciano dentro la loro morte dice a Berto: «Vista la mira?».

Orbene, qualche fase del passaggio dalla prima ideazione dell'episodio alla realizzazione finale del 1976, alla sua icasticità etica e artistica può essere contemplata, indagata. Per esempio, nel materiale pavese, oltre a una diversa disposizione di alcune sequenze preparatorie (l'arrivo dei reparti democristiani non precede, ma segue la sequenza del fazzoletto da naso) è significativa una prova scrittoria delle possibili bestemmie da mettere in bocca ai due fratelli e al Commissario. Le definitivamente prescelte non compaiono ancora, il foglio 206 del manoscritto testimonia la gustosa marcia di approssimazione all'esito finale: vi si legge: "porco dio, dio canaglia, dio béco, dio bastardo, dio buèlo", ma l'azzeccato "dio-ladro" in bocca ai due ladri ancora non è comparso.

I mutamenti fondamentali in questo come in altri episodi sono già avvenuti per la stampa del 1964; anche l'eliminazione di frasi non essenziali al contesto o la cui lettura ad anni di distanza non soddisfa più l'autore. Per esempio, nella sequenza dell'arrivo di reparti democristiani l'autore ha scritto (sempre nel cap. 9):

La partecipazione dei preti e di qualche persona di chiesa alle prime fasi della Resistenza era stata ammirevole; ma ora questo intervento organizzativo, leggermente in ritardo, faceva quasi pensare a una mossa di opportunismo, di concorrenza.

Nel blocco manoscritto a questo punto si legge:

Così pareva allora a chi non era di chiesa, e naturalmente tutti sanno che non è la verità.

La riflessione è scomparsa nella stampa del 1964. Altri enunciati scompaiono invece nella stampa del 1976 e la scomparsa è sempre un deciso acquisto. Per esempio: dopo che il famoso fazzoletto da naso crepitante e scricchiante per i vari usi arriva a Mario, nell'edizione del 1976 si legge:

> il Negro lo diede a Mario che si soffiò il naso, e poi lo passò a me, e mi soffiai il naso anch'io tanto per gradire.

Finale delizioso con quel verbo "gradire". Invece nell'edizione precedente vi era aggiunto un enunciato che faceva perdere tutta la carica umoristica del "gradire" e risultava vagamente supervacaneo:

> poi lo ridiedi al Negro che era molto contento, come del resto anche noi.

Un esame al rallentatore di queste successive messe a fuoco, oltre a illustrare l'attività di cantiere dello scrittore, ci permetterebbe di meglio cogliere quanto sia sottile, intelligente e raffinata l'operazione stilistica di Meneghello. Una postilla sulla iniziale scrittura in inglese dell'opera; è quasi ovvio che al proposito il pensiero vada a Fenoglio che dapprincipio ideò pure di scrivere il *Partigiano Johnny* in inglese e ne lasciò come Meneghello delle parti effettivamente scritte in inglese. Entrambi gli scrittori, nonostante la diversa formazione e cultura, sentirono forse la lingua italiana troppo aulica, retorica per costituzione, inadatta a descrivere l'universo resistenziale; entrambi d'istinto temettero il pericolo neorealistico. Ma su questo tornerò prima di chiudere.

Delegando la problematica filologica e l'indagine stilistica a sedi più pertinenti, si vuole qui ora dare in forma assai schematica l'insieme delle invarianti o costanti che, a parer nostro, legano *I piccoli maestri* alle altre opere di

Meneghello, così da illuminare piuttosto la circolazione organica, interna, che non lo stacco fra le sue opere. Si accederà meglio su questa via alle varianti che costituiscono l'identità e unicità del libro. È curioso, ma il maggior numero di corrispondenze sembra proprio verificarsi fra due opere a prima lettura così diverse come *Libera nos a malo* e *I piccoli maestri* appunto.

Prima costante: c'è un personaggio che dice io e c'è un narratore che, ben distinto, osserva se stesso agire entro le vicende di un mondo lontano. Nell'opera di cui qui si parla il mondo lontano è quello della Resistenza e quindi la sua descrizione è a distanza di tempo; in *Libera nos a malo* la duplicità si riferiva all'universo dell'infanzia nel paese natio.

Seconda costante, che consegue alla prima: come in altre opere di Meneghello, anche nei *Piccoli maestri* vi sono due culture contrapposte, quasi messe in dialettica. Ognuna delle due ha la sua logica; l'ironia scoppia proprio per la frizione, l'attrito fra le due logiche. Di qui la funzione euristica dell'ironia. La codificata cultura resistenziale portava con sé alcuni *topoi* spirituali, esprimenti una precisa tavola di valori coerenti nella loro articolazione e un'etica utopica: i valori dell'Uomo (con la maiuscola), la vera Umanità, la solidarietà, la fede nella rinascita, la speranza nel futuro, *topoi* che crebbero e dominarono nella stampa clandestina e in quella documentaria dell'immediato dopoguerra per poi passare alla narrativa neorealistica. Si ricordi il ritornello del canto popolare citato da Meneghello:

La nostra patria è il mondo intèr
la nostra fede la libertà
solo pensiero – salvar l'umanità!

Al di là della umoristica cadenza tronca dei versi Meneghello sa che purtroppo un intellettuale non avrà mai ragione sui *topoi* spirituali delle masse. È questa già una lezione del libro.

Meneghello si distingue immediatamente per la sua visione antitrionfalistica, antieroica. Ancora nella Introduzione alla edizione del 1976 egli nota: "Ho voluto in sostanza esprimere un modo di vedere la Resistenza che differisce radicalmente da quello divulgato (e non penso solo ai discorsi e alle celebrazioni ufficiali) e cioè in chiave antieroica". Una volta ancora, attraverso questa frase prende quota la distanza che separa *I piccoli maestri* dalla letteratura resistenziale italiana. Intendiamoci, l'eroismo ci fu nel momento storico resistenziale; il modo di renderlo in letteratura poteva essere o epico-lirico, come seppe fare Fenoglio nel *Partigiano Johnny*, o condito di antieroismo, cioè di misura media umana, come lo stesso Fenoglio arrischiò in alcuni racconti dei *Ventitrè giorni della città di Alba* già nel 1952: basterebbe pensare alla parata militare di Alba dopo la Liberazione, una sorta di sublime mascherata. Meneghello è andato avanti su questa seconda strada.

Terza costante: il mondo della memoria. Meneghello in ogni opera attinge a quello che Dante chiamava il libro della memoria e se ne fa in qualche modo lui pure scriba. Oggetto del narrare è un preciso passato e in ogni opera narrativa di Meneghello c'è un finale dove lo scrittore saluta con addio in un certo senso questo passato che si allontana; salvo forse nei *Fiori italiani*.

Il punto di vista della memoria è anche quello che sottilmente determina il tipo di stilizzazione della scrittura e mescolandosi alla vena umoristico-ironica porta lo stile a lievitazione.

Una quarta costante potrebbe dirsi il senso della coralità. Meneghello ha sempre da fare i conti con la logica delle masse, siano i contadini di Malo o i partigiani delle colline. Per cui alla fine i suoi libri si configurano una sorta di operette morali, non fosse che il delizioso impasto linguistico li rende belli in sé e per sé. Nelle realtà sociali descritte da Meneghello c'è un piccolo gruppo di giovani, i ragazzini di Malo o i giovanissimi intellettuali, i piccoli maestri appunto di questo libro, che si definisce contrapponendosi alla coralità della gente, per sua natura conformistica. Naturalmente dentro questa comune struttura oppositiva, che ha radici sociali profonde, ben diversa è la problematica dei due libri.

Ultima costante su cui ci soffermiamo: in ogni opera di Meneghello una funzione basilare ha il linguaggio o, per essere più precisi, il plurilinguismo. La composizione linguistica di *Libera nos a malo* è già stata abbastanza presa in considerazione da linguisti e critici. Per *I piccoli maestri*, dove il fenomeno è meno vistoso, molto ancora rimane da indagare. La lingua di questo libro non è meno composta di quella di *Libera nos a malo*, anche se rare sono le apparizioni del dialetto o del latino. È composita in modo diverso; per dirla con Bachtin vi domina la pluridiscorsività sociale; come dire che entro la sua personale lingua, così viva e nei dialoghi lucidamente colloquiale, Meneghello inserisce linguaggi di vari livelli della testualità sociale: il linguaggio delle canzoni popolari, di quelle specificamente alpine, dei testi poetici letterari evocati, dei comandi militari, della burocrazia italiana, degli intellettuali. La pluridiscorsività sociale si trasforma, direbbe Bachtin, in plurivocità dello scrittore: ne nasce un bel chiaroscuro stilistico con effetti vari di comicità, in quanto il disordine della vita e le sue incoerenze ben si specchiano nei linguaggi sociali così accostati. Queste riflessioni sulla lingua ci guidano in direzione delle novità del libro, sulle quali chiudiamo.

L'orizzonte di *Piccoli maestri* è più vasto di quello degli altri testi. Più ampio lo spazio, la sfera del reale in cui pensano e operano i personaggi: qui ci sono i luoghi della guerra, i luoghi della Storia. Quindi più vaste le possibilità di focalizzazione e soprattutto di resa di quella conflittualità che sempre è presente nelle opere di Meneghello. Appunto per questo complesso di ragioni ideologiche e tematiche c'è in questo libro la socializzazione della lingua a cui si è appena accennato, la coesistenza di linguaggi sociali in una unità pluridiscorsiva vivace, in cui sono immersi paesani e intellettuali, partigiani e nemici; per così dire una mimica verbale.

Mentre il neorealismo aspirava a riprodurre la realtà come registrazione di eventi che parlano da sé, motivo per cui molti testi appaiono oggi a distanze astrali, Meneghello guarda la realtà un po' strabicamente, come ogni vero scrittore, le sovraimprime la propria visione mentale, cioè la interpreta con propri pensieri e proprio stile, rendendola così meno datata e contingente, più condita di sapori e capace di messaggio artistico ancora ben attuale, anzi più attuale che mai. La critica futura avrà, fra l'altro, il compito di individuare le suggestioni che sull'autore dei *Piccoli maestri* hanno esercitato modelli italiani e stranieri. Qualcosa già è stato fatto, come testimonia il volume *Su/Per Meneghello*; dove, per esempio, Zygmunt Barański insiste sulla dimensione purgatoriale della vita partigiana durante i primi mesi in montagna, che avrebbe provocato un rispettabile influsso dantesco sulla pagina.

In un incontro di studiosi sui *Piccoli maestri*, che si è svolto nel 1986 a Bergamo, Meneghello ha fatto un acuto intervento.[*] In esso, da un lato lo scrittore insiste sul personale spostamento di qualche prospettiva rispetto a quelle dell'Introduzione del 1976, dall'altro insinua con discrezione notizie sul rapporto, quale da lui è sentito, fra *I piccoli maestri* e altri suoi scritti (*Fiori italiani* e *I pic-*

---

[*] Cfr. *Quanto sale?*, in *Anti-eroi. Prospettive e retrospettive sui «Piccoli maestri» di Luigi Meneghello*, Bergamo, Lubrina, 1987. Contributi al Convegno *L'ethos dei Piccoli Maestri. «Ciò, che ethos gavío vialtri?»*, svoltosi il 7 giugno 1986 (con interventi di C. Passerini Tosi, L. Meneghello, B. Visentini, F. Marenco, E. Franzina, M. Isnenghi, M. Corti, R. Zorzi).

coli maestri descrivono rispettivamente l'educazione del gruppo di giovani protagonisti e una sorta di corso di perfezionamento sulla vita) oppure libri altrui (*I piccoli maestri* come soluzione antitetica a quella di *Uomini e no* di Vittorini). Infine l'autore offre qualche stimolante esempio di proprie letture e ispezioni a monte del libro, soprattutto di saggistica inglese settecentesca. E non fu suggerito proprio da un saggio inglese il titolo del libro? Gli *outlaws*, o banditi di strada inglesi che con grazia e cortesia depredavano le carrozze, attraverso la mediazione del *petits-maîtres* francese con un lieve scarto semantico è divenuto *I piccoli maestri*, magari per più o meno conscia associazione a uno dei tanti titoli contenenti l'aggettivo prenominale: da *Piccolo mondo antico* del vicentino Fogazzaro a *Piccolo amico* di Léautaud, a *Piccoli uomini* (*Little Men*) della May Alcott, a *Piccoli borghesi* di Drieu La Rochelle, e, perché no?, persino a *Piccoli eroi* di Cordelia, che una volta girava fra i ragazzini. Una diversa associazione farei, per la comune trasposizione "ironica", nei riguardi del titolo *Banditi*, di Pietro Chiodi, libro uscito nel 1946, nel quale il titolo allude alla definizione di banditi che repubblichini e tedeschi adottarono per i partigiani.

L'immagine dei raffinati banditi di strada inglesi affiora qua e là dal libro; ecco la frase: «Non prendevamo nemmeno in considerazione l'idea di fucilare qualcuno sgarbatamente». Eh no, loro erano ribelli ipercritici e perfezionisti, che davano del lei ai nemici catturati e discutevano filosoficamente sulle cerimonie della guerra e sul segreto del loro destino.

Benissimo allora, diciamo, per una ricerca puntuale sulle fonti del libro, sulle citazioni occulte o semiesplicite, purché tale ricerca non lasci fuggire via lo splendente ritmo intellettuale, la lucida perspicacia che regge il racconto meneghelliano della Resistenza vicentina. Tale racconto è organicamente costruito: Meneghello itera e sviluppa un motivo che già compare all'inizio del libro: «Non eravamo mica buoni, a fare la guerra». Il libro mette in scena questo motivo dominante e Meneghello approfitta di tale sottile messa in scena per illuminare se stesso e noi sul significato dell'esperienza resistenziale di un gruppo di giovani. Il racconto è così insieme una lunga rappresentazione e una dimostrazione: cioè descrive un tempo storico definito, uno stato di cose, e intanto ne prova le ragioni. I due livelli del raccontare e del pensare si sposano in virtù di un meccanismo di percezione arguta, che agisce sulla pagina. Per esso il lettore si accorge che le parole e le azioni dei personaggi hanno un senso per loro e un senso diverso per l'autore; e questi due sensi sono incompatibili, donde appunto l'esito arguto o comico o persino drammatico del testo. Rari nella letteratura italiana contemporanea gli scrittori nei quali arguzia, umorismo, ironia, queste condizioni di un battesimo dell'Equatore, reggono i fili della narrazione. Forse Meneghello fu favorito dalla circostanza che a venticinque anni, nel 1947, si trasferì in Inghilterra, nel paese dove una tradizione umoristica si respira nell'aria; forse, invece, scelse l'Inghilterra dall'interno di sé, facendone come Fenoglio un luogo mentale.

È certo, comunque, che egli ha realizzato bene i suoi averi, ossia il suo talento. Benvenuta perciò ogni nuova edizione dei *Piccoli maestri*, che sembra in qualche modo colmare un vuoto.

MARIA CORTI

NOTA BIOGRAFICA

Luigi Meneghello nasce nel 1922 a Malo, paese del Vicentino, teatro del suo primo libro e ormai entrato nella geografia letteraria a pieno titolo. La madre, friulana, è maestra elementare, il padre, maladense (nome «da festa» di «quelli da Malo»), con i fratelli gestisce un'azienda di autoservizi e un'officina meccanica. La sua formazione scolastica è descritta con affettuosa simpatia in *Libera nos a malo*, con ironia a volte dissacrante in *Fiori italiani*: frequenta le scuole elementari a Malo, il Ginnasio-Liceo Classico Pigafetta a Vicenza, l'università a Padova (nel 1939 si iscrive alla facoltà di Lettere e Filosofia).

Nel maggio del 1940, a Bologna, partecipa e vince, come rappresentante dei GUF di Padova, i Littoriali nel campo degli studi di dottrina fascista. È il «littore giovanissimo» di quell'anno. Ai vincitori il regime offre la possibilità di «farsi assumere da un giornale, in veste di apprendisti soprannumerari di mezzo-lusso» e fra il 1940 e il 1942 Meneghello collaborerà al quotidiano di Padova «Il Veneto».

Agli inizi degli anni Quaranta vive la drammatica crisi del passaggio dal fascismo e patriottismo giovanile all'antifascismo: decisivo l'incontro nell'estate del 1940 con un «prodigioso e misterioso maestro», il giovane antifascista Antonio Giuriolo. Aver conosciuto Giuriolo «ci è sempre parso la cosa più importante che ci sia capitata nella vita: fu la svolta decisiva della nostra storia personale e inoltre la conclusione della nostra educazione».

Chiamato alle armi nel gennaio del 1943, è al Corso Allievi Ufficiali Alpini a Merano. All'inizio dell'estate il reparto, interrotto l'addestramento, viene mandato «a presidiare un pezzo di costa tirrena». Dopo l'8 settembre rientra in Veneto, dove, a Malo e a Vicenza, nella situazione di sbando ma anche di effervescenza e volontà di fare, prende forma una «piccola squadra di perfezionisti vicentini» che cercano di organizzare la resistenza armata nella provincia. Dal marzo del 1944 Meneghello sarà comandante di un reparto del Partito d'Azione e opererà prima nel bellunese, poi, nell'estate, sull'Altipiano di Asiago – il periodo più vivido della sua guerra –, infine, dall'autunno, a Padova, dove si impegna nell'organizzazione della guerriglia urbana e nell'aprile del 1945 partecipa all'insurrezione della città. Nell'immediato dopoguerra svolge attività politica nell'ambito del Partito d'Azione e collabora occasionalmente a «Il Giornale di Vicenza» e al settimanale «Il Lunedì», organo vicentino del Partito d'Azione. Nel tardo autunno del 1945 si laurea con una tesi su «La critica» di Croce.

Con una borsa di studio del British Council a metà settembre del 1947 parte per l'Inghilterra, alla volta dell'Università di Reading, dove intende condurre una ricerca sugli orientamenti del pensiero inglese contemporaneo e i suoi rapporti con il neoidealismo italiano. L'incontro con la vita e la cultura inglese segna un nuovo radicale rivolgimento nell'esperienza personale di Meneghello, paragonabile a quello vissuto all'inizio della guerra.

Nel corso dell'anno accademico 1947-1948 gli viene offerto un insegnamento d'italiano, con l'incarico di occuparsi di aspetti pertinenti all'influenza italiana sulla letteratura, l'arte e la filosofia inglese. Nel settembre del 1948, in Italia, sposa Katia Bleier, ebrea jugoslava di madrelingua ungherese, nata e vissuta in Voivodina, poi a Zagabria, deportata con la famiglia nella primavera del 1944 ad Auschwitz, tradotta nel gennaio 1945 a Belsen e lì liberata dagli Alleati a metà aprile: inseparabile compagna di vita e di lavoro. Tre giorni dopo il matrimonio torna a Reading per l'inizio del primo anno dell'insegnamento accademico che proseguirà poi per trentatré anni. Dal 1955 al 1961 dirige la «Sezione italiana» in seno al Dipartimento di Inglese; nel 1961 viene istituito un Dipartimento di «Studi Italiani», che diviene uno «fra i più fiorenti della Gran Bretagna, per numero di insegnanti e studenti, vivacità di ricerca, e varietà di interessi» (Giulio Lepschy), che Meneghello dirigerà fino al 1980.

Nel corso degli anni Cinquanta collabora in inglese al *Third Programme* della BBC e in italiano ai programmi della «Sezione Italiana». Dal 1952 al 1961 scrive abbastanza assiduamente per la rivista «Comunità», recensendo, con lo pseudonimo Ugo Varnai (Varnai è il cognome «di matrimonio» della sorella della moglie Katia), volumi di storia, filosofia, critica letteraria, saggistica, narrativa, pubblicati in Inghilterra. Dalla metà degli anni Cinquanta e fino ai primi anni Sessanta traduce dall'inglese, sempre come Ugo Varnai, testi di filosofia e storia per Neri Pozza Editore e per le Edizioni di Comunità.

Nel 1963 pubblica da Feltrinelli il suo primo libro, *Libera nos a malo*, e l'anno dopo, presso lo stesso editore, *I piccoli maestri*, rivisitazione, in chiave antiretorica, della sua esperienza resistenziale. A metà degli anni Settanta usciranno da Rizzoli *Pomo pero. Paralipomeni d'un libro di famiglia* (1974), una nuova edizione con alcuni ritocchi di *Libera nos a malo* (1975), *Fiori italiani* (1976) e una edizione drasticamente riveduta «per via di levare» dei *Piccoli maestri* (1976).

A partire dal 1976 collabora saltuariamente al «Times Literary Supplement» (recensisce narrativa, poesia, saggistica italiana). Tra il giugno 1977 e il marzo dell'anno successivo pubblica su «La Stampa» una serie di articoli intitolati *Fiori italiani*, poi raccolti in volume in una sezione di *Jura*. Sporadici interventi erano apparsi, a partire dal 1967, su testate italiane («Corriere della Sera», «Il Mondo», «Epoca») e inglesi («The Guardian»). Nel marzo del 2004 inizia a scrivere per «Domenica», supplemento culturale del «Sole-24 ore».

Nel 1980 lascia l'Università di Reading e si trasferisce a Londra, nel quartiere di Bloomsbury, intervallando lunghi soggiorni a Thiene, nel Vicentino, dove ha vissuto negli ultimi anni, dopo la perdita di Katia nel 2004.

Nella seconda metà degli anni Ottanta si apre una nuova stagione di pubblicazioni: le intense rivisitazioni narrative di due altri aspetti cruciali della propria esperienza, l'immediato dopoguerra (*Bau-sète!*, Rizzoli, 1988) e il rapporto con la vita inglese (*Il dispatrio*, Rizzoli, 1993), raccolte di saggi (*Jura. Ricerca sulla natura delle forme scritte*, Garzanti, 1987; *Promemoria. Lo sterminio degli ebrei d'Europa 1939-1945*, il Mulino, 1994; *La materia di Reading e altri reperti*, Rizzoli,

1997; *Quaggiù nella biosfera. Tre saggi sul lievito poetico delle scritture*, Rizzoli, 2004), testi «parlati», discorsi in controluce sulle cose che gli importano e sui libri che ha scritto (*Leda e la schioppa*, Lubrina, 1988; *Rivarotta*, Moretti & Vitali, 1989; *Che fate, quel giovane?*, Moretti & Vitali, 1990), un originale zibaldone linguistico e culturale (*Maredè, maredè... Sondaggi nel campo della volgare eloquenza vicentina*, Moretti & Vitali, 1990, poi Rizzoli, 1991), i tre volumi «ricchi e strani» di *Le Carte. Materiali manoscritti inediti 1963-1989 trascritti e ripuliti nei tardi anni Novanta* (Rizzoli, 1999, 2000, 2001), una scelta di personalissime traduzioni (*Trapianti. Dall'inglese al vicentino*, Rizzoli, 2002). Nel 1993 nella collana «Classici Contemporanei Rizzoli» esce il primo volume delle *Opere* (ristampato nel 1997), a cura di Francesca Caputo, con prefazione di Cesare Segre; nel 1997 il secondo con prefazione di Pier Vincenzo Mengaldo.

Negli anni Novanta alcune sue «cose» vengono portate sulle scene e sullo schermo: nel 1990 la compagnia «Laboratorio Teatro Settimo» ha tratto da *Libera nos a malo* una suggestiva versione (drammaturgia di Antonia Spaliviero, regia di Gabriele Vacis, interpreti Marco Paolini e Mirko Artuso) e nel 2005 il Teatro Stabile di Torino ne ha proposto un riallestimento (testi di Antonia Spaliviero, Gabriele Vacis, Marco Paolini, regia di Gabriele Vacis, interpreti Mirko Artuso e Natalino Balasso). Del 1997 è una trasposizione cinematografica di *I piccoli maestri* (sceneggiatura di Daniele Luchetti, Sandro Petraglia, Stefano Rulli, Domenico Starnone, regia di Daniele Luchetti, con Stefano Accorsi nella parte di «Gigi»). Nel 2006 esce da Fandango *Ritratti. Luigi Meneghello*, video e testo a stampa di un colloquio con Marco Paolini, per la regia di Carlo Mazzacurati.

Muore nella sua casa di Thiene il 26 giugno 2007.

a cura di Francesca Caputo

NOTA BIBLIOGRAFICA

I piccoli maestri, Milano, Feltrinelli, «I narratori di Feltrinelli», 1964; nuova edizione riveduta con nota introduttiva
(*Di un libro e di una guerra*), Milano, Rizzoli, «La Scala»,
1976; ristampa edizione 1976, con una *Nota finale*, Milano, Mondadori, «Oscar oro», 1986, introduzione di Maria
Corti; edizione ridotta e annotata per le scuole a cura di
Vito Maistrello, Torino, Loescher, «Narrativa Scuola Fel-
trinelli/Loescher», 1988; Milano, Rizzoli, «La Scala»,
1990, con «una piccola rettifica»; Milano, Mondadori,
«Oscar Scrittori del Novecento», 1995; Milano, Rizzoli,
«Piccola Biblioteca La Scala», 1998.

Gli interventi critici più significativi sull'opera di Meneghello
sono riuniti nei seguenti volumi:

Su/Per Meneghello, a cura di Giulio Lepschy, Milano, Edizio-
ni di Comunità, 1983 (saggi di Fernando Bandini, Zyg-
munt G. Barański, Barry Jones, Vanni Bramanti, Giulio
Lepschy, Franco Marenco, Ernestina Pellegrini, John A.
Scott, Cesare Segre, Diego Zancani).
Luigi Meneghello, *Il tremaio. Note sull'interazione tra lingua
e dialetto nelle scritture letterarie*, con interventi di Cesare
Segre, Ernestina Pellegrini, Giulio Lepschy, Bergamo, Lu-
brina, 1986.
*Anti-eroi. Prospettive e retrospettive sui «Piccoli maestri» di
Luigi Meneghello*, Bergamo, Lubrina, 1987. Contributi al
Convegno *L'ethos dei Piccoli Maestri. «Ciò, che ethos ga-
vio vialtri?»*, promosso dall'Amministrazione Comunale
di Bergamo, svoltosi il 7 giugno 1986 (con interventi di

Maria Corti, Emilio Franzina, Mario Isnenghi, Franco Marenco, Luigi Meneghello, Carlo Passerini Tosi, Bruno Visentini, Renzo Zorzi).

Ernestina Pellegrini, *Nel paese di Meneghello. Un itinerario critico*, Bergamo, Moretti & Vitali, 1992.

Omaggio a Luigi Meneghello, a cura di Antonio Daniele, Cosenza, Centro Editoriale e Librario Università degli Studi della Calabria, 1994 (con saggi di Fernando Bandini, Rolando Damiani, Antonio Daniele, Rocco Mario Morano, Luciano Morbiato, Renato Nisticò, Giorgio Patrizi, Cristina Piva Bruno).

«Del terzo muraro, nulla!» Luigi Meneghello tra ricerca linguistica ed esperienza politica, a cura di Silvia Basso e Antonia De Vita, Sommacampagna, Cierre, 1999 (con interventi di Francesca Caputo, Luisa Muraro, Ernestina Pellegrini, Antonia Spaliviero, Eva-Maria Thüne, Gabriele Vacis, Gabrio Vitali).

Per Libera nos a malo. *A 40 anni dal libro di Luigi Meneghello. Atti del convegno internazionale di studi «In un semplice ghiribizzo» (Malo, Museo Casabianca, 4-6 settembre 2003)*, a cura di Giuseppe Barbieri e Francesca Caputo, Vicenza, Terra Ferma, 2005 (saggi e interventi di Fernando Bandini, Giuseppe Barbieri, Gian Luigi Beccaria, Attilio Mauro Caproni, Francesca Caputo, Antonio Daniele, Pietro De Marchi, Giulio Lepschy, Rosella Mamoli Zorzi, Franco Marenco, Carla Marengo Vaglio, Ernestina Pellegrini, Lino Pertile, Marco Praloran, Silvio Ramat, John A. Scott, Cesare Segre, Anna Torti, Arturo Tosi, Diego Zancani, Andrea Zanzotto).

Un profilo complessivo della figura e dell'opera si legge in Ernestina Pellegrini, *Luigi Meneghello*, Firenze, Cadmo, 2002.

Un primo saggio di bibliografia di e su Meneghello, a cura di Giulio Lepschy, aggiornato fino al 1982, è contenuto nel volume *Su/Per Meneghello*, cit., pp. 5-9; ad esso hanno fatto seguito: Zygmunt G. Barański, *Per una bibliografia di/su Luigi Meneghello (1948-1988)*, «Quaderni veneti», VIII, dicembre, pp. 75-102 (ripubblicato e aggiornato al

1991 in appendice al volume di Ernestina Pellegrini, *Nel paese di Meneghello. Un itinerario critico*, cit., pp. 155-179) e Francesca Caputo, *Bibliografia*, in Luigi Meneghello, *Opere I*, Milano, Rizzoli, 1997, pp. 937-978.

Recensioni e saggi più significativi su *I piccoli maestri*:

Carlo Bo, *Il secondo libro*, «Corriere della Sera», 12 aprile 1964.

Licisco Magagnato, *L'Università di Padova e la Resistenza Veneta*, «La Voce Repubblicana», 13-14 aprile 1964.

Luigi Baldacci, *Un memoriale adatto per un film di Monicelli*, «Epoca», 19 aprile 1964.

Enzo Golino, *Ribelli gentili*, «Corriere d'Informazione», 22-23 aprile 1964.

Alessandro Galante Garrone, *Il forte aiuto delle popolazioni fu l'arma decisiva per i partigiani*, «La Stampa», 25 aprile 1964.

Oreste Del Buono, *Nella tradizione gli scrittori nuovi*, «Settimana Incom», 26 aprile 1964.

Ferdinando Giannessi, *Due romanzi italiani*, «La Stampa», 29 aprile 1964.

Il tarlo [Renato Ghiotto], *I piccoli maestri*, «La Tribuna Illustrata», 3 maggio 1964.

Gigi Ghirotti, *È vera la storia dei «Piccoli maestri»*, «Resistenza – Giustizia e Libertà», XVIII, 5, maggio 1964, p. 6.

a.b. [Anna Banti], *Meneghello*, «Paragone», n.s., XV, 174, giugno 1964, pp. 103-104.

Gaetano Bisol, *I piccoli maestri*, «Letture», XIX, 7, luglio 1964, pp. 501-503.

Gigi Ghirotti, *I piccoli maestri,* «Comunità», XVIII, 124-125, novembre-dicembre 1964, pp. 109-114.

Pina Sergi, *La Resistenza senza retorica,* «l'Unità», 28 febbraio 1965.

Ezio Chicchiarelli, *I piccoli maestri. Scheda di Lettura n. 21*, Milano, Unione Italiana di Cultura Popolare, 1965.

John A. Scott, *Luigi Meneghello: «I piccoli maestri» and «Libera nos a malo»*, «Italica», XLII, 1965, pp. 403-415.

Daniele Del Giudice, *Luigi Meneghello. «Piccoli maestri»*, «Il Tempo», 22 febbraio 1976.

Giacinto Spagnoletti, *Un borghese partigiano*, «Il Giorno», 3 marzo 1976.

Franco Marenco, *Il letterato partigiano*, «l'Unità», 24 aprile 1976.

John A. Scott, *The Translations of «I piccoli maestri»*, in *Su/Per Meneghello*, a cura di Giulio Lepschy, Milano, Edizioni di Comunità, 1983, Milano, Mondadori, 1986, pp. 119-128.

Maria Corti, *Introduzione*, in Luigi Meneghello, *I piccoli maestri*, Milano, Mondadori, 1986, pp. V-XVI.

Anti-eroi: Prospettive e retrospettive sui «Piccoli maestri» di Luigi Meneghello, Bergamo, Lubrina, 1987. Interventi di Carlo Passerini Tosi, *Scuole Maestri Discepoli*, pp. 11-15; Bruno Visentini, *Isolamento e azione politica. Riflessioni su un tema dei «Piccoli maestri»*, pp. 43-46; Franco Marenco, *Il mitra e il veleno della verità*, pp. 47-56; Emilio Franzina, *«Storia di giovani». Le stagioni dei piccoli maestri e la Resistenza nel vicentino*, pp. 57-85; Mario Isenghi, *L'ala troskista dei badogliani*, pp. 87-96; Maria Corti, *Sullo stile dei «Piccoli maestri»*, pp. 97-103; Renzo Zorzi, *Quale ethos?*, pp. 105-114.

Rocco Mario Morano, *I piccoli maestri e Fiori italiani: Luigi Meneghello tra «fraternae acies» e «lezioni d'abisso»*, in *Omaggio a Luigi Meneghello*, a cura di Antonio Daniele, Cosenza, Centro Editoriale e Librario Università degli Studi della Calabria, 1994, pp. 91-129.

Francesca Caputo, *Gli «apporti popolari» in «Libera nos a malo» e «I piccoli maestri»*, in *«Del terzo muraro, nulla!» Luigi Meneghello tra ricerca linguistica ed esperienza politica*, a cura di Silvia Basso e Antonia De Vita, Sommacampagna, Cierre, 1999, pp. 45-59.

Alberto Asor Rosa, *Il 25 aprile dei Piccoli maestri*, «l'Unità», 28 aprile 2002.

Domenico Scarpa, *Parabello. I piccoli maestri di Luigi Meneghello*, in *Beppe Fenoglio. Scrittura e resistenza*, a cura di Giulio Ferroni, Maria Ida Gaeta, Gabriele Pedullà, Roma, Fahrenheit 451, 2006, pp. 177-197.

F.C.

I PICCOLI MAESTRI
[1964]

1

Io entrai nella malga e la Simonetta mi venne dietro; dava sempre l'impressione di venir dietro, come una cucciola. Aveva i capelli un po' arruffati, era senza rossetto, ma bella e fresca. La guerra era finita da qualche settimana. Il malgaro ci diede latte nella ciotola di legno, e lo bevemmo a turno. Poi lui disse:

«Ho sentito sparare».

«Sono venuto a ripigliarmi questo qui» dissi. Portavo il parabello in spalla, e l'avevo provato nel bosco. Funzionava perfettamente.

«Siamo sotto il Colombara con la tenda» dissi. «Sono tre giorni che siamo qui.»

Lui domandò se eravamo fratelli e la Simonetta disse di no. Quando andammo fuori lui mi chiamò da parte e mi disse a mezza voce: «Tu hai un fiore». Aveva l'aria di dire che avrebbe preferito averlo lui, ma che almeno cercassi di esserne degno.

Eravamo in una tendina celeste. La notte venivano regolarmente i temporali, e la tenda a ogni lampo s'illuminava di una luce fluorescente. Lasciava filtrare la luce come un velo, e altrettanto l'acqua; il resto dell'acqua arrivava per di sotto. Passavamo le notti seduti sui sacchi fianco a fianco, con le ginocchia rialzate e le braccia attorno alle gambe; ciascuno le sue, s'intende, io le mie e la Simonetta le sue.

Ho sempre odiato i fossetti che bisognerebbe fare attorno alle tende; e poi sulle lastre di roccia sotto il Colombara come si fa? ci vorrebbero gli scalpelli, i punteruoli. Però è calcare, mi ero detto, non occorrono i fossetti, beve l'acqua. Invece risultò che non beveva.

Pioveva forte, a sventagliate, e il tessuto della tenda rimandava all'interno un controspruzzo vaporizzato: anziché parare la pioggia, questa tendina celeste serviva a captarla e a iniettarcela addosso. La Simonetta aveva un gran sonno: ai lampi la vedevo al mio fianco con gli occhi chiusi e le labbra imbronciate, bagnata come un sorcio, e spiritualmente assente.

Eccomi qua con questo fiore, pensavo, in questa sede irrigua. Stranamente non ero arrabbiato: la notte e la pioggia non erano *ostili*; c'era un groppo che si scioglieva. Sì, pensavo, la Simonetta è un po' insonnolita, il posto è umido, il pan-biscotto (che masticavo di furia) frollo e fangoso: non importa. Si potrebbe vivere anche così, postulata una grotta piena di pan-biscotto. Siamo vivi. Mi sentivo sulla soglia di un mondo chiuso, sul punto di sbucar fuori; uno di quei momenti che vengono ogni tanto, quando finisce una guerra o si baruffa con la famiglia o sono terminati gli esami, e si ha la sensazione che la cosa si gira, la si sente girare.

Mi venne un soprassalto di quella forma di energia che chiamiamo gioia; misi giù i piedi nell'acqua corrente, puntellai la Simonetta col mio sacco e uscii diguazzando, col parabello in mano. Fuori c'erano i cespugli dei mughi, groppi di roccia, alberature di pini. Si udivano sparare i tuoni, con scrosci magnifici; i lampi erano continui. Mi misi a sparare anch'io, e a gridare, ma non si sentiva niente in quel fracasso. Spargevo raffiche in aria: facevo piccoli lampi blu di forma allungata, giallastri agli orli; stentavo a riconoscere gli scoppi, e invece mi pareva di distinguere lo scricchiolio dei rami di pino sventagliati, un rumorino minuto isolato dal resto.

È una grande soddisfazione sparare di pieno, ostinata! Quando tornai nella tenda e mi ripresi la Simonetta contro la spalla, lei si svegliò e disse: «Non si può neanche dormire con questi tuoni»: poi si riaddormentò subito.

In questo modo finì la guerra per me, perché fu proprio in quel punto che la sentii finire. Così io, tutto bagnato, con la Simonetta precariamente al mio fianco, entrai nella pace. La banda non c'era più, perché c'è la guerra per bande, ma la pace per bande no.

Ero andato per cercare un buco. L'avevo cercato e cercato, con la collaborazione un po' svogliata della Simonetta. Ore e ore: gli spazi non erano grandi, ma intricati e aggrovigliati. Ero emozionato fin da bel principio. Ogni tanto mi pareva che ci incanalassimo nel solco giusto, riconoscevo l'andamento delle pliche

(che in cuor mio ho sempre conosciuto), mi orientavo un attimo tra le capziose armonie dei rialti e delle conchette. Poi riperdevo il filo.

Eravamo tutti e due sudati e sporchi di terra; ormai si capiva che era stata una gran sciocchezza mettersi a questa ricerca. Invece improvvisamente lo trovai.

«Ci siamo» dissi alla Simonetta. «È qua.»

Lei disse: «Benissimo». Penso che cominciasse a stufarsi. Era in calzoncini di fustagno, e aveva una bluseta di tela con le righe.

Una crepa orizzontale, uno spacco in un tavolato di roccia. Il paesaggio intorno era come lo ricordavo, forse un po' più ameno. Una fessura, come tante altre; a nessuno sarebbe mai venuto in mente che sotto potesse starci una persona, anche due.

Bisognava infilarsi di sbieco per passare; e anche di sbieco si passava appena. Mi calai giù fin che fui tutto sottoterra, e mi lasciai andare un altro po'. Sapevo che avrei toccato quando le braccia fossero estese circa tre quarti, e infatti toccai. Avevo gli occhi chiusi, e stetti un momento così; poi li riapersi. Riconobbi le barbe dei mughi, l'umidore delle pareti di roccia, lo spazio modellato, ombroso, un bozzolo irregolare schiacciato ai due capi. C'era tutto: il libretto era per terra, e quando lo presi in mano si aperse alla pagina più macchiata. Il parabello era al suo posto, con la canna in su, nero, quasi senza ruggine; aspettavo una fitta, e invece non venne; i due caricatori erano su uno zoccolo a mezza altezza, ed erano asciutti. Uno era pieno, uno metà.

Aspettai un altro po', ma non successe nulla. Si affacciava il pensiero: "Questa cosa non ha senso".

Ma sì, durante un rastrellamento sono venuto a finire qua; ora sono qua di nuovo. Il legame tra allora e adesso è tutto lì, e non lega molto. Ma sì, è in questo punto della crosta della terra che ho passato il momento più vivido della mia vita, parte sopra la crosta, correndo, parte subito sotto, fermo. E con questo?

Gli oggetti attorno a me erano così chiusi nei propri contorni, così isolati, che non percepivo più le loro dimensioni vere. Un momento mi pareva di vederli ingigantiti attraverso una lente, ma che appartenessero in realtà al mondo dei microbi, un altro momento mi figuravo invece che fossero le immagini capovolte e impicciolite di grandi corpi astrali.

Chiamai la Simonetta e le dissi di venire giù anche lei. Prima mi arrivò una gamba, poi l'altra, le presi fra le braccia, e tirai giù il resto. Ci stavamo giusti giusti, ma non è che ne avanzasse.

Non vedevo bene la sua faccia, perché la luce che spioveva dal pertugio cadeva quasi tutta dietro di lei. Ricominciavano i pensieri senza scala, e ho l'impressione che qualcosa se ne comunicasse anche a lei. Ogni tanto si grattava, un po' le gambe nude e un po' la blusa, e anch'io mi davo qualche grattatina: lì sull'Altipiano è sempre così, ogni tanto viene da grattarsi, forse perché si striscia così spesso contro i mughi e le rocce.

Siamo incapsulati in questa nicchia, sotto il livello della crosta della terra, in un momento vivo ma privo di senso, che commemora un momento e un senso già morti. Siamo dentro alla terra, la quale gira nel verso opposto a quello del sole, dalla mia sinistra alla mia destra, e all'incontrario per la Simonetta. Io e lei siamo vicini quanto si può essere, ci tocchiamo in più luoghi; sento le sue gambe, mi sento un po' in mezzo ai suoi capelli, ci scambiamo terriccio, chioccioline, umori se non proprio pensieri, e forse anche qualche pensiero scombinato. Noi qui siamo fermi, eppure giriamo; siamo in questo istante del tempo, che pare fermo, ma in verità viaggia.

La Simonetta non disse nulla finché stemmo lì, e neanche dopo, quando tornammo fuori. Le spiegai che questi buchi si chiamano scafe; la roccia in Altipiano è tutta fatta così. «È perché è calcare» le dissi. «Beve l'acqua, e l'acqua fa questi buchi.»

Provai il parabello nel bosco, e sparava; mostrai il libretto alla Simonetta, però non era molto curiosa; poi andammo dal malgaro a chiedere latte, ora nelle malghe c'era di nuovo, il latte; poi venne buio, e andammo sotto la tenda, e poco dopo venne il solito temporale e cominciò a piovere e a tuonare.

Quello che è privato è privato, e quando è stato è stato. Tu non puoi più pretendere di riviverlo, ricostruirlo: ti resta in mano una crisalide. Non sono vere forme queste, mi dicevo, questa è materia grezza. Se c'era una forma, era sparsa in tutta la nostra storia. Bisognerebbe raccontare tutta la storia, e allora il senso della faccenda, se c'è, forse verrebbe fuori; qua certo non c'è più, e neanche sull'Ortigara, scommetto, e in nessun'altra parte.

Mi restavano questo libretto, e questo parabello, spore disseccate. Il libretto non mi faceva né caldo né freddo (e infatti a suo tempo lo persi di nuovo, perché io le cose le perdo), ma il parabello, pensavo, ora che l'ho ritrovato me lo voglio tenere da conto. Ne avevo altri a casa, negli armadi c'erano più armi che vestiti, ma questo non era un parabello qualsiasi, era il *mio* parabello. Avevo una gran paura, prima di ritrovarlo, che vedendolo mi venisse una crisi di emozione e di vergogna: dopotutto lo avevo abbandonato nel bel mezzo della guerra. Invece non mi venne la crisi, anzi: sentivo bensì un po' di vergogna in termini generali, perché quella si sente sempre, e in particolare alla fine di una guerra in cui non si è nemmeno morti; ma sentivo anche le prime avvisaglie di un'ombra oscura di sollievo. Ora è finita, mi dicevo. In fondo non è colpa nostra se siamo ancora vivi. Sì, è stata tutta una serie di sbagli, la nostra guerra; non siamo stati all'altezza. Siamo un po' venuti a mancare a quel disgraziato del popolo italiano. Almeno io, gli sono certamente venuto a mancare; si vede che non siamo fatti l'uno per l'altro.

Alla mattina c'era il sole, l'Altipiano s'era già asciugato. La Simonetta si pettinava davanti a un pezzettino di specchio che aveva; io la guardavo e lei mi faceva le facce; la tendina celeste appariva aggraziata, serena. È roba della pace, pensavo. Adesso c'è la pace.

Tutto era asciutto, tranne un senso di umido nel sedere. Ci mettemmo coi sederi al sole, a pancia in giù sulle lastre di roccia. Io rimettevo le palle nel caricatore. Le avevo tirate fuori con la scusa di contarle; erano belle, dorate; ce n'era ventuna.

«Come i tuoi anni» dissi alla Simonetta.

«Che le spariamo?» disse lei, e io dissi: «Dai».

Ci voltammo lunghi distesi, e io misi il parabello in piedi tra noi due; lei si afferrò alla canna, io posai le mani sopra le sue e tenendo forte guidai il suo dito sul grilletto, e sparammo in aria questo mezzo caricatore. Si sentivano le palle andar via nel cielo che era un piacere; vincevo ridendo i rinculi.

Alla fine dissi alla Simonetta: «Sai, i pezzetti della nostra vita non servono a nulla. Quello che è stato è stato. Resta un sentimento vago, come provo io in queste parti qui».

«Che genere di sentimento?» disse lei.

«Mi sento come a casa» dissi. «Ma più esaltato.»

«Sarà perché facevate gli atti di valore, qui» disse la Simonetta.

«Macché» dissi. «Facevamo le fughe.»

«Scommetto che avete fatto gli atti di valore.»

«Macché atti di valore» dissi. «Non vedi che ho perfino abbandonato il parabello?»

«Già» disse lei. «Perché l'hai lasciato qui?»

«Cosa vuoi sapere?» dissi. «Li lasciavamo da tutte le parti.»

«Perché?» disse la Simonetta.

«San Piero fa dire il vero» dissi. «Non eravamo mica buoni, a fare la guerra.»

2

Cosa volevano le trombe?

Il tempo aveva preso una martellata e i frammenti volteggiavano in aria. Alcuni si chiamavano ore, altri giorni, altri ancora settimane; erano tutti uguali. Non era quello che si dice un'esperienza, solo una deidratazione: tutto era un po' secco, l'aria la bocca i comandi.

Le cose che facevamo erano insensate. Avevamo attorno i tubetti con nasello, le molle a spirale, i bottoni zigrinati, le Cinque parti, le Otto parti, e tutto il resto; fin da piccolissimi avevamo preso a dichiarare queste cose, e ora continuavamo. C'erano anche percorsi pieni di ostacoli bislacchi, pali in bilico, buchi, brutti muri. Facevamo gli atti atletici nell'aria secca e fredda.

C'era Lelio con me: l'ho trovato qui Lelio, prima non era dei miei compagni, ma lo diventò subito. Questa cosa ce la siamo dovuta sbrigare insieme, e in questo senso è il primo dei miei compagni, quelli che poi diventammo banditi fuorilegge. Era vicentino anche lui, e lo conoscevo già di nome: era uno di quelli piuttosto bravi di cui si sa il nome, in città, anche se sono in altre scuole, perché non era al liceo; era un biondo silenzioso, biondo paglia.

«Vedi» dicevo a Lelio. «È l'ultimo assurdo della vita italiana. Se non ha senso, è perché la vita italiana non ha senso. Altrimenti questa sarebbe soltanto la naia.»

«A un certo punto,» diceva Lelio (diceva sempre così) «in questo assurdo ci siamo dentro anche noi.»

Ci eravamo certamente dentro. Eravamo racchiusi tra coste ripide, arcigne; camminavamo all'insù gravati da fardelli. Ogni tanto si facevano soste, e il sudore si ghiacciava rapidamente sulle nostre facce, una crosta di brina ci velava gli occhi; ripartivamo

con questa maschera, che filtrava una luce lattea. I deboli si sbandavano per via, in cima si arrivava in due o tre, sconvolti dalla fatica, seguendo i passi franchi dell'offiziale che non portava pesi.
Quando si era in cima, si scendeva: era tutto un salire per scendere, scendere per salire. Si scendeva muovendo i piedi all'ingiù;
la grande forza del monte ci tirava golosamente verso il basso, le
ginocchia ricevevano il peso, con un lento passamano lo scaricavano sulla testa; i piedi alle ginocchia, le ginocchia alla testa, questa alla canna del fucile, e la canna all'arco della schiena, ai calca-
gni, ai piedi. Da bambini le chiamavamo le scarivòltole.

Anche giù si arrivava in pochi, la più parte si sbandavano.
C'erano sbandati sulle coste arcigne, e anche giù in caserma, nei
cortili, nelle latrine, nei meandri del percorso di guerra. Alcuni
passavano lunghe ore sotto il muro, allungando invano le mani
per montarvi; altri arrivavano scalciando sulla cima, e restavano
esiliati lassù, specchiando i visi spauriti nello zodiaco.

Eravamo la crema dell'Italia, non solo allievi ufficiali, ma alpini, l'élite di un'élite.

«Che siano queste le strutture della classe dirigente italiana?»
dicevo a Lelio.

C'erano tante trombe, sparse in tutte le ore del giorno; alcune
si capivano, le altre, cosa volevano?

Avevo un dantino, e leggevamo dei pezzi, specie il Purgatorio.
È lì che ho visto quanto meglio è di quello che credevo. Leggevo
solo alcuni versi per volta, e i migliori li dicevo a Lelio. Ce n'erano
di ottimi: la situazione generale somigliava alla nostra.

Nelle ore diurne, tra le mal pennute asticciole del sole in Arie-
te, scendevano tra noi frotte di sergenti, che ripetevano questo
messaggio: «Al tempo!». Avevano le teste rapate a zero, e i modi
contadineschi. «Sei pàsso?» gridavano fingendo furore. Sì, effettivamente un po' di passìa lievitava tutto intorno, come in Purgatorio, e ci contagiava.

Sotto ai tenenti si profilavano talvolta le parvenze corruttibili
degli zucconi delle nostre scuole. I capitani dicevano: «Vacche!
Balie! Serve incinte!». La loro veemenza era splendida; avevano il
raggio di chi è stato alla presenza del Colonnello.

Il Colonnello non faceva nulla. Qualche volta, di prima mattina, ci appariva nei cortili una sua immagine corporea, piccola e
grassa; la faccia ricordava il Segretario Federale di Vicenza. Sapevamo che a vederlo nella sua essenza saremmo restati inceneriti; e

anche ai capitani io penso che si rivelasse solo con cautela, e mostrando soltanto le parti di dietro, come Dio a Mosè.

«Cosa si deve fare?» mi domandava Lelio. Io certo non lo sapevo.

«È come l'ultima parodia della vita italiana» dicevo.

Poi veniva una tromba che faceva domande anche lei.

Chi è malà? chi è impestà?

Era di quelle che si capivano. «Tua sorella» diceva Lelio. Alla
sera rompevamo le righe e andavamo in libera uscita.

In caserma c'erano soldati veri, vecchi, del 5° Alpini, che si
aggiravano nei cameroni e nei cortili. La loro presenza ispirava
imbarazzo profondo, quasi sgomento. Non avevano niente da fare
dalla mattina alla sera: stavano lì, soli o in gruppo, senza far niente; era una cosa impressionante. In teoria si sanno già queste cose: ma quando te le trovi davanti agli occhi fanno tutto un altro
effetto. Era gente catturata tre, cinque, nove, dodici anni prima.
Erano stati parte del tempo in Africa, in Albania, in Grecia, e in
altri posti. La nostra società li aveva mandati di qua e di là, per
scopi che a loro non cominciavano nemmeno a importare qualcosa; li aveva tenuti prigionieri tutti questi anni, e non li mollava ancora. Stavano in piedi appoggiati ai muri, a guardare noi che tornavamo da marce o esercizi, e i sergenti ci facevano scattare;
quando passavamo ci schernivano nel loro dialetto.

«La se gira, aliévi, la se gira!»

Volevano dire, Vigliacchi studentini interventisti, ora tocca a
voi. Erano troppo ottimisti: fra qualche mese il giro sarebbe stato
completo, e noi con le mantelline eleganti avremmo cominciato a
comandare, e loro a farci il saluto. Il rozzo dialetto che parlavano
mi attraeva, erano contadini e montanari delle valli bergamasche.
Giocavano a morra allo spaccio, gridando con suoni gutturali, che
ogni tanto salivano in uno strido sottile, incredibile, come uno
squittio. Si passavano una gavetta di vino, la gavetta alpina da due
litri.

Io e Lelio andavamo allo spaccio, e ci mettevamo in un cantone a guardarli, succhiando dalla borraccia un vino dal gusto di
paglia infetta, che qualche volta finivamo di inquinare mangiando-

ci in mezzo qualche frutto acerbo comprato allo spaccio o rubato nei frutteti. La nausea gareggiava coll'ubriachezza. Tornando in camerata Lelio mi cavava le scarpe; sentivo che mi cavava la prima, l'altra no, ma alla mattina me le trovavo cavate tutte e due; me le rimettevo e cominciava un'altra giornata.

Qualche volta andavo fuori in divisa da libera uscita, coi guanti bianchi, a ubriacarmi da solo. Sedevo davanti al primo litro di vino (c'è un vino buono attorno a Merano), e lo bevevo in fretta; il secondo più adagio. Poi tornavo in caserma con molta cautela, i guanti bianchi pronti sotto la mantellina e le mani pronte dentro ai guanti, per il saluto agli ufficiali, che si fa scartando la mantellina col gomito, e scattando fieramente. Mi pareva ogni volta di rischiare di perdere l'equilibrio, ma gli ufficiali non si accorgevano di niente, anzi i più zelanti sembravano apprezzare lo sguardo aggressivo e provocatorio che è raccomandato a un buon allievo.

Poi conobbi la Beata, e andavo in libera uscita con lei. Era rossa di capelli, mi veniva incontro sorridendo, dove finisce Maia bassa e comincia Merano. Aveva una bella faccia grande e cordiale, cosparsa di efelidi o vogliamo dire panne; era di origine lombarda, ma era lassù con la famiglia da parecchi anni, e nella sua lingua c'erano come pagliuzze del dialetto locale. Eravamo sempre un po' ubriachi alla fine della libera uscita. La riaccompagnavo sulla porta di casa, e le dicevo: «Aspetta qua fin che ti passa». Andavamo insieme a osterie, una volta pagavo io, una lei; era una fanciulla ingenua, grande, mite. Portava scarpe basse, con una cinghietta sul collo del piede. Dopo il primo bicchiere io cominciavo a guardarla, e le dicevo: «Che cosa rappresenti tu?» e lei diceva: «Niente», ma io le spiegavo che tutti rappresentiamo qualcosa, il bello è sapere che cosa.

Non eravamo morosi. Ci facevamo solo compagnia: mi è restato il senso di aver trascorso le mie ore di libera uscita con la Beata sul ciglio superiore dell'Italia, tenendoci afferrati per non cadere.

> *Ha mangiato l'insalatina*
> *poverina morirà.*
>
> *Se morissi questa sera*
> *mi farete seppellir.*
>
> *Mi farete seppellire*
> *sotto l'ombra d'un bel fior.*

Il piantone Giazza aveva una voce altissima, quasi femminea: le strofette che cantava disteso sulla branda, erano strilli armoniosi.

E la gente che passeranno
le diranno: Che bel fior.

Sarà il fior della Rosina
che l'è morta per amor.

Ma d'amore non si muore
ma si muore di dolor.

Negli intervalli tra le strofe agitava convulsamente i piedi in aria, e gridava forte: «Il tenente! il tenentino! il tenenticino!». Aveva nove anni di naia; faceva questi diminutivi a telescopio per consolarsi, perché era stufo, veramente smonato. Faceva anche verbi in *are*, interrogativi retorici («Cosa vuoi tenentare?»), infondendovi una critica dell'esercito e della vita militare, che posso dire di aver imparato da lui. Qualche volta simulava le condizioni della zona di guerra. Sdraiato sulla branda (stava quasi sempre lì), improvvisamente si metteva a urlare: «Tutti a terra che c'è la rèo!» scalciando in aria, per trasmetterci il suo scherno quasi folle per le micidiali cretinate della guerra. Era un uomo serio, riflessivo, sfiduciato; quello che mi disse della sua vita in genere, era interessante e ispirava rispetto. Ma cosa vuoi rispettare? Dopo la guerra non l'ho più cercato, non so neanche se sia vivo.

Fiorivano i meli sui colli attorno a Merano: c'erano nuvoli di piante fiorite, luminose. Non dico che questa bellezza facesse rabbia, ma certo non ci dava piacere.

Guardavamo il cielo verso nord-ovest, azzurro tenero, coi fiocchetti bianchi che navigavano al vento primaverile. Là, dietro al monte, è Svizzera; quel pezzo di cielo è cielo svizzero. In poche ore, camminando all'insù, saremmo stati fuori dallo spazio paralizzante chiamato Italia. «O prima o poi bisognerà fare così» dicevamo; ma poi guardavamo questi piantoni, questi allievi, questi alpini vecchi in ozio nel cortile della caserma, e ci pareva impossibile.

Alla sera una tromba suonava il silenzio a tutta la caserma; qualche volta attaccava il silenzio fuori ordinanza. Gli alpini lo distinguevano alle prime note, correvano scalzi alle finestre, vi si ammucchiavano; gli allievi intimoriti si alzavano a sedere sulle brande. Il trombettiere camminava lento lento, negli spazi dell'enorme cortile si sentiva il suono spostarsi pian piano. Doveva essere bravo: le note facevano un balletto elegantissimo, straziante. Il buio pareva elettrificato; alla fine da tutti i piani della caserma erompeva una specie di grido confuso, di una festosità che veramente stringeva il cuore. Povera gente: per un silenzio fuori ordinanza!

Poi noi allievi andammo a fare il campo in alta montagna, e subito dopo ci spedirono a presidiare un pezzo di costa tirrena, in mezzo all'Italia, dove una volta c'erano gli sterpi più aspri e folti, tra Cecina e Corneto. Eravamo appunto a Corneto, Tarquinia come si dice ora.

Era uno strano ambiente, a Tarquinia. Io non ero mai stato fuori dal Veneto, altro che nelle città, e veramente non sapevo che cos'è un paesaggio. Credevo che fosse tutt'al più una di quelle vedute sulle cartoline, un taglio con dei pini, acqua e rocce, un pezzo di città, e in fondo, per esempio, un monte che fuma. Oppure credevo che un paesaggio fosse una fantasia di parole, come: *Bei monti della sera – azzurra è già l'Italia*; stati d'animo vaghi che si provano viaggiando in treno in regioni nuove, quando a un certo punto si pensa, qui è già Romagna, Toscana, Piemonte, e il nome somiglia a un colore. Il nostro paesaggio veneto, siccome ci ero cresciuto dentro, non mi era mai venuto in mente che fosse un paesaggio. Ma qui attorno a Tarquinia, c'era davvero il paesaggio, e come: faceva l'effetto di una mazzata. Il grano era stato mietuto, ma bisognava informarsi per confermarlo; ciò che si vedeva erano solo file di collinette nude, a onde successive, di un colore fra la stoppa e la paglia. Pareva un deserto, ma tutto movimentato. C'erano macchie rare color verdescuro, quasi nero; arrivando in una di queste minuscole oasi si trovavano alcune piante di fico, e qualche piantina di pomodoro. Ci si arrivava certe volte facendo le tattiche, un po' correndo un po' strisciando per terra: con una mano si reggeva il fucile, con l'altra da terra si rubava un pomodoro mezzo fatto, e lo si cacciava in bocca. Fu Lelio a insegnarmelo, io non ne avevo mai mangiati altro che a tavola, fritti. Avevamo gli occhi bruciati di sudore, e il viso sporco di terra.

Il terreno era duro e rinsecchito, e sotto i piedi sembrava vuoto. Infatti ogni volta che si scavava una trincea (ce le facevano scavare per passare il tempo, non per contrastare gli sbarchi delle flotte alleate; queste avevamo ordine di affondarle al largo con le sei pallottole in dotazione a ciascuno), prima o poi il piccone entrava in uno spazio vuoto, e in un attimo si era dissepolta una tomba. Nasceva irresistibile l'idea che non fossero tombe qualsiasi, ma i ricettacoli sotterranei di una civiltà scappata dal deserto della superficie, dall'epidemia del sole, e che il senso segreto del paesaggio fosse questo.

Anche nella cittadina c'erano stramberie; si vedeva per le strade prevalere nelle donne giovani un tipo fisico che a noi pareva etrusco spaccato, con gambe grandi e tozze, belle in un modo inelegante, ctoniche; gambe adatte a stare un po' sottoterra, emergendo dalla crosta solo tre quarti. Queste gambe comparivano spesso nelle strade; suggerivano per associazione una lussuria placida, pre-cristiana, senza altro senso di peccato che quello implicito nella condizione di avere organi erettili e mortali, e di essere fatti di cicli impulsivi. Stranamente comparivano sempre nello stesso modo, viste da dietro, fuse in maniera poderosa ma non armonica coi rialti della schiena, e spesso a un livello più alto o più basso dell'osservatore, perché le strade erano in salita o in discesa. Le gonne a quel tempo scoprivano l'incavo dietro il ginocchio; la pelle era vagamente chiazzata di rossiccio; la carne pareva insaccata. Non dubitavo per un momento che le etrusche fossero fatte così; e sentivo quegli abissi di differenza che si sentono all'estero certe volte, quando i dati dei sensi, sfasati, s'induriscono come ciottoli, e ci prende un piccolo panico al pensiero che anche questa accozzaglia di cose è mondo. Così anche lì, con le etrusche di Tarquinia, e le loro gambone.

Ripetevo a Lelio: «Sono italiani questi?». Lelio diceva: «E noi?».

Leggevamo naturalmente Cardarelli, con risultati incerti. Neanche i loro vini parevano italiani; noi eravamo quasi senza danaro, si beveva poco, ma abbastanza per sentirci male. Una volta sola dopo lunghi risparmi andammo in quattro o cinque a mangiare una pastasciutta in osteria, con un mezzo litro di vino per uno, roba etrusca; etrusca mi pareva la triste concupiscenza con cui sbafammo questa pastasciutta, serviti da ragazze etrusche, quasi rassegnati, e bevemmo questo vino che sapeva di sortilegio. Tutti ci sforzavamo di fare la faccia ridente, e ogni tanto ridevamo in coro. In pochi minuti il rito fu finito; la grande allegria posticcia, funebre, diede luogo a un silenzio striato di nausea. Nessuno vomitò, ma nemmeno potevamo parlare; solo Lelio quando andammo via mi disse che sentiva pentimento. Qui però non c'entrava soltanto l'Etruria, e la malinconia di questa scoperta dell'Italia, ma anche l'idea che assaliva me e Lelio, che in un paese di poveri è sempre una porcheria mangiare a sazietà, anche una volta sola in due mesi.

Eravamo attendati su un ciglione stopposo, alle spalle non lontano passava la via Aurelia; c'erano sterpi, serpenti inviperiti dalla calura, poche piante. Il sole a picco colava tutto il giorno producendo una sorta di effetto assordante. Salvo i giorni delle tattiche, non facevamo niente dalla mattina alla sera: come veri soldati. Si girava fra le stoppie, nudi-infanti sotto le mantelle da alpini, immersi nella bambagia del sole, storditi dalla denutrizione. Avevamo pance gialle e gonfie, si pareva tutti incinti; io leggiucchiavo Seneca, il *De Ira* mi pare, per sentire un po' di latino, non per quei discorsi sull'ira. Pareva il punto più nero della nostra vita; con le labbra dicevamo che bisognava perdere la guerra, perderla presto, perderla tutta. C'erano ancora molti vecchi alpini aggregati a noi, o noi a loro, non saprei: gente che trasudava anni e anni di servitù militare, come una confutazione muta di ogni pensiero di ribellione individuale.

Avevamo quasi tutti la febbre, una curiosa febbriciattola che non eccitava, anzi il contrario, pareva un sedativo, un fuocherello freddo.

«Forse ci spegneremo così» dicevo a Lelio; «poi quando saremo spenti, si spegnerà un po' alla volta anche la guerra. Gli americani arrivando diranno: "Vedi? anche i ragazzi incinti chiamavano alle armi", e faranno scavare le fosse per seppellirci, ma trovando coi picconi meccanici queste tombe sotterranee già fatte, ci metteranno dentro, e così diventiamo etruschi anche noi, e buona notte.» Lelio diceva: «Puttana»: non a me, s'intende, ma in generale.

I veterani cominciavano a dare qualche segno di squilibrio. Un trombettiere una sera si mise a suonare le note (proibite e favolose) del Congedo Assoluto. I piantoni ce le avevano canticchiate più volte in privato. «Un giorno lo sentiremo» dicevano con aria incredula. Io ero seduto vicino al piantone Giazza quando vennero le prime note. Vidi la sua faccia irrigidirsi. «È il congedo assoluto» disse. «Il trombettiere è impazzito.» Si era isolato su una piccola altura ai margini del campo, e riuscì a suonarlo tutto, il Congedo Assoluto, prima che lo prendessero. Dopo la sorpresa iniziale, tra i veterani si scatenarono circuiti di reazioni galvaniche: piangevano con la bocca aperta, sghignazzavano, gridavano «To', to'»; uno si mise a orinare nella gavetta, e quando ebbe finito se la rovesciò tristemente in testa.

L'armistizio venne sotto forma di urlo, verso sera: noi stavamo seduti davanti alle tende con le mani incrociate sulla pancia; un alpino attraversò il campo di corsa, inciampando sugli sterpi, tirando calci a quel che capitava, gavette, armi. Faceva un urlo come uno che vogliono scannare e scappa via già sbucciato dai coltelli. Si sentiva che diceva: «L'è finìa!». Credeva che fosse finita.

È strano che non mi ricordi più come apprendessimo invece la caduta del regime; eppure dovrebbe essere un ricordo-base. Invece niente. La naia è un isolante potentissimo, eravamo impaccati tra sergenti, divise, otturatori, serpi; impaccati con gli etruschi, e con Seneca; e quello che accadeva fuori dei nostri imballaggi, credevamo per inerzia che continuasse ad essere di supremo interesse, e invece era come leggere su vecchi giornali le notizie di un altro decennio. E allora com'è andato a finire questo *De Ira*? e il fascismo, come è andato a finire? Si sentiva che il centro non era più lì; la cosa, incredibile, era in realtà scontata. Inoltre avevamo sottovalutato il grado di compromissione che comportava la nostra appartenenza a un reparto militare o a un corso allievi. Avevamo fatto gli esami di caporale, o di sergente che fosse, con la cura di farli bene, di fare la solita bella figura: «*On, dui! Fianco dés: dés!*» con la voce squillante da ufficialetto. I tenenti guardavano commossi il capitano, e il capitano deglutiva dalla commozione per la bellezza della voce e dei comandi: mi facevo oscuramente schifo. «*Squadra alt: on! dui! Presentat: caz! Fianc: arm! Ri: poso!*» Imbecille.

Spero che anche altri fossero disorientati, in Italia, a questa vigliaccata che faceva il regime di uscire dal ring senza neanche aspettare non dico il primo pugno, ma almeno che qualcuno s'infilasse i guantoni. Certo noi eravamo disorientati: il regime si squagliava come i rifiuti superficiali di un letamaio sotto l'acquazzone, e ciò che contava era la confusione in cui restavamo, la guerra, gli alleati-nemici, i nemici-alleati.

Io e Lelio andammo alla bibliotechina di Tarquinia a cambiare i libri. C'era un ritratto del Re Imperatore sul muro, a sinistra un ritratto di D'Annunzio, dall'altra parte un riquadro sbiancato, nel posto dov'era stato il Duce. Lelio montò su una sedia, tirò giù il Re Imperatore e lo appoggiò al muro, per terra; poi allungò le mani per prendere D'Annunzio. La signora bibliotecaria arrossì violentemente e disse: «Eh no, perbacco, quello no: quello è D'Annunzio!». Lelio disse: «Appunto», e lo mise al muro vicino al suo Re. La bibliotecaria stava per mettersi a piangere, mormorava: «Ma è il poeta della terza Italia», o quarta che fosse; ma noi inflessibilmente li passammo tutti e due per le scarpe. Lelio si mise a guardare il crocifisso che era restato solo sopra ai tre riquadri sbiancati. La bibliotecaria si sbiancò anche lei. Dopo un po' Lelio distolse lo sguardo dal crocifisso, e la bibliotecaria ridiventò rossa, e ci cambiò i libri. Mancava il verde.

Otto settembre vuol dire nove, o anche dieci. Le istruzioni erano di guastare e rompere le armi, ciascun reparto per conto suo. Sotto l'occhio dei sergenti si prende il fucile 91 per la canna, si sceglie una grossa pietra, e si mena una botta a tutta forza. Il calcio si scheggia, ma il fucile c'è ancora, in buono stato, salvo la scheggiatura sul calcio. Riprovare allora, a botte furibonde, anarchiche, gridando scompostamente «Savoia!» a ogni botta. Facevamo un cerchio, e tutti spaccavano. Spacca, spacca! Si sentiva che la cosa era sbagliata, pure la soddisfazione era enorme. Peccato che da pestare coi calci dei lunghi fucili avessimo solo gli onesti macigni.

Fu la mezz'ora più sentita della guerra. Io penso che anche l'Italia dei nazionalisti ci debba essere grata di aver contribuito secondo le nostre forze a svecchiare l'equipaggiamento militare del paese, che davvero era stato un po' trascurato. L'unica pena era per i venerandi schioppi del 91, che un colpo solo non bastava a mettere fuori uso; non li avevamo conosciuti abbastanza, ora si vedeva come li avevano temprati i nostri nonni, ora che bisognava romperli; e solo in un empito di tardiva meraviglia si riusciva a farli fuori.

Si sentiva, come dico, che la cosa era sbagliata, ma confusamente; dopo aver fracassato il nostro armamento personale, girando perplessi tra le tende ci mettemmo a raccogliere fasci di altre armi intatte, e cassette di munizioni; le prendevamo su, e poi non sapendo cosa farne, le buttavamo di nuovo per terra. «Mettiamone via un po'» dissi. Forse era solo per reagire al senso di dispregio, allo sciupio di questa roba costosa. C'era una tomba che avevamo scoperta da poco. «Diamole agli etruschi» disse Lelio, e gliele demmo; erano praticamente coevi.

All'ultimo momento ci prendemmo un fucile per uno, e qualche caricatore; li prendemmo quasi per forza d'inerzia, perché ce n'erano tanti; non perché ci vedessimo dentro. Era lunga la strada; non sapevamo nemmeno che fosse una strada; ci sentivamo come in un circo, pagliacci vestiti da alpini. Il capitano schierò la compagnia, parlò piangendo, poi ci abbracciò a uno a uno.

«Perché piangono?» bisbigliava Lelio.

Non credo che avessero paura di perdere il posto, era solo un generico dispiacere patriottico. Piangevano come vitelli, poverini: restai sorpreso e un po' impressionato. Il capitano aveva un occhio di vetro, e mi domandai se piangeva anche con quello. Era un uomo piccolo e simpatico, ho saputo che è poi stato ammazzato nella guerra civile, e questo mi ha sinceramente addolorato. Quel suo dispiacere patriottico dell'otto o dieci settembre ci pareva certamente malposto: però quando venne il nostro turno facemmo entrambi il nostro passo avanti, io e Lelio, e ci lasciammo disciplinatamente abbracciare. Mi baciò sulle due gote, chiamandomi per nome, poi passò a un altro, e io restai lì tutto bagnato.

La compagnia si sciolse con le dovute cerimonie. Ecco gli ultimi minuti, gli ultimi secondi, finisce tra fiumi di queste curiose lagrime la naia, è finita. Tutto a un tratto si è in mezzo a un gruppo di gente che un momento fa era la compagnia, liberi. Gli ex ufficiali si asciugano la faccia. L'esercito italiano va a casa.

La gente si divideva in quelli che facevano i preparativi, e quelli che non li facevano. Eravamo in mezzo all'Italia, con quattro o cinque regioni tra qui e casa. Quindi era tutto uguale, fare i preparativi o non farli. Vidi il sergente Landolfi partire sotto una cassetta di cottura, che è un carico per un mulo, non per un uomo. Non aveva trovato altro per metterci il rum, e così partì con questa mostruosa cassetta, bestialmente piegato verso terra. Era diretto a Como.

Io e Lelio ci mettemmo in strada con tre altri da Vicenza; si trattava di prendere l'Italia di sbieco; ne attraversammo un bel pezzo camminando tre o quattro giorni. La gente era buonissima dappertutto, ci davano pane. Il paesaggio era polveroso.

Sul lago di Bolsena c'era un convento, e al portone un frate gentile, che ci disse: «Se volete cenare con san Francesco», e così cenammo con lui. La cena fu ottima. Il convento mi affascinò: era perfetto. Corridoi nudi, grandi, luminosi; celle chiare; il lago davanti; i frati ovviamente remoti dalle cose del mondo, sereni, gentili, alla vecchia. Parlammo a lungo di Amalasunta, la quale c'entra con questo lago. Io sono sicuro che come struttura generale di cromosomi ero destinato a fare il frate; manca solo l'ultima combinazione, e perciò niente. L'attrazione di questo convento era enorme; se prendessero anche i miscredenti, pensavo, io quasi quasi appena scoppia la pace ci vengo. Qua mi pareva già più Italia; erano i paesi del Balilla-Vittorio.

Dopo un po' che fummo in Umbria, Lelio disse: «Non è mica verde». Sparavamo alle cornacchie: io non sono mai stato cacciatore, e questa era la prima volta che sparavo alle bestie, ma senza impegno, non correvano nessun pericolo. Erano sparse su prati aperti color avana, e sentendo lo sparo andavano via, senza necessità, ma per prudenza.

Erano da vedere, le strade dell'Italia centrale in quei giorni; c'erano due file praticamente continue di gente, di qua andavano in su, di là in giù, tutti abbastanza giovani, dai venti ai trentacinque, molti in divisa fuori ordinanza, molti in borghese, con capi spaiati, bluse da donna, sandali, scarpe da calcio. Abbondavano i vestiti da prete, e non erano pochi i veicoli: calessi con un asinello, o tirati a mano, carriole, carrettini del latte, moltissime biciclette per lo più imperfette, senza copertoni, senza catena, alcune senza manubrio. Un nostro sergente che era partito da Tarquinia con l'autoblinda, passando poi per un paese dell'alto Lazio vide una bicicletta legata a un'inferriata davanti a un'osteria, con un cappello da contadino posato sulla sella, e fece il cambio, legando l'autoblinda al suo posto e mettendoci sopra il cappello per segnale. In Umbria smontò un momento e ci raccontò questa storia asciugandosi il sudore.

Le due colonne si salutavano allegramente, da una parte in veneto, in piemontese, in bergamasco, dall'altra nei dialetti di segno contrario. Pareva che tutta la gioventù italiana di sesso maschile si fosse messa in strada, una specie di grande pellegrinaggio di giovanotti, quasi in maschera, come quelli che vanno alla visita di leva. Guarda, pensavo; l'Europa si sbraccia a fare la guerra, e il nostro popolo organizza una festa così. Indubbiamente è un popolo pieno di risorse.

Al tramonto, camminando col sole alle spalle, comparve a

oriente una specie di miraggio color oro, e Lelio mi disse che era Orvieto. Io la guardavo con la bocca spalancata, perché era veramente uno spettacolo. Mi venne in mente che anche lì era otto settembre, o dodici che fosse. Chi comandava ora, nelle città?

Camminammo un altro po', guardando questo miraggio d'oro, e poi io dissi a Lelio:

«È provincia Orvieto? lo sai tu?».

Lelio credeva di no, e io neanche.

«Sotto chi sarà?» dissi.

«Cosa vuoi che sappia io?» disse Lelio. «Sarà sotto Perugia.»

«Prendiamo il prefetto di Perugia» dissi. «Cosa farà in questo momento?»

«Magari è in cesso» disse Lelio.

«È una strana situazione» dissi. «Chi comanda?»

«Andiamo a casa» disse Lelio.

Aspettammo gli altri, che erano un po' indietro, e poi riprendendo a camminare entrammo nel pulviscolo violetto su cui galleggiava l'apparizione di Orvieto.

Si attraversava un piccolo borgo: un contadino seduto sulla porta ci chiamò: «Ehi, alpini». Gli andammo vicino e lui disse: «Ci sono i tedeschi, dietro alla svolta, che disarmano i soldati».

I tedeschi, pensavo; cosa c'entrano? Seccatori. Mi pare che a questo punto io avessi già perso il fucile: ma gli altri ne avevano. Il contadino disse: «Ve li tengo io i fucili, se volete. Ve li tengo bene»; e i miei compagni glieli diedero.

Dietro la svolta, i tedeschi non c'erano. C'era un ometto sui trentacinque-quaranta, senza berretto, che stava lì con la schiena voltata a Orvieto e le mani in tasca. Passandogli davanti noi dicemmo: «Buona sera», e lui disse: «Alt». Era lui i tedeschi.

«Avete armi?» disse quest'ometto nella sua lingua.

Volevo dirgli qualcosa di spiritoso nella sua lingua, ma non feci a tempo perché lui mi era venuto vicino e aveva cominciato a toccarmi sui fianchi. Poi a uno a uno toccò tutti gli altri.

Finalmente avevo pensato qualcosa: non era molto spiritoso, ma era il meglio che riuscii a pensare. «Cerca solo armi, o anche munizioni?» gli dissi. La lingua mi venne ottima, un po' dura. Dietro un ciuffo di piante vedevamo ora altri uomini come in veste di assistenti, che caricavano fucili su una camionetta. In una tasca dei calzoni avevo una pallottola di fucile, non una cartuccia, solo il cilindretto di piombo. Ho sempre avuto la mania, se ne trovo una, di raccoglierla. La prima volta che mi ricordo di essere stato sul greto del Piave, da piccolo, a Susegana, appena arrivato giù sulla ghiaia, sulla santa ghiaia, l'Eldorado, trovai una pallottola. La raccolsí fervidamente; mi domandavo: "Che abbia ucciso un italiano, o un tedesco?". Attribuivo agli opposti eserciti, interamente composti di eroi, una mira infallibile. Eravamo dalla parte di qua del Piave, e ben presto mi accorsi che questa pallottola, certamente omicida, non poteva aver ucciso un tedesco sull'altra sponda. La deduzione mi fece letteralmente tremare. Le guerre sono bellissime al cinema muto: la gente si ammucchia di qua e di là, corre; tutti fanno gli atti di valore; il pianoforte suona «Monte Grappa – tu sei la mia patria – sei la stella che addìta il Camino» (una stella, un camino che fuma: la Patria); le baionette luccicano; la gente continua a cadere: sono i Caduti. La cosa non fa né rumore, né male. Ma lì sul greto vero del Piave, con questa pallottola vera in mano, bislunga, lì dov'ero io, mi assalì l'idea che questa pallottola attraversandoti ti fa male, e muori.

Avevo il vestitino a sboffi, abbottonato per di sotto, e le scarpette di vernice.

Andai dal tedesco col pugno chiuso, e glielo apersi davanti come per fargli una sorpresa. «La considera parte dell'armamento?» dissi. Lui non disse nulla; non era ostile, solo preoccupato e sbrigativo. Seccatori. Andammo via. I miei compagni facevano commenti:

«Se avevamo i fucili ci disarmava».

«Che bisogno hanno di fucili? non ne hanno abbastanza?»

«Madosca!» dissi. La spiegazione mi era venuta in mente tutto a un tratto. Davvero devo essere stato uno dei più stupidi italiani in quel periodo. Se ci avessi pensato un quarto d'ora prima, col temperamento che ho, probabilmente avremmo avuto la prima vittima della resistenza in Umbria. Anziché scherzare col tedesco, mi sarei forse comportato come quando volevo attaccare baruffa sui tram. Non dico che la prima vittima sarebbe stato *lui*, benché fosse solo un ometto; ma si mettevano in moto sveltamente al bisogno, questo si deve riconoscerlo, io li ho visti. Però anch'io mi metto in moto sveltamente, siamo tutti svelti nella mia famiglia.

Entrando a Orvieto vedemmo su un muro un manifesto nuovo, bianco, sinistro. Non ricordo più di chi fosse, o cosa dicesse di preciso. Conteneva ingiunzioni, esortazioni e minacce a nome della Patria e dell'onore e della fedeltà all'Alleato. Immediatament sentii un grande sollievo, vidi tutto andare perfettamente a posto, e pensai: "Sia lodato e ringraziato ogni momento il santissimo e divinissimo sacramento". Poi mi venne in mente Lelio, e gli dissi: «Cosa pensi?» e lui disse: «Sacramén», cioè, credo, la stessa cosa. Gli altri tre guardavano il manifesto senza parlare. Uno finì poi brigatista, forse attirato dalla divisa appariscente, gli altri fecero i fatti loro, non trascurando verso la fine di procurarsi qualche modesto titolo presso la parte vincente. Non credo che le proporzioni numeriche siano indicative, né per l'Italia né per Vicenza; per il corso allievi, non saprei, ma credo che la gran maggioranza si sia severamente astenuta dal parteggiare. Non erano cattiva gente, forse molti sarebbero migliorati se avessero avuto il tempo di andare al reggimento.

A Orvieto c'è una stazione: e così, con qualche manovra, con qualche fughetta esterna e interna, col consenso plebiscitario del popolo italiano, nei treni, nelle stazioni, col cappello alpino ora in testa ora in tasca, andammo a casa pensando ogni tanto: "Sacramén".

3

«Per di qua, alpini!, per di là»: il popolo italiano difendeva il suo esercito, visto che s'era dimenticato di difendersi da sé: non volevano saperne che glielo portassero via. Alla stazione di Vicenza fummo afferrati e passati praticamente di mano in mano finché fummo al sicuro. Le donne pareva che volessero coprirci con le sottane: qualcuna più o meno provò.

Lelio andò a casa, io presi la strada del mio paese. «A casa mia c'è una Steyr» dissi a Lelio. «Tu cambiati, e vieni su.» A casa, mi diedero subito da mangiare un uovo sbattuto. La Steyr era nel cassetto del comò in camera del papà; c'erano anche una dozzina di pallottole. Quando arrivò Lelio in bicicletta da Vicenza, andammo in orto a provarla.

Dal mucchio dei rottami presi un pistone di 505, lo misi sul muro di cinta e sparai due volte: una lo mossi e una lo sbriciolai. "Sei" pensai, vale a dire centri nel cuore, e il resto feriti gravi. Lelio tirò a un pomodoro e lo traforò netto. Al corso avevamo fatto di tutto, tranne il tiro con la pistola. «È evidente che anche con la pistola abbiamo mira» dissi; e da quella volta, per tutta la durata della guerra, non mi occupai più di controllare la mia mira. Con questa mira, e con la Steyr in tasca, andammo su per Monte Pian a cercare un posto adatto. Adatto a far cosa? Era ancora tutto vago.

Lelio ed io avevamo una mezza idea di dover metterci noi due soli a fare i ribelli, contro gli estensori di manifesti: non avevamo pensato seriamente al problema di chi altro potesse interessarsi. Fummo presi in contropiede. Il mio paese era pieno di gente come noi. Era irriconoscibile, il mio paese: a ogni ora arrivavano soldati dai quattro cantoni dell'orizzonte, e tutti si cercavano, cercavano noi, volevano fare qualcosa, organizzarsi.

Ci riunimmo all'aperto tra le piante, alla Fontanella, dietro il santuario di Santa Libera; venne, si può dire, tutta la gioventù del paese, dalle ultimissime leve a quella parte veneranda, quasi canuta, della gioventù del paese che era partita dieci, undici, dodici anni prima. Sedevano lì attorno mescolati con gli altri, i veterani del 1911, i mostri del 1912, le classi grottesche. Me li ricordavo come personaggi di quando ero bambino: poi erano restati solo i loro nomi, e quelli dei paesi dove li mandavano. Ora erano qui, calmi, incredibili, disposti ad associarsi con noi. Mi veniva una specie di smania euforica, pestavo i piedi per sfogare la fretta di cominciare, di far presto. C'erano popolani e borghesi, militari e civili; c'erano studentini giovani; c'erano riformati, commercianti, qualche storpio, gente di chiesa, ladri, maestri; c'erano tutti.

Mi vergognavo un po' di trovarmi a parlare troppo spesso, come sdottorando, e tutti che mi ascoltavano; parlavo fitto e pulito, come un libro stampato. I libri stampati bisognerebbe bruciarli tutti, pensavo; e quelli che li sanno a memoria, bruciarli anche loro (questo però non glielo dicevo mica, non si sa mai). Fatto sta che avvertivo il disagio di sentirmi giudicato idoneo a dirigere perché capace di parlare. Parlare mi era facile: bastava aprire la bocca, e venivano fuori idee, iniziative, programmi, e una volta venuti fuori parevano autorevoli: è un bel vantaggio l'educazione umanistica. Chi sa parlare, comanda. Ma io ce l'avevo con questa educazione umanistica; me ne aveva fatte di sporche. Non volevo comandare; però parlavo. Dicevo: «Non fatevi influenzare da nessuno, e tanto meno da me; fate quello che vi pare giusto»; e tutti dicevano: «Bravo, ostia: facciamo come dice lui».

Per la verità, gli altri non è che tacessero; ciascuno diceva la sua, si sentiva che eravamo d'accordo.

Rino seduto per terra vicino a me, mentre si discorreva di certe pistole da trafugare, si mise a tirarsi su un calzone e infilò le dita nel calzetto. «La meglio arma di tutte le armi è questa» mi disse. Tirò fuori una limetta lunga, cilindrica, affilatissima, una specie di punteruolo filiforme. La teneva infilata nel calzetto. Mi venne in mente Luccheni, che punse Elisabetta d'Austria, moglie di Francesco Giuseppe, con una lima proprio così, talmente affilata e sottile che la Elisabetta non si accorse nemmeno di essere stata pugnalata, e invece aveva questo filetto di lima letteralmente infilato nel cuore, e nessuno lo sapeva finché fu morta. Sentivo più correnti incrociarsi, lì sulla conchetta della Fontanella: l'anarchia politica, i ladronecci di galline, lo storicismo crociano, l'antifascismo. Si avvertiva di essere testimoni di un singolare processo storico, qualcosa che riguardava le componenti sommerse della vita italiana, o forse della storia europea. Quel giorno andai a casa canticchiando:

> E anca Ceco-Bepe – *faceva el caretiere*
> *mancanza de la mula* – *tacava so mujere.*

Storicamente non è vero, Francesco Giuseppe era pieno di distinzione, e sua moglie ancora di più; ma pazienza. Rino si offerse di fare un pugnale lima anche a me, e io accettai. Ero un po' imbarazzato, devo dire, e a suo tempo lo presi col dente levato: ricordava un po' troppo le risse in osteria, le ferite furbesche. "Se va avanti così," pensai "la prossima volta mi regalano un grimaldello."

Era tuttavia un gran piacere trovarsi in mezzo a questo bàgolo. Primeggiavano sugli altri gli studenti e i popolani, ma tutti cercavano di fare qualcosa, perfino i giovanotti azzimati della piazza, i quali si assunsero il taglio dei capelli alle ragazze che si erano fatte vedere coi tedeschi, magari senza vera malizia politica, poverine; il boia era il principale parrucchiere del centro, e il taglio veniva eseguito con finezza, quasi con civetteria.

C'era un uomo ancora giovane, che portava gli stivali neri, un curioso berretto di pelo, e due basette lustre, lunghe e folte. Aveva gli occhi vellutati e i tratti preziosi e lo splendore degli zingari. Studiavamo insieme questa o quella impresa, preparavamo i piani, ma quando si arrivava alla scelta degli esecutori, era sempre lui che alzava la mano e diceva: «Io». Andava sempre lui, solo o con altri, a piedi o in bicicletta, a recuperare, a disarmare. Come un altro respira, per istinto profondo, lui disarmava, recuperava. Si riconosceva subito il tipo dell'eroe popolare, anche se per il momento era una gloria preliminare, notturna: sacco in spalla, carrettino a mano, furgoncino a pedali, esplosivi granulosi, baionette con la lebbra, qualche pistola.

Il suo nome era già una leggenda: veniva da un ambiente familiare che aveva avuto e continuò ad avere tenaci, tempestosi rapporti coi carabinieri. La cosa anziché allarmarmi mi esaltava: c'è una società da smontare, pensavo, e forse questa è la volta buona. Del resto c'era anche qualche ex carabiniere, tra i resistenti del mio paese; e faceva una curiosa impressione vederli vicini, l'uomo col berretto di pelo e i suoi nemici ereditari, affratellati in qualche latrocinio patriottico. Anche gli ex carabinieri si comportavano esemplarmente: ma l'uomo col berretto di pelo splendeva.

La sua successiva carriera fu brillante; era un leader naturale, e la guerra sulle nostre colline ha il suo nome; è un grande onore per noi studenti essere stati insieme con lui sul cominciare delle cose.

La società non è stata smontata, però: dopo la guerra l'uomo col berretto di pelo tornò in prigione, e io dico che è una bella vergogna.

Il punto naturale di orientamento sarebbe stato il gruppo dei miei compagni di Vicenza; compagni di scuola e d'università tra i quali c'era un legame di natura non compagnesca ma, stranamente, educativa e politica. Dico stranamente, perché la scuola e l'università di per sé non promovevano questi rapporti; ma noi avevamo trovato altre scuole, altri pedagoghi.

«L'Italia vera» dicevo a Lelio nelle secche del nostro esilio militare «è rinchiusa nell'animo degli oppositori totali, come Antonio Giuriolo. È uno di Vicenza, avrà trent'anni; è professore, ma non fa scuola perché non ha voluto prendere la tessera.»

«Credevo che non ce ne fossero più» diceva Lelio.

«C'è lui» dicevo io. «E si può dire che noi siamo i suoi discepoli.»

«Cosa vuoi discepolare?» diceva Lelio; ma io gli spiegavo che chi frequentava Toni Giuriolo diventava fatalmente suo discepolo, e in fondo anche chi frequentava i suoi discepoli. «Ormai sei suo discepolo anche tu» gli dicevo.

«Quanti ce n'è di questi discepoli?»

«Saremo una dozzina.»

«Come quelli di G. Cristo.»

«Quelli erano gli apostoli.»

Approfittavo per dargli una breve bibliografia sull'argomento:

Omodeo, Renan, la critica storica. Lelio era colpito: «Come le sai queste cose, tu?».

«Da Giuriolo s'impara quello che si dovrebbe imparare a scuola.»

C'entravano gli apostoli con l'Italia? c'entravano moltissimo. Che cos'è una patria se non è un ambiente culturale? cioè conoscere e capire le cose. «Purtroppo per noi personalmente è già tardi» dicevo; «ci hanno tenuti troppo a lungo nel pozzo, non ci netteremo mai del tutto da questa muffa» e Lelio diceva: «Allegria».

Nella crisi di settembre, coi compagni vicentini non ci trovammo subito. Antonio era fuori zona; era con certi reparti verso il confine jugoslavo, detti i partigiani. Pareva roba slava, ammirevole ma un po' estranea, virtù barbara. Qualcuno dei nostri compagni più autorevoli era anche lui fuori uso; Franco era in prigione. In pratica dovemmo arrangiarci, ciascuno per conto suo.

Sentivamo chiaramente, però, di formare un gruppo anche così dispersi; e istintivamente volevamo cominciare a funzionare come un gruppo, una piccola squadra scelta di perfezionisti vicentini, io, Bene, Bruno, Nello, Lelio, Mario, Enrico e qualche altro. Ci riunimmo una sera e decidemmo intanto di procurarci noi stessi le nostre armi personali. «È un lavoretto da nulla» dissi; «ma per cominciare andrà bene.» Discutemmo a lungo sui modi più consoni; venivano fuori tutte le stramberie della nostra educazione borghese; efferati nei concetti, eravamo molto sensibili e scrupolosi nella pratica.

Se lo scopo è la scancellazione corporale del disarmando, ogni mezzo è buono; ma se lo scopo è soltanto la sottrazione della pistola, bisogna scegliere con cura. Scelto (tra la legna da ardere) un cilindrico paletto dalla scorza bluastra, sospirando decidemmo di bendarlo con delle fasce. «Noi non possiamo non dirci cristiani» diceva Bene.

La sera, a Vicenza, giravamo per le strade in piccole pattuglie di amici, a tre a tre, tutti coll'impermeabile, tutti con le mani in tasca; quello in mezzo aveva il paletto. Sceglievamo con cura gli ufficiali, e ci mettevamo a seguirli. Il paletto uscì di tasca alcune volte, e salì anche in aria: ma se il bersaglio cammina, il momento che il paletto s'innalza, l'intervallo tra esso e la testa automaticamente s'allunga. Decidemmo di sdoppiare le squadre; uno viene avanti, ferma l'ufficiale dicendo: «Scusi ha un fiammifero?». Gli altri due arrivano da dietro e usano il paletto su un bersaglio fermo.

L'ufficiale si sedette per terra; con mani tremanti per l'eccitazione gli sbottonammo la fondina di cuoio, ma era vuota, la pistola non c'era.

Vigliacchi traditori, non avevano neanche le pistole da mettere nelle fondine degli ufficiali!

In tutta la provincia avvenivano le stesse cose, come al mio paese. La gente si radunava, si contava, nascondeva armi; reduci e sbandati fraternizzavano coi nuovi renitenti; le famiglie incoraggiavano, i preti con qualche cautela davano il benestare. O Dio, ce n'era qualcuno che diceva: «Io veramente vorrei vedere l'ordine scritto del Re»; ma c'era anche un sacco di brava gente.

C'era un moto generale di rivolta, un *no* radicale, veramente spazientito. Ce l'avevano contro la guerra, e implicitamente, confusamente, contro il sistema che prima l'aveva voluta cominciare, e poi l'aveva grottescamente perduta per forfè.

Il moto degli animi investiva non solo il regime crollato, ma l'intero mondo che in esso si era espresso. La gente voleva farla finita e ricominciare. Tutti andavano a tentoni: c'era un po' di antifascismo esplicito e tecnico (non molto), un po' di rabbia verso i tedeschi spaccatutto, un po' di patriottismo popolare, e una bella dose dell'eterno particulare italiano, gli interessi locali, parrocchiali. La frase più comune era «salvare il paese» (ossia soprattutto le case del centro, il ponte sul torrente, le cabine, anzi le gabìne, dell'elettricità) dalle presumibili vendette dei tedeschi in ritirata. Naturalmente c'era ancora un'aria di ritirata imminente, di fine in vista; e si parlava di darsi una mano gli uni cogli altri, tra paesani, come si fa in una calamità naturale.

Ma l'anima di questi tropismi era nell'idea di doversi arrangiare da sé, perché si sentiva che tutto era andato in un fascio, sia il fascio che il resto; e così qualunque iniziativa, anche la più moderata, conteneva un germe di ribellione, e questi germi fiorivano a vista d'occhio. Gli istituti non c'erano più, li avremmo potuti rifare noi, di sana pianta; era ora.

Dappertutto (almeno da noi, nel Vicentino) si sentiva muoversi la stessa corrente di sentimento collettivo; era l'esperienza di un vero moto popolare, ed era inebriante; si avvertiva la strapotenza delle cose che partono dal basso, le cose spontanee; si provava il calore, la sicurezza di trovarsi immersi in questa onda della volontà generale.

Ma guarda un po', dicevamo con Lelio; vien fuori che c'è per davvero, la volontà popolare. Pensavamo a quella delle scritte murali; perché quando una cosa si vedeva scritta sui muri, segno che non esisteva; così noi prendevamo per scontato che la volontà dell'Italia non esiste. Invece ora era saltata fuori, e ci eravamo in mezzo. Veniva in mente come dovevano essersi sentiti Lenin e i suoi amici, in quelle prime settimane dopo il suo arrivo alla stazione di Finlandia, e rimpiangevamo la nostra pochezza.

Viaggiavamo in bicicletta da un paese all'altro a stabilire "contatti", a censire, a investire, a parlare col prete, col maestro elementare, con gli studenti, coi gruppi dei reduci. Si entrava nelle case, nelle canoniche, nelle osterie, nelle botteghe; si vedeva come vive la gente, in che modo imposta le sue faccende. Io sono un paesano, ma sul mio paese non avevo mai riflettuto, ero troppo occupato a viverci; non era una struttura sociologica, per me, ma una categoria a priori dell'intuire, parole un po' grosse ma vere. Qui in questi altri paesi e paesetti, ritrovavo schemi analoghi di occupazioni, di condotta, di idee, e ora li vedevo fuori di me, e li capivo. Paesi e paesetti erano ancora rimescolati per effetto della guerra; c'era un'aria provvisoria, incerta, nelle case nelle piazzette nei campi. La gente non sapeva ancora bene come assestarsi di nuovo in una vita normale: le famiglie erano ancora centrate sulle donne, oltre che sui vecchi e sui bambini; gli uomini giovani, tornati appena, parevano un po' in prestito.

Io e Lelio ci sceglievamo, potendo, i paesi del cui aspetto lontano eravamo innamorati; lui amava Trissino, e Barbarano, io avevo varie piccole cotte; e così andavamo ora ai Tretti montanini, ora agli assurdi Cogolli, ai Polèi, agli Arcugnani, ai Gambugliani, alle Tezze polverose, e ai Giavenali di fiaba, caduti in mezzo alla campagna, proprio lì dove fuoriesce dalla terra l'asse del mondo, attorno al quale hanno costruito un campanile. Trovavamo le cucine a mattoni, le stanze con le travature nude, le stalle, le tezze, i cortili; bevevamo l'acqua dalle secchie di rame; sedevamo sulle seggiole spagliate, sulla pietra dei focolari; cospiravamo, parte in casa parte in piazza, in mezzo alla gente delle nostre parti, in dialetto. Il loro modo di fare, di parlare, ci inteneriva. Per la strada chiacchieravamo di poesia, di filosofia, e specialmente di estetica:

perché in mezzo a tutti questi sconquassi credevamo sempre importante l'estetica. Quasi tutti i miei amici la credevano importante; sembra strano oggi ma così era.

Si partiva con le allegre biciclette nuove, comprate a credito; si filava, ora verso nord, ora giù per la Riviera berica, per andare diciamo a Noventa. C'era un allarme aereo a Vicenza, era verso mezzogiorno, e c'erano alti alti in aria sopra la città tanti aeroplanini di stagnola. Si era fatta una specie di lunga colonna di gente che scappava gaiamente in bicicletta chiacchierando e ridendo. Sotto Monte Berico cominciarono degli sbuffi di aria e di polvere lungo questa colonna, uno dietro l'altro in fila, nella stessa direzione in cui ci si stava movendo, ma più veloci. Improvvisamente la strada pareva tutta smossa: davanti alla ruota delle nostre allegre biciclette c'erano delle buche spropositate, e gran mucchi di terra soffice, e tutto un ingombro di fagotti, anzi a un certo punto la strada non c'era più e così ci fermammo. Neanche la colonna della gente in bicicletta non c'era più; restavano banchi di aria polverosa, e qua e là sagome di persone sonnambulate. Appoggiai la bicicletta al cancello di un villino (era periferia, e c'erano villini, col giardinetto davanti e il cancello), e lì c'era una ragazza che si era gettata per terra tra i due pilastrini del cancello. Pensai che si fosse fatta male, e andai a tirarla su. Era una ragazza di campagna, ovviamente una servetta, formosa, attraente; avrà avuto sedici anni. Teneva gli occhi chiusi, e pareva come sbiancata in faccia; cominciai a parlarle tenendola in braccio, ma tutt'a un tratto con viva sorpresa mi accorsi che era morta. Doveva essere scoppiata, quegli scoppi interni che producevano le bombe; di fuori non si vedeva nulla. La bomba aveva fatto un craterino proprio davanti al cancello; sul labbro del craterino c'era un uomo vestito di scuro; aveva solo qualche piccola ferita, ma era scoppiato anche lui; non era morto però, stava solo morendo. Io mi misi a sbottonargli la giacca e il colletto, ma Lelio mi disse di lasciarlo morire in pace. Dalla bocca gli usciva una specie di panna montata color vaniglia.

Restammo lì a tirar su i morti e sbottonare i feriti per un bel pezzo. C'era un uomo che girava chiamando; sotto il braccio aveva un fagotto che era un bambino biondo, robusto, morto, con la faccia simpatica, e i capelli lunghi, di quelli che si pettinano alla mascagna, arrovesciati all'ingiù. C'erano molti crateri e mucchi di terra; si scavava dove diceva la gente esterrefatta: veniva fuori una valigetta di fibra, e uno diceva: «È della mia bambina»; poi veniva fuori un piede di donna, con la sua scarpa, e un altro diceva: «È di mia moglie». Ognuno si riprendeva la sua roba, e quando l'avevano in mano non sapevano cosa farne.

Ogni tanto ripassavano stormi di aeroplani bassi; una parte della gente si spaventava, altri no. Quando i morti e feriti furono sistemati, ripartimmo; nel frattempo qualcuno mi aveva rubato la bicicletta. L'ingegno degli italiani non cedeva ai bombardamenti. Pensavo di rubarne una anch'io, ce n'erano parecchie abbandonate in giro: ma è antipatico rubare ai morti; così Lelio dovette portarmi a Noventa sul palo. Inoltre quelle dei morti erano scassate, e la mia era nuova.

A mano a mano si era diventati un'organizzazione; ora c'erano Comitati, si usava già la parola "clandestino"; si facevano riunioni, si compilavano elenchi in varie colonne, paese, nome e cognome, soprannome, pistole, fucili, munizioni: tutto ciò che può occorrere a una questura per farsi un'idea chiara e dettagliata. Si cominciavano a separare enti politici e enti militari; i promotori si specializzavano a seconda delle vocazioni; molti s'erano scelti un nome falso, ma era più semplice chiamarli con quello vero. Alcuni erano manifestamente persone serie, altri manifestamente no; a noi piacevano specialmente i silenziosi e segaligni ex fuoriusciti che spuntavano non si sa bene da dove. In un paesetto delle Prealpi si andava a trovare un omino con la voce chioccia che aveva combattuto in Spagna; grondava gloria e tristezza, la tristezza della lunga strada che portava a questo paesetto in montagna dove ora stava nascosto; al pomeriggio per svagarsi girava a cavallo pei sentierini dietro il paese, e la gente sussurrava: «È il generale». Era un generale triste. Ci parlava del programma etico del comunismo, della necessità di essere per prima cosa più onesti, più leali, più disinteressati degli altri, che tutto il resto ci sarebbe dato per soprappiù. Lo ascoltavamo commossi e reverenti. Noi eravamo col Partito d'Azione, e ammiravamo profondamente i comunisti. Veramente alcuni, anche molto giovani, erano esasperanti; bravissimi nelle cose pratiche, non si aveva però mai il piacere di fare un vero ragionamento con loro; pareva sempre che facessero apposta a non capire le nostre osservazioni, così sottili, aperte e umane. Piantavano una specie di chiodi, con due tre martellate efficienti; e poi quando si parlava noi stavano a sentire, e ogni tanto tiravano una martellatina per conto proprio, sempre sullo stesso chiodo, come se noi non ci fossimo nemmeno. Ispiravano grande rispetto però; erano ovviamente dentro fino al collo nei nuovi fatti d'Italia, e sempre primi in tutto, sempre sotto, senza calcoli, pagando sempre di persona. È inutile dire oggi che i calcoli ci saranno stati; chi dice così non ha capito niente dei comunisti di allora; noi invece li abbiamo visti coi nostri occhi, e sappiamo cosa valevano. Venivano in mente per contrasto quei compagni di scuola, a Vicenza e a Padova, che continuavano a occuparsi, forse presso una zia in campagna, di Kierkegaard e di Jaspers, o addirittura di esami universitari, per avvantaggiarsi nella vita e nella carriera, magari con qualche lirica ermetica in proprio, trasudata negli intervalli. Di questi grandi villeggianti della guerra civile, la borghesia urbana ne ha prodotti parecchi; non pochi di loro sono oggi energicamente schierati dalla parte degli angeli, hanno fatto carriera, e speriamo che siano contenti.

Erano cominciati anche gli arresti. Presso la questura funzionava una squadra politica, o ufficio politico che fosse; già si avvertiva che sarebbe stata una gara di velocità con questi brutti rangutani, ma a ogni settimana che passava, con la guerra ferma in fondo all'Italia, scemavano le probabilità di far prima di loro. Si cercava ora di agire con certi riguardi, eliminare i liberi dibattiti, ridurre gli incontri non necessari. Io avevo un libretto che avevo intitolato *Cahier jaune* sulla copertina, e lo riempivo di cifre e sigle strappando i fogli a mano a mano che non ne avevo più bisogno; ma sì, bisogna riconoscere che siamo stati noi a obbligarli a inaugurare le torture. L'ho trovato di recente in soffitta; tre o quattro pagine sono ancora scritte. È una geometria astratta di sillabe e numeri, magnifica: non ci capisco più nulla. L'idea di essere torturati su delle annotazioni di cui si è dimenticato il segreto, mi pare, esteticamente parlando, interessante. Molti di noi vivevano ancora nelle proprie case, tranne quelli già compromessi nel periodo badogliano. Tra questi ultimi non tutti erano veramente del mestiere; uno di loro all'otto settembre entrò in un armadio in casa di amici a Venezia e trascorse il resto della guerra prevalentemente così. Gli armadi d'Italia ne hanno viste tante.

Finiva l'autunno: morì mio nonno, e io ero presente nella camera nuda, e vidi questa morte solenne; venne l'inverno. Tutto s'induriva attorno a noi, si strozzava. In principio non c'era quasi distinzione tra attivisti e simpatizzanti; ora gli avventizi si disperdevano. In pieno autunno avevamo ancora uno sciame di ex compagni di scuola sorprendentemente schierati con noi. Alcuni però importavano nei trasporti di esplosivo, di armi, di giornaletti clandestini, certi altri trasporti, e nelle piccole peripezie della normale clandestinità, altre peripezie. Ce n'era uno che nella valigia delle munizioni portava anche oro, non so se rubato o solo contrabbandato, ma per conto proprio non per la maggior gloria di Dio; un altro scendendo un giorno da una corriera, comunicò il risultato della sua modesta missione al compagno incaricato di riceverlo, poi tirò fuori una piccola pistola e si sparò un colpo in mezzo al petto, non ricordo più se per amore o per debiti, ma insomma di nuovo a scopi privati; un terzo s'era portato a casa, in transito, il tascapane pieno di esplosivo, 25 chili; ma sentendo suonare il campanello perse improvvisamente il coraggio, versò l'esplosivo nella vasca del gabinetto e tirò l'acqua. Per giorni a Vicenza si temette per l'incolumità dei cittadini ignari di ciò che circolava nelle fognature.

Ora questi tipi uscivano uno dopo l'altro dalla circolazione: scappavano con la fidanzata del fratello, o si facevano arrestare per rissa, o semplicemente partivano per luoghi lontani (erano spesso gente non nostrana), e quando si andava a casa loro a ritirare i detonatori, le mamme ci dicevano: «È andato in Sardegna, mi ha lasciato questo pacchetto»; e questo pacchetto era una specie di addio alle armi e a noi.

Restammo ciò che eravamo abituati a essere: quattro gatti. Ci sentivamo già in galera per metà, gli arresti ormai ci sbagliavano per caso; cominciava a trapelare qualcosa sul tipo di trattamento che ci faceva la squadra politica; e si vedeva che un arresto tendeva a provocarne altri, e questi altri ancora, a catena. Il popolo italiano ha fatto la sua fiammata, pensavo; adesso tocca a noi. Il giorno che compivo gli anni, in febbraio, vennero a dirmi che era stato arrestato un nostro satellite più informato che atto a tacere; per prudenza andai da mia nonna, qualche casa più in giù in paese, e stetti lì fermo tutto il giorno. Arrivarono a casa mia in due o tre in borghese; maltrattarono un po' i miei, ma non tanto, e non portarono via nessuno. Erano ancora inesperti. A casa della nonna la giornata trascorse tristemente; il nonno e la nonna non c'erano più, gli altri erano via, la casa era vuota e scura. A mezzogiorno mi trovai a tavola solo con la zia Nina, e mangiando le dissi che compivo gli anni.

«Quanti anni hai?» mi disse; ne avevo ventidue. La zia si mise a piangere. «Poveretto» disse. «Sei vecchio, e non sei ancora stato giovane.» Andai su in camera a leggere l'*Elogio della polemica* del Russo. Mi sentivo vecchio, ventidue anni dev'essere un'età critica. Quando ne avevo sui diciannove (non che scoppiassi di gioventù) facevo l'amore a Padova con una ragazza appunto di ventidue anni, che mi diceva con un sorriso rassegnato: «Io sono vecchia e tu giovane; tu sei la Russia e io sono la Germania». Curiose metafore, visto che la famiglia di lei era piuttosto fascista; però la sincerità del sentimento era indisputabile, e mi domando se è proprio a quell'età che una persona normale s'accorge che cos'è la gioventù, quando ormai non c'è più nulla da fare. Però le ultime cartucce sentivo di non averle ancora sparate, e mi raccomandavo a Gesù Bambino.

A tutti i miei compagni di Vicenza era toccata dal più al meno la stessa esperienza. Ognuno aveva fatto il lavoro che capitava, dove e con chi capitava; quasi tutti con un impegno totale, disdegnando studi e interessi privati. A qualcuno ogni tanto si dava la dispensa per motivi particolari, arresto clamoroso di fratello per esempio. Per compensare la famiglia, l'altro fratello poteva fare qualche esame: lo sentivano tutti. E così, nelle crudezze dell'inverno, c'erano qua e là alcuni pochi di noi che studiavano nelle camere diacce, col passamontagne in testa. Solo di giorno, però; perché alla sera, sfilato il passamontagne, uscivano anche loro col secchiello della calce a fare le scritte sediziose, o con altri aggeggi a fare i sabotaggi. I sabotaggi erano modesti, quasi invisibili; le scritte erano cubitali. La nostra propensione generale alle lettere veniva sempre fuori; i testi delle scritte erano ingegnosi, quasi troppo.

Spuntava da sé l'idea di andare in montagna. Era associata con la sensazione che il fermento popolare dei primi mesi fosse ormai sbollito, l'occasione perduta. Ora bisognava arrangiarsi da sé. Non c'era più niente di pubblico in Italia; niente di ciò che normalmente si considera la cultura di un paese. Restavano bensì (oltre ai nuovi istituti di parte neofascista, sentiti come corpi estranei, morbo, minaccia) gli istituti privati, le famiglie rintanate nelle loro case, i nascondigli domestici, il lavoro delle donne; e poi ancora le chiese, i preti, i poeti, i libri, chi voleva poteva ritirarsi in questi bozzoli privati e starsene lì ad aspettare. Questo non era per noi, e non ci venne mai in mente.

L'unica cosa su cui potevamo orientarci, in mezzo al paese crollato, era quella che faceva di noi un gruppo, il legame con l'opposizione culturale e intellettuale. Noi la conoscevamo solo in qualche persona e in qualche libro; ci sentivamo soltanto neofiti e catecumeni, ma ci pareva che ora toccasse proprio a noi prendere questi misteri e portarceli via dalle città contaminate, dalle pianure dove viaggiavano colonne tedesche, dai paesi dove ricomparivano, in nero, i funzionari del caos. Portarci via i misteri, andare sulle montagne.

Perché non c'è stato, nonostante la spinta iniziale, un grande moto popolare, veramente travolgente? Perché non abbiamo almeno tentato esplicitamente di crearlo? La verità è che non avevamo *capito* le possibilità della situazione: nell'euforia attivista dei primi mesi, quel senso di essere portati da un'onda, raramente ci si era fermati a domandarsi: Ma che cosa succede esattamente? Come s'inquadra tutto questo nella storia italiana? Cosa si deve fare, ora, a parte farsi portare dall'onda?

Quando rileggo i testi di Mazzini sulla "guerra per bande", mi morsico le dita. C'è già tutto.

È d'uopo ricorrere ad un altro metodo di guerra. È d'uopo trarlo per così dire dalle viscere della nazione, dalle condizioni d'un popolo insorto, dagli elementi topografici della contrada, da' mezzi che le circostanze ci somministrano.

... la guerra per bande: guerra che schiudendo una via d'opre e di fama a qualunque si senta potente a fare, costituendo in certo modo ogni uomo creatore e re della propria sfera, suscitando in mille guise l'emulazione fra paese e paese, distretto e distretto, cittadino e cittadino, pone un campo alle facoltà individuali, e sveglia altamente l'indole nazionale.

... E l'odio e la vendetta, turpi in sé, si convertono in santissimi affetti, quando la vittima è il depredatore straniero, e l'altare quello della libertà e della patria. E senza quell'odio e quella vendetta non acquisteremo mai la patria e la libertà. E quell'odio si suscitava, se

s'innalzava a tutti il grido di guerra – se si rivelava al popolo la propria forza – se gli si insegnava una guerra che invece di esigere educazione, scienza, materiali di campo e sommessione di schiavo, non richiedeva che ardire, vigoria di braccio e di membra, conoscenza de' luoghi, astuzia e prontezza – se accennandogli l'austriaco, gli si diceva: l'oro, l'armi e il cavallo son preda vostra *– se l'autorità rivoluzionaria diffondeva per ogni dove la chiamata e le somme norme della guerra per bande – se pochi vecchi soldati davano un primo esempio, cacciandosi alla testa de' giovani che dipendevano dal loro cenno – se la bandiera dell'insurrezione si faceva sventolare ne' villaggi, nelle campagne, su' campanili delle parrocchie – se si davano armi da fuoco, o mancando quelle, si fabbricavano picche ed armi da taglio.*

E lime.

Bastava aver studiato i testi giusti, essere un po' meno ignoranti. Si doveva proclamare l'insurrezione, *subito*. Non la resistenza, ma l'insurrezione: il fondo della situazione, la sua carica esplosiva era politica, non convenzionalmente militare; bisognava impostare subito una guerra politica e popolare, non una resistenza generale e attesistica; agire, non prepararsi. Bisognava dire: andiamo giù in paese, stasera, ora. Chiamiamo la gente in piazza, suoniamo il tamburo, esponiamo le bandiere, i ritratti: possiamo esporre insieme i ritratti del Re, del Papa e di Lenin; tutto il mondo è con noi. Gridiamo: Viva i sovieti! viva Gesù Eucarestia! Il resto s'inventa da sé.

Era un niente, in quei giorni, avviare la rivoluzione, l'Alto Vicentino avrebbe preso fuoco in poche ore. Bastava pensarci. Se c'è un comitato nell'aldilà, che giudica e registra i meriti patriottici, questa non ce la perdoneranno mai.

Naturalmente ci avrebbero presto sterminati, almeno la prima infornata, e poi anche la seconda e la terza. Ma almeno l'Italia avrebbe provato il gusto di ciò che deve voler dire rinnovarsi a fondo, e le nostre lapidi sarebbero oggi onorate da una nazione veramente migliore.

Bastava conoscere i testi; ma purtroppo noi non li conoscevamo. La storia della rivoluzione russa ci pareva bellissima ma impertinente; i nostri compagni più autorevoli che probabilmente conoscevano i testi, erano assenti, o in Carnia, o in galera; e mi viene in mente che forse l'hanno fatto apposta, di non mandarci un breve cenno bibliografico, perché conoscevano i nostri temperamenti, e temevano che volessimo strafare. Ad ogni modo, in autunno non avevamo concluso nulla, e poi nell'inverno si era venuti a questa stretta, si era rimasti soli e nudi. E così verso la fine dell'inverno, ci siamo cercati istintivamente, per andare almeno insieme in montagna, col senso che non restasse più che il tesoretto dell'antifascismo da difendere, l'onore, per modo di dire.

Ho detto che eravamo soli e nudi: è una metafora. La Marta aveva una casa di campagna, su un rialto in mezzo a due piccole valli di collina; aveva un mucchio di bei libri, e teneva una specie di corte, o rifugio, dove accorreva ogni maniera di gente. Era un centro privato, ma importante e caotico come un ente pubblico; e di lì si era messa a proteggere anche noi. Mi diede subito un'identità falsa (era niente per lei falsare un'identità), mi calò alcuni anni perché non rientrassi nelle leve richiamate, e mi raccomandò di non attaccare discorso senza necessità: «Quando apri la bocca puoi parere maggiorenne» mi disse.

Mi alzavo alla mattina col sole: lavoravo la terra coi contadini a bocca chiusa, tutta la mattina; facevamo uno scasso reale, che è una fossa fonda per le viti, ed è l'unico scasso che posso dire di saper fare. Poi prendevo un bagno e passavo il resto della giornata a leggere libri. Sarebbe uno spasso la vita, se si potesse fare sempre i parassiti, i mantenuti.

La Marta si dette molto da fare per noi; ma era sempre così attiva che qualunque nuova aggiunta alle sue attività si perdeva come un paletto gettato in un gran falò. Andava e veniva continuamente, anche perché aveva una professione, forse due, e doveva andare in città ogni giorno feriale, a farle.

Era davvero una donna singolare: era stata dappertutto, conosceva tutti. Il Tirolo, Edimburgo, Milano, Tripoli; dappertutto era casa sua. Si sa che fatti i conti, il Croce deve aver avuto circa mezz'ora, nella sua lunga vita operosa, per studiare Platone; così lei avrà avuto circa mezz'ora per la Dordogna e cinque minuti per Pantelleria: ma aveva fitti rapporti con entrambe. Era infermiera, professoressa, agricoltora, interprete; e si era sempre adoperata per la gente, famiglie, individui, categorie. Aveva un modo avventuroso, romanzesco di assistere la gente: compariva all'improvviso, spesso travestita (ma pareva sempre un po' travestita), le piaceva irrompere in mezzo a una vita, a un ambiente familiare, e travolgerli. Sceglieva spesso la gente qualunque, conoscenti, compagni di viaggio, parenti di subaffittuali dei suoi parenti. Portava regali, proposte di impiego, biglietti di viaggio, ricette di piatti scozzesi; afferrava un membro della famiglia, e se lo portava via in viaggio, un po' travestito anche lui, forse una sciarpa irlandese, un cappello brasiliano, capi di buona marca.

Io credo che prendesse anche delle gran cotte per le persone che giudicava ammirevoli; cotte in senso tra fraterno e materno, cotte di ammirazione. Queste moltiplicavano la sua energia, già spettacolare, ne facevano una misteriosa eruzione della natura. L'otto settembre deve averle colpito la fantasia: adottò subito, come sua figlia e sorella, la resistenza vicentina in blocco, non nel senso che avesse a che fare con tutti, ma nel senso che ogni rappresentante, ogni aspetto che ne incontrava, lo trattava come suo. Ci credeva tutti bravi, uno più bravo dell'altro, degni di qualunque eccesso. La cosa più singolare in lei era che non spadroneggiava mai (tranne le piccole cose, il risotto freddo alla mattina presto, per imitare il *porridge* degli scozzesi, e altri simili tocchi di mondanità eccentrica), anzi sottolineava l'umiltà quasi ancillare delle sue funzioni.

Esse invece non erano affatto ancillari: non era, la sua, la figura convenzionale della crocerossina, abnegata, spargitrice di balsamo; i suoi servigi erano creazione, invenzione. Era un'inventrice: inventava con la naturalezza con cui altri ride e piange; presso di lei si era in un mondo di fantasia, imprevedibile. Bisogna dire che in noi aveva forse trovato, oltre che i suoi indegni pupilli, anche un pubblico sensibile; perché la sua energia era sempre accompagnata dal piacere di sorprendere, di far sgranare gli occhi; e noi in tutta sincerità li sgranavamo. In certi momenti non pareva nemmeno una donna, ma una specie di incantatrice, in gara con se stessa e impegnata a superarsi, forse per l'esaltazione di vedersi in mezzo alla gioventù (era un po' più anziana di noi) e di sentirsi necessaria.

Metà di lei era Florence Nightingale, l'altra metà Mata Hari; aveva il gusto della mistificazione, del trucco non strettamente indispensabile, del travestimento come fatto stilistico. Ci procurava le carte false, e le armi, ma non da fuoco; aveva una fede cieca nelle armi di bronzo, specie una pesante che chiamava lo scazzapugni, probabilmente un pezzo autentico dell'età del bronzo; l'aveva data a me, ma purtroppo in seguito la perdetti. Ci procurava tutte queste cose, ci raccoglieva, ci preparava: ma quando fummo pronti e equipaggiati, avrebbe voluto anche travestirci, possibilmente da donna. Qualunque scusa era buona per tentare di vestirci da donna; ma data la nostra riluttanza, era costretta a limitarsi lei stessa ad alcuni piccoli travestimenti. Il suo istinto sarebbe stato di travestirsi da carabiniere scelto, o da guardia di finanza, o da ufficiale austriaco dell'altra guerra; ma poi si accontentava di modelli più banali, la mendicante col bastone, la vecchia contadina col fazzoletto colorato in testa e il cesto delle violette, la cartomante. Stranamente, più si travestiva e più la riconoscevano. Si avvicinava alla gente con una gerla sulle spalle e il viso imbrattato di fuliggine, e la gente diceva: «Carissima: che piacere: ti trovo tanto bene».

Nell'imminenza di partire per la montagna, tanto per farla contenta provammo a vestire Bene da donna, coi tacchi alti e la veletta; pareva una puttana, e questo andava bene. Ma è incredibile quanto grande pare un uomo vestito da donna; figurarsi Bene, che era già grande per conto suo. Pareva una puttana immensa, una ciclopica vacca, molto bella per la verità. Sarebbe stato immediatamente arrestato per oltraggio al pudore, alle dimensioni stesse del pudore; e così lo svestimmo, e mi ricordo che anche in canottiera e mutande di tela pareva ancora molto, molto grande.

Anch'io (tanto per provare) mi ero messo il rossetto e un abito da donna nero e corto, attillato, i tacchi alti, e due patate sul petto; poi mi misero gli orecchini, e un cappellino con la veletta, e andai davanti allo specchio a guardarmi. Il riso mi morì sulle labbra. Ero bellissima. Mi svestii in gran fretta.

La Marta ci procurò eleganti borse e sacche da viaggio, roba da treno internazionale; dentro c'erano i nostri zaini militari, maglie di lana, e qualche arma antica e moderna. Poi ci fece salire in treno, e ci distribuì le parti: uno cugino, uno idiota, uno conoscenza di viaggio. Le piaceva l'idea di portarci ai piedi dei monti col treno. Reparti di montagna non ce n'erano ancora dalle nostre parti; andavamo noi a farne uno nel Bellunese, dove c'era Antonio. Arrivammo a una stazioncina prima di Belluno; eravamo io, Nello e Bene; ci fu un incontro notturno con Antonio.

Vidi nel suo viso per un attimo, mentre mi abbracciava, un riflesso di soddisfazione che anch'io fossi lì. Ne fui contento, ma anche un po' sorpreso perché a me la cosa sembrava ovvia e scontata. Forse Antonio sottovalutava la profondità della sua influenza; era così abituato a dover far parte per se stesso, e vedere le cose e i fatti andare per conto loro, vedere, per dir così, la storia sbagliare. Forse sottovalutava anche un poco in noi, in me, la assoluta, quasi folle convinzione del primato delle idee. I fatti significativi mi pareva che avvenissero nella sfera dei pensieri, dove si accetta o si respinge questo o quello schema generale di condotta: il resto mi pareva sottinteso, mera esecuzione. Ma lui era stato abituato a far lo sconto alle intenzioni, e in queste cose guardava solo i fatti pratici; così un po' mi rallegrai che il vedermi lassù fosse per lui una buona prova, un po' me ne rattristai *en passant*, per non aver ottenuto la fiducia completa, in bianco, che sottintendevo di meritare. Era sempre così in quegli anni: quando non mi giudicavano perfetto, mi rattristavo.

Poi gli zaini uscirono dalle sacche eleganti, e noi ce li mettemmo addosso, e ci incamminammo per andare in montagna.

4

Nel Bellunese c'è un budello di valle che si chiama Canal del Mis. I luoghi che vi danno accesso li ho conosciuti solo di notte, Sospiròlo, Sèdico, Mas, Santa Giustina: terre notturne. La struttura della zona mi sfuggiva, ammesso che ci sia: c'erano borghi, campi, argini, greti, strade buie, case mute; o non c'era nessuno in quei paesi, o dormivano tutti, uomini e bestie.

Ci aggirammo nella zona per un paio di notti, seguendo una guida locale. Ogni tanto mi trovavo davanti il greto del Piave e pensavo: cosa fa qui il Piave? cosa c'entra? Forse il frutto di tutto questo girare furono i quattro catenacci che debbo pur chiamare le nostre prime armi: forse andavamo a raccoglierle nei campi, non mi ricordo più.

Nel mezzo della seconda notte la guida si voltò fermamente verso i monti, per imboccare il Canal del Mis. Quando ci fummo sotto, tutt'a un tratto sentii la struttura; camminavamo tra alte serrande e contrafforti a incastro, e si percepiva l'impianto del solco lungo e nudo che è il Canale. Camminiamo un pezzo sulla strada in fondovalle; prendiamo un sentiero a destra che si aggrappa al monte, e in pochi minuti siamo alti alti nell'aria nera. Andiamo su per qualche ora al buio; ci fermiamo in una piccola radura sul dosso dei monti.

La esplorammo a tastoni, c'era una malga, sprangata. Questo posto si chiama Landrina; nevica. Ora chi ci ha accompagnati ritorna giù: restiamo soli, io Nello e Bene. Ci si mette a dormire nel porcile di fianco alla malga. Siamo arrivati, siamo i partigiani.

Bene, rannicchiato sulla paglia tra me e Nello, sbuffava e brontolava. Il porcile era per certi versi un luogo chiuso, per altri un luogo aperto; era addossato a un muricciolo a secco, ed era fatto di assi incoerenti. Per gli spacchi entravano spifferi di vento, ed era principalmente con questi che Bene ce l'aveva, perché era sensibilissimo alle correnti d'aria: diceva che queste cose poi si pagano, dopo i trent'anni, o i quaranta. Notai con una certa sorpresa che gli interessavano quelle età: astrazioni barocche.

«Sta' fermo» gli dicevo, perché continuava a girarsi, e ora scopriva Nello, ora me. Avevamo una coperta sola.

Per gli spacchi entrava anche qualche favilla di neve, ogni tanto ne sentivo una che mi si veniva a posare sul viso, e in un attimo si scioglieva. Si sentiva che eravamo assurdamente soli, per chilometri e chilometri e chilometri.

«Che bella notte» diceva Bene.

«Dormi» dicevo io. Nello non diceva nulla. Tutto ciò che si ricorda di lui, in quei mesi, pare che porti un piccolo sigillo. Sentivo i teneri cristalli intralciarsi con le palpebre, fare una minuscola lotta.

Alla mattina, il luogo era attraente, scarno ma non selvaggio: stavamo su una specie di terrazza orientata a sud. Mi misi subito a guardare gli esiti dei sentieri calcolando con gli occhi come si potrebbe organizzare un fuoco di sbarramento. L'idea per il momento era puramente teorica: l'unico vero fuoco che avremmo potuto fare era quello di legna, ammesso che riuscissimo ad accenderlo. Provai a parlarne a Bene, ma lui mi disse: «Non sei stato al corso, tu? pensaci tu».

Al corso ci avevano insegnato principalmente a prendere le trincee. Se i tedeschi fossero stati un popolo sportivo, si sarebbe potuto mandargli a dire, quando venivano su per il sentiero: Fate una trincea, e noi veniamo a prenderla...

Il sole era alto; sentimmo voci alle nostre spalle, la spianata era già invasa, gente arrivata da tutt'altra parte. Per fortuna erano compagni, le prime reclute del nostro reparto.

Quel giorno e il successivo ne arrivarono parecchi altri: a un certo punto vidi da lontano venir su pel sentiero uno che camminava con passo legnoso e stizzito, dando qualche calcio ai sassi. Era biondo e imbronciato: era Lelio. Lo aspettavamo, ma dava sempre una certa emozione, quando si era su, veder effettivamente arrivare gli amici.

In due o tre giorni il piccolo reparto fu al completo. Oltre a noi quattro da Vicenza, che ci sentivamo il nòcciolo, c'erano quindici o venti popolani della zona, alcuni assai giovani, i più reduci dalle Russie e dalle Balcanie; uno era cuoco, bravissimo; che dovesse venire proprio lassù a fare il cuoco pareva un peccato, gli altri aspetti della situazione gli interessavano mediocremente. Si mangiava una volta al giorno, ma bene e in abbondanza. I Comitati in pianura dovevano essere tutti sudati.

Frammischiati coi bellunesi c'erano anche tre o quattro ragazzi di pianura, uno era addirittura da Venezia, lo chiamavamo Ballotta e aveva le ulcere. Non mi ricordo dove le avesse, ma le aveva: e i suoi tentativi di fare il partigiano, con queste ulcere dentro, erano commoventi. Non sapeva né camminare, né portare, né sparare (non che occorresse molto per il momento), né orientarsi. La sua era una lotta contro le ulcere; ma si ostinava a volerla fare lassù. Dopo qualche settimana andammo a riconsegnarlo a certi parenti che aveva nell'Agordino, e lo lasciammo là. A lui venne da piangere, e a me viene in mente che se le medaglie fossero una cosa seria, il nostro primo grande decorato dovrebbe essere lui. Abbiamo due medaglie d'oro fra i nostri compagni più stretti, uno è Antonio, e l'altro è il Moretto; ma se i decoratori avessero idee chiare sulle medaglie, sarebbe giusto proporre anche Ballotta, veneziano con le ulcere.

Tecnicamente i ragazzi di pianura, più o meno studenti, erano in complesso materiale poco pregiato. Due cose giovavano principalmente in questo genere di esperienza, la *nurture* montanara, oppure essere canaglie per natura; quelli fiorivano subito, gli altri no. Non capivano la montagna, e tanto meno la banda, l'embrione di banda che eravamo; si rintanavano, cercavano i cespugli dove li si trovava pallidi, vergognosi. Io volevo proclamare esplicitamente la libertà di masturbazione, per aiutare questi poveretti, dargli uno statuto; ma fui sconsigliato.

C'erano anche due studenti d'università, padovani, bravi, e fratelli. Erano ragazzi che conoscevano il vivere del mondo. Uno dei due aveva la chitarra, e si mise subito a comporre una canzone, parole e musica, per il reparto; la detestai immediatamente. Diceva fra l'altro: *È freddo il vento, la notte è scura – ma il partigiano non ha paura*; questo può passare, ma poi diceva anche: *pensa alla mamma, la fidanzata – la sola donna ch'egli abbia amata*; e questo assolutamente non va. Purtroppo ai popolani la canzone pareva molto fina. L'autore la cantava (era lentissima) e loro gli andavano dietro sforzandosi di imparare le parole, e dicevano negli intervalli: «Questa canzone qua ne farà della strada». Chissà che vada fino in Polonia, pensavo, così non la sentiamo più.

L'altro fratello mi parlava dei gesuiti e della loro grande abilità nel manovrare idee e persone. Neanche i gesuiti mi persuadevano. Lasciamoli stare, pensavo, parliamo di guerra. Ma quando si parlava di guerra i due di Padova dicevano continuamente: «Spetémo... vedémo...». Mi è restata l'impressione che nelle guerre civili i padovani tendano a essere riflessivi, opportunisti. Sentivo che questi due rappresentavano il buon senso, ma non eravamo in una crisi? Cosa c'entrava il buon senso?

In teoria c'era anche un commissario politico, che però aveva ancora da fare in pianura, e veniva solo a visitarci. Il comandante ero io. Veramente non volevo saperne di comandare, ma mi dissero di non fare storie. Ci sistemammo tutti nella malga, che era molto più chiusa del porcile. Verso sera si accendeva il fuoco, e presto ci abituammo al fumo, che era chiaro pungente e aromatico. L'armamento era scarso: due fucili, due o tre pistole, qualche baionetta, un sacchettino di palle non tutte adatte ai fucili e alle pistole. «Si possono sempre tirare a mano» disse Bene.

Alla sera i ragazzi di Belluno, tralasciato il lugubre inno del reparto, cantavano in mezzo al fumo canzoni popolari che io conoscevo in versioni espurgate; quei personaggi delle canzoni ci diventavano affettuosamente familiari, quasi quasi mi pare di essere stato partigiano col Bìscaro, come se fosse tornato al mondo dopo il suo spettacoloso funerale, e fosse venuto su con noi. Il funerale era stato memorabile: le trecento donne perdute, tutte col velo nero, pallide e senza trucco, seguivano il feretro biascicando le parole della propria canzone; le prime quattro portavano la singolare corona; ultimo in fondo, isolato, vestito correttamente di scuro, veniva avanti a passettini piluccati il *chief mourner*, il Culattone sconvolto dal dolore.

Ascoltavamo attenti l'elenco delle malattie del grande scomparso, specie le terribili silifilighe che l'avevano condotto alla tomba. Erano colore del bargiglio strisciato, con striature pavonazzette.

«Questa sì che è una canzone» sussurrai a Bene.

«Molto fresca» disse Bene; perché io quando volevo lodare una cosa dicevo che era fresca, e lui mi rideva addosso.

Alcuni dei bellunesi erano deferenti, altri prudentemente cordiali, altri taciturni. Capivo che bisognava ispirargli fiducia. Per il momento ci giravamo attorno, per così dire; si vedeva che ce n'erano di molto bravi. Stranamente il rapporto tra noi e loro mi pareva sbagliato, come se non fossimo lì veramente alla pari.

Mi ripetevo mentalmente: "Autogoverno, autogoverno". Nominai subito un vice comandante fortemente autonomo; era stato sergente nelle Russie, era bravo e serio, e piuttosto riservato. Avrà avuto ventott'anni.

«E com'è andata, là in Russia?» gli dicevo.

«C'era una russa che mi voleva bene.»

Del lato militare della faccenda non s'era occupato molto. «Io sono stato la più parte con questa russa» diceva. «Aveva anche tre bambini.»

«In che lingua vi parlavate?»

«Nema kukuruscia.»

Questo sergente era introverso; ce n'era anche uno estroverso che quando gli davo un ordine sbagliato diceva: «Scusa sai, comandante, io obbedisco, ma secondo me l'ordine è sbagliato»; e io lo cambiavo.

Ero deciso a instaurare l'autogoverno, ma avendo esortato i giovani ribelli a non usare come latrine gli spazi prossimi alla malga e trovando poi fra i cespugli presso la malga una cospicua testimonianza di disubbidienza, chiamai l'Adunata agli Escrementi. Schierai il reparto concentricamente attorno agli Escrementi; io in centro, presso di Essi, arringai il reparto con vigore, puntando il dito. Parlai della disciplina, dell'auto-disciplina, dell'Italia e dell'umanità. A Bene che non aveva fatto il militare, la cosa piacque molto, ma in realtà non credo che sia stata una buona idea. Del resto non era nemmeno un atto originale, prodotto dal nostro proprio fervore morale: l'Adunata agli Escrementi l'avevo vista fare al corso allievi, promossa dal mio capitano, quello con l'occhio di vetro. Insomma era roba *copiata*.

Infatti subito dopo cominciarono i rimorsi. Alcune delle facce dei miei compagni radunati avevano un'espressione distintamente scontenta. Era gente già stata in guerra, mentre noi eravamo a Padova a suonare l'oboe sommerso, che poi non si sa che suono possa fare, farà glu glu. Sentii che avevo ricostruito l'atmosfera di una caserma; mi venne una fitta di vergogna. Questa non è la guerra per bande, mi dicevo; questa è come una nuova naia, e per di più naia malfatta.

Pur essendo il comandante, facevo naturalmente i turni di guardia come tutti gli altri, anzi mi sceglievo i peggiori, dalle due alle sei della mattina per dare il buon esempio. Questo turno di guardia si faceva a un cento metri dalla malga, in piedi tra le frasche, in mezzo alla neve, nel buio. In quelle ore di solitudine assoluta, ghiacciata, uno si sentiva soldato, frate, fibra dell'universo, e mona. Il freddo era schifoso.

I viveri arrivavano su con la carrucola, dal basso. Ai piedi del monte c'era una casa di contadini e la carrucola partiva da lì; una sera andammo giù in due o tre, in visita, tanto per assicurarci che il mondo c'era ancora, e che la guerra non fosse già finita in nostra assenza. La famiglia era nella stalla, come pure le bestie; si entrava in stalla dalla cucina, direttamente. Il caldo era magnifico, era puzza calda, fatta di fermenti: pungeva gli occhi come un formicolio. C'erano tre vacche e alcune capre. C'era fra le altre una donna robusta e ancora giovane, che mi parve singolarmente desiderabile, lì nella stalla. In questa stalla quella notte restai a dormire; gli occhi mi pungevano, e avevo l'impressione di calamitare le pagliuzze.

Avevamo tutti i capelli un po' lunghi; Bandiera disse che sapeva fare il barbiere e io per dare l'esempio mi feci tagliare i capelli da lui, su uno sgabello, in mezzo alla spianata. Aveva un sacchetto di attrezzi; mi legò al collo uno straccio e cominciò direttamente a macellare, senza preparativi, senza gradualismo. Mi sgorgavano dagli occhi grosse nocciline di pianto; il reparto era radunato all'intorno, le facce esprimevano sensazioni convulse; il cielo era annuvolato. Bandiera macellava in fretta. Il suo vero mestiere era letteralmente il macellaio. Alla fine estrasse dal fagottino uno specchio di metallo e me lo diede. Non distinguevo nulla, la superficie dello specchio rifletteva solo uno strano campo biancastro, malato; poi vidi che in questo campo cresceva un orecchio, e riconobbi con una scossa la veduta laterale della mia testa. I capelli erano stati divelti fino all'altezza della tempia; sotto c'erano queste superfici albicanti, coi riflessi verdognoli di una campagna appestata. Parevo un frate tignoso trattato col verderame. Bandiera era scappato via. Quando tornò al campo, il giorno dopo, mi era già passata. Volli però indagare sulla sua esperienza di barbiere, e mi confessò che aveva soltanto *dormito* con un barbiere: fu una notte dopo l'otto settembre a Portogruaro.

Non me li ricordo più bene questi ragazzi di Belluno; qualche faccia, qualche nome, ma raramente insieme, oppure la voce, o le cose che dicevano. Bandiera, che era il più spericolato, quando voleva lodare una cosa piacevole la paragonava alle bòtte, e della più piacevole tra tutte le cose che ci sono in natura, la Natura delle donne, diceva che piuttosto che un carico di bòtte, è meglio un carico di quella. Il concetto di carico mi affascinava; me lo sognavo alla notte. So che molti di questi ragazzi sono finiti male, ma non ho mai voluto sapere i dettagli: da accenni uditi per caso so che c'entrano i ganci usati dai tedeschi nella zona; e i cavalli che ci strascinavano, forse dopo morti forse ancora vivi. Così ci fu anche il carico di bòtte. Come si saranno comportati? E come ci saremmo comportati noi signorini, io in particolare? Ma sono cose marginali, come ci si comporta.

Un giorno vedemmo una lunga fila di soldati che marciava in costa e puntava sul campo. Ci fu tra noi un breve sbigottimento, come quando guidando di notte si vede un ponte o un tunnel dove si sa che non c'è, e si pensa "dev'essere così che avvengono gli incidenti"; ma poi osservammo che non avevano armi neanche loro. Erano preceduti da un bambino di nove o dieci anni; noi li aspettavamo in ordine sparso, con le mani in tasca. Quando furono arrivati il bambino disse: «Sémo inglesi». A noi venne da ridere, e anche questi soldati si misero a ridere vedendo ridere noi; poi facemmo conoscenza. Erano ottava armata, ex prigionieri scappati all'armistizio, avevano vissuto nelle case dei contadini della zona; ne parlavano con schietta ammirazione.

Stabilito che volevano arruolarsi, io li feci radunare in cerchio e dissi:

«Do you want to be soldiers or cooks?».

Sillabavo queste parole con molta serietà, e con l'orgoglio di mostrare quanto eravamo democratici e rispettosi della volontà individuale delle reclute. Forse se ci fossero stati membri delle classi dirigenti, mi avrebbero risposto con una di quelle battute compassate e ellittiche di cui sono maestri. Io credo che gliele insegnino a scuola. Invece essendo popolani consentivano a qualche spunto didattico: dalle loro spiegazioni conclusi che l'ottava armata era un'associazione di cuochi-soldati, o di soldati-cuochi, e li assumemmo a tutto fare.

Erano soldati di professione, i primi che mi capitava di conoscere; è vero che avevo dei cugini sergenti e marescialli di carriera in varie armi italiane, ma intanto erano sottufficiali, non soldati, e poi si sentiva che l'intera impostazione era diversa; nei miei cugini il centro della faccenda era la divisa, le tagliatelle, la paga, l'orario di servizio; in questi inglesi il centro era la resistenza fisica. Erano persone di aspetto normale, ma *tough*, che si pronuncia *taf*, e vuol dire che puoi pestarlo fin che vuoi: materiale da campagna militare. Se c'era da portare, portavano, da marciare, marciavano; qualche volta alla fine, togliendosi le scarpe rivelavano piaghe spettacolose su cui avevano camminato per ore senza dir niente, salvo una loro piccola giaculatoria. I nostri montanari erano spesso più forti di loro, e più veloci camminatori in montagna, ma non così *tough* nel sopportare tranquillamente la fame e la sete e le piaghe e tutto il resto.

Presto cominciammo a capirci benino; loro erano curiosi delle parole che ricorrono più frequenti nella nostra lingua, come *cramento* e *mona*, noi della principale loro espressione, che giudicammo un compendio di ciò che l'inglese medio pensa e sente della natura e della società: *fochinàu*. A loro piaceva la canzone della ragazza chiamata Rosina, visitata da cinque alpini, tutti e cinque la medesima sera; a noi quella dei sei cavalli bianchi, e qualche altra. Stentavano però ad afferrare il concetto di che cos'è una bestemmia: spiegavamo attentamente che è un importante istituto cattolico, e ne illustravamo lo schema e il meccanismo. Fingevano di capire, ma non capivano. La bestemmia col soggetto e il predicato è veramente incomprensibile a chi non ha la fede. Invece capivano la canzone dello spazzacamino, che dedicavano mentalmente alle principali attrici del cinema americano, figurandosele a turno con le parti pudende tutte annerite.

Nelle nostre discussioni e decisioni non intervenivano; ci stavano a guardare, piuttosto che a sentire; si erano aggregati, ed erano disposti a seguirci. Non si capiva se si considerassero tenuti a star lì per dovere patriottico, o per un loro codice di onorabilità professionale, o per qualche oscura preferenza privata. Alcuni erano ovviamente minati nel morale dagli anni di prigionia, taciturni, svuotati. Lo si vedeva nello sguardo assente, vagamente impazzito. Qualcuno scompariva all'improvviso, senza dir nulla, di notte, e alla mattina non lo si trovava più, e i suoi compagni dicevano: «Forse cerca di andare in Svizzera».

Gli altri, con qualche reticenza, ci diventarono amici. Si sentiva che dovevano avere una loro vita intima, dei sentimenti che per la lingua e per il loro riserbo ci restavano nascosti; Walter teneva un diario, e ci domandavamo quali sfoghi e riflessioni ci mettesse dentro. Bene si fece mostrare una pagina; sotto la data c'erano scritte solo due parole:

Weather glorious.

L'aggettivo ci piacque enormemente. Almeno era glorioso il tempo.

Per addestrare i non-montanari, li facevamo marciare per ore sotto agli zaini pieni di fagioli (i Comitati erano insuperabili nel rifornirci di fagioli), benché in certi momenti mi sembrasse che la cosa servisse piuttosto a sfiancarli che altro. Tutti facevamo esercitazioni sul terreno. Cercavo di figurarmi il tipo di scontro o anche solo di incontro che poteva essere probabile: buttarsi per terra, sparare per primi, rotolare dietro un masso... Io e il sergente estroverso davamo l'esempio, facevamo gli atti da pagliaccio, esortavamo gli altri a farli anche loro. Una parte di me diceva: Queste cose ci vogliono, non sanno neanche buttarsi per terra. L'altra parte diceva: Pagliaccio.

Le quattro armi che avevamo erano quasi uno svantaggio. Bisognava lustrarle, contarle, custodirle; avevamo perfino fatto una rastrelliera per depositarle in bell'ordine. Ai più inesperti si faceva sparare qualche colpo di prova, contro la schiena del monte, specie con le pistole. Alcuni colpi se li sparavano anche in tasca, e uno o due, per la verità, ce li sparammo anche noi in tasca, giocherellando col grilletto delle pistole, assorti nei nostri pensieri, e arrossendo poi di vergogna dopo lo sparo sordo, accusati dal buco nella stoffa.

«Servono queste armi, se viene qualcuno a prenderci?» disse timidamente uno studente di pianura.

«No» disse il sergente estroverso.

«No» dissi io.

«Allora perché non le seppelliamo in qualche parte?» disse lo studente di pianura. «Non sarebbe meno pericoloso?»

Su questo punto non ero certo disposto a transigere, ma non ebbi bisogno di far discorsi; l'intero reparto intervenne a dire di no, vicentini, padovani, bellunesi. Le armi erano il nostro *status.*

Le odiavo cordialmente, perché erano poche e brutte e vecchie; ma erano sacre.

Radunai il reparto e feci una piccola orazione: «Vogliamo restar qua a consumare polenta aspettando i rastrellamenti? Dobbiamo prendere l'iniziativa, dobbiamo fare azioni, anche piccole ma continue, una dietro l'altra. Noi faremo le azioni, e le azioni faranno noi. Impareremo andando avanti, sbagliando se occorre».

«Che genere di azioni?» disse uno dei padovani.

«Andiamo a far saltare qualcosa» disse il sergente estroverso. Avevamo un po' di esplosivi, una parte ne avevamo già usato per esercitazioni che erano costate la vita a due o tre alberi dietro la malga. Gli scoppi in mezzo ai monti venivano gagliardi, e la gente in valle diceva: «Senti? hanno anche il cannone».

L'idea di far saltare qualcosa piaceva a tutti, anche ai padovani. Restava la scelta della cosa destinata al salto. Il ponte all'imbocco del Canale era lì, comodo; ma una volta che fosse andato con le vergogne per aria, le noie principali le avremmo avute noi, per attraversare la valle. La linea ferroviaria, in pianura, era praticamente un obiettivo militare ma Bene, che aveva una coscienza civica sviluppatissima, pensava al primo treno, e diceva: «E il macchinista? e il fuochista?».

Finalmente scegliemmo la centrale. C'erano problemi civici e umani anche qui, ma in fondo problemi ce n'è dappertutto. I piani erano pronti, i compiti assegnati, lo zaino dell'esplosivo pieno: restava una formalità, l'autorizzazione del Comitato. Mi pareva più regolare procurarcela. Ma il Comitato, urgentemente interpellato per interposta staffetta, ci mandò urgentemente a dire: «Siete matti? guai a voi se toccate la centrale».

«Un crucco» diceva Lelio. «Si va giù in tre, e il primo che capita fa il salto.»

«Forse è meglio un politico.»

«E se poi è uno che fa il doppio gioco?»

«Interpelliamo il Comitato.»

«Siete matti?» mandò a dire il Comitato. «Guai a voi se toccate qualcuno.»

«Il Comitato non vuole.»

«Merda in bocca al Comitato.»

Andammo giù in tre, non forse con l'intenzione di mettere in atto quest'ultima minaccia, ma per cercare esperienza.

Era ancora freddo, e sopra gli abiti borghesi portavamo cappotti militari. Nella tasca destra del mio cappotto (che era gigantesco) avevo una piccola rivoltella, roba da signora, da boudoir. La provincia era mezza amministrata dai tedeschi; guardie e carabinieri non erano veramente nocivi, e insomma non correvamo nessun pericolo reale; un po' come Pinocchio, quando girava di notte, c'erano dei pericoli, ma finti.

I giandarmi dissero *Alto-là* nel buio; gli eravamo andati praticamente addosso. Un fascio di luce sgarbata ci investì; dal fascio emergevano le canne di due moschetti, sgarbatissime. Un giandarme si mise a perquisirci, Bene e Nello non avevano nulla; a me trovò la pistola.

Il possesso di armi da fuoco anche scariche – ma la mia rivoltelluccia aveva qualcosa in canna, anche se era solo un proiettilino da maggiolini – comportava in teoria la fucilazione sul posto. Avevo fatto un passo laterale, e disgraziatamente cominciai a sbilanciarmi dentro il fosso e ci cascai dentro a testa in giù.

Inquadrato nel fascio di luce della pila dovevo fare un bel vedere. Bene e Nello si misero a ridere, e anche i giandarmi; e risero tanto, quegli scemi, che uscendo dal fosso quasi quasi mi aspettavo di trovarli con la vena del collo strappata.

«Signor giandarme» dissi al più capo dei tre. «Lei vede che non siamo disonesti malandrini» (perché si comportavano come se non lo vedessero affatto) «e che non siamo qui a girare di notte per far del male a nessuno. Forse avrà dei figli anche lei a casa sua... e forse la su' mamma non sarebbe contenta che andassero via a militari...» La faccenda dei figli lo turbò distintamente; decise di portarci in caserma lo stesso, ma gentilmente. Bene e Nello avevano smesso di ridere, e tutti e tre recitavamo ora in coro la parte dei poveri ragazzi sbandati. La mattina dopo fummo liberati, perché i giandarmi erano in buoni rapporti coi Comitati. Naturalmente promettemmo di essere bravi; la pistola dovemmo mandare a prenderla un amico dei Comitati, che era anche amico del giandarme capo. Così ci rimandarono anche la pistola, che del resto, come ho detto, non metteva in pericolo nessun vertebrato.

Volevamo agire, e avendo visto la povertà e la penuria in cui viveva la popolazione delle valli, una notte andammo in otto o dieci con un camion a rubare formaggio in una grossa latteria, per darlo al popolo. In queste spedizioni in luoghi che non si conoscono, ti guida un altro che li conosce, e tu ti lasci guidare, e a un certo momento perdi il filo, non sai più quanto sono lontani tra loro i luoghi dove vai, dove aspetti, dove devi ritornare. Tutto diventa una specie di cabala, una sciarada di pezzi staccati. Credo che fossero così le situazioni in cui si cacciava Bakunin: lui probabilmente si divertiva.

Entrammo in quattro per un finestrino, spinti da sotto, capottando nello spazio buio, odoroso di latte. Io ero il secondo, e quando arrivai giù trovai a tastoni i piedi e i polpacci del primo; con la pila da latrocini vidi che si era rovesciato dentro a un calderone di panna e la stava mangiando. Degli altri due in arrivo, uno si calò anche lui spontaneamente nel calderone della panna allo stesso modo del primo; l'altro, studente di farmacia, non si calò. L'ambiente era spazioso, pulito, ordinato. Inducemmo i nostri compagni a decapovolgersi ed esplorammo il regno lattescente. Un bel pavimento di mattonelle rosse, grandi tavoli di legno dolce, calderoni, pignattoni; era un meraviglioso paese del latte; l'avevamo sorpreso nel sonno. Una porta dava nella immensa provincia dei formaggi. Dormivano tutti nei lettini a strati sovrapposti, come cristiani. I corridoi erano stretti e bui, i formaggi stipati come in un gran dormitorio, nelle catacombe. Mi viene in mente che se i primi cristiani avessero avuto questa grazia di Dio nelle loro catacombe, forse non avrebbero mai sentito il bisogno di emergere alla luce del sole, e quassù saremmo ancora pagani, e diremmo vigliacco Marte, puttana Minerva, mentre loro là sotto sarebbero certamente restati più santi – e avrebbero gradualmente perduta la vista.

Andammo ad aprire agli altri, che intanto avevano spinto il camion davanti alla porta, e cominciò il saturnale. Mi parve giusto lasciarlo avviare, poi mi misi a tentare di frenarlo coi calci, alla fine si modificò da sé, si evolse in un trasporto dei formaggi: ma con un gran senso di eccesso e di sperpero.

L'abbondanza ci travolse; d'improvviso non solo c'era materia di azione, ce n'era troppa. Mi sentivo quasi affondato in un grande mare dei Sargassi; mi pareva che i grossi formaggi trasportati con forza, branditi sopra le teste, palleggiati, mi ondeggiassero attorno ora più alti dei miei occhi, ora più bassi, come relitti di un naufragio in un mare mosso.

Agimmo forse per mezz'ora.

Alla fine avevamo caricato una quindicina di quintali di belle forme tonde, sode, odorose; ripartimmo nella notte, guidati dal nostro commissario che sapeva la strada. Io ero di dietro, tra i formaggi: vedevo passare, a rovescio, rettifili, curve, siepi, incroci, paesi deserti; non riconoscevo nulla. Era una strana sciarada.

Avevamo rilasciato puntigliose ricevute in busta chiusa per questa requisizione, con una serie di buoni da noi inventati, e onorevolmente firmati. Invece il Comitato della provincia, quando seppe della cosa, espresse, anziché viva gioia, viva indignazione, e deliberò di pagare il formaggio da noi catturato. Prima ci contro-indignammo, poi dicemmo: fate vobis.

Intendevamo, come ho detto, non di tenercelo noi, il formaggio, solo di assaggiarlo, e poi distribuirlo. Questa parte del piano la mettemmo ugualmente in atto. Andammo in giro a regalare formaggi al popolo dell'Agordino, in nome del popolo italiano. Come quest'ultimo apprezzasse il gesto, non saprei; ma anche il popolo dell'Agordino aveva un po' il dente levato, non per l'origine dei formaggi, ma per le possibili conseguenze. Non dicevano di no ai nostri doni, ma non parevano disposti a mangiarli. La denutrizione è una strana consigliera. Noi pretendevamo che li inaugurassero subito, e in qualche casa glieli tagliammo noi stessi, un po' teatralmente, con le baionette, porgendo cordialmente le fette. Con le baionette in pugno, spettinati e stravolti, non sembravamo gente da prendere sottogamba; gli adulti si mettevano a staccare bocconi, mentre i bambini approfittavano per ingozzarsi in fretta, e presto s'intasavano, e diventavano paonazzi.

Insomma questa nostra operazione non andò bene; quando poi una bella mattina le truppe del terzo Reich in assetto di rastrellamento si presentarono agli sbocchi delle valli e cominciarono ordinatamente a visitare le case, poi a bruciarle per ricordo (ma non cercavano i formaggi, cercavano noi), i montanari per prudenza scacciarono di casa i formaggi (bastava una spintarella), con un po' di rimpianto spero. In quella parte d'Italia le valli hanno lunghi pendii erbosi, molto inclinati. Mi è stato detto che si vedevano i formaggi rotolare verso il fondovalle, saltando le masiere, a un certo punto pareva che da ogni casa venissero giù formaggi; forse i tedeschi credettero a una nuova forma di resistenza popolare, e il loro cuore di guerrieri vacillò per un attimo.

Rastrellamento: la cosa, la parola stessa erano nuove. La notte che ci fu annunciato per la prima volta l'arrivo di un rastrellamento tutto per noi, ci mettemmo a fare i sacchi nel buio, tra una confusione molto interessante; era come un formicaio, tutti si giravano attorno reciprocamente; c'era un forte vento e pareva di essere su una nave che affonda. Dovevo spiegare la situazione agli inglesi, e feci accendere una candela; un partigiano teneva le mani attorno alla fiamma gettandomi una spera di luce sul viso; ero montato su una cassetta. Gli inglesi fecero un'isola attorno a me; si distinguevano le teste maremotate, e ogni tanto uno spruzzo di luce portato dal vento sbatteva su una faccia. Erano attenti e incuriositi. Quando ebbi finito dissero solo: «All right».

Passammo il giorno vagando tra i monti a nord del campo, su acrocori a me sconosciuti, senza andare in alcun luogo particolare, in mezzo al vento. Per certi versi mi sentivo come un piccolo Mosè; c'era il deserto, il gregge riottoso, e vagamente impaurito. La direzione generale era verso nord.

Da una parte, a ovest, c'era il solco lungo e strano del Canal del Mis; dalle altre parti, chi lo sa che cosa c'era? Vedevamo a sud uno schieramento di cime oltre le quali io credo che ci fosse la pianura; verso nord, c'era uno scalino nudo e gli acrocori informi; a est un vespaio di monti anonimi, vuoti. Dal Canale risalivano spacchi obliqui che incidevano il fianco degli acrocori. Su uno di questi spacchi era aggrappato un paese. È un paese vero, ma è anche un paese della mia immaginazione, io non ne ho colpa, è cascato lì dentro e vi ha attecchito; il suo stesso nome mi turba, come le cose viste in sogno, che non sono veramente di questo mondo.

Gena. C'era Gena Bassa e Gena Alta, per me sono attributi della stessa sostanza, un paese fortemente obliquo, quasi in piedi su un costone. Noi occupammo questo paese obliquo; non avevo letto Kafka allora; era puro Kafka. La gente parlava un dialetto come il nostro, dal più al meno, ma sfasato nelle cadenze. Anche tutto il resto pareva sfasato.

Dove andavano le donzelle con le anfore? Avevano abitini stretti, rosa carico, zuppa stinto, che modellavano i corpi; erano veramente donzelle, ragazze irreali, poetiche. Stavano arditamente in equilibrio, come rizzate nel paese obliquo per la forza stessa della gioventù. Si muovevano tra le case e la fontana, pareva che facessero una processione.

Fu la più strana occupazione di un paese che si sia mai vista. Entrando ci spargemmo lentamente tra le case. C'era il sole. Salutavamo coi cenni del capo. C'erano uomini anziani che spaccavano la legna davanti alla porta di casa; donne alle finestre coi bambini in braccio; e queste ragazze con le anfore. Tutti erano solenni e remoti. Forse restammo a Gena Bassa, perché ho impressione di aver sempre guardato all'insù, in quei giorni. Pareva di essere a confronto con le forme delle cose, i muri, la fontana, gli imbusti delle ragazze, e poi un orlo di anfore, e sopra ancora le case pensili, e il cielo.

No, non era un paese, ma una plaga della mente, un aspetto del nostro smarrimento atteggiato in figure. Le figure dicevano: voi credete che la vita appartenga ai traffici, alle guerricciole. Cosa importa quello che fate? Solo le immagini sono, il resto fluttua, diviene.

Saranno stupidaggini, ma a me pareva che la realtà si fosse tirato via il velo, e le sue forme immobili ci fissassero. Tenemmo occupato il paese due o tre giorni, col petto e il viso rivolti a quelle forme. Poi andammo via, e io a Gena non ci ho più rimesso piede.

E così venne il momento di sloggiare dalla nostra malga; la cosa ce la organizzarono dalla pianura, a un certo punto eravamo tutti in un camion, alla fine della notte, e viaggiavamo con armi e bagagli, anzi prevalentemente senza, su per il Canal del Mis lungo la strada nel fondovalle. Fu una cosa umiliante; ero di dietro, a comandare la ciurma ammucchiata nel cassone. Questa ciurma sconsigliata dormiva con le teste ciondoloni. Sentivo il motore del camion galoppare, tirato non da cavalli di potenza ma da un equipaggio di vispi ciuchini. Mi veniva a onde l'impressione di esserci stato un'altra volta. Vedevo sfilare dietro di noi le quinte alte e strette della valle, nella prima luce grigia del giorno; quattro tedeschi che ci fermassero potrebbero prenderci come pesciolini nel torrente, con le mani. La luce nel Canal del Mis pareva acqua.

In cima al Canale ci abbandonarono in un luogo chiamato graziosamente California e qui cominciammo pian piano a disgregarci. C'è una valle che s'innesta a T sullo spacco del Canale; noi eravamo sul ramo sinistro, e occupavamo il versante di qua, che è bosco. Di fronte ci sono fiancate ripide, segnate da strade in costa; dove finiscono i prati, sono schierate la Croda Grande e le Pale di San Martino. Sparsi in quei boschi bassi del fondovalle, mandammo una piccola spedizione a esplorare le groppe alte alle nostre spalle; stettero fuori alcuni giorni, tornarono affranti. C'erano due metri di neve lassù, si camminava affondati fino al petto: bisognava aspettare forse un mese, intanto eravamo lì, in trappola.

Sulla costa di fronte passavano macchine tedesche; alcune si fermavano, gli ufficiali scendevano sul ciglio, e ci osservavano coi binocoli. Veniva da gridargli, imbecilli, non vedete che non siamo pronti?

Pareva che ci fosse un diaframma tra noi e loro; l'idea di sparargli qualche fucilata (saranno stati a un chilometro di distanza, all'insù) sembrava completamente assurda, le pallottole sarebbero andate a scheggiarsi su una serranda di vetro infrangibile.

Questi ufficiali che ci osservavano, curiosi ma distaccati, come studiando animali marini in un acquario, parevano marziani, invulnerabili.

Mi sentivo uno straccione in mezzo agli straccioni, osservato da questi marziani. I miei compagni stavano fermi: tutto a un tratto Bandiera si tirò giù i calzoni, e si mise in ginocchio voltando il sedere all'insù. Ad uno ad uno gli altri lo imitarono; nessuno disse nulla; io restai com'ero, seduto per terra, come il pastore di un branco di culi, guardando i tedeschi che ci guardavano di lassù, e si passavano il cannocchiale.

Avevamo ancora un aggancio con la realtà, un luogo remoto e formidabile dove terminava un grande cordone ombelicale, l'ombelico del nostro mondo. Si chiamava il Pian Eterno. Lì doveva avvenire un lancio, cioè uno sbruffo di quei succhi guerreschi, armi, cartucce, di cui era piena la placenta del cielo.

Io non ci andai mai, al Pian Eterno, per me è solo un nome, non posso nemmeno giurare che ci sia davvero. Forse d'estate sarà un luogo dove passeggiano le vacche e si raccolgono le margherite; quell'aprile invece era montagna impervia. Il suo stesso nome suggeriva contatti innaturali. I miei compagni ci andarono più volte mentre eravamo in California, e per quel che ricordo dei loro racconti, ci andavano anche i tedeschi. I miei compagni ogni tanto si gettavano nei fossi, e ogni tanto ne venivano fuori; ora mollavano le armi nei fossi, ora tornavano a riprenderle. Pareva un teatro.

In fondo eravamo ormai praticamente frammischiati coi tedeschi, anche in California. Si aveva sempre l'impressione, arrivando in un posto, di divise che sparivano tra gli alberi.

Il lancio non venne mai; venne invece la notizia che ce n'era stato uno, o più di uno, dalle nostre parti, sull'Altopiano di Asiago, o come noi diciamo l'Altipiano. «Bisogna andare là» disse Lelio.

Un giorno arrivò in California un reparto di comunisti. Erano meravigliosi. Laceri, sbracati, sbrigativi, mobili, franchi: questi qui, pensavo, sono incarnazioni concrete delle Idee che noi cerchiamo di contemplare, sbattendo gli occhi. Eravamo tutti impregnati di questi concetti allora: dicevamo che le idee *si calano* nelle cose. Saranno stati una quarantina; arrivarono buona parte in fila, il resto alla spicciolata. Avevano armi, non tante ma buone; uno portava in groppa una mitragliatrice pesante e altri lo seguivano con le cassette; avevano i fazzoletti rossi, le scarpe rotte, i visi lieti e feroci. Ce n'era di giovani e di vecchi, di robusti e di scanchènici, ma insieme facevano un Ente palesemente vitale, una Banda in cui al primo sguardo si riconosceva calata l'Idea della Banda. Si accamparono in un baleno, un attimo prima del buio; non era un accampamento formale; in quattro e quattrotto avevano tirato su qualche tenda, occupato un paio di stalle, piantata la mitragliatrice al bivio sopra il paese, provvisto un po' di viveri e disposto un servizio di guardia. Tutto era molto alla buona ma funzionava. Venivano da tutt'altra zona, in cammino avevano fatto fuori una camionetta tedesca; erano diretti per l'indomani verso oriente, e contavano di farsi qualche altro tedesco per strada; poi sarebbero tornati indietro, o forse andati avanti, o forse ancora scesi verso la pianura, o risaliti verso le Alpi Alte. Si muovevano, provvedevano ai propri bisogni improvvisando, improvvisavano tutto; non avevano nessun piano prestabilito, e facevano la guerra un giorno qua un giorno là. Eravamo annichiliti di ammirazione; si sentiva di colpo, al solo vederli, che la guerra partigiana si fa così. Bisogna desumere questi schemi culturali là dove si trovano, pensavo; questi qui li avranno desunti dagli slavi; noi dovremo desumerli da loro. Ma come fare? con chi? Naturalmente il loro materiale umano era più adatto del nostro. C'erano alcune facce da galera tra loro: riconoscevo l'impianto di faccia dei lazzaroni del mio paese, gente già abituata fin dal tempo di pace al coltello, agli spostamenti notturni, anche allo scasso e all'effrazione. Del resto c'erano anche facce di popolani d'ordinaria amministrazione, gente normalmente pacifica e posata: si vedeva che erano tutti come sulla cresta di un'onda impersonale di energia.

C'era Antonio con noi, era venuto a fare una specie di sopraluogo. Volevo dirgli: "Toni, i partigiani del popolo sono loro"; ma non osavo. Andammo, con Antonio, in tre o quattro a conoscere il comandante. Due armati andarono a riferire. Dopo un po' si vide venire avanti per il sentiero, tra sgherri mitrati, un uomo piuttosto giovane, robusto, disinvolto. Aveva scritto sul viso: Comandante. Aveva calzoni da ufficiale, il cinturone di cuoio, il fazzoletto rosso. Era ben pettinato, riposato, sportivo, cordiale.

Antonio era vestito alla buona, con la sua aria dimessa e riservata; pareva un escursionista. Il comandante avanzò sorridendo, a due metri si fermò, col pugno sinistro in aria, e disse allegramente: «Morte al fascismo». Vibrava di salute, fierezza, energia. Toni un po' imbarazzato disse: «Piacere, Giuriolo», e gli diede la mano in quel suo curioso modo, con le dita accartocciate. Uno meglio dell'altro. Provavo fitte di ammirazione contraddittorie.

Seduti sopra un dosso elevato, dalla nostra parte della valle, io Bene Lelio e Nello, guardando le macerie che fumavano lì sotto, ragionavamo dell'etica della guerra dei ribelli. Passati questi comunisti, erano restate queste macerie. Coinvolgere la povera gente, diceva uno, è un po' troppo facile; ciascuno fa il suo gioco, diceva un altro, chi fa il ribelle, e chi fa il tedesco e brucia le case alla gente. Cominciavamo a conoscere questa gente; conoscevamo le loro povere case, il cibo fatto di polenta e un tegame di radicchi in mezzo alla tavola, da cui si attingeva collettivamente. Era uno strazio vederle bruciare, queste case. Lelio disse: «Andiamo sulle montagne alte, là non c'è gente». Il nostro Altipiano è così, montagna alta.

I popolani parlottavano tra loro; da giorni si sentiva che covavano qualcosa, finalmente ce lo dissero: Volevano andare a rubare il filo di rame ai depositi della centrale. Non volevano *danneggiarla*, la centrale; soltanto rubare il filo di rame. «Ma perché?» dicevamo noi. «Credi che costi poco al chilo, il rame?» dicevano loro. Io non credevo che costasse poco, anzi fin da quando rubavo oggetti di rame in casa per tentare di venderli a Checco mistro, ho sempre avuto un concetto molto alto, probabilmente esagerato, del prezzo del rame. Non ero sdegnato per questa proposta, avvilito piuttosto; ma Bene fu intransigente.

«Ma allora questa diventa la guerra del rame» disse.

«E i formaggi?» disse il sergente introverso.

Spiegammo concitatamente la differenza fra un furto patriottico, nutriente, e un furto-furto. Sotto sotto però ero incerto. Diceva Mazzini: «L'oro, l'armi e il cavallo son preda vostra». Questo vale anche per il rame. Del resto, non gli avevano fatto proprio la raccolta del rame, alle famiglie di questi giovanotti? Era un gran male che se ne riprendessero un poco?

«Se è questo il tipo di guerra che intendiamo fare,» disse Bene «fuori mi chiamo.»

«Ma cosa c'è di male?» diceva il sergente estroverso.

«Dobbiamo provare a fare la guerra al nazismo, non al rame» disse Bene.

E questa fu la secessione; la perfezionammo con una discussione accorata, il giorno di Pasqua del 1944.

Quel giorno dissi la prima bestemmia della mia vita. Eravamo una decina in una capannuccia in mezzo al bosco; avevamo cucinato roba buona, carne forse; sedevamo in cerchio attorno al fuoco, discutendo accoratamente, ascoltati con attenzione impassibile dagli inglesi. Nel primo pomeriggio, nel bel mezzo di un intervento, mi sentii dire una bestemmia che finiva in àn.

Il primo effetto fu di leggero disorientamento, poi sopraggiunse un'ondata di contentezza. Al mio paese, gli uomini cattolici bestemmiavano spesso, gli altri sempre; anche i ragazzi di Belluno bestemmiavano abitualmente, e ora bestemmiavo anch'io. La prima in àn mi era venuta spontaneamente; continuando la discussione cominciarono a venirne giù molte altre sia tronche che piane, semplici e composte, tutte al loro luogo, corrette, naturali.

Così ci separammo, coi ragazzi di Belluno, cercando di ricambiare le loro affettuose bestemmie di saluto; erano arrivate armi dalle nostre parti, e noi andammo letteralmente alle armi, lasciando loro alla loro sorte, che poi fu ganci, corde e cavalli.

Dopo la secessione vagabondammo per qualche giorno in attesa della partenza. Eravamo noi quattro vicentini, e due inglesi; si faceva il piccolo cabotaggio, di bàita in bàita girando attorno ai tedeschi e ai paesi. I luoghi si chiamavano Rivamonte, Gosaldo, Forcella Aurine; si entrava nei paesi a domandare farina o pane secco apertamente in veste di ribelli, malissimo armati ma non di-

sarmati: fucilabili a vista. La gente era amica, spaventata. A Rivamonte ci arrivò la notizia che due partigiani erano stati ammazzati
sotto Agordo. Niente ganci: una sventola di mitraglia dal tetto del
camion, e un caporale con due uomini che va a compiere gli ultimi riti. Poi il camion riparte.

Eravamo in piazza a Rivamonte: la gente rientrava nelle case
guardando noi con gli occhi spauriti.

Nello aveva dieci lire, se le era portate ancora da casa, e le teneva per portafortuna.

«Andiamo a fargli dire una messa» disse.

Non c'è nessuno che l'ascolta, la messa; però è come parlare
ad alta voce quando si è soli, serve.

Andammo dal prete, e gli facemmo dire una messa, e ce la
ascoltammo noi; poi partimmo per andare in Altipiano, io e Nello
in treno, con le carte false, e gli altri a piedi. Ci demmo un appuntamento in Altipiano, calcolando i giorni di marcia.

Io e Nello ci ravviammo i vestiti, e ci pettinammo, per parere
giovanotti qualsiasi, e scendemmo ad Agordo (avevo una curiosa
pelle d'oca), e andammo alla stazione, e col danaro del Comitato
comprammo due biglietti, e poi montati sul treno, partimmo come civili in viaggio.

Sotto Agordo il treno andava in giù, un po' in curva, su una
scarpata alta. Era il posto dove erano stati uccisi i due partigiani.
Erano ancora lì, sul pendio di fronte, a trenta metri da noi, distesi
a faccia in giù, coi piedi verso il basso, senza scarpe.

5

Fu la nostra seconda andata in montagna, la prima sui *nostri* monti. Gli approcci riuscirono un po' confusi. Treno, corriere, carretti; appuntamenti ai margini delle città; ricerca, ritrovamento dei fili dove passa la corrente ad alto voltaggio dei Comitati provinciali; la Marta in veste di elettricista che ci fa strada. Gli approcci furono confusi e quasi insulsi: ma l'atto stesso fu pungente e netto.

È perché la nostra provincia è fatta come è fatta, è per quel dono alto e compatto di Dio che è il bastione dell'Altipiano; e chi vorrà andarci su come noi a piedi, in una futura guerra civile, troverà che alle parole, andare in montagna, corrispondono punto per punto le cose; a un dato momento, dopo gli approcci con mezzi civili, ci si trova letteralmente ai piedi di un monte, gli accompagnatori dicono «ciao allora» e vanno via; e così si resta lì davanti a questo monte, e dopo un po' si fa un passo, fuori della pianura clandestina, e s'incomincia ad andar su.

Io e Nello restammo soli ai piedi dell'Altipiano verso le dieci di mattina; lui aveva ancora circa un mese di vita; cominciammo a salire la costa canticchiando canzonette disfattiste che io componevo, ma disfattiste nei nostri propri confronti, per combattere un eventuale attacco di retorica. Ci ricantavamo anche le canzoncine del Littorio, le liete strofe sull'Italia e sul Duce, che hanno un'alta carica rallegrante, e ancora oggi mi sembrano, nel loro genere, perfette.

> *Dio ti manda all'Italia*
> *come manda la luce:*
> *Duce! Duce! Duce!*

66

Il gioco delle note basse e degli acuti nell'ultimo verso è delizioso. Tornavamo con immutata ammirazione a quei begli inni dove tutti vegliano:

> ... per la maggior grandezza
> il Duce sempre a vegliar sarà:
> veglierà il Re...

Io attaccavo le mie preferite, e Nello le sue. Ogni tanto ripetevamo insieme:

> Una maschia gioventù
> con romana volontà:
> comatterà!

Era questa la versione cantata nella mia famiglia, e a Nello piacque. *Comatterà* non è un verbo, ma un grido, come *alalà!* Il senso fisico di camminare all'insù dominava su tutto; c'è questa costa imponente, e a mezza costa c'era una casupola da taglialegna o da pastori, e si vedeva un riccioletto di fumo sopra il camino, e noi andammo dentro a domandare acqua. Oltre al pastore purtroppo c'erano dentro anche due militi, anziani, piuttosto armati, assai duri nell'aspetto. Io e Nello prendemmo un bel soprassalto, però i militi anziché aggredirci coi moschetti ci salutarono, e così li salutammo anche noi. Pensai, pare che qui la guerra civile sia un po' sospesa; e mi venne una piccola fitta di permalosità; questi militi si comportavano come se fossero entrati due pastorelli, o mettiamo due piccole italiane travestite; dopo un po' attaccarono anche discorso, e parlammo insieme del più e del meno, in dialetto. Noi eravamo praticamente in divisa da ribelli, con gli zaini e gli scarponi, e loro erano letteralmente in divisa: ma da entrambe le parti ci fu la massima discrezione. «Vedi?» dissi a Nello quando fummo ripartiti. Nello mi disse: «Cosa?» e io dissi: «Non so». Riprendemmo a cantare le canzonette.

Verso sera, raggiunto l'orlo dell'Altipiano, varcati i primi boschi, incontrammo la gente di Asiago che doveva farci attraversare di notte la conca aperta dove sta il paese, e indirizzarci dentro ai monti nudi a nord della conca, che sono per noi la parte più vera dell'Altipiano. Il tenente Mòsele ci accolse con cordialità:

«Bravi» disse. «Stanotte vi farò accompagnare dentro.» *Dentro*, a Asiago vuol dire sui massicci a nord; e lì su questi massicci, *fuori* vuol dire a Asiago.

Il tenente Mòsele era gigantesco, bonario, visibilmente contento che fossimo arrivati.

«Ho proprio piacere» disse. «Anzi più tardi, dato che siete qui, potremmo andare insieme in caserma a prendere due ragazzi nostri che hanno arrestato. Poi voi andate dentro.»

«Benissimo» dissi io prontamente, ma con un piccolo senso di panico. Ero impreparato a cominciare così, prima di aver finito di arrivare. Bravi però qui, pensavo; pratici.

«Tu prendi il comando di una squadra» mi disse il tenente Mòsele; «l'altra la prendo io.»

«Va bene» dissi. Sentivo uno spiccato senso di vuoto nello stomaco; non sapevo neanche dove fosse questa caserma, che aspetto avesse. Attendevo che Mòsele mi spiegasse il suo piano, ma pareva che l'avesse già spiegato: io avrei preso il comando di una squadra, e lui dell'altra. Forse contava che comunicando questa decisione ai militi si sarebbero arresi senz'altro.

«Mòsele» gli dissi. «Per liberare questi ragazzi, tu fai conto che noi dobbiamo andare *dentro* alla caserma?» In questo caso si dice *dentro* anche a Asiago.

«Eh sì» disse Mòsele. «Prima va dentro una squadra, e poi l'altra. E li liberiamo.»

«Ma non sarà chiusa la porta?» dissi io.

«Sì» disse Mòsele. «Vediamo un po': tu puoi suonare il campanello, la guardia ti apre, e tu tieni aperta la porta col piede.»

«Benissimo» dissi io. «Oh, e se la guardia non mi apre?»

«Già» disse Mòsele. «Bisogna pensare anche questa.»

Era così entusiasta che mi dispiaceva creargli delle difficoltà. Il senso di vuoto nello stomaco mi stava passando.

«Che la dinamitiamo?» disse Mòsele.

«Si può provare» dissi io.

«Ci sarebbe» disse Mòsele «la difficoltà che non abbiamo dinamite. Gli esplosivi sono tutti dentro, in Altipiano. Possiamo mandarne a prendere; domani sera o dopo domani li abbiamo.»

«Benissimo» dissi io. «Noi però intanto andiamo su in Ortigara, io e Nello, perché abbiamo un appuntamento. Spero che vi andrà tutto bene.»

«Peccato» disse Mòsele. «Mi sarebbe piaciuto che veniste anche voialtri in caserma.»

«Anche a noi sarebbe piaciuto» dissi io; Nello si asciugò la bocca con la manica, e disse: «Ci sarebbe piaciuto molto».

Per un'ora o due chiacchierammo con Mòsele, del modo di organizzarci. Aveva i calzoni da ufficiale e i calzettoni grigioverdi, il resto borghese. Parlava con foga, e si sentivano emergere i suoi motivi per fare il ribelle, e le sue idee sugli sviluppi della guerra. I motivi erano semplici: senso dell'onore, patriottismo, dignità militare. Le idee erano piuttosto immagini, anzi un'immagine centrale: la bandiera tricolore issata in un punto eminente dell'Altipiano, tra Zebio e Ortigara, bene in vista; e noi schierati intorno a questa bandiera, parte sfruttando le trincee della prima guerra, parte scavandone di nuove, in una specie di alto quadrato tra le rocce, che "il nemico" riduce a mano a mano, finché non resta più che la bandiera coll'asta infilata in un mucchio di pietre, e allora il nemico barcollando in mezzo ai morti presenta le armi.

Queste fantasie mi facevano sorridere; però una parte del loro contenuto attirava in segreto anche me; ma è possibile, pensavo, che non ci tocchi mai il semplice privilegio di *combattere*? Su due righe, una noi una gli altri, pulitamente.

Il romanticismo di Mòsele mi pareva toccante, e anche utile. Tutte queste cose cospirano a un fine, pensavo; la borghesia italiana è fatta in tanti modi, e c'è anche gente così, che ha la bandiera nella testa. Non si può pretendere che la gente cambi testa da un giorno all'altro.

«Vorrei il vostro parere su un'altra cosa» disse il tenente Mòsele. Si sentiva in lui un moto di confidenza, imbrigliato dal pudore: ovviamente un caso di coscienza. In queste circostanze è un dovere consigliare, se si può. Gli dissi di parlare liberamente. Ci confidò che non si era ancora scelto il nome di battaglia.

«Cosa ne direste se mi chiamassi Cervo Rosso?» disse. Lo chiese esitando, ma con speranza.

Io e Nello ci schiarimmo la voce.

«Rosso forse sì» disse Nello infine.

«Forse anche Cervo» dissi io. «Ma allora senza Rosso.»

«A me piaceva Cervo Rosso» disse Mòsele.

Lo sconsigliammo gentilmente e lo lasciammo dissuaso ma mal convinto.

Cammina e cammina sui monti scabri a nord di Asiago; spunta il giorno, e schiarisce dossi e pianori. Su un pianoro schiarito, trovammo il primo vero reparto di montagna. Erano asiaghesi, dovevamo far capo a loro fino al momento di metterci in proprio con gli amici attesi da Belluno e con altri compagni nostri in arrivo dalla pianura. Tra un nodo di greppi, forse a due ore di cammino dall'Ortigara, erano disseminate alcune tende. Uomini vestiti da inglese si aggiravano di qua e di là, portando rami tagliati, sacchi; alcuni si radevano seduti davanti alle tende, alcuni smontavano o rimontavano armi. Le armi erano entusiasmanti: c'era un'abbondanza di piccoli Sten, ce n'erano dappertutto. Fu qui che facemmo conoscenza con questo oggetto, che è restato per tanti di noi l'emblema principale di quella guerra. Si vedeva subito che non era un giocattolo come sono le armi di lusso, lisce e ben finite, coi profili acuti ed eleganti, dove si sente che tutto è calibratura, precisione, e la potenza si libera in seguito a scattini netti, minuti, disumani.

Il piccolo Sten non era questo; era rozzo metallo stampato, rifinito alla buona, e spargeva i colpi in modo approssimativo, come a tirarli a mano, una manciata alla volta, ma naturalmente molto più forte. Tirava pallottole da nove. Il nove trionfa nella nostra guerra; queste pallottole andavano bene allo Sten, alle pistole, a tutto. Ne avevamo in tasca, nei sacchi, nei taschini delle bluse; alla mattina infilando le scarpe (perché spesso ce le toglievamo, alla notte) si sentivano con la pianta dei piedi palle da nove ruzzolate in fondo alla scarpa. Nove, nove, perché nove? Il loro calibro era forse dovuto al caso, i nove millimetri chissà cosa sono in pollici; ma i numeri sono veramente mai a caso? Queste palle, queste scatolette bislunghe, contengono il succo di quella macchina che è lo Sten, e di quell'altra macchina che è una società in guerra; sono come i testicoli di un uomo, perché in esse c'è il *point* dell'intera faccenda, e il numero nove perfetto e misterioso è appropriato. Se ne prendeva una manciata e si cacciavano una per una nel caricatore, che è lo scroto lungo rigido e nero del parabello, e contiene trentatré palle.

Nello ed io fummo ricevuti da un uomo basso e tarchiato, con una folta barba nera, che chiamavano il Castagna. Era di quegli uomini positivi, sodi, pratici di cui si sentiva istintivamente il bisogno. Disse, quasi con riluttanza, come chi si trova costretto a chiarire un punto che altrimenti non toccherebbe:

«Il direttore d'orchestra qua sarei io».

Spiegò la situazione, specie le armi e il materiale di cui avremmo potuto usufruire noi e i nostri futuri compagni; intanto ci fece portare un parabello ciascuno e disse:

«Avete pratica?».

Io dissi: «Un po'», e lui ci fece vedere i movimenti, poi disse: «È meglio non lasciarlo cadere quando non è in sicura».

«Naturale» dissi io per mostrarmi subito all'altezza. «Può fucilarti il culo.»

«No» disse il Castagna. «Non è che può. Te lo fucila infallibilmente.»

«Dipenderà da come cade» dissi io, piccato.

«Non dipende» disse lui.

Spiegò che lo Sten era molto più pericoloso da solo che in mano a qualsiasi nemico; battendo per terra col calcio esplodeva un colpo, e faceva un saltello in aria nel corso del quale si ricaricava; ricadendo esplodeva un altro colpo, e così via. Il guaio era che questo fuciletto era bilanciato in modo che ricadeva *sempre* col calcio; inoltre non sparava semplicemente in aria, ma roteava abbassando gradualmente l'angolo di tiro, e descrivendo un cerchio completo più e più volte finché aveva finito il caricatore. In questo modo la certezza della fucilazione del culo era praticamente assoluta.

Il Castagna era uno di quelli che parlano adagio adagio, e pare che prendano tutte le cose in dolce; ma ispirava fiducia, e se le frasi erano lente e quasi pigre, le conclusioni erano in realtà perentorie. Parlando faceva un sorrisino, come uno che ne ha viste tante, ed è costretto a fare lo sconto a tutto quello che si fa e si dice.

Eravamo su una specie di terrazza naturale, affacciata su un grande mare di dossi sfrangiati, boschi folti, macchie e greppi. Le onde accavalciate erano immobili; pareva che ci fosse passato sopra un grande sfregamento, comprimendo e smussando. Si vedeva chilometri e chilometri di roba indurita, compressa, confusa. Sull'altro fianco di questa terrazza c'era un parapetto di roccette; in fondo si apriva una caverna. Nel tardo pomeriggio i partigiani vi accesero il fuoco. C'era minestra, e tutti venivano a prendersene, e la mangiavano appoggiati alle roccette.

Io passeggiavo su e giù col Finco. L'avevo riconosciuto di colpo, prima di sentirlo chiamare per nome; sapevo già che si trovava

71

lì. Era sul magro, col viso di cera. Aveva uno sgorgo di barba sulla punta del mento, una specie di piccolo pennacchio giallo slavato. Aveva una voce delicata, e modi quieti. Appena lo vidi mi dissi: è lui. Era l'uomo più temibile dell'Altipiano. Attaccai discorso con un misto di rispetto e di eccitazione. Mi trattò con semplicità, e ci mettemmo a passeggiare su e giù sulla terrazza.

Aveva in mano una ciotolina smaltata, e si sbatteva un ovetto con lo zucchero, per mezzo di un cucchiaio di stagno. Il Finco era aggregato al reparto nel solo modo degno di lui, cioè in assoluta indipendenza; tutto ciò che aveva era speciale, armamento, vitto, diritti e doveri. Era un grande Indipendente. Mi parlava con confidenza, quasi con una forma triste di amicizia. «Vedi,» mi diceva «io sono delicato di salute.» *La sua forza è sorella della delicatezza.* Col cucchiaio di stagno si mise a mangiarsi l'ovetto sbattuto, sempre passeggiando con me avanti e indietro. «Devo tenermi su» diceva tra una cucchiaiata e l'altra. *Ha il pallore degli eroi, ricorda Diomede.* Mi sono sempre figurato che Diomede fosse così; pallido, smilzo, pensieroso. Alla fine consegnò la ciotola vuota a un gregario e si leccò le dita.

Vidi che aveva la vera e gli dissi: «Sei sposato?». «Eh, purtroppo» disse. Mi venne in mente che *purtroppo* vuol dire *altroché*. «Hai figlioli?» Ne aveva tre e uno in arrivo. Purtroppo erano tutti sani, e altrettanto la sposa.

Il Finco ogni tanto andava a casa di notte, a vederli dormire.

«Sarà un bel piacere,» gli dissi «quando finirà la guerra, e potrai tornare a casa tua.»

«Non torno mica a casa mia,» disse il Finco tristemente «quando che finisce la guerra.»

«Come?» dissi io. «Dove vai?»

«Alla Croce Bianca» disse il Finco. Era l'albergo più di lusso di Asiago. Dal momento che era andato in montagna si era proposto questo programma, di scendere vincitore per occupare la Croce Bianca. Erano i suoi scopi di guerra.

Camminavamo in mezzo alla spianata verso un barattolo vuoto; il Finco tirò fuori la pistola e gli sparò un colpo; il barattolo fece un saltello in aria e si spostò circa un metro; il Finco sparò un altro colpo, con lo stesso risultato. Continuammo a passeggiare, preceduti dal barattolo; il Finco sparò tutto il caricatore, sempre parlando con me e senza mai fallire un colpo. Questo tipo di mira è caratteristica in quei popolani che hanno mira. Anch'io ho mira, ma è tutta un'altra cosa: la mia è mira mirata, cioè acquisita.

La natura della mira è duplice, si può quasi dire che ci sono due mire, acquisita e infusa. Una è fatta di pazienza e disciplina, l'altra pare venga direttamente dallo Spirito Santo. La mira acquisita serve soprattutto per il tiro a segno; ma la mira infusa è seconda natura, empatia, redini fulminee con cui, flettendo un dito, si scrolla il bersaglio. Chi ha la mira infusa non sta a mirare, perché tutto ciò che spara è già premirato in cielo. Si tratta naturalmente di concetti, non di realtà empiriche: in ogni sparo concreto c'è in pratica un certo grado di mira infusa, e un certo grado di mira acquisita; ma come noi diciamo "poeta", "oratore", "santo", così ci costruiamo i modelli ideali delle due mire. Dei miei compagni, Dante ha una grandissima mira acquisita, con un quarto d'ora di concentrazione prende qualunque bersaglio ragionevole; i modelli opposti sono il Tar, il Finco.

Bisogna ribadire però che nel fatto ultimo, lo sparo concreto, le due nature della mira si fondono; come dire che all'ultimo momento l'intervento dello Spirito Santo è sempre necessario anche a chi mira a lungo. È questo che accade quando lo sparatore, col suo occhietto socchiuso, ha aspettato pazientemente che il paesaggio finisca di palpitare (perché tutto palpita in natura, sia pure su scala infinitesimale, e le cose sono fatte di piccole onde); e a furia di aspettare, il momento buono arriva. È l'avvento dello Spirito Santo che s'invoca tacitamente, in attesa che la veduta si fermi sulla punta del mirino: è la sua discesa creatrice che salutiamo tirando il grilletto.

I partigiani si erano riuniti davanti alla grotta. Il Castagna assegnava i turni di guardia, molto alla buona, ma con autorità.

"Ottimo, ottimo" pensavo. "Questa è la guerra popolare." La luce calava rapidamente.

Riflettevo che un paese, il Veneto mettiamo, anche lasciando stare l'Italia, contiene enormi riserve di energie non catalogate nei libri. Le strutture della nostra società sono borghesi, i popolani non saranno letteralmente esclusi con la forza, però ne restano fuori. In pratica vengono a trovarsi dentro solo quando sono in prigione, che è per loro la forma più normale di ammissione all'interno delle strutture. Oppure diventare seminaristi. Non sono apporti popolari alla comune cultura, ma assunzioni in servizio. Le carceri, la servitù domestica, il bordello, la caserma, il seminario; perfino nei libri, quando ci vanno dentro, i popolani sembrano assunti in servizio. No, è inutile pensavo: una comune cultura non c'è. Cosa valgano questi qui si vede ora che si organizzano da sé. Fanno le cose più facilmente di noi, con meno fisime; sbagliano anche, ma così alla buona, in modo pratico e rimediabile, sbagliano per eccesso, non per difetto. Gli ultimi vent'anni in Italia sono un caso di errore per feroce difetto, opera sostanzialmente di noi borghesi, e forse senza rimedio.

Col primo buio i partigiani erano entrati nella grotta, e ci andammo anche noi. C'era un bel fuoco di legna in mezzo, e i partigiani cantavano. Le facce arrossate dai riflessi mi parevano contente e esaltate. Cantavano:

> Sono passati gli anni
> sono passati i mesi
> non passaranno i giorni
> e sbarcarà i inglesi.

Vedevo le espressioni persuase, e mi rallegravo con loro; ci sentivamo forti, e ben provvisti di alleati. Ora attaccavano il ritornello:

> La nostra patria è il mondo intèr
> la nostra fede la libertà
> solo pensiero – salvar l'umanità!

Mi compiacevo di questo loro pensiero dominante, guardavo le figure simpatiche e eccitate, e ripensavo al proposito del Finco. Mi pareva che fossero due aspetti dello stesso programma, ora visto sotto la specie della Croce Bianca, ora dell'umanità. Forse avevo dei pregiudizi in favore di questi popolani; tutto quello che facevano e dicevano mi pareva giusto.

Più tardi, quando mi trovai solo con Nello gli dissi: «Dev'essere questa la cultura dei popolani. Sono meglio di noi».

«Hanno anche le lucette nelle tende» disse Nello. Infatti nella sua tenda il Castagna aveva l'impianto della luce, con gli accumulatori e un paio di minuscole lampadine; due o tre altre tende avevano fatto l'allacciamento, così avevano la luce in camera. Alla sera, dalla tenda più alta, uno suonava il silenzio con l'armonica da bocca; e dopo il silenzio suonava anche dell'altro. Era bensì una specie di naia, per loro, ma senza cartoline rosse, senza sergenti, senza orari; e a poche ore da casa, dove ogni tanto si mandavano in licenza a turno.

Si sentiva che qui le cose erano venute prima delle idee, e la faccenda sembrava riposante.

«Bisognerebbe imparare da loro» dissi a Nello.

«Ci vogliono gli accumulatori» disse lui.

«Forse sarebbe più semplice che ci mettessimo qui col Castagna» dissi. «Io quasi quasi me la sentirei di stare qui a fare il ribelle con loro, e tu?»

«Anch'io, per quello» disse Nello. Stava per aggiungere "però..." ma io gli dissi:

«Qua non ci sarebbe più da pensare. La pensata-base è di esserci. Il Castagna è di casa quassù, e al resto ci pensa lui, finché la guerra finisce. Sempre ammesso che ci arriviamo a vederla finire.»

«Quanto dici che ci voglia?» disse Nello.

«Secondo me entro l'anno» dissi, e subito mi vergognai, perché Nello mi credeva più bravo di quel che ero, e perciò dava qualche importanza a una frase così. Per rimediare un po' aggiunsi: «Cosa vuoi, non si può sapere nulla, potrebbe essere anche anni e anni, o magari è l'ultimo mese».

«Sarà sempre un mese lungo» disse Nello.

Fu un mese lunghissimo, certo il più lungo della mia vita, e penso anche della sua.

Passammo al campo un altro giorno o due prima di andar su in Ortigara perché eravamo in anticipo. C'erano trasporti di esplosivi e esercitazioni con le armi, molto libere. Le coturnici, inseguite da questo tipo di raffiche per la prima volta nella loro storia, sembravano disorientate; i francolini scendevano a picco come bolidi radendo i costoni, e non si sapeva mai se erano francolini vivi in picchiata, o francolini morti in caduta libera; in fondo sparivano tra le cime dei pini. Partivano piccole spedizioni, altre ne arrivavano; tutti erano disinvolti, convinti, convincenti. Parlai col Castagna dei nostri piani di guerra. Aveva il viso inquadrato da una barba che pareva fatta con un fastello di rovi spinosi. Non aveva teorie preconcette: l'idea generale era di spostare la gioventù dell'Altipiano dai piccoli centri abitati ai greppi deserti; la guerra si sarebbe fatta secondo il bisogno, senza andare a cercarsi rogne speciali. Conoscevano bene i greppi, i boschi, la macchia, le grotte, le scafe: ogni volta che venissero i tedeschi, contavano di cavarsela; non occorrevano piani. «I piani confondono» mi disse il Castagna. «Vedremo in pratica.» Volevo anche informarmi un po' sul loro ethos, ma naturalmente c'è lo svantaggio che in dialetto un termine così è sconosciuto. Non si può domandare: «Ciò, che ethos gavìo vialtri?». Non è che manchi una parola per caso, per una svista dei nostri progenitori che hanno fabbricato il dialetto. Tu puoi voltarlo e girarlo, quel concetto lì, volendolo dire in dialetto, non troverai mai un modo di dirlo che non significhi qualcosa di tutto diverso; anzi mi viene in mente che la deficienza non sta nel dialetto ma proprio nell'ethos, che è una gran bella parola per fare dei discorsi profondi, ma cosa voglia dire di preciso non si sa, e forse la sua funzione è proprio questa, di non dir niente, ma in modo profondo. Ce ne sono tante altre di questo tipo; la più frequente, all'università, presso studenti e professori, era *istanze*. Adesso che ci penso anche *istanze* in fondo vuol dire *ethos*, cioè niente.

Domandai quindi al Castagna: «Perché siete qua voi altri?».

Il Castagna disse: «Come perché?».

«Come mai che vi siete decisi a venire qua?»

«E dove volevi che andassimo?» disse il Castagna.

Questo chiuse questa parte dell'indagine. Poi io dissi:

«E quando finisce la guerra, cosa pensate di fare?».

«Andiamo giù, no?»

«E cosa farete, quando siete giù?»

«I saccheggi» disse il Castagna.

Annuii con un senso di scandalo non disgiunto dall'ammirazione. M'informai se c'erano dei piani prestabiliti per questi saccheggi. Mi parve di capire che il Castagna pensasse soprattutto a dei festeggiamenti, un banchetto all'aperto, il tiro alla fune, le corse nei sacchi tra ex fascisti. Sacchi, da cui forse saccheggi.

«E poi?» dissi «dopo i saccheggi?»

Il Castagna si mise a guardarmi, e disse: «Voi siete studenti, no?».

Io feci segno di sì, e lui disse: «Si vede subito che siete finetti».

«Castagna» dissi. «Non credi che bisognerebbe provare a cambiare l'Italia? Non andava mica bene, come era prima. Si potrebbe dire che siamo qui per quello.»

«A dirtela proprio giusta,» disse il Castagna «a me dell'Italia non me ne importa mica tanto.»

«Ma t'importerà chi comanda a Canóve, no?» Canóve era il suo paese.

Disse che si sapeva già, chi avrebbe comandato a Canóve.

«Sentiamo» dissi.

«Il sottoscritto» disse il Castagna.

«Solo per qualche giorno.»

«Facciamo qualche settimana.»

«E dopo?» dissi io.

«Dopo andrà su un governo, no?»

Gli domandai se non gli interessava che governo andasse su.

Il Castagna mi disse di fargli vedere le mani. Gliele feci vedere dalla parte delle palme (perché questa frase in dialetto vuol dire così) e lui ci mise vicino le sue. Sulle palme io avevo qualche callo qua e là, ma recente, pallido, avventizio; lui aveva tutta una crosta antica, scura, quasi congenita; non erano calli, ma una mutazione dei tessuti.

«Vedi?» disse il Castagna. «Quando va su un governo, noialtri dobbiamo lavorare.»

«Anche se fossero fascisti?» dissi.

«Eh no, per la madonna» disse lui. «I fascisti non sono mica un governo.»

«Già» dissi io. «I fascisti sono...» Cercavo una formula salveminiana.

«Rotti in culo» disse il Castagna.

Questo era il suo ethos. Mi disse anche cosa avrebbe fatto se per disdetta tornassero su proprio loro.

«Allora,» disse «torniamo su anche noi. Torniamo qua.»

Ottimo, ottimo, pensavo.

E così andammo su in Ortigara, io e Nello, finalmente armati, e lì a duemila metri, soli su quella groppa di pietra passammo tre giorni aspettando gli amici che dovevano arrivare dall'Agordino.

Darsi appuntamento da cento chilometri lontano sulla nuda calotta dell'Ortigara, davanti al gran fosso azzurro della Valsugana, è una di quelle cose che non appartengono all'ingegno, ma solo al genio, che è folle: o al caso. «Ci troviamo l'undici maggio in cima all'Ortigara.» L'avevo solo vista da ragazzo, l'Ortigara, da un altro gran monte vicino che si chiama Cima Dodici, con un enorme batticuore: guardavo il gorgo d'aria abbagliante, sopra questo gran mucchio di pietre, e mi dicevo: "È questa dunque l'aria che fa cambiare colore?".

Fu perché, lasciandoci sopra Agordo, era necessario darci un appuntamento in qualche posto riconoscibile dell'Altipiano, ma molto a nord, dove paesi non ce n'è; e Lelio che sapeva tutto sui posti della grande guerra, disse che proprio in cima all'Ortigara c'era un cippo; e così ci dicemmo: in cima all'Ortigara, al cippo; e fatto il conto dei giorni di marcia, venne fuori l'undici di maggio.

L'appuntamento era che all'undici di maggio ci troviamo a questo cippo, e chi prima arriva aspetta tre giorni. Poi io e Nello ci trasferimmo col treno, e poi andammo su a piedi in Altipiano, e poi dentro dal Castagna, e poi soli in Ortigara; e arrivammo su la sera del dieci. L'Ortigara è un monte nudo, bisogna vederlo quanto è nudo, per credere. Il cippo c'era, tutto il resto era un enorme mucchio di sassi scheggiati. La natura avrà gettato le basi, ma poi dovevano anche esserselo lavorato coi cannoni sasso per sasso. C'erano alcuni residui di guerra arrugginiti, e una certa abbondanza di ossi da morto. C'erano camminamenti e postazioni, in una specie di frana generale del monte.

Dalla cima guardando verso la Valsugana che è lì sotto, si intravedeva a cinque minuti di cammino, sempre sulla calotta terminale del monte, un casottino. Andammo a vedere; dovevano averlo fatto i malgari, ed era un buon posto da passarci la notte. Era un po' visibile dalla Valsugana, ma lì a duemila metri non ce ne importava niente.

Prima che venisse buio scelsi una lunga tibia bianca e ci scrissi a matita: «*Lelio: siamo nel capanno: nord-ovest*», nel caso che arrivassero mentre dormivamo. Ora l'appuntamento mi pareva una gran stramberia, uno squarcio di purismo così azzardato da confinare con l'idiozia; e dentro di me pensavo: "Non arrivano".

La prima mattina andammo fuori appena svegliati, e pareva tutto uno scherzo, l'Ortigara era scomparso, eravamo in un gran campo abbagliante, molto inclinato, irriconoscibile. Vedevo però in alto il cippo che spuntava dall'orlo superiore di questo campo. Sopra c'era un lago turchino, bellissimo. Il sole di maggio era già alto.

La neve ci mise in allegria, ce ne saranno stati dieci centimetri, e il sole la scioglieva con una sorta di insolenza. Avevamo legna nel casotto, c'era una specie di focolare e accendemmo il fuoco per scaldarci, perché alla notte avevamo parte dormito e parte tremato di freddo, ma più tremato che altro. Il caldo che faceva questo fuoco non era un gran che, mentre invece il fumo era veramente abbondante: tenendo aperta la porticina il caldo usciva tutto, il fumo invece non usciva. «Meglio, meglio» dicevo io. «Così non lo vedono in Valsugana.» In realtà non m'importava proprio niente. Chiacchieravamo tra i vortici pungenti in questo casottino in cui ci si stava appena. Le nostre lagrime picchiavano briosamente sul pavimento che era sasso.

Andai su al cippo in ispezione; al mio ritorno Nello stava sulla porta. Aveva la faccia tutta nera, i riccioletti biondi parevano oro spruzzato di caligine, e le labbra più vive, come se avesse il rossetto. Gli occhi azzurri sembravano molto chiari, indifesi. Era vestito da inglese, io mezzo e mezzo; questi panni inglesi ce li avrà dati il Castagna, non mi ricordo più.

Parlammo a lungo quel giorno, seduti davanti al fuoco, nel fumo acre e profumato. Nello mi disse cosa pensava di fare dopo la guerra; erano progetti seri e modesti, e io mi sentivo vagamente commosso. Faceva il secondo anno all'università.

Non si può neanche dire che fine abbia fatto Nello di preciso: di quelli che erano con lui in quel momento, non ne è restato vivo neanche uno; fu qualche settimana più tardi, sull'orlo nord dell'Altipiano, non molto lontano dal punto dove eravamo, e press'a poco nella stessa posizione sotto l'orlo, in vista della Valsugana; è lì che poi fu trovato; e io ho una mezza idea che a guardarlo bene quel giorno, questa cosa si sarebbe potuta distinguere.

Il secondo giorno verso la metà della mattina facevamo un giretto sulla calotta, col parabello in collo, e ci eravamo fermati a guardare il panorama di Cima Dodici; io dissi a Nello: «Hai fame tu?», lui disse: «Insomma», e io mi misi a ridere e dissi: «Allora andiamo a cucinare un po' di tè». Lo cucinavamo come a casa facevano il caffè con la cicoria: mettevamo il tè in un barattolo d'acqua, quanto ce ne stava, e poi lo lasciavamo a pipare sul fuoco. Veniva piuttosto carico, ma così c'è più sostanza.

Quando ebbi detto le parole "un po' di tè", arrivarono i colombi. Erano due, penso che facessero anche loro un giretto come noi, devono essere arrivati da sinistra e con poche sventolatine delle ali si erano posati a quattro-cinque metri da noi. Ci guardarono un momento, poi uno riaprì le ali e ripartì, e l'altro gli andò dietro; andarono su due metri come piccoli elicotteri, e subito tornarono giù press'a poco alla stessa distanza di prima, ma un po' a destra, e questa volta ci voltavano le spalle.

Questi colombi si misero a saballare come fanno loro, guardando il panorama. Io penso che si dicessero qualcosa, col loro stile altezzoso, muovendo la testina di qua e di là, a scatti. Io e Nello eravamo stati fulminati dalla stessa idea.

Io feci segno con gli occhi "Vuoi sparare tu?". Nello fece segno "Spara tu" ed effettivamente in cuor mio gli davo ragione, perché io ho mira. Bisognava prenderli tutti e due se possibile; ma col parabello, madonna, dovrebbe essere possibile prenderne anche trentatré in fila.

Eravamo immobili, e deglutivamo forte per la paura che andassero via. I due colombi continuavano a fare la loro scenatina senza curarsi di noi; erano posati su un mucchietto di pietre. Erano abbastanza grossi, lustri di piumaggio, color ardesia con macchie glauche. Sono un po' troppo colombi, pensavo, non sembrano neanche veri.

Sollevai il parabello a mezzo millimetro per volta, liscio liscio liscio, fin che fu all'altezza giusta; poi mi concentrai sulla mira. Devo dire che a quei tempi quando mi concentravo su una cosa qualsiasi, tenere, prendere, spingere (ma a fondo, fino a non capire più nulla), ottenevo risultati straordinari. Era una mia tecnica psicologica, una specie di yoga attivistico.

Il parabello aveva un mirino tondo, sarà stato largo un centimetro; farci entrare i colombi era niente, il difficile era portare i capini che scattavano di qua e di là, a coincidere col centro ideale del cerchietto. Mi concentrai, e quando mi parve di non capire più nulla sparai.

Ora mi rendo conto che forse sarebbe stato meglio sparare a colpo singolo, invece per ingordigia sparai a raffica, cucendo in aria le immagini delle due testine. Quando la raffica fu finita ricominciai a vederci; lì davanti c'era il mucchietto di pietre, e più in là la sagoma di Cima Undici, e quella di Cima Dodici, e più in là ancora c'era il cielo con un pettinato di nuvole. Attorno a noi c'era una grandinata di bossoli di ottone; sopra si era formato un nuvoletto leggero che galleggiava a mezz'aria; i colombi però non c'erano più.

«Dove sono?» dissi.

Non lo sapeva neanche lui. L'aria, per qualche chilometro intorno era perfettamente vuota. Cercammo a lungo tra le pietre, ma non c'era nulla, solo una piccola piuma grigio-ferro che a me pareva di colombo, e a Nello no; e su una scaglia di sasso una macchiolina scarlatta che a Nello pareva sangue di colombo, e a me no.

Nello mi disse: «Sono sicuro che li hai presi». Anch'io ero sicuro, ma fa piacere sentirselo dire. Andammo a cucinarci un altro po' di tè.

Alla terza mattina uscii a prendere neve per il tè, e c'erano due uomini in piedi sul crinale. Sotto, il crinale a uovo, grigio chiaro; in mezzo questi due in piedi; dietro di loro, e su fino in cima al cielo, aria azzurra.

Erano di tre quarti, con le spalle dove nasce il sole; mi vedevano ma non facevano segni. Io esultavo dentro di me, perché se quello dietro, dei due, era uno che non avevo mai visto, quello davanti aveva la sagoma e i movimenti legnosi, e il ciuffo biondo paglia che significano Lelio.

Gridai il suo nome agitando la mano in aria, e anche loro si misero a fare saluti. Mi venne un entusiasmo di piacere, e non sapendo da dove cominciare sparai una raffica in aria; venne fuori Nello tutto affumicato, col parabello in mano. Gli dissi: «Sono arrivati, eccoli là», e ci avviammo sparando altre raffiche. Questa era una sciocchezza da bambini, ma era per dire in fretta a Lelio: "Qua ci sono armi, armi, e caricatori da sprecare". In pochi minuti eravamo in cima.

Lo spettacolo di questi due era abbastanza commovente, erano venuti a piedi da così lontano, e ora non dicevano praticamente nulla, parlavo quasi solo io. Io sono fatto così, che quando sono commosso riesco facilmente a parlare, invece Lelio è il tipo opposto, non parla quando è commosso, e del resto neanche quando non è commosso. L'altro era russo e naturalmente non parlava; faceva un sorriso simpatico.

Mostravo lietamente a Lelio il mucchietto degli ossi da morto compresa la tibia su cui avevo scritto il mio messaggio. Oggi che so quanta fame aveva, mi domando se è concepibile che gli sia venuto l'impulso di rosicchiarseli. Sarebbe stato interessante vederlo mangiare i caduti della grande guerra, lui che ha sempre avuto una *pietas* molto spiccata per tutto ciò che riguarda la grande guerra.

«Abbiamo armi!» dissi «parabelli come questi, e mitragliatrici inglesi, e bombe a mano, belle, di quelle a pera, coi quadretti.»

«...» disse Lelio.

«E quintali di esplosivi, e detonatori che sono tubetti di rame; si dà una morsicatina a questo tubetto di rame, e sono pieni di acido, dentro si rompe una specie di bottiglietta, e l'acido comincia a mangiare il filo. Ci sono quelli da mezz'ora, e quelli da un'ora, da due, da tre; quando si rompe il filo scatta una molla, e il tubetto salta per aria.»

Scendemmo al casotto e gli offrimmo un po' di tè. «Non avete pane?» disse Lelio. Avevamo finito il pan-biscotto ancora il primo giorno; non c'erano che briciole frammiste alla peluria del sacchetto, e una crosta di formaggio. Spiegammo però che al campo c'era abbondanza.

Ci avviammo per andare a prendere gli altri; li avevano lasciati a due o tre ore di strada, alla malga Fossetta. Era una bella parte dell'Altipiano, nuova per me: boschi di conifere, valloncelli, circhi, bastioncini di roccia.

«Qua siamo padroni noi» dicevo a Lelio.

Scendevamo tra i pini, si sentì uno sfregamento di rami, e c'era una voce brusca che gridava *Alto-là*. Andammo tutti a terra molto bene; io e Lelio avevamo un po' imparato al corso, Nello avrà copiato (era stato di artiglieria), il russo sapeva tutto. Si era in una specie di craterino naturale, io e Nello coi parabelli strisciammo fino all'orlo per spiare. A trenta metri c'erano alcuni uomini a terra cogli schioppi puntati, e uno mezzo inginocchiato un po' più avanti, collo schioppo puntato anche lui. Benone.

Le probabilità che non fossero partigiani non erano alte, in quella zona; io però ero nuovo, e non mi era facile fare una stima.

«Partigiani» dissi.

«Mettete giù i fucili,» disse quello mezzo inginocchiato «e venite fuori a uno a uno con le mani in alto.»

«Metteteli giù voi» dissi io. «E venite avanti voi con le mani in alto.»

Per un po' ci scambiammo inviti. Poi lui disse:

«Vi do mezzo minuto, se no cominciamo».

Io sarei un po' impulsivo di natura, ma nel bisogno rinsavisco.

«Non drammatizziamo» dissi. «Vuoi che ci spariamo addosso tra noi?»

Andai fuori tenendo il parabello nella mano sinistra, lontano dal corpo, e con la canna in alto.

«Non facciamo fesserie» dissi avviandomi verso di loro; e loro per fortuna non ne fecero. Così ci riunimmo tutti e facemmo conoscenza. Erano con un gruppo che era su da qualche settimana. Quello che era stato mezzo in ginocchio si chiamava il Cocche; aveva trent'anni, ciuffi di barba, e il temperamento un po' mulo. Mi fece varie domande abbastanza amichevoli, chi eravamo, e come e cosa. «Ho capito» disse a un certo punto. «Voi siete i badogliani.»

«I badogliani sarete voi» dissi io.

«Noi no» disse il Cocche. «Noi siamo i comunisti.»

Questo mi chiuse un po' la bocca.

«Ora venite con noi al campo» disse il Cocche; «è una formalità, ma questa zona è nostra.»

Io gli spiegavo tutto per bene, ma lui diceva che aveva ordini; io (segretamente) ammiro quelli che stanno agli ordini, però questi suoi ordini non vedevo perché fossimo tenuti a obbedirli proprio noi. Arrivammo più volte a un punto morto.

«Quanto lontano è il campo?» disse Lelio.

Il Cocche disse mezz'ora.

«A un certo punto» disse Lelio «potremmo anche andare al campo.»

Andammo. Per la strada il Cocche disse: «Oh, arrivando al campo i vostri schioppi li portiamo noi».

«Benissimo» dissi io. «Noi portiamo i vostri.»

Ma il Cocche voleva portare i nostri e *anche* i suoi. Questo rischiava di rovinare un po' tutto. Proposi scherzando in parte, che loro portassero tutti gli schioppi, senza pallottole in canna, e noi tutti i caricatori. Naturalmente il Cocche non aderì. Queste dispute erano accademiche; sapevamo di essere tra amici, era solo questione di dignità. Alla fine dissi al Cocche: «Senti, noi gli schioppi te li diamo, a patto che tu prendi atto e poi riferisci che te li diamo di nostra spontanea volontà, da portare fino al campo, perché sei testardo, e poi siamo anche stanchi».

«Va bene» disse il Cocche.

Gli demmo gli schioppi.

«Sai,» disse il Cocche quando li ebbero in mano «io ho l'ordine di requisire le armi.»

«Però in questo caso non hai requisito un tubo» dissi io.

«No,» disse lui «ma ho requisito le armi.»

«Va' in mona» dissi io.

Arrivando al campo, il Cocche si spostò un po' dal gruppo, i suoi compagni si misero al passo, e automaticamente noi facevamo quasi la figura dei prigionieri. Qui la memoria mi fa uno sgambetto; non ricordo più dove fosse il capo, e quando e come saltasse fuori; anche il campo non me lo ricordo più bene, sarà stato press'a poco a metà strada fra l'Ortigara e la malga Fossetta. La luce sì che me la ricordo, era color cachi, calda, poco meno che arancione. In questa luce siamo davanti a questo capo, il Cocche fa rapporto, e ci presenta come "fermati e disarmati".

«Al partigiano Cocche» dissi io «manca solo il senso del ridicolo.»

Cominciai a dare un breve resoconto; il capo conosceva Antonio Giuriolo, e disse che era contento di sentire che era sull'Altipiano, e cominciò a fare le scuse. Allora io mi misi immediatamente a difendere l'operato del Cocche: dissi quanto scrupoloso, puntiglioso e simpatico l'avevo trovato. Il capo disse se volevamo favorire, dato che il rancio era pronto, e io per bàgolo cominciai a rifiutare, dicendo che non volevamo far tardi, per vedere se Lelio sarebbe andato in svanimento.

Altro sgambetto della memoria; cadiamo, quei quattro ragazzotti che eravamo, fuori della mia memoria, sempre in una luce la cui impostazione generale era color arancione; sopravviene un orgasmo melmoso, noi siamo seduti con qualcosa di caldo e liquido in un recipiente che teniamo tra i ginocchi, sprofondiamo fuori della mia memoria.

Si ricomincia quando incontriamo Antonio e i due inglesi, Walter e Douglas, alla malga che si chiamava la Fossetta; gli abbiamo portato qualcosa da mangiare, dovevano avere una brutta fame anche loro, però bisogna dire che Antonio pareva sempre un po' fuori da questa nostra rozza dialettica della fame, forse perché era più vecchio di noi; i due inglesi erano duri come chiodi, benché gentili al centro, come io ho spesso trovato che sono nel loro intimo gli inglesi, quasi femminei.

La malga era vuota, nuda: in tutta la zona alta dell'Altipiano le malghe quell'anno furono senza occupatori, naturalmente la gente aveva paura, e inoltre le autorità facevano i loro divieti, contando di affamarci. Questo era un errore, fame ne avevamo già tanta che affamarci di più era praticamente impossibile, ma le autorità tentavano, tentare non nuoce. A noi delle autorità non ce ne interessava niente, e si prendeva per naturale che le malghe fossero vuote.

Questa malga però era singolarmente vuota e nuda, c'era intorno una pulizia, una povertà, una lindura che mi turbarono. Sentivo un fondo di contentezza turbata, piacere fisico di dire qualche parola in inglese, pudore. Antonio e gli inglesi si aggiravano di qua e di là con aria quieta e circospetta, rosicchiando quello che avevamo portato, e chiacchierandoci un po'; notai che parlavano tutti sottovoce.

Io e Nello stavamo ad ascoltarli. Così dev'essere stato per i primi cristiani quando gli arrivava un apostolo in casa. Antonio non era solo un uomo autorevole, dieci anni più vecchio di noi: era un anello della catena apostolica, quasi un uomo santo.

Senza di lui non avevamo veramente senso, eravamo solo un gruppo di studenti alla macchia, scrupolosi e malcontenti; con lui diventavamo tutta un'altra cosa. Per quest'uomo passava la sola tradizione alla quale si poteva senza arrossire dare il nome di italiana; Antonio era *un italiano* in un senso in cui nessun altro nostro conoscente lo era; stando vicino a lui ci sentivamo entrare anche noi in questa tradizione. Sapevamo appena ripetere qualche nome, Salvemini, Gobetti, Rosselli, Gramsci, ma la virtù della cosa ci investiva. Eravamo catecumeni, apprendisti italiani. In fondo era proprio per questo che eravamo in giro per le montagne; facevamo i fuorilegge per Rosselli, Salvemini, Gobetti, Gramsci; per Toni Giuriolo. Ora tutto appariva semplice e chiaro. Sospiravamo di soddisfazione perché era arrivato Toni, e anche nelle rocce, nel bosco, pareva che se ne vedesse un segnale.

6

I riguardi a occidente, Corno di Campo Bianco, Corno di Campo Verde; il parapetto a sud, Pòrtule, Zingarella, Zebio, Colombara, Fiara; dentro, il paese incantato, Bosco Secco, Kèserle, Mitterwald, Cima delle Saette, Bosco dei Làresi, Scoglio del Cane; sul fianco, a oriente, la cicatrice del Canal del Brenta, a nord l'alta cintura, la galassia di pietra, Cima Undici, Ortigara, Caldiera, Cima Isidoro, Castelloni di San Marco, confini ultimi al mondo.

L'accampamento del Castagna era sotto il Corno di Campo Bianco; da lì scende dritto a sud un solco piatto che si chiama Val Galmarara, il nostro vallo occidentale. C'erano modesti collegamenti con Asiago e gli altri paesi della conca, che è sempre Altipiano tecnicamente, la parte abitata, graziosa, dell'Altipiano a mille metri di quota; mentre noi *dentro* ai monti eravamo assai più alti, tra i millecinque e i duemila per lo più. Ogni tanto dai paesi della conca ci arrivava una staffetta, un messaggio, un carretto. Un giorno da uno di questi carretti saltò giù un ragazzo di Vicenza, uno delle industriali che conoscevo solo di vista, Dante; e dopo avergli chiacchierato cinque minuti mi dissi con un gran sospiro di sollievo: "Ora il vice-comandante lo fa lui, com'è vero il Signore". Il comandante era Antonio, si capisce, ma io non intendevo più neanche vice-comandare. In questo mi ingannavo, perché se è vero che da quel momento il nostro capo tecnico-militare fu Dante, specie quando Antonio non ci fu più, e che a lui dobbiamo quel tanto di energia e efficienza militare che a tratti riuscimmo a esprimere, è vero anche che né io né gli altri miei compagni la smettemmo mai del tutto di vice-comandarci a vicenda. L'idea del soldato puro, il partigiano semplice, che mi attirava romanticamente, non si attagliava ai nostri temperamenti; eravamo tutti vice-comandanti per natura, la nostra disciplina era discorso, ciascuno era l'eminenza grigia degli altri.

Arrivavano via via i nostri compagni vicentini. Enrico e Bene arrivarono insieme, un giorno tornando al campo li trovai arrivati. Erano nella cavernetta: Enrico in piedi maneggiava un parabello, Bene seduto per terra tentava di slacciarsi gli scarponi, che erano magnifici, pieni di occhielli e di spaghi; ci arrivava a fatica perché era piuttosto in carne in questo periodo, e soffiava e sbuffava. Non si capisce perché Bene arrivasse così, con qualche giorno di ritardo, ma era nel suo stile; l'anti-retorica era in lui negligenza, sprezzatura, l'ideale del *gentleman* armato che non ha mai fretta. Enrico era un'esplosione di vitalità. Era l'unico di noi che ci prendesse letteralmente gusto a fare il partigiano, forse perché ci prendeva gusto a tutto quello che faceva: viveva di gusto, con una certa foga spazientita. Era magro, focoso; la nostra paura della retorica non lo toccava: per lui queste cose, retorica, anti-retorica, non esistevano; storie, si vive in un modo solo. C'era una traccia di fretta in tutto ciò che faceva: e più gli piaceva più aveva fretta. Aveva un ciuffo spettinato, e ogni tanto lo mandava via con la mano; quando era nervoso continuava a mandarlo via, ed era sempre un po' nervoso, impaziente, a corto di tempo, e ora sembra anche giusto che fosse così, dato che è morto ragazzo.

Dell'arrivo di Mario non mi ricordo più; a un certo punto c'è anche lui, grosso come Robert Mitchum, e grandissimo tacitore. Lui ricorda che quando arrivò nessuno gli fece i saluti, anzi. Fu perché arrivò col pane. Gliene avevano dato un sacco da portar su, approfittando che ce n'era un sacco a Asiago, e lui veniva su. Fu sopraffatto e depredato immediatamente, e per un quarto d'ora nessuno si occupò di lui; poi lo salutammo.

Arrivò anche, con un maglioncino blu scuro e un basco nero, Renzo, fratello giovane d'uno dei più cari dei miei amici. Era timido, mingherlino, ovviamente testardo. "È ancora un ragazzino," pensavo "devo stargli attento"; perché dava l'impressione di un pollastrino col collo esile. *Some chicken: some neck!* è lui che poi diventò Tempesta.

E così fu adunata la scuola di Toni Giuriolo in Altipiano, la nostra bella scuola. Anche come studi eravamo ben distribuiti, uno lettere, due medicina, uno legge, due le industriali, uno matematica, uno filosofia. Eravamo in nove, contando anche Rodino che era da Vicenza, ma non so bene come stesse con gli studi; del resto entro qualche settimana una mattina, a pochi passi da me, glieli troncarono. L'ho detto che c'entra il nove; coi tre stranieri (il russo si chiamava Vassili) eravamo in dodici. Attorno ci si venivano aggregando squadre di asiaghesi e vicentini vari.

Mancava qualcuno dei nostri compagni di Vicenza; per una ragione o per l'altra non c'erano Bruno, Marietto, Gigi e qualche altro; ma in cambio due o tre erano nuove reclute. Non c'era il più bravo di tutti, Franco, perché aveva una gamba offesa, e stentava a camminare anche in città; era così bravo che ci sarebbe convenuto portarcelo su con la barella, e portarcelo dietro nelle nostre eventuali azioni, in modo che le potesse vedere e spiegarcene il senso, e magari anche dipingerle, perché dipingeva; paesaggi cittadini, con tubi rossastri, e ritratti in verde. Ad ogni modo la cosa non era praticabile, anche perché c'era quest'altra difficoltà che quanto Franco era intransigente e severo nell'impostazione delle cose, tanto era mite quando si trattava di far del male a persone in carne ed ossa; e quindi è praticamente certo che, dovendo venire agli spari concreti, avrebbe cercato dalla sua barella di dissuaderci dallo sparare o almeno dal mirare; e chi lo sa se non sarebbe arrivato addirittura agli spintoncini, per farci fallire i colpi.

Quei giorni sono avvolti in un'aria di confusione; da allora ne parliamo, ne parliamo, quelli che siamo ancora qua, ma una versione ufficiale non esiste, il nostro canone è perduto, la cronologia è a caleidoscopio. Ciascuno ha le sue ancore, i cavi s'intrecciano a sghimbescio.

I primi giorni non era ben chiaro se fossimo ospiti del Castagna, o temporaneamente fusi con lui; la questione non si poneva; c'era trambusto, come in un piccolo formicaio dopo la pioggia. Si era spesso fuori in pattuglia, a gruppi, a coppie, singolarmente; un momento si annunciava una cosa, un momento un'altra. Il giorno prima che arrivassimo noi dalla Fossetta, i fascisti di Asiago erano venuti a fare le loro smargiassate agli imbocchi di Val Galmarara; furono accerchiati, e poi rimandati a casa. Veramente c'erano due partiti, quello delle vie di fatto e quello del rimando, e quest'ultimo prevalse, com'era forse giusto in una guerra fra conoscenti e paesani, anche perché uno o due erano restati fuori dall'accerchiamento, e sarebbero certamente corsi giù in paese a far nomi, con effetti imprevedibili, dato anche che a Asiago i nomi sono tutti uguali.

Allora però questa storia non mi piacque affatto. "Hanno sbagliato" pensavo; "qui ci sono troppe sfumature locali; ci vuole più radicalismo."

Fu questa, credo, nell'assenza di Dante e di Antonio, la genesi della spedizione anti-Vaca. Ero stato fuori tutta la mattina con Lelio e Renzo; tornando al campo, trovammo sulla spianata un crocchio di partigiani che parlavano del Gino in tono abbastanza funebre, dicendo che era nella grotta; entrammo nella grotta, e infatti lì c'era il Gino, affondato in un mucchio di paglia. Era andato in licenza la notte prima, e arrivando sul margine della conca di Asiago, impensierito da un riflettore che pareva cercasse proprio lui, aveva battuto alla porta della prima casa di una frazione di Camporovere. Per sfortuna era proprio la casa del Vaca, e il Gino essendo da Cesuna non lo sapeva. Il Vaca era della Milizia, e non aveva aperto la porta, ma la finestra del primo piano, dalla quale aveva scaricato un mitra intero sul Gino; essendo buio, buona parte dell'interminabile raffica andò persa, tranne cinque pallottole. Il Gino mi disse che in quel momento aveva pensato: adesso il riflettore mi trova.

Per tornare su al campo ci volevano forse quattro ore per un camminatore normale; il Gino ci mise qualcosa di più. Aveva cinque buchi, e tutti dalla stessa parte, segno che le cinque pallottole erano tutte dentro; e per colmo di disdetta uno di questi buchi era nella pancia. Gli altri erano nelle gambe e in una spalla, e avevano un bell'aspetto; ma io ho sempre sentito dire che quando è bucata la pancia, non scampano.

"Radicalismo" mi dicevo mangiando la polenta a mezzogiorno: e proposi di andare subito a rapire il Vaca per rappresaglia. Se il Gino muore, pensavo, sarebbe bene scannare questo Vaca sulla pira; la pira? effettivamente sarebbe un'idea, ma diciamo la scafa; se poi il Gino scampa, vorrà dire che il Vaca ce lo terremo per ricordo.

Il Finco aderì prontamente; ci avviammo in una quindicina giù per Val Galmarara, in fila. Che bellezza, studenti e popolani armati, in marcia per questi magnifici greppi; noi gli portiamo un grano di radicalismo, loro hanno tesori di sapienza pragmatica. Questa si chiama un'azione, stiamo agendo. Mi assaporavo questi concetti marciando di buon passo. Davanti avevamo perfino un paio di vedette, pareva un bel sogno; qualche cosa mi gridava dentro allegramente Nach den Vaca!, perché dovesse gridarlo in questa forma non saprei, ma lo gridava così.

Renzo camminava vicino a me, e io gli chiacchieravo, come a più giovane, di filosofia. Forse mi sarò lasciato prendere la mano dall'euforia del momento, e avrò detto qualcosa di non abbastanza amaro o sulla filosofia, o sulla vita: fatto sta che tutt'a un tratto sentii che Renzo mi giudicava cieco e illuso, corrotto dall'età e dagli studi: un retore.

Renzo dava importanza ai fari delle automobili; aveva scritto anche una specie di racconto sui fari, che vedono passare la strada di gran volata, come un nastro sconclusionato che non finisce mai; o forse il racconto era all'incontrario, la strada che vede passare questi fari, sempre uguali, e non sa cosa vogliono dire, e si sente molto a disagio. Renzo era persuaso che ciò che conta sono certi frammenti della realtà, i fari, le strade, uno zampillo di acqua: e quelli che si occupano degli altri aspetti del mondo sono attivisti superficiali, una specie di boi-scàu della vita.

Parte delle mie energie nella guerra partigiana furono impiegate a tenere a bada persone come Renzo, Lelio e Mario, la cui speciale retorica dell'anti-retorica era mula e implicita, e al confronto la mia sembrava accademica, una cosa tutta di testa, e frivola. Loro, si sentiva che erano anti-retorici in senso ormonale, e nei più sensibili anche con queste complicazioni dei fari.

Mi dissi: "Quando finisce la guerra voglio riflettere a fondo sulla natura della retorica: ora marciamo sul Vaca". Quando fummo a metà della valle dissi al Finco: «Come facciamo?» (aggiungendo nel pensiero "Maestro mio") e lui mi diede qualche schiarimento. Due di noi sarebbero andati avanti a domandare acqua, con le rivoltelle in tasca.

«Va bene» dissi io: «Chi va?».

«Io» disse il Finco. «E un altro.»

«Vengo io» dissi prontamente. Poca scelta. Mi sentivo come uno che deve andare in pattuglia con Diomede.

Scantonammo su pel Monte Interrotto che sovrasta la conca di Asiago. Ci fermammo sull'orlo, proprio al margine della boscaglia: davanti avevamo l'ameno pianoro con tutti i paesetti ben marcati. Il Finco mi indicò la frazione, che era proprio sotto di noi, forse mezzo chilometro, e la casa, che era la prima: facendo rotolare un sasso con la punta del piede, in qualche minuto sarebbe arrivato rimbalzando sulle finestre del Vaca; ma naturalmente non bisognava avvertirlo. C'era da aspettare una mezz'oretta; l'idea generale era di arrivar giù giusti con l'ultima luce. Ci sedemmo per terra.

D'un tratto il Finco mi mise fermamente una mano sul braccio, e io trasalii. Capivo che c'era qualcosa di importante da guardare, ma non sapevo dove. Poi vidi che a due passi da noi c'era un leprotto. Doveva esser venuto fuori da un cespuglio, era arrivato in mezzo alla radura e lì si era messo a sedere, e guardava il panorama. Il Finco era elettrizzato, avendo la mira che aveva, e la pistola in mano, e un leprotto a due passi; voltava gli occhi verso l'alto, e si vedevano passare sul suo viso le bestemmie che pensava.

Era un momento bellissimo, le parti in ombra dell'aria erano limpide e fresche, le fogliette appese ai rami una di qua una di là, una di qua una di là, erano come membranucce luminescenti in controsole. Di queste patacche luminose era tutta piena l'aria attorno alle nostre teste, lì davanti era campito il verde su cui era pennellato il sole radente, con questo leprotto seduto.

Qualcuno dietro di noi spezzò un rametto, il leprotto fece una mezza voltatina, e in tre salti, senza vera fretta, s'infilò nella macchia. Il Finco criticò Dio sottovoce.

Ci siamo, si parte. Calano dietro a noi, tatticando in semicerchio cinque o sei compagni; a mezza costa sono schierati in appoggio, lontani e impeccabili, due altri plotoncini. Io e il Finco scendiamo spigliati: il gonfiore nella tasca di dietro dei calzoni non è fazzoletto da collo, non è grumo di calzetti di ricambio, ma negra pistola, piena di palle da nove. Il sentieruolo sbocca nel cortile del Vaca.

Siamo a venti metri dal cortile, ho l'impressione di star facendo una mezza prepotenza, ma quando bisogna bisogna; il Finco dice: «La porta è quella a sinistra». La porta di legno grezzo è chiusa. Siamo a dieci metri sempre con bel passo ritmato, e io dico ad alta voce, per entrare nella parte: «Aspetta va-là, che gli domando acqua in questa casa qui, che ho una sete troia». A cinque metri la porta si spalanca, esce guardando per terra un uomo col viso preoccupato, e dietro di lui altri tre, preoccupati anche loro, io apro la bocca per dargli la buona sera, e questi quattro come in un teatro alzano ciascuno il suo mitra, e sparano.

Mai sparato nessuno a me così da vicino. Postumi di sole a

destra, aria tersa; a sinistra festoni di ombre cenere e blu. Gli oggetti erano intagliati teneramente nell'aria, e le lastre di pietra rosa-chiaro che orlano il sentiero come muretti (e sono sempre oggetti belli in qualunque luce), erano veramente incantevoli, tutte impregnate di quel po' di luce soffice e blanda.

Io feci questo pensiero: "Il primo dev'essere il Vaca", ma per fortuna i centri dei nostri pensieri sono multipli, e mentre io facevo questo pensiero i miei muscoli ne avevano già fatto un altro, una specie di guizzo, e non ero più sul sentiero davanti ai mitra, ma coricato per terra dietro le lastre di pietra rosa: e i muscoli del Finco dovevano aver fatto anche loro lo stesso pensiero, e con la stessa fulminea precisione, perché lì vicino c'era anche lui, coricato per terra.

La pietra rosa quando si scheggia va in scagliette minute, e libera piccoli spruzzi come di cipria.

Il Finco disse: «Fila, fila!». Filammo via lungo la linea delle lastre rosa, parte correndo curvi, parte arrancando a quattro zampe, il modo che si chiama a gattomagnào. I mitra continuavano a sparare.

Nel punto dove il sentiero svoltava, mi venne un'ondata di gioia. Gli altri, quelli in appoggio, s'erano raggruppati qui e con loro ripartimmo in ordine sparso correndo su per il pendio. L'aria era scurita; le raffiche passavano alte.

La gioia era gioia pura, benché non ci fosse tanto da rallegrarsi, l'"azione" era stata uno schifo. Mi sentivo come uno che è stato massaggiato violentemente. Ecco com'è l'empirismo, pensavo. L'eroismo è più bello, ma ha un difetto, che non è veramente una forma della vita. L'empirismo è una serie di sbagli, e più sbagli più senti che stai crescendo, che vivi.

Ci fermammo a metà costa. Lelio mi disse:

«Io ero sulla vostra sinistra, l'avevo in mano io, la carta buona, ma non l'ho calata».

L'aveva ancora in mano, canadese. Non esisteva una tecnica, bisognava inventare. Mi pareva contento anche lui, malgrado questa svista della carta.

Adesso c'erano le stelle, il Finco camminava davanti a noi, in poche ore di marcia tornammo al campo. Il Gino non morì, una parte delle cinque pallottole a suo tempo vennero fuori, le altre penso che le avrà ancora.

(Alla fine della guerra domandai del Vaca. Pensavo, se è sopravvissuto chissà quanta paura avrà, adesso; sentivo un impulso generoso di andare a fargli visita per rassicurarlo un po', e parlare di quella sera, farmi spiegare le cose, come gli erano sembrate dal suo punto di vista. Ma non ce n'era bisogno: il Vaca era una persona ingegnosa, questo si era visto anche in occasione della nostra visita; e qualche tempo dopo, quando io non ero già più in zona, per risolvere una volta per tutte il problema di respingere i partigiani che venivano a prenderlo, aveva pensato di andar su lui ad arruolarsi con loro; e così alle spedizioni anti-Vaca da allora poté partecipare anche lui, per modo di dire.

Quando seppi questo, mi scandalizzai della sua tardiva adesione, e mi sentii defraudato, perché ne avevo fatto un Nemico personale, di questo Vaca; ma ripensandoci, non era la nostra stessa posizione? Prima eravamo stati fascisti, poi partigiani; e altrettanto lui. A suo tempo la nostra impresa m'era parsa la più inutile azione della guerra civile; ma visto il successivo comportamento del Vaca, non fu forse inutile. Nasce da questo il seguente *Ricordo*:

Se tu vuoi spegnere il Vaca, spara prima del Vaca. Ma non curare d'ispegnerlo non necessitato.)

I lanci avvenivano a Campo-gallina; era la fontana della guerra in Altipiano. La nostra spedizione principale fu per i favolosi Bren, che venivano giù dal cielo in scatola, come tutto il resto; erano smontati, ingrassati, incartati; bastava solo rimontarli. Pare una cosa da nulla, ma provare è diverso; per fortuna c'era Dante, che di armi se ne intende sul serio, e rimontò il primo esemplare senza lasciar fuori quasi niente, e ben presto li montava e li smontava a occhi chiusi, e insegnava anche a noi. Era perché amava le armi, non perché era stato al corso.

Il Bren è una grande arma, leggero, sicuro, preciso, e di un'efficacia spaventosa. Alla prima prova, dice Dante che si sentì veramente felice. Scelse una cavernetta a trecento metri, e sparò due o tre raffiche, che andarono briosamente a ingolfarsi là dentro. Il Finco volle fare anche lui una prova da una distanza simile, su una capretta da macellare; disse che avrebbe mirato all'occhio, e sparò un colpo solo; andando a vedere, la testa pareva intatta e l'occhio era un piccolo rododendro dai colori carichi.

Più il Bren rivelava le sue virtù, e più insultavamo il Duce.

Buona parte degli asiaghesi erano stati in Russia o in Grecia, e quasi tutti avevano dovuto orinare sul nostro mitragliatore per disincantarlo, o caricarsi sulle spalle la grande Breda che tirava bensì con un'esattezza pedantesca, ma in compenso pesava come una manza.

Gli esplosivi erano di vecchio tipo, roba nostrana, e in quantità strabocchevoli. Ce n'erano grandi depositi nelle caverne, che erano stati accumulati prima del nostro arrivo; bisognava pensare a custodirli, tenerli aerati, spolverarli; ogni tanto ne trasportavamo qualche quintale da una caverna all'altra per migliorare la distribuzione generale. Era un enorme potenziale bellico. Il numero e le dimensioni dei rotoli di miccia erano proporzionati. In teoria, minando qualunque parte dell'Alta Italia, si sarebbe potuto andar giù in Sicilia a brillare la mina, o viceversa. Forse l'idea del Duce era proprio quella: lasciarli sbarcare, e poi dar fuoco alla miccia da mille miglia lontano, ridendo. Si vede che poi se n'era dimenticato. Era fatto così.

Anche una parte delle bombe a mano che avevamo erano italiane, e come tutti sanno queste non erano armi vere e proprie, ma piuttosto aspetti dell'abbigliamento delle nostre truppe, come le fasce gambiere e le giberne. Ripensandoci, non è meraviglia che un popolo amante dei fuochi artificiali e dei rumori in genere, abbia prodotto queste bombe. Credo che raramente nella storia della civiltà si sia riusciti a provocare tanto rumore con mezzi così delicati; gli alpini anziani sostenevano che con un po' di pratica si potevano far scoppiare montandoci su coi piedi, schiacciando lo scoppio come un topo; io stesso al corso ne vidi far scoppiare una per errore con un colpo di tacco in aria, come si fa un passaggio di tacco giocando al pallone. Le schegge conficcate nel sedere dell'allievo distratto erano parecchie centinaia, ma così minute che non si poteva parlare di ferite multiple, ma solo di un massaggio meccanico, quasi uno spruzzo di alluminio per tonificare il sedere.

Insomma l'eredità militare del vecchio sistema era goffa e torpida, e anche la libertà la ravvivava a stento. Tutt'altra cosa erano le canadesi a quadretti: si sfilava un anello e scattava un manichetto di metallo; quattro secondi dopo i quadretti facevano la barba al paesaggio. Rialzandoci da terra tiravamo fuori di tasca le bombolette imperiali, e ci sputavamo sopra.

A tratti mi riassaliva l'idea di far fare le tattiche ai più inesperti. Qui c'era in gioco un fattore romantico. Ciò che ci avevano insegnato al corso, come tattiche, era roba da prima guerra mondiale. Ora lì sull'Altipiano c'erano letteralmente le trincee della prima guerra mondiale, coi loro camminamenti e tutto; e la tentazione romantica di rifare le tattiche come al corso, ma sul posto per così dire, e con le trincee vere, era forte.

Io all'assalto di una trincea finta ci ero andato parecchie volte; è vero che i difensori di queste trincee finte avevano ordine di sparare alto, sopra di noi, e di lasciarcele conquistare; però nelle tattiche a palla, considerando l'imperfezione della loro mira, più cercavano di sbagliarci e più il pericolo era grande. Ma lasciando il pericolo: c'è un momento nelle tattiche che si è arrivati strisciando a pochi metri dalla trincea finta; lì il caposquadra dice sottovoce *baio-net!*, e tutti cercano di infilare la baionetta sulla canna, che poi spesso non vuol saperne di infilarsi, e negli assalti veri dev'essere un gran brutto guaio quando non s'infila. Fatto sta che questo momento è senz'altro eccitante da un punto di vista strettamente sportivo; il caposquadra si alza in piedi, gli altri lo imitano, e tutti si slanciano sulla trincea finta gridando *Savoia!*

Ora bisogna dire che questo grido era fonicamente perfetto; a me non mancava mai di procurare una certa ebbrezza, tanto è vero che sognando di ripristinare queste tattiche sull'Altipiano, sentivo che ci sarebbe voluto un grido analogo, forse *La troia!* che rendeva l'idea.

Ma l'occhio severo di Lelio, quando mi venivano questi impulsi di frivolezza, mi trattenne sempre dal metterli in atto; anzi, un po' alla volta, stando in queste piccole trincee piene di sterpi, e guardando lì davanti a quattro passi la linea sghemba delle piccole trincee contrapposte, di tattiche mi passò tutta la voglia, e al suo posto sentivo invece una punta di vergogna, benché non ne avessi colpa io se in quei momenti che ho detto, sotto la trincea finta, mi veniva una certa ebbrezza naturale. Anzi sono pronto a scommettere che quei disgraziati che andavano sotto alle trincee vere, ne avranno bensì avuta molta meno di questa ebbrezza, però io dico che un po' ne avevano, in mezzo allo schifo e alla fifa.

Avevamo anche alcune pistole, non però una P.08. Sarà una stupidaggine, ma per me non c'è altra pistola. Quella canna lunga, scoperta, l'angolo elegante e aggressivo del calcio, quel doppio snodo di metallo che s'articola netto, elegante e terribile: una vera pistola moderna. Ma questo eravamo in molti a sentirlo, e non era facile procurarsene una. Più tardi, quando conobbi la partigiana

Natascia, che aveva lunghi capelli lisci tirati di traverso sul viso come un siparietto, e tenere labbra, e una P.08; quando ci fummo conosciuti un po', e lei mi pareva piuttosto innamorata, gliela domandai; ma lei, benché piuttosto innamorata, non me la diede. Mi offrì un pino invece, un intero albero di pino, che già in piedi paiono grandi, e quando giacciono abbattuti si vede che sono semplicemente *enormi*. La Natascia mi disse che aveva un pezzo di bosco suo, e avrebbe fatto tagliare un pino apposta per me, e me l'avrebbe offerto. Io rifiutai il pino, e feci male; primo perché come regalo era poetico, e intonato alla sua personalità silvana; e poi perché un giorno che mi ricordai di fare il conto dei metri cubi e mi informai quanto costava un metro cubo, prova e riprova venivano fuori tanti di quei soldi che quasi quasi mi pentii di averlo rifiutato, il pino della Natascia. E da allora girando nei boschi di pini, e guardando in su, vedevo quanto denaro c'era in giro e mi veniva da ridere.

Insomma la meglio pistola è la P.08.

Un giorno che giravo con Dante e Enrico sul margine del Bosco Secco, vedemmo venire avanti un uomo che camminava tra i mughi, con una curiosa aria impiegatizia. Si avvicinò come uno che attraversa la strada per domandare un'informazione, ma quando fu arrivato ci augurò solo una felice giornata; gli ricambiammo volentieri questo augurio: c'era un bel sole caldo, il Bosco Secco fremeva di vita, e mi sentivo relativamente contento. L'Altipiano pareva praticamente nostro, e veniva fatto di pensare: Questa parte dell'Italia è libera. L'uomo portava un maglione militare inglese, che gli era un po' piccolo; avrà avuto trent'anni, aveva il viso serio, e davvero faceva pensare a un impiegato, anzi un impiegato che sia diretto in qualche parte. Portava il parabello con un'aria niente affatto marziale, come si potrebbe portare una borsa.

«Dov'è diretto?» gli dissi, perché tendevo a dare del lei alle persone.

«Chi?» disse lui.

«Lui» dissi io puntando il dito. «Tu.»

L'uomo fece un segno vago con la mano. Ci mettemmo un po' a chiacchierare; era col reparto comunista che si aggirava nella zona a oriente della nostra, indubbiamente il reparto che mi aveva già catturato una volta; per scrupolo del Cocche. Si chiamava Simeone, nome di battaglia; doveva essere anche lui un grande indipendente, forse con mansioni di vice-commissario. Sapeva già di noi, ed è per questo che l'incontro era stato così tranquillo; perché fra elementi di reparti sconosciuti ci si impuntigliava che era un piacere.

Parlammo dei vari reparti che c'erano in giro. Simeone pareva sollecito e conciliante.

«C'è posto anche per i badogliani» disse a un certo punto.

«Il posto c'è» dissi io; «ma dove sono i badogliani?»

«No» disse lui. «I badogliani che dico io siete voi.»

«Tanti saluti» disse Enrico: «firmato Badoglio»; e si avviò con Dante per tornare al campo. L'uomo disse che doveva andare anche lui per le sue strade, ma io gli dissi: «Aspetta un momento», e mi misi a polemizzare con una certa foga.

«Stammi bene a sentire» gli dissi. «Noi non siamo badogliani, anzi siamo nemici personali di Badoglio. Badoglio è una carogna.»

Gli spiegai ben bene le mie vedute sul maresciallo e sui suoi colleghi, inoltre sul Re Imperatore e sul Principe di Piemonte; aggiunsi un'appendice sui principini. «Dunque,» conclusi «se voi mettete fuori la chiacchiera che noi siamo badogliani, noi diremo che voi siete troskisti. Lo sai chi era Trotzki?»

«Era una carogna» disse Simeone.

«Sbagliato» dissi. «Era il creatore dell'Armata Rossa, il più bravo dei compagni di Lenin; era bravo più o meno come Lenin, e ancora più brillante.»

«Non sarete mica troskisti?» disse Simeone.

«Ma sì» dissi; «l'ala troskista dei badogliani.»

«Dimmelo tu cosa siete» disse lui; io fui tentato di dirgli: deviazionisti crociani di sinistra, ma poi gli dissi brevemente che eravamo studenti, e con chi eravamo lì, e perché.

«Trotzki però era una carogna» disse Simeone quando ebbi finito.

«Adesso sì che è una carogna anche lui. Almeno non credo che lo abbiano imbalsamato, come Lenin.»

La parola carogna fece da calamita. Gli domandai, a proposito di carogne, se aveva mai visto un cavallo morto e marcito, con le gambe per aria.

«No» disse Simeone.

«Bisogna vederlo» dissi io. «Almeno così mi dicono.»

«Ho visto un mulo, in Albania» disse Simeone.

«Pare che la cosa più importante» dissi «sia che ci sia presente anche una bella donna. C'è stato uno, che poi ci ha scritto sopra una poesia, che un giorno era andato a passeggio con una ragazza: era la sua morosa, ma lui le dava del voi: una di quelle grandi e ben vestite, che quando camminano fanno l'effetto di una bella nave con le vele spiegate. Hai mai visto tu una nave con le vele al vento?»

«No» disse Simeone.

«Beh, questa ragazza era così.»

Mi misi a raccontargli *Une charogne* punto per punto, in dialetto, come una storia vera; andai avanti un pezzo, e finalmente arrivai in fondo.

«Ostia» disse Simeone. «Ho fatto tardi.»

«Ti sta bene,» gli dissi «così impari a chiamarci badogliani.»

Il giorno dopo lo incontrai di nuovo nello stesso punto, al margine del Bosco Secco, e gli riparlai di quel mulo.

«Chissà se era un mulo greco, o italiano?»

«È strano che me lo domandi» disse Simeone; «perché effettivamente sono venuto a saperlo. Era italiano come noi.»

Era il mulo di un artigliere alpino che era da Poléo.

«Si chiamava Romano» disse Simeone.

«Ma allora lo conosco» dissi. «È il nipote del prete di Poléo.»

«No, il mulo» disse Simeone. «L'artigliere alpino era un certo Vanzo. Del suo mulo ne parlava molto bene, e si vedeva che gli dispiaceva come un parente. Era anti-militarista.»

«Questo Vanzo.»

«No, il mulo» disse Simeone. «Quando vedeva un ufficiale superiore, voltava la schiena e gli faceva gli omaggi col culo. E quando sentiva la Marcia Reale gli veniva la diarrea.»

Come sono le disgrazie! Un giorno il colonnello si era appostato su uno spiazzo, con tutte le medaglie al vento, e il reparto arrivava su per il sentiero. Quando arrivò Romano, vedendo il colonnello cominciò a girarsi per voltargli la schiena e fargli gli omaggi. Si era mossa una pietra, il sentiero era franato e Romano era partito.

«Aveva l'obice da 75 sulla schiena, e il peso lo faceva girare. Girava pian piano, un giro e una fermata, un giro e una fermata: avrà rotolato per un quarto d'ora. Mi ha detto Vanzo che era una disperazione vederlo rotolare in giù sempre vivo a ogni giro e non potere aiutarlo. Tirava bestemmie da fuoco.»

«Vanzo.»

«Era imbestiato» disse Simeone. «E anche gli altri della sua batteria.»

«Brutta morte» dissi io.

«Sì» disse lui. «Era facile lì fare una brutta morte. Poi venivano i corvi e ti beccavano. Lo hai mai visto tu un morto beccato dai corvi?»

«No» dissi.

«Bisogna vederlo» disse Simeone.

«Però saprei un'altra poesia» dissi «su questo argomento, di un morto beccato dai corvi lì dalle parti della Grecia. Anche qua c'entrano le donne, anzi la più straordinaria di tutte, Venere, detta la Citerea.»

«Quella coi capelli rossi?» disse Simeone. «Quella da Tirana?»

«No» dissi. «Era dalle isole. Ma è roba antica.»

«Anche quella da Tirana era un po' avanti di cottura» disse Simeone.

Poi mi domandò che tipo di guerra volevamo fare, e io glielo dissi; gli domandai che tipo di guerra volevano fare loro, e lui mi rispose: «La stessa». Poi ci salutammo e lui ripartì tra i mughi, con quell'aria impiegatizia. Ci incontrammo ancora due o tre volte; era sempre solo, come se andasse in giro a ispezionare l'Altipiano, e finii col considerarlo appunto una specie di misterioso ispettore della nostra coscienza.

Quando Antonio giudicò venuto il momento, ci staccammo dal Castagna. Ora si vedeva chiaramente che erano troppo legati alla loro impostazione locale per poter continuare insieme: e Antonio non intendeva fargliela cambiare controvoglia. A differenza di noi, Antonio non aveva alcun dubbio sull'orientamento generale della nostra attività: sapeva esattamente come andava impostata l'intera faccenda, e nei momenti di crisi non esitava mai. Era l'ora dei bandi e degli sbandati, arrivava gente da tutte le parti; ma Antonio non prendeva nemmeno in considerazione l'idea di arraffare questa gente e imbandarla in qualche modo. Non voleva sbandati-imbandati, ma partigiani già convinti: una o due volte, nei momenti più critici, fece anche un discorso, sforzandosi di parlare in italiano anziché in dialetto, per aggiungere gravità a ciò che diceva. Sono tra le cose più belle che ricordiamo di lui: si rivolgeva con estrema semplicità alla volontà stessa della gente, mostrando di credere che su null'altro al mondo si può costruire. «Chi sente che vuole fare il partigiano, cioè resistere con le armi, perché è giusto così, non si spaventerà di quello che trova qui, il disagio, e i rischi, e le fatiche; chi non sente così, è bene che vada via; non è vergogna, se uno non sente così; ma non deve illudersi di fare il partigiano; il suo posto non è qua.» C'era qualcosa di semplice e grave in questa impostazione. Dopo che Antonio aveva parlato, quelli che restavano con noi si sapeva che erano partigiani. Ora si capiva che presso il Castagna, e tra le nuove reclute, i partigiani e gli sbandati erano mescolati insieme: e fin che stavano lì, non c'era nessuno veramente capace di sceverarli. La "politica" nella guerra civile significava questo; non c'entravano i partiti, era questione di avere o di non avere interesse per l'aspetto politico (cioè antifascista, e quindi rinnovatore) della guerra.

Antonio, che era anti-militarista, non sentiva molto la guerra come problema tecnico; era del tutto indifferente al *tipo* di scoppi e di spari, e a ogni rigido programma, non perché volesse affidarsi al caso, ma perché credeva che ciò che veramente importa è nell'atteggiamento della gente, e il resto viene dopo. A me ogni tanto passavano per la testa i dilemmi: piccoli colpi o grosse azioni dimostrative? arroccarsi o ambulare? specializzarsi o espandersi? Per Antonio non erano dilemmi, ma possibilità, astratte per ora, e di poca importanza. Dove affioravano le cose importanti, quelle che distinguono un reparto partigiano da un'accozzaglia di sbandati, interveniva con autorità. Aveva un braccio al collo, perché smontando una rivoltella aveva esploso un colpo e s'era trapassata una mano; non era affatto imbarazzato di questa ferita poco eroica, e non cercava di inacerbirla coi sarcasmi, come certamente avremmo fatto noi. «Ma guarda che seccatura» mi disse. Era quasi un mese che aveva questa mano bucata.

«Pensa» mi disse. «È un mese che non mi lavo la faccia.» Mi venne da ridere e lui si arrabbiò, tanto che dovetti dirgli: «Ma è solo un riflesso condizionato! È come sentir dire una brutta parola. Ci hanno allevati così».

Toni disse: «Ma sì, hai ragione».

«Del resto,» dissi «credi che in questo mese io me la sia lavata molto spesso, la faccia? Non parliamo poi di Bene; lui se la sarà lavata sì e no due volte.» Toni si mise a ridere. Chissà che cos'è veramente il riso? Forse c'entrava con la sua mano bucata. Gli dissi: «Sai, quando è morto Bergson io ho scritto un articolo idiota e ignorante, penso che me ne vergognerò per un bel pezzo».

Lui mi disse: «È giusto fare i conti con se stessi, ma a un certo punto bisogna chiuderli».

Io gli dissi: «È solo un aspetto di fare i conti col mondo: non me la sento molto. Mi pare di avercela col mondo».

«Ti piacciono troppo le stramberie» disse Antonio. «Ti stuferai.»

«Se ci fosse un buon partito anarchico,» dissi «forse il mio posto sarebbe là.»

«Non dire stupidaggini» disse Antonio.

«In certi momenti non posso sopportare la società» dissi; «l'ipocrisia.»

«Bisogna abituarsi» disse lui. «Non bisogna fare i sentimentali. Il mondo c'è, ed è quello che è.»

«Preferirei che non ci fosse» dissi. «Vorrei stare sempre qua.»

«Stupidaggini» disse Antonio.

«Lo so» dissi; «ma preferirei lo stesso.»

Antonio disse: «Guarda: mi si è fermato l'orologio»: aveva un orologio nel taschino dei calzoni, e ogni tanto lo tirava fuori con un gesto nervoso.

Di queste cose parlavamo di rado con lui. Stava un po' al di sopra dei nostri traffici, col suo braccio al collo, gli occhi azzurri chiari, il viso arrossato dal sole. Ci lasciava trafficare, sorvegliandoci vagamente con lo sguardo. Era ben piantato, robusto; tutti lo chiamavano il capitano; armi non ne portava, tranne una pistola, quella con cui s'era bucata la mano.

Tendeva a isolarsi, a camminare da solo come per riconoscere i posti; qualche volta andavamo con lui a fare passeggiate di Stato Maggiore, parlando di politica, di letteratura e di filosofia, anzi della storia di queste cose, perché Antonio storicizzava tutto spontaneamente. Era un italiano calmo: sdrammatizzava le cose che noi eravamo inclini a drammatizzare. Anche quelle relativamente drammatiche, quando noi gliele proponevamo, e lui dava il suo assenso, non parevano più drammatiche, ma sensate e ragionevoli.

Non fu per suo errore, se appena fummo organizzati ci rastrellarono e ci distrussero. C'erano troppe migliaia di tedeschi e di ucraini quel giorno; né il terreno, né il nostro numero consentivano altra guerra di montagna, in questa parte del Veneto, che di fare le bande, e poi essere sterminati. Così fu per noi in Altipiano, e poi di nuovo a Granezza, sul Pasubio, sul Grappa. Noi non lo capivamo allora, che c'era uno schema sotto, e semmai prendevamo per sottinteso che era inevitabile esporsi a questa sorta di suicidio. Forse era vero, per questa esperienza bisognava passare. Imparavano quelli che restavano.

Questo è il cuore dell'avventura, il centro. È un periodo breve, poche settimane: i calendari dicono così. A noi parve lunghissimo, forse perché tutto contava, ogni ora, ogni sguardo. Nel viso di un compagno che si sveglia sotto un pino, nel giro di occhi di un inglese appoggiato a una roccia, leggevamo un'intera vicenda di pensieri e di sentimenti, e la leggiamo ancora tanti anni dopo, con la stessa evidenza e complessità, e la stessa assenza di tempo. Il tempo non c'era, l'avevano bevuto le rocce, e ciò che accadeva di giorno e di notte era senza dimensioni.

Ci aggiravamo tra i greppi, cantavamo le canzonette disfattiste, ci perdevamo nella nebbia. Ogni tanto veniva infatti una nebbia, rada e luminosa.

> *Valmorbia, discorrevano il tuo fondo*
> *fioriti nuvoli di piante agli àsoli.*
> *Nasceva in noi, volti dal cieco caso...*

Ma in noi pareva che non nascesse niente. Della zona di Valmorbia, che è a parecchi chilometri in linea d'aria da dove eravamo noi, mi parlava Lelio che sa tutto su tutte le valli. Certo il momento contemplativo non aveva tempo di nascere; c'era un giro di immagini passeggere che bisognava assortire in fretta, un gorgo praticistico. Avvertivamo con inquietudine il disgustoso primato del fare, fare i depositi, fare le marce, fare il reparto, fare la guerra. Fare, fare: verbo osceno. Sospiravo per i razzi di Valmorbia:

> *Sbocciava un razzo su lo stelo, fioco*
> *lacrimava nell'aria.*

Prima di addormentarmi per terra chiudevo gli occhi per vederli, poi mi addormentavo, e sognavo le volpi lunari.

Le notti chiare erano tutte un'alba
e portavano volpi alla mia grotta.
Valmorbia, un nome – e ora nella scialba
memoria, terra dove non annotta.

Niente, niente; lì c'erano i mughi che la notte rende deformi.
Annottava su questa terra, e come: annottava violentemente. La
faccia della sera si gonfiava, come uno che s'arrabbia; poi addio,
era buio. Non avevamo né lucette nelle tende, né tende *tout court*.
Avevamo teli-tenda, ma pochi, spesso in quattro ne avevamo due
soli, e allora se ne stendeva uno per terra, e ci mettevamo su un
fianco per starci dentro, e l'altro telo disteso sopra. Alla mattina
più volte ci svegliammo mezzi sepolti nella neve; stranamente non
ci svegliava il freddo ma il sole. È molto curioso svegliarsi con la
faccia nella neve; in principio si stenta ad aprire le palpebre e c'è
un breve panico; erano nevicate di maggio, rapide e effimere.

Eravamo una trentina, ora più ora meno, e infine quando
fummo alla Fossetta, verso la fine di maggio, trentasei. C'erano
altri reparti non lontani, il Castagna a sud e a ovest, i comunisti a
est; alla mattina qualche volta li sentivamo sparare; c'erano partigiani di qua e di là, ma intendiamoci, c'era molto più Altipiano
che partigiani. Il luogo era vuoto, un deserto. In certi momenti
questo si sentiva forte. «Mi pare di essere nella Tebaide» dicevo
a Lelio.

Cose da non dire a Antonio, private, irrazionali. Lui rappre-
sentava ciò che è equilibrato, e non volevamo esibirgli i nostri
squilibri: cose oscure, che nemmeno lui poteva schiarire.

Questa faccenda della Tebaide c'è per me in ogni altra fase
della guerra, è una componente fissa; ma qui sui monti alti si sentiva tanto di più. Era il posto migliore per isolarci dall'Italia, dal
mondo. Fin da principio intendevamo bensì tentare di fare gli attivisti, reagire con la guerra e l'azione; ma anche ritirarci dalla comunità, andare in disparte. C'erano insomma due aspetti contrad-
dittori nel nostro implicito concetto della banda: uno era che volevamo combattere il mondo, agguerrirci in qualche modo contro
di esso; l'altro che volevamo sfuggirlo, ritirarci da esso come in
preghiera.

Oggi si vede bene che volevamo soprattutto punirci. La parte
ascetica, selvaggia, della nostra esperienza significa questo. Ci pareva confusamente che per ciò che era accaduto in Italia qualcuno

dovesse almeno soffrire; in certi momenti sembrava un esercizio personale di mortificazione, in altri un compito civico. Era come se dovessimo portare noi il peso dell'Italia e dei suoi guai, e del resto anche letteralmente io non ho mai portato e trasportato tanto in vita mia: farine, esplosivi, pignatte, mazzi di bombe incendiarie, munizioni. Era un cumulo grottesco. In cima a tutto c'erano le pentole soprannumerarie, la corda, gli ombrelli ripiegati dei paracadute; sotto il grande strato dei sacchi dei viveri; sotto ancora lo zaino rigonfio, pieno di calze e di palle; e sotto lo zaino, io. Avevo abbandonato ogni tentativo di tenere le membra bilanciate in modo razionale, sfruttando la struttura del nostro scheletro, che convenientemente sfruttata consente di tener su i quintali senza sforzo speciale dei muscoli. Reggevo invece tutto col *puro* sforzo dei muscoli e sentivo il baricentro scapparmi di qua e di là come un uccellino spaventato. Forse ce l'avrei fatta, perché il peso si assesta da sé, e un equilibrio finisce col nascere; ma Bene che mi camminava dietro, mi domandò per prendermi in giro: «Credi tu che continuerà la prosa ermetica, dopo la guerra?» e io cominciai a declamare contro questo tipo di prosa, e Vassili, che ci camminava di fianco si mise a ridere, essendoci solo sacchetti e pignatte, e questa voce concitata che usciva dal mucchio; e così anche Bene e io cominciammo a ridere, e i miei muscoli crollarono, e finii in una scafa col mio carico.

C'era inoltre la sensazione di essere coinvolti in una crisi veramente radicale, non solo politica, ma quasi metafisica. Ci spaventava non tanto il collasso degli istituti, e delle meschine idee su cui era fondato il nostro mondo di prima, quanto il dubbio istintivo sulla natura ultima di ciò che c'è dietro a tutti gli istituti, la struttura della mente stessa dell'uomo, l'idea di una vita razionale, di un consorzio civile. Sentivamo la guerra come la crisi ultima, la prova, che avrebbe gettato una luce cruda non solo sul fenomeno del fascismo, ma sulla mente umana, e dunque su tutto il resto, l'educazione, la natura, la società.

Bisogna pensare che il crollo del fascismo (che ebbe luogo tra il '40 e il '42: dopo di allora era *già* crollato) era sembrato anche il crollo delle nostre bravure di bravi scolari e studenti, il crollo della nostra mente. Ora si vedeva chiaro quanto è ingannevole fidarsi delle proprie forze, credersi sicuri. Penso onestamente che ogni italiano che abbia un po' di sensibilità debba aver provato qualcosa di simile. Non si poteva dare la colpa al fascismo dei no-

stri disastri personali: era troppo comodo; e dunque pareva inge-
nuo credere che rimosso il fascismo tutto andrebbe a posto. Che
cos'è l'Italia? che cos'è la coscienza? che cos'è la società? Dalla
guerra ci aspettavamo queste e mille altre risposte, che la guerra,
disgraziata, non può dare. Tutto pareva che fosse quasi un nodo,
e questi nodi venivano al pettine. Che cos'è il coraggio? e la serietà, e la morte stessa? Non è più finita: che cos'è l'amore? che
cos'è la donna?

Stupidaggini: non si può chiedere alla guerra che cos'è la donna; almeno quelle due o tre volte che gliel'ho chiesto io, non mi
ha risposto niente. Sta il fatto che noi i nodi li vedevamo venire al
pettine, e ci pareva di sentire che perfino dietro la politica, la re-
gina delle cose, ci sono forze oscure che lei non governa. Anche il
fascismo è forse collegato con queste forze oscure. Il mondo è misterioso, e questo si sente molto di più quando si vive un pezzo in
mezzo ai boschi.

Avevamo bensì, in questo gran sconquasso, la parte migliore
della nostra cultura, quella acquistata non a scuola, ma fuori. Erano come appigli rocciosi in mezzo a una corrente. C'era l'antifascismo di Antonio; i poeti, Baudelaire e Rimbaud, alcuni altri:
molte poesie singole e un gran mucchio di versi o emistichi; c'era
il metodo che noi chiamavamo crociano, le distinzioni tra questa
e quella forma della coscienza. Nei momenti di maggior ottimi-
smo pensavamo che queste cose alla fine della guerra si sarebbero
saldate insieme; la corrente si sarebbe ritirata, rivelando le salda-
ture tra gli appigli, lo zoccolo di roccia, umido, del mondo nuovo.
Ma questi momenti erano rari. Dopo la guerra forse il caos si sarebbe decantato: ma intanto ci eravamo in mezzo. Da ogni parte
si sentiva manifestarsi un mondo infinitamente più complesso degli schemi trasmessi a noi dai filosofi e dai poeti. Si sentiva subito
che questo mondo era *reale*: ma come era fatto? quanto grande
era?

Quando cantava il cuculo – perché in Altipiano cantano in
maggio – noi non eravamo spettatori, turisti, che lo ascoltano per
loro piacere. Noi abitavamo lì nello stesso bosco, erano cose vere
e non spettacoli, ora che eravamo della stessa parrocchia anche
noi.

La distinzione tra l'umano e il non-umano (sulla quale è fondata la società) sembrava sempre più vaga. Ma sì, una volta dicevamo di avere l'*anima*, e adesso lo *spirito*, è sempre la stessa mi-

nestra: abbiamo un osso buco sulle spalle, e dentro questo midollo specializzato, pieno di circuiti complessi ed eleganti ma (come schema) identici a quelli per mezzo dei quali questi uccelli invisibili sparsi per il bosco fanno *huuù, huuù*.

Una volta nel bosco, da solo, stavo lì coi piedi su un greppo a fantasticare, come si finisce fatalmente col fare quando si è soli; vengono quei pensieri informi che si muovono lentamente e continuamente, e non concludono mai nulla, eppure sembra che abbiano dentro il veleno della verità. È per questo forse che lodiamo la solitudine.

In certi momenti le cose si vedono meglio se si vedono con la coda dell'occhio, anzi con la coda di migliaia di occhietti, è una curiosa faccenda la percezione, migliaia e migliaia di specchietti montati uno accanto all'altro, ci saranno anche spazi scoperti, micromillimetrici, ma per lo più sono sicuro che si sovrappongono ai margini... in questo momento l'insieme si può anche chiamare bosco, storicamente va bene una parola così, è un buon riassunto, storia dei popoli indoeuropei o in generale di questo ramo di *homo* che abbiamo, che poi è venuto fuori proprio dal bosco, con un cervello fatto appunto di tanti occhi sovrapposti, micro-immagini... in fondo il cervello umano e il bosco verrebbero a essere la stessa cosa, e nella società abbiamo riprodotto il bosco e il cervello, e tutto quello che c'è in essi ci dev'essere anche nella società...

Questi pensieri si muovono, si muovono, e non concludono.

Però c'era questo di serio, sotto, che il bosco in quel momento mi pareva di sentire fortemente che cos'era, e dev'essere per questo che me ne ricordo, e inoltre perché subito dopo sparai, e in quel mese sull'Altipiano ogni volta che c'erano spari mi restavano impressi.

Un greppo proprio davanti a me, all'altezza del ginocchio, si muoveva. C'era un mezzo metro quadrato di roba verdastra e cerulea, fatta a gnocchi, alta due dita, che si muoveva piano piano piano. Ci misi un pezzo a capire che erano vipere. Erano tutte annodate, aggrovigliate, ma mollemente; si muovevano come quelle reclàm a spirale che pare che si spostino e invece non fanno altro che girare su se stesse. Il moto apparente del groviglio era uno scorrimento, però il groviglio non mutava posizione, parte sul gradino del greppo, parte sullo spigolo e a penzoloni. Ogni tanto un'asola di vipera faceva un'escursione scivolando lentamente fuori, ma veniva poi lentamente risucchiata. Distinguevo qua e là nel groviglio i capini sonnambulati di qualche vipera singola, e questo aumentava il senso di ribrezzo.

Pensai di tirare un grosso sasso, con la certezza travolgente di squarciarne un buon numero; ma riflettevo che non è il caso di scatenare a sassate queste forze incalcolabili che sono le vipere, non si sa mai cosa potrebbe succedere. Così misi il parabello a raffica, e in tre nutriti spruzzi circolari annaffiai il groviglio di pallottole, e nei circoli iscrissi due o tre volte una croce sghemba, come il segno moltiplicato. Gli scorrimenti e slittamenti interni si accentuarono un pochino, ma non si vide niente altro, e io andai via con la pelle d'oca.

Spostamenti, trasferimenti: giorni ballerini. C'era un'aria di violenza imminente che elettrizzava; il 25 maggio scadeva l'ultimo ultimissimo termine, poi dicevano che volevano spazzare le montagne; guardando verso sud pareva di vederla nelle nuvole, la minaccia. Venne anche un aeroplano tedesco a mitragliare un po' il bosco in anteprima, e Dante che sapeva tutto anche sugli aeroplani mi disse che era un Messerschmitt 210. Eravamo nel luogo che si chiama Zingarella, alle spalle del Monte Zebio. Alla notte nevicò.

Per alcuni giorni continuarono ad arrivare reclute. Eravamo inseguiti, per così dire, dai messaggeri del paese reale, frotte di gente di cui molta, troppa, giudicavamo indegna. Non è solo che non avevano l'ethos, è che non avevano voglia di fare la guerra. Venivano ufficiali di carriera, anzi di vocazione; si aggregavano, assaggiavano con l'intruglio spartano la dura dieta dei trasporti, il letto muschioso; dicevano: «Questo dovrebbe contare per la carriera», e noi restavamo a guardarli a bocca aperta; poi cedevano di schianto, nel mezzo di un ennesimo trasporto, scaricavano tutto fra i pini, e andavano di nuovo in congedo. Alcuni, disposti a sopportare le fatiche, si accorgevano all'improvviso che c'era anche il pericolo. «Ma qui è *pericoloso*!» dicevano, e noi li scacciavamo, naturalmente spogliandoli delle armi; così c'erano da portare anche quelle.

Forse la gente normale sono loro, pensavo; scommetto che sono loro. Non mi avvilivo, solo mi pareva una gran stramberia. Che casino è il paese reale!

Dopo un po' le reclute smisero di arrivare; risalivamo ora verso nord, ogni marcia era un'avventura, si attraversavano luoghi nuovi, silenziosi, incantevoli. Ogni tanto ci si staccava in due o tre in missioncine di esplorazione e si stava fuori anche qualche giorno.

Pioveva nel bosco, e io e Lelio avevamo trovato una capannetta fatta di tronchi e coperta di frasche; dentro pareva di essere in un sottoscala bislungo. Da una parte e dall'altra c'erano delle assi che formavano due giacigli, e per terra un rozzo focolare. Quando ci arrivammo noi era vuota, ma c'erano dei fagotti, un paiolo, e altri oggetti. Verso sera arrivarono due uomini, uno anziano, uno di età indefinita ma più giovane. Erano borghesi, e noi restammo stupefatti di vederli lì.

«Siete ribelli voialtri?» domandò quello di età indefinita.

Io dissi: «Siamo ribelli, Lelio?» e Lelio disse: «Mai abbastanza».

«E voi cosa siete?» domandai io.

«Mugari» disse l'uomo.

Mugari: che pascolino le bestie tra i mughi? Ma di che sorprese è piena l'Italia? I mughi selvaggi.

«Cosa sono i mugari?» dissi.

«Quelli dei mughi» disse l'uomo.

Accesero il fuoco, ci misero sopra un bricco in cui dissero che c'era caffè; poi misero a scaldare acqua in un paiolo (l'acqua era in un bidoncino, perché lì intorno pioveva, ma acqua da bere non ce n'era), e da sotto la cuccetta tirarono fuori un tascapane di farina gialla e si misero a fare la polenta.

Poi presero due ciotole di ferro smaltato, e dal bricco ci versarono dentro questo caffè; ne porsero una a noi due, e loro si misero a cenare nell'altra. Intingevano una fetta di polenta in questo caffè (orzo e cicorie), e mangiavano a grossi bocconi. Io e Lelio cominciammo a fare lo stesso.

Questa fu la cena. «Si sta meglio» disse l'uomo anziano. L'uomo più giovane disse: «Di solito alla sera mangiamo anche formaggio».

«L'abbiamo finito ieri sera» disse l'altro. «Anche la farina è quasi finita.»

«E poi?» dissi io.

«Poi andiamo giù a prenderne ancora.»

«Dove sarebbe, giù?»

«A Lusiana» disse l'uomo. «A casa nostra.»

«Andate giù a piedi?»

L'uomo rise e disse: «In carrozza no».

«Quanto ci mettete?»

«In giù sette ore, in su nove-dieci, perché siamo carichi.»

Facevano questa vita nei mesi estivi; lavoravano coi mughi, circa dodici ore al giorno, una settimana di sette giorni, e un'altra settimana di sei, il sabato sera andavano giù a Lusiana e la domenica tornavano su carichi. Questo era il giorno di riposo, uno ogni quindici giorni.

«A me mi piacciono di più le domeniche che si lavora» disse l'uomo più giovane. «Queste domeniche che andiamo giù è più fatica.»

Avevano famiglia entrambi, a Lusiana; uno aveva quattro figli, uno tre.

Tornai a domandare dei mughi. Non sapevo neanche che esistessero, i mughi, prima di venire in Altipiano; mi avevano affascinato immediatamente. Non sono veri arbusti, e non sono alberi; sono una stirpe dei greppi su cui spargono le loro foreste, alte press'a poco come un uomo; sembrano molli, ma sono tenaci, e quando si prova a penetrarvi si è come catturati da una forza arborea che pare quasi liquida. Il mugo è un grande cespo intricato, vivo.

«Che lavoro fanno i mugari di preciso coi mughi?» dissi.

«Li tagliano, no?» disse l'uomo.

«Per legna?» dissi io.

L'uomo rise e disse: «Non lo sapete che si fa la carbonella?».

Ci facemmo spiegare tutto. Il difficile del lavoro è che il mugo è intrigoso da tagliare; non duro, ma resistente; è come tagliare un pezzo di copertone con l'accetta. E quanto guadagnavano? Le cifre non le ricordo più, c'entrava un cinque, credo che fossero i quintali che un mugaro può tagliare in un giorno, e un dieci o un dodici, le lire al quintale, o al giorno; so che veniva un guadagno abbastanza buono, e anzi questi mugari ne erano piuttosto orgogliosi, in teoria veniva un po' più (o un po' meno) della paga di una maestra, nei mesi che lavoravano; ma quello che faceva spavento era la forma brutale, impudica del cottimo. Si trattava letteralmente di impiegare tutte le forze di un uomo, e tutte le sue ore in un giorno, e tutti i suoi giorni in una stagione, ad accumulare quintali di mughi, e a tenersi in vita per poterli accumulare.

Questo aspetto non faceva alcuna impressione ai mugari; a noi pareva di vedere il fondo della povertà cisalpina; loro invece battevano sulla scomodità di doversi interrompere per andar giù a prendere la farina, e inoltre sul pericolo delle accette. Queste accette ogni tanto si rompevano, perché per tagliare il mugo bisogna dargli forte, e se si sbaglia l'angolo di tanto così, l'accetta si rompe, non il manico ma il ferro; e anche per i mugari più esperti, taglia e taglia, ogni tanto un colpo va storto, e insomma le accette si rompevano la loro parte, e quando erano rotte bisognava ricomprarle, e poi portarsele su nel sacco con la farina. Il giorno che si rompe l'accetta si lavora per lei, più o meno.

Questo lavoro lo facevano solo nei mesi dell'estate, ma finché durava rendeva bene e si consideravano fortunati. Quell'anno c'era il pericolo dei ribelli e dei tedeschi, e di finire fucilati, così si perde anche la stagione: ma intanto tiravano avanti.

«E il resto dell'anno che cosa fate? Che lavoro?»

Le risposte non erano ben chiare, ma io credo che volessero dire: Disoccupati.

Alla mattina (noi avevamo dormito sulle foglie, sotto ai cucci) i mugari fecero il caffè, e ne diedero anche a noi, con un altro po' di polenta, poi andarono via.

Fuori non pioveva più; c'era il primo sole, e il giorno era fresco e luminoso. Io stavo sulla porticina e guardavo il bosco; Lelio che è sempre lungo lungo in tutti i preparativi, stava ad armeggiare con le cinghie del sacco.

«Lelio» dissi. «Questo qui sembra un caso limite, una specie di curiosità, ma non credo che sia una curiosità. Ci devono essere un sacco di italiani che se la passano press'a poco così.»

«Lo so» disse Lelio.

«Questo popolo di santi» dissi: «di trasmigratori, di poeti».

«Questo popolo di mugari.»

«Dopo la guerra,» dissi «se uno queste cose qui se le dimentica, si potrebbe chiamarlo un bel vigliacco.»

«Non servirebbe a niente» disse Lelio.

Aveva quasi finito i suoi preparativi lunghi eterni, e si pettinava i capelli con le mani. Il bosco era come lavato e scintillava; andammo via, e dopo un po' dovemmo entrare nei mughi, e per un pezzo stentammo ad aprirci la strada. Il mugo è elastico e pare che ti catturi.

Fu in queste settimane, credo, che ci entrò così profondamente nell'animo il paesaggio dell'Altipiano. In principio, di esso si avvertiva piuttosto ciò che è difforme, inanimato, inerte: ma restandoci dentro, e acquistando via via un certo grado di fiducia e di vigore, anche l'ambiente naturale cambiava. A mano a mano le parti vive, energiche, armoniche del paesaggio prendevano il sopravvento sulle altre, e presto trionfarono dappertutto, e noi ne eravamo come imbevuti.

Le forme vere della natura sono forme della coscienza. Di queste cose si è sentito parlare nelle storie letterarie, ma quando si esperimentano di persona paiono nuove, e solo in seguito, riflettendoci, si vede che sono le stesse. Lassù, per la prima volta in vita nostra, ci siamo sentiti veramente liberi, e quel paesaggio s'è associato per sempre con la nostra idea della libertà.

In molti modi è un paesaggio adatto a questa associazione: intanto è un altopiano, uno zoccolo alto, e tutti i rilievi sono *sopra* questo zoccolo, ben staccati dalla pianura, elevati, isolati. Questo si sentiva fortemente lassù: eravamo *sopra* l'Italia, arroccati.

Poi, su questa piattaforma c'è una gran ricchezza di forme specifiche; non è affatto uno zoccolo informe, è un mondo organico, con le sue montagne, e le sue piccole pianure, e le groppe boscose; un mondo alzato tra i mille e i duemila metri, simile a questo in cui viviamo normalmente, ma vuoto, nitido, lucente. La forma più tipica, specie nel centro dell'Altipiano, là dove eravamo noi, sono i piccoli circhi, i teatri naturali in cui la roccia tende a modellarsi; certo ci sarà qualche buon motivo geologico, ad ogni modo è così. Ce ne sono tanti, alcuni minuscoli, alcuni imponenti, ma sempre di misura umana, come teatri antichi, in Sicilia, in Grecia. C'è pascolo magro, la roccia è lì sotto disposta in lastre ampie, e a ogni momento affiora; i dirupetti si atteggiano in semicerchio attorno alle piccole cavee; le lastre sovrapposte si slabbrano in blocchi regolari, simulano gradi, scalinate, piedistalli, pezzi di colonne cadute; sei in un teatro di pietra grigio perla e grigio rosa.

In questi spazi formati, anche i gesti, i passi acquistano forma, cioè una relazione ordinata e armonica con essi; pare che il mondo non ti contenga soltanto, ma ti guardi. Qualche volta capitando in uno di questi teatri, mi sedevo sui gradini vuoti, velati dal muschio e dall'erba, e stavo lì, misurando con l'occhio la piccola scena, fino alla sporgenza di roccia in fondo, dietro alla quale c'era un altro teatro così, vuoto; e dietro a quello altri ancora, in lunghe sequenze imprevedibili. Era come trovarsi fra le rovine di una città abbandonata: le distanze erano percorribili, ci si sentiva a proprio agio, e insieme un po' eccitati; era proprio una città, enorme, vuota e sconosciuta, ma tutta umana.

È lassù che ci siamo sentiti liberi, e non è meraviglia che questi circhi, questi boschi, queste rocce fiorite ci siano passati dentro, come modi della coscienza, e ci sembrino ancora il paesaggio più incantevole che conosciamo.

I ragazzi di Roana facevano una specie di corporazione, quasi un clan, essendo tutti fratelli, cugini, cognati, compagni di scuola e di naia, figliocci e santoli delle stesse persone, e insomma gente dello stesso paesino, una piazza, due o tre contrade. Si appoggiavano gli uni agli altri con quelle inclinazioni istintive che col compasso non si misurano, ma l'occhio della mente le registra; e così appoggiati facevano un insieme, un piccolo esercito sereno e compatto, organizzato su due squadre complementari. Il loro paese era a non molte ore di marcia, ma pur lontano, pareva a me; perché tutto pareva lontano da quegli acrocori.

Mettevano nelle canzoni il nome del loro paese (i ritornelli dicevano: *Roana sei bella!*) e questo ci colpiva. Pareva che fossero lì per amore di questo gioiello di un paese, e che non sognassero altro che tornare a vederlo dopo la guerra.

> *Parabello in spalla – caricato a palla*
> *Sempre bene armato – paura non ho.*
> *Quando avrò vinto – ritornerò.*

Cantavano anche una canzone che era un dialogo tra la *Comare* e l'*Uccellin*, il quale ultimo interloquiva "sbattendo gli occhi", e questo particolare piaceva molto a Enrico. Bene diceva che era fresca.

Questi ragazzi di Roana ci trattavano senza sospetto, ma anche senza speciale ammirazione; la nostra con loro era un'alleanza. Si fidavano di noi, e noi di loro. Altri nostri compagni venivano da varie frazioni e contrade dell'Altipiano, individualmente o in piccoli gruppi; con questi ci si conosceva meglio, da persona a persona. Io diventai amico soprattutto col Moretto, che aveva la mia età, e veniva da una delle contrade che ci sono a nord di Asiago, proprio sull'ultimo margine della conca verde. Avrà fatto sì e no le elementari, ma era evidente che se avesse studiato sarebbe stato bravo come i più bravi di noi. In questi casi l'intelligenza fa sempre più impressione, quando è nativa e non vincolata; c'è dentro qualcosa che attira e commuove. Io mi affezionai molto a lui, e lui a me, credo. Mi piaceva parlargli, mi trovavo a spiegargli, mettiamo, come si sono fatte le montagne, press'a poco s'intende, e lui mi spiegava come si comportano certe piante o certe bestie dopo le piogge; e sempre con una certa gioia, perché ci piaceva stare insieme.

Con questi ragazzi, io avevo un grandissimo pudore di parlare di qualsiasi cosa con l'autorità di uno studente bravo, ma col Moretto non provavo nessun imbarazzo. È strano, di lui non ricordo quasi niente di preciso, solo che era scuro di pelle e di capelli, ben fatto, vivace. Quando fu trovato era giù su uno spuntone e aveva l'arma vicino; all'ultimo momento, per non farsi prendere, era saltato dalle rocce, e gli ucraini, perché erano ucraini in quel settore, non vollero o non riuscirono a scendere dov'era caduto, per cavargli almeno le scarpe e prelevare l'arma. La morte di questo amico non provoca dolore, solo tristezza; è un diagramma dove l'orrore di cui queste cose devono essere impastate, quando succedono, non si sente più, è diventato un segno tra due assi cartesiani, leggibile e indoloro.

Il russo si chiamava Vassili; non so bene come si fosse aggregato agli altri quando erano venuti da Belluno, l'avranno trovato Lelio o Antonio in qualche parte; era da Kiev; ispirava immediatamente fiducia. Antonio gli parlava in russo, e la cosa non ci sorprendeva: come meravigliarsi se lui, che si era mantenuto così immacolatamente fedele alle verità della storia europea, parlava anche il russo? Prima non avevo mai saputo che lo parlasse; ma quando si mise a chiacchierare con questo russo nella sua lingua, e il russo gli rispondeva, la cosa mi parve del tutto naturale.

Devo dire che Antonio era uno di quegli uomini che parlano tutte le lingue con lo stesso accento, l'opposto di uno come me, per esempio, che invece avrei la tendenza a sentire le lingue in modo piuttosto frivolo. Invece quando Antonio parlava con qualcuno, da una certa distanza non si poteva distinguere se era russo, o inglese, o dialetto vicentino, anzi pareva *sempre* dialetto vicentino; ma poi avvicinandosi si distingueva, e gli interlocutori rispondevano liberamente.

Con Vassili in principio io parlavo tedesco; lui lo sapeva meglio di me, in cambio i suoni che facevo io erano incomparabilmente più preziosi, le ch, e le erre raspate e grattugiate, e la strettezza quasi onanistica delle e strette e delle o strette. Presto Vassili imparò anche un bel po' d'italiano, lo parlava a modo suo ma francamente, e certo capiva tutto, praticamente come uno di noi.

Guarda un po' pensavo; questo biondo è un russo; un *russo*. Era l'uomo più quieto del mondo, ma nel modo sveglio, vivo, che ho poi riconosciuto più volte negli slavi quieti. La parte pratica della nostra vita lassù non aveva misteri per lui, accamparsi, trovare legna, trovare acqua, pareva che tutto gli venisse facile. Si orientava infallibilmente, e fatta una strada, coi ghirigori nei boschi, e gli accidenti, anche un giorno intero di marcia alla cieca, lui se la ricordava per sempre, e dovendo tornarci andava sicuro, e ci conduceva come se girassimo intorno a Kiev. Si riconosceva, e non solo in questo, una cultura diversa dalla nostra, meglio armonizzata coi boschi.

Non gli domandavamo mai: "Come si sta in Russia?". Sembrava una domanda scema.

Vassili, quando c'era da aver paura, mi pareva che non ne avesse; e un giorno che si stava radendo con una lametta arrugginita gli domandai:

«Non hai mai avuto paura tu?».

«Quando ero piccolo» disse Vassili. «Io ho visto le bambole di legno, e una bambola con la barba lunga, col coltello voleva tagliare il bambino, per mangiare. Allora io ho avuto paura.»

«Erano burattini?» dissi io: «col filo?»

«Sì e il bambino si chiamava Vassili.»

«Ah, salute» dissi io.

«Allora ero piccolo» disse. «Poi sono diventato grande.»

«Non ti pare qualche volta di avere i fili anche adesso?»

«Questa è un'idea» disse lui. «Non è una cosa.»

Ha ragione, mi dicevo, se pensava ai fili non veniva più fuori da quel campo tedesco; perché c'era stato ed era venuto fuori.

Risalivamo, sempre più lontano dal sud senza notizie, e col senso (infondato ma molto forte) di entrare in una zona di agguati. Stavamo per lo più nel bosco; dove c'erano spazi aperti sostavamo sui margini a spiare, quasi a origliare; nel silenzio si sentivano i fremiti lontani dei bombardamenti sulla pianura. «Questa sarà Treviso» dicevamo; «e questa Trieste.» Perlustrando un tratto di bosco con Dante, Lelio e Enrico, arrivammo a una piccola radura in mezzo alla quale c'era una malga.

Ci affacciammo cautamente tra gli alberi. La porta della malga era aperta. Nello spiazzo vuoto c'era come un'aria di attesa che suscitava un'emozione profonda. Finalmente Dante disse: «Andiamo a vedere».

Dentro alla malga erano sparsi i segni di una partenza fatta molto in fretta; scarpe spaiate senza suola, barattoli vuoti, rottami, paglia, bende. Sul focolare c'era una cosa incredibile: un tegame di terra, con un velo di sugo cagliato, e congelati in esso due pezzi di carne.

Evidentemente i comunisti (non c'erano che loro tra noi e la Valsugana) erano andati via alla svelta.

«I comunisti mangiano carne» disse Enrico. Lelio prese il tegame; Dante disse: «Andate via voi due prima», e io e Lelio corremmo via. Non accadde niente, e gli altri due ci raggiunsero poco dopo; ci sedemmo su un gradino di roccia muschiata con le gambe penzoloni.

La carne dei comunisti non era carne ma nervo indistruttibile. Lo masticammo a turno facendo il giro un paio di volte finché restò un mazzetto di tendini di bue bianchi. Poi riprendemmo a perlustrare il bosco. Non c'era nessuno, eravamo ancora soli.

La fame era costante ma non triste; era una fame allegra. Io so che cos'è la fame vera, perché conosco bene chi l'ha conosciuta bene, specialmente a Auschwitz, ma anche a Belsen dov'era ancora peggiore, però lì ormai non la sentivano quasi più; non dicono quasi nulla su questa fame, e in generale su tutta la faccenda, ma si capisce lo stesso; queste comunicazioni avvengono in un modo molto curioso, non si dice quasi nulla, e a un certo punto si sa quasi tutto. La nostra invece non era vera fame, solo una gran voglia di mangiare, e una gran scarsità di roba. C'era farina gialla e margarina, razionata si capisce; razionata quanto al tempo (una volta al giorno) e razionata nella quantità.

La farina si cucinava con l'acqua in un bidone di latta nero da paracadute. La polenta aveva gusto di vernice, e questo gusto che in principio riusciva un po' nauseante, era diventato in seguito familiare, e senza di esso la polenta sarebbe sembrata sciocca. Quando era cotta, questa melma gialla striata di nero si scodellava in gavette e barattoli di latta. Tentavamo di eseguire l'operazione con ordine; ma a mano a mano ci si serrava intorno al bidone, e alla fine lo si assaltava per raschiare le ingrommature che aderivano alle pareti e al fondo.

La voglia immediata di polenta mi dava la pelle d'oca; scrostavo a colpi goffi, e mi riempivo la bocca di un impasto soffuso del sapore del fumo di legna bruciata, i cui ultimi residui frangevo coi piedi. Riemergevo tra le gambe assiepate, con la bocca piena, e l'idea di aver sottratto agli altri una buona dose di questa polenta supplementare, anziché dispiacermi, mi dava soddisfazione.

Nella razione normale si metteva una fetta di margarina, per scioglierla nell'impasto caldo; questo piatto è buonissimo. C'è anche un altro modo di mangiare la polenta con la margarina, più raffinato: si prende un coperchio di latta, e ci si posano dentro bocconi di polenta tiepida, e un pezzo di margarina, e poi si mette questo coperchio sopra la brace, finché la polenta è fritta e trasuda un liquido oleoso.

Si sognava la fine della guerra, per vedere le ragazze coi bei vestiti, aprire un libro molto desiderato, fare un bagno, giocare una partita di pallone; ma queste cose impallidivano di fronte al pensiero che potremmo indurre le nostre famiglie a comprarci mezzo quintale, anche un quintale di farina gialla, e chili di margarina, o anche di burro; e friggere polenta dalla mattina alla sera e mangiarla con libertà e soprattutto *adagio*, e poi addormentarsi, e svegliandosi alla mattina ricominciare a friggere e a mangiare. (Il burro: era il punto sospeso in questa faccenda. Nel ricordo che ne avevamo appariva pallido, dolce; il sapore della margarina ci sembrava insuperabile, ma concettualmente sapevamo che il burro *deve* essere ancora migliore. La cosa non diceva nulla ai sensi, ma la nostra furba ragione sapeva che è vera, e in certi momenti ci immaginavamo di friggere, appena venuta la pace, la polenta col burro; era come quelle iperboli delle gioie del paradiso, confrontate con le più lancinanti gioie che ci sono sulla terra.)

In principio, ogni tanto si mangiava anche pane; si andava a prenderlo nei luoghi dove lo portavano su dai paesi di notte; poi si marciava il resto della notte con gli zaini colmi. Quando ci andai anch'io, a uno di questi trasporti, scelsi subito le due pagnotte che spettavano a me, e detti un morsicone alla prima, per segnale, e un morsicone alla seconda; poi le consegnai a qualcuno che me le mettesse nel suo zaino, per protezione, ma arrivando al campo mi venne una crisi, me le feci ridare urgentemente, e le divorai prima ancora di sfilarmi lo zaino, e così mentre gli altri mangiavano io non ne avevo più, e inoltre avevo il singhiozzo. Ma dopo un po' questi rifornimenti di pane dai paesi finirono. Dei paesi non sapevamo più nulla.

Dall'aria continuarono invece ad arrivare, sempre di notte, campioni di roba da mangiare molto esotica, una specie di manna moderna, più bella che buona, come io ho sempre sospettato che fosse anche la manna antica. C'erano alcuni rotoli di uno strano prodotto chiamato *bacòn*, composto principalmente di sale; e qualche scatola di una pasta pallida e liscia, che ncn sapeva di nulla, ed era formaggio canadese; e c'era la polvere d'uovo. Questa non era affatto appetitosa, ma la prima volta che arrivò, mentre noi stavamo lì a guardare perplessi il pacchetto, Lelio e un ragazzo di Roana si fecero forza e si misero a mangiarsela con le mani. Lelio ne mangiò una manciatella, e poi si fermò; il ragazzo di Roana mangiò tutto il resto, e ci bevve sopra una borraccia d'acqua, perché impastava la bocca. Poi si sentì male; e gli altri si misero a fargli bere dell'altra acqua per rianimarlo. Quando entrò in coma, lessi cos'era scritto sul pacchetto, perché c'era una scritta in inglese. Diceva: «Polvere ad altissima concentrazione: 100 uova di gallina canadese: mescolata con l'acqua riacquista il volume naturale».

Il ragazzo di Roana, era più di là che di qua. Mi dissi: tutto dipende dalla velocità di fermentazione. Fu infatti una gara di velocità: ora pareva che vincessimo noi, ora la fermentazione. Alla fine avevamo vinto noi, e il ragazzo di Roana si riprese. In seguito bastava dirgli: «Coccodè» per farlo svenire.

Agli ultimi di maggio arrivammo a Malga Fossetta e ci sistemammo parte nella malga, parte sullo sprone di roccia alberata che la sovrasta. Tutt'a un tratto mi accorsi che il reparto era formato, pronto. Con quelli di Roana, e gli asiaghesi vari, facevamo tre dozzine giuste; mi pareva un numero perfetto, e l'armamento era ottimo; avevamo due Bren, uno affidato a una squadra di Roana, e uno agli inglesi. Lo conoscevano bene, e lo stimavano enormemente; quando lo videro fecero un sorrisetto di compiacimento, e lo presero quasi affettuosamente in consegna. Walter mi disse come si dice "la sicura" in inglese. Ai rastrellamenti non pensavamo più.

Questa è la volta buona, mi dicevo; ora s'incomincia. Esponevo ad Antonio le mie idee: scendere, arrangiarsi, improvvisare. Non già organizzarsi, prepararsi (per che cosa?), addestrarsi: tutte sciocchezze. Prima fare, poi imparare, dicevo; e Antonio col suo modo pacato diceva che era d'accordo.

E così decidemmo, forse un po' impulsivamente, di scendere col reparto in Valsugana, portando gli esplosivi per far saltare le gallerie della ferrovia sul fondovalle.

La prima parte della spedizione fu meravigliosa. Marciavamo in fila, c'era il sole del tardo pomeriggio, tutto era efficienza ed energia, Antonio era con noi, eravamo un magnifico reparto; credo che mi fossi perfino pettinato. Facemmo sosta a Malga Fiara, in vista della conca di Marcésina. Ci eravamo sparsi qua e là intorno alla malga, tutti sorridevano appoggiandosi coi sacchi alle roccette che affiorano; io chiacchieravo con Antonio. In tutto il periodo della guerra civile non credo di essermi mai sentito così contento.

L'ultimo pezzo di Altipiano prima dell'orlo cambia carattere in modo drammatico. Il terreno si disbosca affatto, a sud di Marcésina si cammina in zona quasi prativa, tra colli con pendii lisci, assolutamente nudi, incredibilmente armoniosi. Le forme tra cui sei racchiuso sono semplici, chiare; è una specie di grande fiaba, dove tutto è semplificato, grande, gentile. Cammini in mezzo a questa fiaba, come fra alti teloni tesi, dipinti; i rapporti tra i volumi sono così limpidi, che la scala dei monti ti pare ingigantita; e improvvisamente sbucando da una quinta ti affacci all'orlo.

Qui si sente davvero com'è fatto l'Altipiano; la grande spalla liscia, pura, lo delimita come un mondo a parte, e da questo punto si misura con uno sguardo quanto è alto, quanto è remoto. Non è meraviglia che da allora per anni e anni figurandomi tra la veglia e il sonno la condizione più perfetta in cui vorrei trovarmi, sia tornato sempre in cima a questa spalla, in una delle casotte di pietra che ci sono qua e là, di notte, ad aspettare con due o tre compagni che arrivino i convogli dei rastrellatori, per difendere l'Altipiano in questo punto. Militarmente sarebbe una gran stupidaggine, ma questo sogno di perfezione non è militare. Quella volta intravedemmo queste cose nel primo buio; in seguito le ho riviste di pieno giorno, e non credo ci sia luogo al mondo che mi impressioni più di questo.

Già, ma intanto la nostra bella marcia di aggressione appariva sempre più smisurata. Era ormai notte e non eravamo ancora sull'orlo. Ogni tanto perdevamo l'orientamento: al lume dei fiammiferi tentavamo di leggere la carta, mentre il reparto si raggruppava in crocchi; poi si ripartiva scalpicciando. Eravamo solo tre dozzine, ma si faceva una fila lunga.

Fila fila lunga... Giungendo all'orlo ci rendemmo conto che ci sarebbe voluta buona parte della notte per arrivare fino in fondo: e trovarsi laggiù al principio del giorno con tutto il reparto, nella trappola stretta dalle alte pareti, sarebbe stata una follia. Ci voleva tutta un'altra tecnica, trasporti a rate, stazioni intermedie.

Questa marcia terminò dunque qui, in un bosco pendente dove passammo la notte rabbrividendo; verso mattina Enrico disse:

«Andiamo a Enego a fare qualcosa, dato che siamo qui».

«Cosa andiamo a fare?» disse Bene.

«I fuorilegge» disse Enrico.

«Andiamo noi tre» dissi io.

«Vengo anch'io» disse Dante.

C'era un dottore da far fuori a Enego, il primo di una lunga serie di dottori e farmacisti con cui avemmo poi a che fare in un modo o nell'altro. Far fuori naturalmente è un modo di dire. Andavamo solo a rapirlo.

Enego è un paese di mezza montagna, ben collegato con la valle, e aveva un grosso presidio di militi. Il nostro nome era arrivato laggiù, benché deformato; un guardacaccia aveva trovato sull'Ortigara la tibia dove io avevo scritto a matita il mio messaggio per Lelio, e aveva letto male il nome, e portato giù notizie di questo "Zelin" che poi risultò essere capitano, e aveva una banda lassù, e riceveva messaggi sugli ossi da morto.

Così noi quattro salutammo gli altri, e partimmo a scivoloni giù per il costone buio, prativo.

Un po' di prato a scivolo, un bel pezzo di bosco; sbucando dal bosco c'è una chiesetta, e lì attorno alcune case. È una frazione di Enego, si chiama Frizzón. Ci accolsero tutti cordialmente, e qui ci stabilimmo come conquistatori e amici. Le case erano cinque, e le famiglie quindici. Eravamo i primi partigiani che scendevano nella zona; ci trattarono come figli loro.

Mandammo a chiamare un compagno di scuola di Bene, che

abitava a Enego. Arrivò tutto preoccupato, lo portarono da noi nel boschetto dove ci eravamo messi, a due passi dalle case. Si chiamava Sergio, e aveva meno di vent'anni. «Ma allora ci siete davvero?» diceva. «Ci *siete*!» Noi dicevamo di sì, e lui agitava le mani tentando di esprimere adeguatamente la sua adesione morale, ma senza che il desiderio trovasse le parole. Finalmente ne trovò una e disse: «Feritemi!». Quasi quasi lo ferivo un po'.

Sergio ci diede tutte le informazioni che occorrevano sui militi a Enego, e sul dottore che era la colonna del fascio locale; era un forestiero, e ne aveva fatte di brutte, ai renitenti e alla popolazione in generale. «Ha ammazzato anche mio cugino; ha fatto morire mia zia» dicevano quelli di Frizzón, ma risultava che si trattava solo di antiche diagnosi sbagliate, non di *animus* politico. «Questo non c'entra» dicevamo noi; «non è parte della guerra civile.» Ad ogni modo anche i suoi meriti nella guerra civile emergevano con assoluta chiarezza.

Poi Sergio andò via, e al pomeriggio volle farci degli omaggi personali, e portò da Enego pane, e vino, e altra roba da mangiare, e una sorellina che si chiamava Miranda. C'era un traffico piacevolmente clandestino attorno a noi; questi due, e alcuni generici, andavano e venivano con notizie e doni. Noi facevamo un po' gli eroi. La Miranda era una moretta coi capelli corti, silenziosa, molto carina; si mostrava volonterosa, e si vedeva che le apparivamo in una luce fin troppo favorevole. Era in quell'età che un momento paiono bambine piccole, un momento donne.

Mi aveva portato il pignattino con la minestra, e mentre suo fratello parlava animatamente con Bene, lei si sedette per terra davanti a me ad aspettare il pignattino; le vedevo le gambe molto ben fatte, senza calze, e le mutandine di tela nera, strette e aderenti, da bambina più che da donna, però potentissime.

La minestra mi andava per traverso. Facevo delle domande striminzite alla Miranda seduta lì davanti, e lei mi rispondeva «sì» e «no». Poi si alzò in piedi e riprese il pignattino vuoto. Adesso ero del tutto affascinato; questa ragazzina si era come accesa, e tutto quello che faceva mi pareva che vibrasse.

Poi passò dell'altro tempo, e c'era roba da trasportare, e non so che altro. Ero seduto su un muretto, e mi allacciavo uno scarpone; la Miranda veniva avanti per il sentiero raccogliendo qualche primula. Quando arrivò davanti a me si fermò, e mi porse le primule.

«Come sei gentile, Miranda» le dissi. Mi alzai, eravamo molto vicini, lei non si tirò via, e già mi pareva di sentirmela venire sul petto con le punte dei seni, e stringersi tutta con una specie di piccola follia; ma quel vigliacco di suo fratello la chiamò, e lei si scosse e corse via.

Quella notte prima di addormentarmi (si dormiva vestiti) mi sbottonai i calzoni davanti e misi dentro le primule che poi si sparpagliarono dappertutto, e per giorni continuai a perderne.

Il giorno dopo andammo giù a Enego a rapire il dottore. Avevamo stabilito di rapirlo in pieno giorno, durante uno dei suoi spostamenti in macchina; purtroppo in su non ci andava, solo in giù, verso Primolano. Io dissi: «Allora bisogna ripassare per il paese»; e Enrico disse: «Meglio». Era una cosa azzardata, ma molto bella stilisticamente. La costa è tutta nuda, sotto Enego, e noi ci mettemmo lì, ad aspettare la macchina, che era una Balilla, distesi in mezzo alle pliche dei prati spioventi, al primo turniché sotto il paese. Quando spuntò la macchina dalla strada di Primolano, la lasciammo venir su ben bene, poi andammo fuori, due di qua e due di là e la fermammo. C'erano grandi nuvole luminose, molto alte, era un bel giorno chiaro. Bene montò di dietro a tener fermo il dottore, Dante davanti accanto all'autista, io e Enrico sulle pedane con le pistole in pugno, perché non si può maneggiare un parabello tenendosi aggrappati al tetto di un'automobile. L'idea era di passare il paese al grande alè, poi prendere la strada di Marcésina: ma il grande alè della Balilla sovraccarica era poca cosa. Guardai dentro e vidi che il dottore si abbandonava sul cuscino, e Bene gli faceva vento con la palma della mano.

Ci sarà un chilometro per arrivare in paese: ecco le prime case, c'è gente che ci guarda sgranando gli occhi, vedono bene che cosa siamo, ma non sanno se siamo veri, o una fantasia di maggio; sgranano gli occhi. Bene dal finestrino li salutava agitando la pistola, cordialmente, come un vescovo armato, poi si voltava a far vento al dottore. Siamo ora tra le case, il paese pare lungo come l'anno della fame. Ecco il crocicchio centrale, una curva ripida, anzi un dirupetto asfaltato; la gente si appoggia ai muri, rientra nelle porte rinculando. Siamo sopra il dirupetto, entriamo nella piazza, che è grande; a metà della traversata, in una luce lieta, festevole, la Balilla tossì forte, e svenne.

Ci comportammo da maestri. Sguardi, monosillabi, tu qua tu là. Dante e Enrico si presero in custodia la piazza. Io apersi lo sportello e dissi a Bene:

«Se escono i militi ammazza il dottore». Poi dissi all'autista: «Rimettila in moto».

Com'era aprica la piazza, e gioconda la guerra. La luce era intensa, di perla.

Davanti la torre coll'emblema scaligero; alta a sinistra la chiesa; in mezzo alla piazza il monumento con sopra il signore della "grande guerra europea". Era voltato verso di noi; era distinto, snello, irritabile; aveva l'elmetto, le fasce gambiere, la giubba attillata. Con una mano reggeva la bandiera, nell'altra teneva un pugno di noci, o marroni selvatici, o piccole bombe che fossero, e pareva capacissimo di tirarle. "Attacca tu", pareva che dicesse.

L'autista tirava l'avviamento, ma non c'era più batteria, c'erano sbocchi di tosse elettrica, e l'antico catarro dei cilindri; l'autista tirava forte, e gli restò in mano il filo.

«La mettiamo in moto a marcia indietro» gli dissi. «E se non va in moto ti sparo nell'orecchio.» Glielo toccai con la pistola. Eravamo intesi di trattarlo male, per protezione, perché era d'accordo con noi; ma qui mi ero dimenticato di far finta. Feci scendere Bene, e ci mettemmo a spingere all'ingiù; ogni tanto la Balilla s'inchiodava battendo secca sulle rocce della marcia indietro. Bene diceva al dottore: «Non s'impressioni, studiamo medicina anche noi: siamo quasi colleghi».

Quando Gesù Bambino fu stufo, la Balilla andò in moto, e l'autista la imballò; la scortammo fino in cima alla piazza, poi io e Enrico saltammo sulle pedane, mentre Dante scantonava per un viottolo, per alleggerirci.

Pareva inconcepibile che non si mettessero a inseguire; aggrappato al tetto, facevo i cerchi con la pistola di fianco alla testa dell'autista, per incoraggiamento. Ogni tanto guardavo dentro, più per tener d'occhio Bene che il dottore. Bene è pericoloso coi prigionieri; chiede comprensione, pretende di convincerli con le buone che hanno torto in sede storica. Vidi che il dottore aveva in mano un rosario, e muoveva fervidamente le labbra. Brutto puttaniere, anche il rosario pronto in tasca!

Salivamo come su un piccolo aeroplano; la Balilla in prima marcia erogava lo sforzo in microcicli. Ogni tanto tra i pini ricompariva Enego, sempre più piccolo e lontano. A un certo punto il paese non ricomparve più; ricompariva invece a ogni svolta, pervicace come l'azzurro, il cimiterino che lo sovrasta. Mi venne in mente che questo doveva fare una pessima impressione al dottore, e gridai a Bene: «Avverti il prigioniero che non prevedo che saremo obbligati a ucciderlo in viaggio».

Giudicavo che ormai fossimo fuori. I monti dall'altra parte della valle, coi paesini e tutto, calavano, calavano; presto non avevamo di fronte, a est, altro che aria, e lontano il fantasma del Grappa. Si entrava nella zona alta, dove comandavamo noi. Enrico dall'altra parte del tetto guardava col viso feroce; gli sorrisi. Incrociammo un cavallo che tirava un carretto al passo; gridai all'autista di non rallentare, e sparai un colpo come per farci dar strada, in realtà per diletto. Enrico immediatamente copiò. Il carrettiere s'era già messo abbondantemente da parte: gli spari servirono solo a spaventare il cavallo. Sentii una piccola trafittura di vergogna. Passammo senza rallentare, e presto eravamo in cima, sull'orlo della piana di Marcésina.

Ci fermammo al margine della piana, e io dissi a Bene: «Fai scendere il prigioniero». Il dottore scese tremando. Improvvisamente mi parve un povero signore anziano e bigotto col rosario intrecciato alle dita, che sbavava dalla paura.

L'autista non aveva mai detto una parola, tranne "eccolo" quando moriva il motore; come ho detto, eravamo d'accordo; pure ci guardava con gli occhi sbarrati, specialmente me, come se gli fosse venuto il sospetto che fossimo matti. Si vedeva che era un bravo ragazzo. Qualche settimana dopo venne su anche lui a fare il partigiano, e restò ucciso quasi subito, in rastrellamento.

Gli dissi di tornare a Enego e di andare dritto dal capo dei militi, a portargli i saluti del capitano Zelin, e un messaggio. Su un foglietto del mio *Cahier jaune* che mi seguiva dappertutto, scrissi a matita: «Caro maresciallo, ho arrestato oggi il suo dottore; se avverrà la più piccola rappresaglia a Enego, darò ordini per l'esecuzione immediata del prigioniero».

Misi la data, e firmai «p. Cap. Zelin». Sotto aggiunsi: «P.S. L'autista è stato costretto a guidare sotto la minaccia delle armi. Se gli sarà torto un capello, verrò personalmente a chiederne conto a lei. Accetti i migliori saluti, anche per sua moglie». E ci misi una Z con lo svolazzo.

Il capitano Zelin mi era venuto in mente lì sui due piedi.

L'autista ripartì. Mi è stato detto che proprio con questa stessa Balilla qualche settimana più tardi vennero su a prendere i partigiani morti, lui compreso.

Marciammo col prigioniero in mezzo fino a Malga Fossetta, e arrivammo verso sera. Antonio ci venne incontro, e pareva un alpinista campeggiatore più che un capo militare. Io dissi: «Alt» ai miei compagni; mi misi mezzo sull'attenti davanti a Antonio, e dissi con voce il più possibile da naia:

«Portiamo il prigioniero, arrestato secondo gli ordini».

Antonio disse: «Bravi, bravi»; poi disse al prigioniero che non aveva niente da temere: dopo la guerra avrebbe avuto facoltà di rispondere alle accuse del popolo di Enego. Poi gli domandò se aveva freddo.

Questo prigioniero mi creò dei problemi. L'avevamo messo nella malghetta di fronte alla malga. Andai a spiegargli tutto ben bene. Dissi che aveva avuto la fortuna di capitare in mano a gente civile, e che poteva togliersi dalla testa il pensiero che intendessimo fargli del male, o anche solo trattarlo male, sia pure a parole. Il dottore s'inginocchiò fulmineamente ai miei piedi e mi prese le mani per baciarmele, e ci spargeva sopra lagrime e bava. Mi staccai da lui con la forza del raccapriccio.

Non sapevo se dirgli o non dirgli l'altra cosa: che in caso di rappresaglie a Enego ci saremmo riservati di decidere diversamente, e altrettanto in caso di rastrellamento; in teoria mi sembrava onesto avvertirlo, in pratica mi rendevo conto che vivrebbe più tranquillo se non gli dicessimo niente, e provvedessimo poi secondo il bisogno, senza preavviso, umanamente.

Però mi pareva sbagliato ingannare un nemico; si può ingannare un amico, anzi si deve se occorre; ma io avevo un senso acuto, ovviamente nevrotico, che i prigionieri sono assolutamente sacri, non tanto per quelle smancerie che si dicono (e non si osservano) sulla persona umana, centro di dignità, ecc.; ma anzi proprio per quello che c'è in essi di impersonale.

Provai a fare un accenno al fatto che in certe circostanze ben definite poteva presentarsi la necessità di togliergli, come dire?, la vita fisica, sempre col più scrupoloso rispetto della sua dignità umana, ma un po' alla svelta; ma appena cominciato lo guardai in faccia, e vidi una faccia così sgomenta, così disfatta, e soprattutto così diversa da quella che aveva il Nemico nei miei pensieri, che svoltai alla meglio, e conclusi con una specie di esortazione a collaborare disciplinatamente con noi in caso che fossimo rastrellati.

Gli dissi: «L'ultima persona a cui conviene che ci siano dei rastrellamenti, e se ci saranno, che finiscano male per noi, è lei. Se prega, le consiglio di ricordarsene».

È uno schifoso vantaggio, in un colloquio con un prigioniero, non essere il prigioniero; me ne rendevo conto. Certo le preghiere dovevano essere molto confuse in quei mesi, pro e contro; però l'idea che mentre gli altri ci rastrellavano il loro amico gli pregasse contro, mi diede in seguito qualche consolazione.

La mattina dopo la cattura del dottore arrivò al campo Simeone, solo, col suo fuciletto a tracolla. Era venuto a farci le congratulazioni.

«Non l'avete mica accoppato?» domandò con aria premurosa.

«No» dissi.

«Canta?» domandò Simeone.

«Per il momento prega» dissi; «ha anche il rosario.»

«Si potrebbe farglielo mangiare» disse Simeone. Poi domandò: «Che fine pensate di fargli fare?».

Dovetti dirglielo: «Non pensiamo di fargli fare nessuna fine. Al termine della guerra sarà processato regolarmente».

«Questa tecnica, degli ostaggi, è pericolosa» disse Simeone. «Non dico che sia sbagliata: ma è pericolosa.»

«Abbiamo deciso così» dissi, e Simeone ripeté: «Non dico che sia sbagliato». Poi mi chiese in prestito il prigioniero; disse che avrebbe avuto piacere di averlo al reparto per due o tre giorni, con tutte le garanzie di restituircelo incolume, salvo forse gli orecchi. «C'è uno che s'intesta a mangiargli gli orecchi» disse sorridendo. Trovai delle scuse per non imprestarglielo.

La mia impostazione del problema del Prigioniero era messa in pericolo da tutte le parti. Un pomeriggio tornando al campo trovai un gruppo misto di nostri e di inglesi, che giocavano a carte col Prigioniero. Inorridii, e fatto portar via il Prigioniero (che stava anche vincendo) radunai il reparto e li arringai. Illustrai una politica di *no fraternization* assoluta. «Il Prigioniero» dissi «è il modesto rappresentante tra noi di una cosa con cui non possiamo avere rapporti umani di nessun genere; non possiamo né maltrattarlo, né giocare a carte con lui.»

Un inglese osservò che in Inghilterra è normale che i carcerieri giochino a carte perfino coi condannati a morte, anche se sono i peggiori ladri e assassini: dovetti tradurre agli altri la sua osservazione, poi risposi in italiano che noi in Italia avevamo abolito la pena di morte quando mio nonno era ancora piccolo, e perciò non potevamo tener conto delle usanze dei paesi penologicamente più arretrati. Bene per imbarazzarmi domandò una spiegazione ufficiale della parola penologicamente, e io dissi: «Vuol dire nell'ambito delle riforme penali del cazzo». Tradussi poi questa parte del dibattito in inglese.

Era ovvio che c'era una forte corrente di sentimento contro di me; mi sentivo isolato e virtuoso. Proposi che ci appellassimo al capitano Toni che tornava in quel momento da una passeggiata di S. M. e teneva nella mano un rametto di bacche rosse; e il capitano, udito il caso, sospirando mi diede ragione. Col prigioniero però, a mia insaputa, ebbe poi commercio umano anche lui; so che una sera andò a trovarlo, in veste privata, e gli diede la sua propria maglia di flanella.

7

Tin tun tan campana a martello: l'inglese di guardia viene a svegliarci nella malga, e dice: «Tante macchine».

Era la notte sul cinque giugno, verso mattina. Stavo sognando che era pronta la miccia, in Valsugana. Erano giorni che ci preparavamo, e spesso di notte si facevano questi sogni. Ora ci scateniamo, si pensava; addio Valsugana. Il piano era infinitamente più sicuro di quello di Enego: il posto era già scelto, la squadretta dei dinamitardi lo dinamita, due squadrette di mitraglieri appostate sugli speroni a strapiombo aspettano l'arrivo delle autorità e delle truppe, una da Bassano, una da Trento. Ci sentivamo sicuri del fatto nostro, e orgogliosetti. L'azione era fissata proprio per il cinque giugno; per due o tre giorni prima di questa data piovve con scarse interruzioni. Nella malga non ci si stava tutti, e così in parecchi stavamo fuori, sotto questa pioggia, coi teli-tenda sulle spalle. È ancora un gran bel reparto, pensavo nervosamente. La notte sul cinque smise di piovere e dopo qualche ora venne l'allarme.

In un attimo eravamo sullo sperone, e in quella parte del buio dove c'è, invisibile, la piana di Marcésina, guardavamo la fila lunga lunga di lucette appaiate che venivano avanti piano piano. Ci mettemmo istintivamente a contarle. Quando ne ebbi contate trenta paia smisi di contare.

Pensavo a una processione di scarafaggi in fila per due, ciascuno col suo candelino infilzato sulla schiena.

Non c'era alcun dubbio che venivano espressamente da noi. Alle nostre spalle, verso nord, c'era ancora un bel pezzo di bosco fino all'orlo superiore dell'Altipiano, dove stanno i Castelloni di San Marco e la Caldiera. Nascondemmo ordinatamente tutto il materiale, perché non è il caso di farsi rastrellare coi sacchi, e poi ci dividemmo in gruppi. Io ero con Dante, Enrico, Renzo, Mario, Bene e Rodino.

Antonio con un paio di squadre si avviò direttamente a nord. Forse ci dicemmo "ciao" con Antonio, ma non mi ricordo. Finiva la notte. Questo è il punto che lui se ne va, per le sue strade, col braccio al collo, fuori della mia vita.

Noi sette, ci aggirammo nel bosco tutta la mattina, scegliendo i punti da dove si vedeva la strada militare che va al Lozze e all'Ortigara. I posti parevano nuovi, nelle radure c'era la guazza. Eravamo senza roba da mangiare, ma spostandoci verso ponente a un certo punto comparve un gran cespo bianco in mezzo ai rami dei pini: il paracadute che si era perduto nell'ultimo lancio. Lo avevamo cercato ore e ore, e questa volta lo trovammo senza cercare: sull'Altipiano è così. Tagliammo le corde e sventrammo il cilindro, pensando tutti la stessa cosa: Gesù Bambino, fa' che non siano armi. Infatti era roba da mangiare, e lodammo Gesù Bambino sinceramente. Mangiammo subito cioccolata e sardine, alla sua salute, che si conservi e abbia sempre latte d'asina e datteri se Erode dovesse rastrellarlo un'altra volta, quel vigliacco impotente.

Dagli orli del bosco si vedevano le colonne raggrupparsi, e formarsi i cordoni e le file indiane; c'erano migliaia di soldati; le staffette in *sidecar* andavano e venivano, a qualche centinaio di metri davanti a noi. A metà della mattina mi venne paura; fu l'unica volta che ebbi veramente paura durante la guerra. Era evidente che eravamo in trappola: mi ero sempre figurato un centinaio di uomini che ti rastrellano, diciamo duecento; ma qui era tutto pieno dappertutto. In principio si aveva il senso di avere tedeschi davanti, e spazio alle spalle; ma poi questa impressione andò a farsi benedire, si sparava anche dietro di noi, dove giravano i nostri compagni, e si capiva che potevano arrivare da qualunque parte. Avevamo due o tre caricatori per ciascuno, e qualche bomba a mano: cinque minuti. Dante ci aveva fatto mettere in una conchetta tra i pini. «Adesso stiamo qua» disse. Fu a questo punto che mi venne la paura. Era proprio paura, un'esperienza eccitante. La cosa disgustosa è quel paio di minuti tra quando avvisti la processioncina in arrivo, e quando ti dici: Va bene, è proprio vero. Mi pareva molto più facile alzarsi subito, andargli incontro. Per fortuna c'era Dante, il quale o non aveva paura o non si vedeva assolutamente.

«Cosa facciamo quando li vediamo?» dissi a denti stretti, che delle volte non battessero.

«Non pensare» disse Dante. Infatti aveva ragione, basta non pensare.

La prossima cosa che mi ricordo siamo tornati alla Fossetta. È sera, il rastrellamento è terminato, i camion stanno andando via da Marcésina. La malga non c'era più: misuravamo coi passi i residui neri, ed è incredibile quanto appariva piccola. Parte dei sacchi nascosti li avevano trovati, parte no.

I due inglesi erano stati catturati, il resto uccisi, qualcuno disperso. Ne ritrovammo solo due, Vassili e un altro. Erano della squadra che aveva il prigioniero. Mi ricordo solo che siamo seduti per terra, in circolo, e io dico: «Lo avete ammazzato il prigioniero?» e loro dicono: «No». Mi strappai la coccarda tricolore che portavo sulla camicia cachi, e la gettai per terra come per romperla, senonché essendo un nastro non si ruppe.

La storia di Lelio è strana: uno dei due inglesi catturati, Douglas, era lui. Il Douglas vero era disperso, e ricomparve più tardi in Altipiano.

La cosa più brutta in questi rastrellamenti era la certezza di non poter essere fatti prigionieri. Se andava male, andava male in un modo solo. Si cercava in confuso di prepararsi per quel momento, l'unico che suscitasse vera repulsione, trovarsi ancora vivi in mano a loro. Qualche volta mi domandavo stancamente se qualcuno di noi non potesse passare per inglese, con Walter e Douglas. Io sapevo un po' la lingua, ma i miei capelli neri mi avrebbero fatalmente fatto scambiare per un italiano prima che avessi il tempo di metterla in uso; Lelio aveva inconfondibili capelli biondo-nord, ma non sapeva l'inglese, e così avevo scartato anche lui.

Era vicino a Walter quando prese la prima botta in testa, e così fu Walter a parlare. Quando arrivarono davanti all'interprete in pianura, la cosa era già impostata. L'interprete faceva le domande, e Lelio taceva. Walter spiegò che questo Douglas suo compagno era gaelico, e capiva soltanto il gaelico: di inglese sapeva solo *fochinàu*; così Lelio con la sua identità gaelica fu portato in un campo di prigionieri inglesi, e poi in Germania, e restò lì per tutta la guerra, dicendo ogni tanto *fochinàu*, e dopo la guerra fu rimpatriato in Inghilterra e infine ci tornò a casa con qualche pacchetto di sigarette dolciastre, e ci portò i saluti di Walter, e mi disse che i giornali inglesi non sono molto interessanti, salvo le lettere del pubblico che sono un po' meglio del resto, ma non tanto. A Vicenza gli dicevano che avrebbe dovuto scrivere un libro delle sue avventure; ma lui diceva: «Allora vorrebbe dire che non mi è servito a niente».

Il resto che è accaduto su quello spalto davanti alla Valsugana, dove restarono uccisi Nello e il Moretto, e tanti altri nostri compagni, non lo abbiamo mai voluto ricostruire. Alcune cose si sanno, e sono altamente onorevoli, e perfino leggendarie. Ma io non ne parlerò. Antonio non morì qui, ma lontano, fuori dalla nostra vita, non rastrellato ma in combattimento aperto, com'era più giusto.

E così finì questa giornata del cinque giugno.

Vengono i giorni della pioggia, della nebbia bagnata che galleggia in aria, dei pini che sgocciano; i giorni sbilenchi. Col paracadute avevamo fatto una tenda attaccata in modo bislacco ai rami dei pini; il terreno pendeva; sdraiati, pareva sempre di essere messi un po' di traverso, e siccome ci venivano strani sbocchi di riso, si tendeva anche in piedi a stare curvi e storti.

Alcuni dicevano che con la pioggia il rastrellamento non sarebbe ripreso; altri che era certamente ancora in corso. Uscendo guardavamo trasognati l'assurda tenda bianca. Ci tornavamo dentro a giacere di sghembo nei cucci di rami bagnati, con le gambe in su.

Avevamo farina, l'acqua abbondava; per accendere il fuoco, avevamo le bombe incendiarie, una per pasto. Attorno a noi il colore dominante era un grigio così pallido da parere bianco, ma in basso, dove posavano i piedi, c'erano campiture di marrone e di verde denso. I piedi non parevano proprio nostri. La fiamma delle bombe incendiarie, veramente indimenticabile, cominciava color limone, ma come un'ottava più in su, e poi passava ai turchini sempre molto pallidi e freddi; e dava l'impressione di fischiare, una specie di soffio colorato.

C'era qualcosa di straordinario, lo sentivamo tutti benissimo. Pareva che non ci fosse più nessuno sull'Altipiano, come se avessero spazzato via tutti, badogliani, pseudo-badogliani, comunisti, e fossimo restati soltanto noi, otto vicentini e un russo da Kiev. Ogni tanto ci veniva un sussulto di riso stanco. Bene disse: «È uno strano momento, bisognerebbe che tra noi ci fosse uno scrittore». Ma non c'era, e così la cosa è svanita in aria, e non è rimasto più niente.

Una mattina la nebbia era scomparsa e l'aria serena. Io e Renzo partimmo insieme per andare a vedere se c'era o non c'era rastrellamento; andammo avanti un bel pezzo, e finalmente arrivammo dove si vedeva, e guardammo. C'erano pascoli alpestri, ondulazioni, conche illuminate dal sole. Il paesaggio era in declivio. Era vuoto.

Restammo lì un pezzo seduti per terra. Si sentiva che tutti e due volevamo dirci qualcosa, ma non si sapeva da dove cominciare, anzi non si sapeva nemmeno cosa. Pareva un impulso prezioso, ma inesprimibile. Tutt'a un tratto sentii il canto degli uccelli. C'era anche prima, ma ora lo sentivo. In principio pareva un garbuglio di note intrecciate, ma un po' alla volta si distinguevano le voci e gli schemi dei suoni. Erano uccelli che si chiamavano, ciascuno a suo modo. Renzo si mise a dirmi di che uccelli erano le voci e le conosceva come gente del suo paese. Poi si mise a chiamare anche lui, e quelli gli rispondevano, e io stavo lì come uno sciocco a sentire questi scambi, ma dopo un po' ci presi gusto, e presto li seguivo assai bene; come all'estero quando in certi momenti si dimentica del tutto che si è stranieri, altra bestia, e di queste bestie non si sa quasi niente, tranne che sono ben fatte anche loro, e indubbiamente si credono al centro del mondo; e allora ti senti dentro a una vita che normalmente non consideri tua, e anche senza veramente sapere la lingua, la capisci; perché per capire le lingue la cosa più importante non è saperle.

Così passammo la mattina, coi fringuelli, e le coturnici. Poi Renzo smise e andammo via, lasciando lì questi uccelli che ci davano dentro a gridare, gridare; che poi a pensarci bene, se tu ti metti dal punto di vista dell'uccello, è una strana cosa star lì tutta la mattina, a fare queste dichiarazioni in mezzo alle foglie.

Spiove, la roccia beve l'acqua, l'Altipiano s'asciuga; abbiamo marciato tutto il giorno verso sud coi sacchi, e siamo tra Zingarella e Zebio; ci accompagna un partigiano da Asiago che abbiamo trovato per strada. Tutt'a un tratto dice:

«Ah, non vi ho detto che gli inglesi sono sbarcati in Francia».

Noi diciamo: «In mona so mare».

Quella notte, la notte sul dieci giugno, io Bene e Enrico dormimmo in una capannuccia a mezza costa in Zebio; lì vicino, in una caverna c'erano gli avanzi di un altro reparto. Pensavamo di ricominciare da qui. Era come essere restati orfani; ora potevamo fare qualunque cosa. Avevamo un certo pudore dei nostri sentimenti reciproci, come accade spesso tra fratelli per esempio; ma ora che eravamo così soli ci restringevamo insieme per istinto, come un gruppetto di gente che ha freddo. Del resto, avevamo anche freddo, e addormentandoci sul fianco, ci tenevamo stretti per scaldarci. Bene e Enrico prima di addormentarsi parlarono del casino della nostra città, e lo chiamavano il casino vescovile, forse perché tutto è vescovile nella nostra città. Cominciammo a dormire, ma quasi subito venne uno da Asiago a svegliarci e ci disse che era in arrivo un altro rastrellamento. Questo si sapeva alla sera, nei paesi, perché ordinavano le pagnotte. L'uomo da Asiago andava ad avvertire gli altri nella caverna in Zebio, e passando pensò di avvertire anche noi, per quel che serviva.

Scendemmo nel buio a svegliare quelli che erano restati in Zingarella. Nascondemmo i sacchi, poi ci avviammo all'insù, cercando di addentrarci il più possibile prima che fosse giorno; dopo un po' ci dividemmo in due gruppi, Bene e Enrico col russo e un altro andarono a sinistra; io e gli altri quattro a destra sul fianco nord del monte. Questo monte si chiama Colombara.

Scegliemmo un punto a mezza costa, orientato giusto a nord, una terrazzetta fra i mughi. L'appuntamento era qui, e sotto sotto si sentiva. Rodino era vicino a Dante e gli disse: «Mi sento che muoio oggi». Il terreno era molto accidentato; c'erano tutto intorno i ghirigori delle trincee dell'altra guerra, qua i solchi italiani lì gli austriaci; dovevano starsi letteralmente addosso. Le trincee parevano minuscole. Schiariva.

Si vedeva un'alba fredda, molto vasta, un po' rosa un po' verde. Si sentivano rombi di molti motori; risalivano al cerchio dell'orizzonte e lo facevano vibrare armoniosamente.

Spunta il primo sole, e riempie un intervallo che non pare fatto di tempo.

Poi tutto avviene a scatti, come scene staccate di un film; improvvisamente ci sono voci sul monte, molto vicino; Dante infila la carta d'identità sotto una pietra, meccanicamente gli altri lo imitano; abbiamo le spalle voltate a nord, e la faccia al monte; siamo sparsi sul terrazzino, fermi. A destra, un po' più in alto di noi compare una fila di giovanotti che camminano con circospezione; arrivano da dietro il monte, hanno già occupato un quarto del paesaggio alla nostra destra; hanno elmetti color verde. Si sentono parole in italiano e in dialetto; i giovanotti hanno un'aria imbelle e nostrana. È incredibile che vogliano ucciderci, occorre uno sforzo disgustoso per convincersi.

Sono inginocchiato sotto un mugo, faccio segno a Renzo dietro a me di togliere la sicura del fuciletto. Dante è alla mia destra, un po' più avanti; la fila dei giovanotti sta passando a qualche decina di metri, ma si sente che ce ne sono tante altre, il monte è tutto scalpicciato. Ecco l'ultimo momento allucinato di immobilità; le frasche dei nostri mughi frusciano, eccoci in piedi, ecco il primo sparo ammortizzato dalla divisa militare in cui viene deposto, per così dire a mano. Io e Dante diciamo: «Via, via!».

Avevo indosso scarpe basse da città, perché giorni prima uno mi aveva messo gli scarponi ad asciugare troppo vicino al fuoco, in modo che quando furono asciutti la suola era scomparsa, e restava solo la parte alta; così, siccome avevo nel sacco anche le mie scarpe da città, mi ero messo quelle. Sono pessime per i rastrellamenti. In un attimo ne avevo persa una, poi mi venne in mente di buttar via anche l'altra; avevo rimesso il parabello in sicura perché si cadeva molto, rimbalzando giù per i dirupi. Non c'è altro modo per scendere in fretta da questo punto del Colombara. La costa è fatta di cenge e terrazzini, con pini radi e molti mughi, e tutta incisa dai camminamenti e le trincee dell'altra guerra.

Il primo salto mi portò a tu per tu con la testa di un giovanotto con l'elmetto verde che era venuto avanti strisciando su un terrazzino; aveva una faccia spaventata da recluta; pareva un po' più vecchio di me. Gli puntai stizzosamente la canna del parabello sulla faccia, e invece di sparare feci un gesto come per spaventare una gallina. Non fu per pietà, ma per un diverso impulso, banale e invincibile. Forse ho fatto male. Ad ogni modo lui ritirò la testa strisciando all'indietro, e io ripresi a saltare.

A raccontarla viene lenta; il ritmo vero era come le giostre, una gran onda di energia ritmata, confusa. Si sentiva esclamare e frusciare da tutte le parti, anche gli spari parevano esclamazioni, del resto s'era messo a esplodere un po' tutto, il paesaggio, i nostri stessi movimenti; si cadeva, si andava a finire, in piedi, in ginocchio, contro rocce o mughi; si sentivano le proprie parabole intrecciarsi con quelle di alcuni compagni, allontanarsi, tornare insieme. Per un tratto mi trovai tra Mario e Renzo, sfilando contro un bastione, e io dissi: «Abbiamo scarse probabilità». Queste osservazioni sono *sempre* sbagliate; loro non dissero nulla, sembravano abbastanza tranquilli, benché mobili e attivi. Poi li persi di vista.

Ora ero ai piedi della costa, ero su un tavolato in falsopiano, ed ero solo. Gli spari non li notavo, invece notavo dei piccoli scatti secchi, e vedevo i rametti dei mughi attorno a me staccarsi dalle piante con curiosi saltelli. Facevano un rumorino minuto, isolato dal resto. Poi cominciai a notare i gattini, che mi rincorrevano con incredibile ferocia e pareva che si lacerassero in aria sorpassandomi. Sapevo benissimo che cos'erano, ma ero impreparato per il senso rivoltante di ribrezzo che ispira la percezione della loro velocità. Si sentiva il filo lungo a cui erano attaccati, e lo strappo bestiale quando mi passavano vicino. Ero in mezzo a un fascio di questi fili.

Andavo verso nord, senza più correre; sentivo sparare anche davanti a me, ma lontano. A un certo punto, oltre un piccolo rialto, i gattini non c'erano più, e neanche i rametti che volavano in aria. Ero defilato, forse per trenta metri, e camminavo sul tavolato rigato dalle scafe. Quando vidi quanto ero insanguinato mi allarmai. Pensavo: to', e se non potrò più correre? Però mi sentivo benissimo, solo un po' emozionato. Vidi una stretta fessura per terra e senza pensarci mi calai dentro. Ci passavo appena, ma sotto c'era una buona nicchia, più alta di me, bislunga.

In un attimo ero via dal sole, in un bozzolo di roccia sotterra, buio e umido. Sentivo arrivare gente di corsa, plotoni di gente: la roccia sopra di me rimbombava; sentivo anche i rimbombi del mio cuore. Ora udivo anche voci, vicinissime, in italiano. Parlavano di uno, che ero poi io; mi cercavano affettuosamente. Mi rendevo ben conto che avevano le scarpe, e la vicinanza tra questi piedi scarpati e il mio viso era disgustosa. Tenevo in mano una bomba a cui avevo sfilato la sicura; tenevo giù l'asticciola col pollice. Stavo fermo, con gli occhi alla fessura sopra la mia testa.

Era come quando si gioca a nascondersi da bambini, e stanno per trovarti. C'è un momento in cui tutto ti pare già accaduto, resta solo la formalità di eseguirlo meccanicamente. Aspettavo nel mio nascondiglio guardando questa fessura e pensando: Cristo, come mi sento solo.

Così passò il tran-tran della mattina. Poi mi accorsi che le voci erano andate via, e anche i plotoni al piccolo trotto; ora passava qualche isolato sempre al piccolo trotto. Mettendo fuori una mano, si sarebbe potuto fargli lo sgambetto. Tutt'a un tratto mi venne in mente un concetto incredibile: "Vuoi vedere che non mi trovano più?". Provavo un certo sollievo bestiale, e una punta di sdegno: "Che pagliacci" pensavo; "sono peggio di noi". Ora mi infastidiva l'idea che mi trovassero per sbaglio, e pensai di chiudere la fessura con una pietra; ce n'era una grossa per terra. Riassicurai la bomba a mano e la presi in bocca per il manichino; poi sollevai la pietra sopra la testa, e la appoggiai contro il rovescio della fessura; poi mi sentii comico, e rimisi la pietra per terra. Avevo un libretto nella tasca della giacca, e vidi che c'era luce sufficiente per leggere. Era il *Viaggio sentimentale*, da una parte l'inglese dall'altra l'italiano: la prosa era nervosa sia a destra che a sinistra, il racconto un po' leggero.

Per un pezzo si sentirono ancora spari; in principio pensavo automaticamente "questo sarà Dante", "e questo Renzo", poi quando li ebbi sistemati tutti, non ci pensai più, e continuai a leggere fino a sera.

Rodino fu ucciso quasi subito, dove la costa tocca il pianoro. Lo trovarono poi col maglione sforacchiato, e il viso sfigurato dalle pedate.

Avevo provato un paio di volte a spiar fuori, montando coi piedi sulla pietra. Sollevavo piano piano la faccia finché era a livello coll'orlo e prendevo come una scossa; la luce del pomeriggio pareva un bacino agitato, irragionevole, che spruzzava gocciole elettrizzate. Tornavo sotto pensando: Com'è vigliacca la luce. Mi proponevo di aspettare la notte per uscire. Non posso mica star qui per sempre, mi dicevo. S'invecchia anche sottoterra.

Quando la fessura scurì, a un certo momento mi dissi: "Adesso", e senza più pensare andai fuori.

Fuori era già buio. Pioveva. Non riconoscevo più niente, però mi sentivo orientato, ero stato tutto il giorno con la faccia verso nord, ed ero come calamitato. Tutto era deforme; gli alberi erano giganteschi, e parevano incastrati gli uni negli altri; l'intero tavolato di roccia pareva crollato su se stesso, e tra gli scogli affiorava dappertutto il mare nero del Bosco Secco. I mughi erano isole impenetrabili; aggirandoli veniva a mancare la roccia sotto i piedi, e si precipitava in gorghi confusi, restando aggrappati ai rami del mugo. Il terreno era come sformato; c'era un labirinto di scafe, cenge, frasche, rami, da cui bisognava districare a fatica le gambe, con grandi sforzi solo per reggersi in piedi; si aveva la sensazione di non fare mai strada, di aggirarsi in un cerchio bislacco.

Mi ero dimenticato del rastrellamento, badavo solo a questo mare pieno di scogli e di frasche. Mi pareva di fare la lotta. Ero nel fitto, tutto assorbito dai lunghi negoziati con gli scoscendimenti; poi mi accorsi che ero fuori, su un terreno più ordinato, e camminavo speditamente. Il nord era fermo; il sud, quando provavo a voltarmi, barcollava e rollava. Via, via. Camminando sotto la pioggia, cominciai ad ascoltare i rumori che navigavano nel buio. Alcuni erano sospetti; partivano da un fremito innocente, si aggravavano, sostavano sulla soglia di ciò che si chiama passi, voci. A un certo punto li riconobbi, gli sporchi stakanovisti del rastrellamento, le pattuglie della notte e della piova, i cacciatori feroci. "Vigliacchi puttanieri" pensai. Mi fermai e misi le mani sul parabello, battendo i denti dalla rabbia. Le mani presero il loro posto, la sinistra a metà del caricatore, un po' più vicino alla canna, la destra al suo luogo tra il calcio di metallo e la sicura. Le mani c'erano, al loro posto: il parabello però non c'era. Prima notai curiosamente che non c'era la sicura; poi che mancava il grilletto; non c'era neanche il caricatore, né il calcio, né la canna. Non c'era niente.

"Siamo a posto" pensai. "Ho perso il parabello."

(Perdevamo spesso i fucili al sabato fascista; prima i fuciletti di legno, poi crescendo in età e sapienza, quelli di metallo verniciato, e infine i fucili più e meno veri, i "moschetti", che non credo abbiano ucciso molti nemici, ma qualche commilitoncino sì; perché le pallottole erano bensì di legno, un legno tenero pitturato di rosso, e appena uscite dalla canna si spappolavano; ma se il colpo scappava quando la canna era appoggiata direttamente sul petto del compagno, il compagno tendeva a morire. Ora questi fuciletti e moschetti noi li perdevamo quasi regolarmente, al sabato fascista; ci sgridavano molto, ma li perdevamo lo stesso. Per lo più si poteva rimediare prima della riconsegna, perché siccome eravamo in molti a perderli, questi moschetti, quando si perdeva il proprio, guardando attentamente se ne trovava spesso qualcuno perduto dagli altri, e si raccattava. La riconsegna, alla Casa della GIL, avveniva attraverso una porticina molto stretta, un'unica porticina per tutta la gioventù di Vicenza; e occupava buona parte del sabato fascista. La porta era stretta, la fila lunga lunga, e continuamente alimentata dalle coorti in attesa. Si passavano ore e ore a riconsegnare il moschetto: e chi l'aveva perduto aveva il comodo di cercarsene un altro.)

Stetti fermo nel buio, con l'atteggiamento di uno che si prepara a sparare una raffica di parabello, ma senza parabello. "Dev'essere restato in quello sporco buco" pensavo. Sotto alla preoccupazione immediata, sentivo una piccola fitta di sollievo che non ci fosse lì Dante, che avrebbe giudicato molto male la mia distrazione. "Dante non verrà mai a saperlo" pensavo. Prendevo per sottinteso che fossero tutti morti; mi venne in mente che forse era restato qualche altro parabello in giro, sul Colombara. Provai a voltarmi piano piano verso sud, verso il luogo del rastrellamento, non con l'intenzione di tornare indietro, si capisce, perché ero ormai a parecchie ore di cammino; ma così, tanto per guardare. Non si vedeva nulla, né vicino né lontano. L'aspetto meridionale della notte barcollava ancora, ma molto meno. Mi rivoltai verso nord; il nord fermo, aperto, buio. Mollai il parabello di aria nera, e mi palpai addosso: avevo tre bombe a mano, una pesante a quadretti in una tasca e due leggere nell'altra. Piuttosto di un carico di bòtte, meglio tre bombe a mano.

I rumori dei rastrellatori notturni non venivano avanti; anzi, mi pareva che si alzassero, come se stessero montando una costa, ma con maggiore velocità ascensionale, quasi da elicottero. Salivano nell'aria nera, e io li seguivo alzando la faccia; quando furono alti come un campanile, d'un tratto si dispersero in una rosa di fievoli raggi, e cominciarono a ricadere. Arrivando a terra erano pioggia.

"Non si rastrella di notte, mago" pensai; e da allora camminai spedito.

Questi furono i soli fantasmi che trovai nella notte del lunedì sul martedì; solo ventiquattro ore più tardi ne incontrai alcuni altri, ma pacifici e neutrali. I rastrellamenti avevano questo svantaggio: che, se si restava soli, alla notte venivano i fantasmi. Dante cominciò a vederli molto prima di me, quella stessa notte; perché Dante era vivo, benché tutto sporco e insanguinato, e camminava anche lui, ma verso sud. Era sceso dal Colombara molto più a sud di me, e non gli era restato questo shock del sud; era certamente sciocatto anche lui, benché assai più pratico di guerra, ma almeno andò verso sud, quella notte. In qualche ora, andando a sud, si arrivava fuori del massiccio alle prime case di Gallio, e Dante era risoluto ad arrivarci, e battere a una finestra. "Bisogna mangiare" pensava. "Spogliarsi, asciugarsi. Dormire." Verso mezzanotte cominciò a incontrare i fantasmi; prima li udiva, poi li vedeva; erano tutti in piccole pattuglie, e parlavano in italiano. Dante si fermava, e anche loro si fermavano: stavano a guardarsi, lui e loro, da una decina di metri, quasi indistinguibili nel buio. Dante intravedeva le facce biancastre, e la sagoma delle armi imbracciate. Stava fermo, pronto; ora parevano rastrellatori, ora alberi. Dante teneva gli occhi sulle facce pallide, il dito sul grilletto, e respirava il più piano possibile. A mano a mano le facce e le sagome s'impoverivano di corpo, poi Dante non le vedeva più. Allora aguzzava gli occhi, e pensava: "Io ho buona vista: se non li vedo io neanche loro vedono me"; così riprendeva cautamente a camminare, finché ne vedeva degli altri, dietro a altri alberi. La valle era piena di fantasmi, e Dante ci mise molte ore a scendere a Gallio, con tutte queste fermate, e queste gare di sguardo; ma infine arrivò, batté a una finestra, e gli apersero; e così si asciugò, bevve latte e dormì. Dice che alla mattina era più forte che mai, e infatti al più presto, entro qualche giorno, tornò su in Zebio, e vide fumo che usciva da una caverna e si fermò lì ad aspettare che venisse fuori qualcuno o rastrellatore o rastrellato. Dopo un po' venne fuori uno, ed era Enrico. C'erano anche gli altri, tranne due o tre.

A Dante gli fecero molta festa, perché dopo il primo sparo, quando io e Dante dicemmo «Via, via!» lui era saltato in una piccola slavina quasi strapiombo, e scomparve rotolando, come un uomo già colpito che precipita. Così gli altri l'avevano dato per morto, anzi letteralmente *caduto* in rastrellamento; e avevano già mandato l'annuncio alla famiglia e alla morosa a Vicenza. Perciò a Dante vivo fecero festa, e mandarono subito un contrordine alla morosa e alla famiglia.

Mario e Renzo non erano scioccati quasi niente, perché restarono insieme, e si nascosero insieme in un anfratto. In due di solito non c'è shock; passarono il giorno del rastrellamento tacendo in compagnia. Ascoltavano i rastrellatori, e tacevano. Nelle ore più quiete, quando il rastrellamento sonnecchia, e i rastrellatori mangiano la pagnotta sotto i pini, loro due avranno forse scambiato anche qualche frase ellittica intorno all'impostazione generale della vita; perché tutti e due sentivano il problema. Shock però non ne ebbero, e verso sera uscirono dal loro anfratto, e andarono in giro coll'ultima luce, finché trovarono due o tre dell'altro gruppetto, che avevano schivato il rastrellamento diretto, e quindi erano sereni e contenti, salvo che tutto quel giorno Bene aveva sentito una gran paura delle vipere, e non era stato a suo agio nella buca; e così in quattro o cinque scesero alla Zingarella dove avevamo lasciato gli zaini, nascosti vicino alla malga. Purtroppo gli zaini erano stati rastrellati; e anche questa malga non c'era più, c'era il solito patetico mucchietto di carboni neri che fumavano. Si misero a dormire lì vicino, sulle lastre di roccia, in mezzo ai mughi, e dormirono felicemente tutta la notte. Le mie scarpe le trovarono il giorno dopo, una qua una là, ma non mandarono le condoglianze alla mia famiglia; solo giudicarono che vivo o morto indubbiamente fossi restato scalzo, ed era vero; e per un pezzo di me non seppero niente altro, ma non credo che gli facesse molto dispiacere. Lo so che mi erano abbastanza affezionati, ma queste cose sul momento non facevano dispiacere, e naturalmente neanche piacere, non facevano nulla. Le mie scarpe non andavano bene a nessuno, perché io avevo il piede più piccolo di questi quattro o cinque rimasti, e inoltre erano strette anche a me. Erano scarpe basse da città, gialle. A me, nei pochi giorni che le portai, parevano sommamente sconvenienti per un guerriero, una stonatura; invece Bene nel segreto del cuore, si compiaceva di queste che gli parevano virili civetterie, roba da anglosassoni: e mi ricordo che dopo la guerra, guardando gli ufficiali inglesi, con le loro scarpe gialle, davanti alle chiese di Vicenza, mi diceva: «Lo vedi che scarpe hanno? Sono gentiluomini-soldati». Penso però che coi piedi dentro fanno un effetto queste scarpe, e vuote in Altipiano un altro. Insomma a Bene piacevano; ma le mie gli erano piccole.

Anche Rodino era restato senza scarpe. Lo coprirono coi sassi, e lasciarono lì il mucchio, poi alla fine della guerra alcuni di noi andarono a riprenderlo, tirarono via i sassi, e raccolsero quello che c'era.

Mi è stato detto che la terra sotto era tutta seminata di pallottole; quando il corpo si disintegra, le pallottole cascano giù come semi maturi; e alzando i quattro stracci pieni di buchi, e i quattro ossi che ci sono dentro, le vedi brulicare sul terreno.

Era una strana cosa un rastrellamento. Dove prendeva pareva una scossa di fulmine, benché molto più cretino del fulmine: bizzarro non in modo interessante, anzi con goffa mancanza di fantasia.

Il più scioccato di quelli restati vivi, credo che fossi io. Camminavo verso nord, scalzo, e dopo il primo breve incontro coi fantasmi andai via abbastanza spedito. Avevo addosso uno shock vivace: era indubbiamente una forma di energia. Mi pareva di aver un'impresa spropositata da compiere, ma mi sentivo riserve smisurate di forze. La geografia essenziale dell'Altipiano mi era chiara; sapevo dov'era (a nord e a oriente) la piana di Marcésina tra i boschi, a 1500 metri; e di lì sapevo come scendere sul fianco orientale del bastione, sopra lo spacco del Canal del Brenta, e trovare case, uomini, a Frizzón. Tutta la notte camminai per rocce e circhi, parte su terreno cespugliato, parte nudo. Pioveva in modo fitto e dolce, come d'autunno; per un pezzo piovve nel buio assoluto, poi mi accorsi che a mano a mano si cominciava a vedere qualcosa. Non fu il cielo a cambiare, come accade quando il tempo è sereno, anzi proprio l'opposto, fu in basso che dal buio cominciarono ad affiorare profili e volumi scuri, e poi a farsi grigioargento, e presto furono rocce, terrazze, selle, circhi silenziosi. Solo più tardi osservai quanto era impallidita anche l'aria, e vidi che era giorno pieno. A questo punto mi guardai: ero da vedere. Avevo una giacchetta borghese, piena di strappi e di gnocchi; la camicia era militare e inglese, di quelle senza collo; i calzoni alla zuava erano a fette. Avevo due paia di calzetti, ma il piede si era consumato ancora in principio, e restava solo una doppia fascia attorno alle caviglie. I miei piedi erano bianchi. Per molte ore ancora piovve, sempre fitto e dolce; e io continuai a risalire verso nord, attraversando lo spettro grigio-argento del paesaggio più bello che conosco. Quando smise di piovere venne una nebbia traslucida, molto luminosa, a riempire alla rinfusa gli spazi in cui entravo, sfilacciandosi tra le rocce e gli alberi.

Si udivano motori in lontananza, e spari isolati: questa volta non erano allucinazioni, ma cose reali, benché lontane. Il sole non poteva essere davanti a me, ma pareva proprio che fosse lì, dietro i festoni luminosi.

Camminavo, col paesaggio che veniva fuori a pezzi e bocconi e faceva l'effetto di muoversi. Sentivo che poteva sbucare in qualunque momento un reparto in ordine sparso; anzi con tutte queste rocce che si muovevano, era difficile distinguere se erano proprio rocce, o uomini in ordine sparso. Mi presi in mano una signorina e le sfilai la prima sicura; poi senza volerlo mi misi a camminare lento e circospetto, come uno che si prepara ad arrivare addosso a gente che non lo può soffrire: praticamente facevo le tattiche, tutto solo tra i festoni di nebbia. Non vedevo e non udivo fantasmi, ero lucido e sveglio come un campanello, ma sentivo invece d'istinto che da un momento all'altro li avrei trovati.

C'era una piccola sella su cui era appeso uno di questi festoni: capii che erano lì. Passai la signorina nella mano sinistra, mi presi nella destra la canadese, e slacciai la cintura anche a lei, tenendo ben fermo coll'indice il manichetto a molla. Il festone luminoso si spostava verso di me, mollemente appeso nell'aria appena mossa; già c'ero in mezzo, e lo sentivo sciamarmi attorno a folate. "Quando mi supera," pensai "mi troverò in mezzo a questi bastardi, allo scoperto." Già la nebbia passando si diradava; distinguevo seminate nel prato alpestre le sagome scure, quasi immobili; avevo l'impressione di corrergli addosso, stando fermo. Avevo alzato la mano sinistra; "prima la signorina," mi dissi "poi mirare bene con la canadese". D'un tratto il paesaggio si ripulì; la nebbia ritirò le ultime folate come gli strascichi di una sottana, e io mi trovai fuori, in un prato vuoto, verde, seminato di belle roccette e di qualche abete giovane.

Mi sentii assurdo, con questa mano in aria. "Non posso mica andare avanti così" mi dissi; "così non arrivo mai." Erano le bombe che mi obbligavano a fare le tattiche; fin che si hanno armi addosso, non si può camminare disinvolti, attraversare allo scoperto, come uno che va pei fatti suoi. Poi la guerra termina, passano gli anni, tutti tornano ai loro lavori, e tu sei ancora in giro pei boschi e pei campi a fare le tattiche da solo. Riassicurai le bombe che avevo in mano, e le depositai tutte tre ai piedi di un abete, che pareva nero in controluce: le italiane affiancate e la canadese sopra di traverso. Mi allontanai qualche passo e mi voltai indietro a guardarle. Prima pensai: "Abbandono di parmula"; poi pensai: "Tutte balle", e cominciai ad andar via. Se le trovavano i tedeschi, una più una meno non gli servivano a niente; se le trovavano i partigiani (sperando che ci fossero eredi nostri, un giorno, sull'Altipiano) almeno potevano venir buone a loro. Subito dopo tornai indietro, mi ripresi la canadese, e me la misi in tasca; forse l'idea era che una sola l'avrei sempre potuta far sparire al bisogno, e d'altro canto mi avrebbe fatto tanta compagnia. O forse era soltanto un mezzo rimorso militaristico e classico.

Così, con la canadese in tasca, mi misi a attraversare verso oriente, nella nebbiolina diradata. C'erano ampie groppe selvose, una parte che non avevo mai visto, e che cominciava a sembrarmi molto vasta e curiosa. Dopo un po' sentii dei cani, piuttosto in lontananza, ma non troppo. Si udivano chiaramente i comandi in tedesco, come a un'esercitazione, e il petulante abbaiare delle bestie. Non sapevo se star fermo o muovermi; decisi di muovermi. Mi tenevo in alto, e camminavo ansiosamente, finché la costa cominciò a spiovere verso est, dove volevo andare io, e i cani non si udivano più. Questo fu a metà del pomeriggio; mi pareva d'intuire dov'era la conca di Marcésina, e infatti al tramonto la intravidi tra gli alberi, verde, dolce, commovente. Mi aggirai vicino al margine del bosco per scegliere il punto dove col primo buio avrei attraversato, in vista dell'osteria; camion non ce n'erano, c'era però un certo trambusto, e vidi partire un *sidecar* con due soldati. Lasciai venire la notte; poi con molta circospezione scesi all'aperto, attraversai la conca, e mi allontanai tra i dossi nudi di fronte. Dai crinali spuntava il chiaro della luna in arrivo. Camminai per qualche ora e quando raggiunsi il labbro della Valsugana la luna era alta; tutto era nudo, limpido, deserto. Cominciai a scendere per il declivio come scivolando, ma dopo un po' mi fermai e mi voltai indietro. Il prato era quasi in piedi dietro di me, astratto, grandioso. In vita mia non ho mai veduto una cosa che somigliasse di più a un sogno. Stetti a guardarlo un pezzo, pensando: "È solo la spalla dell'Altipiano", ma non pareva un paesaggio di questo mondo. Poi ripresi a scivolare all'ingiù e arrivando al bosco mi avviai per un sentiero pietroso che lo costeggiava.

Mi venne in mente che non mangiavo e non dormivo da un pezzo, e provai a fare il conto delle ore, ma era troppo difficile; avevo sete, e non mi ricordavo di aver bevuto, né stanotte, né ieri, né la notte prima, né il giorno prima, e neanche la notte prima ancora, la notte sul dieci. Camminai un pezzo, poi a una svolta del sentiero mi fermai. A destra avevo un valloncello scosceso, praticamente impassabile. Arbusti e alberi proiettavano come una tettoietta d'ombra, e sotto a questa vidi due grosse meduse. Erano i primi animali che vedevo da un bel pezzo. Erano posate sul pendio, a un paio di metri da me, ma irraggiungibili a causa del valloncello pieno d'ortiche e di stecchi spinosi.

Erano a mezzo metro l'una dall'altra, come impigliate tra gli arbusti del sottobosco, e palpitavano lievemente: opalescenti, quasi trasparenti. Restai vivamente sorpreso, la cosa mi pareva quasi incredibile. Come saranno venute quassù queste meduse? D'altro canto erano lì vere e reali, e dunque qualche spiegazione doveva esserci. Questo tipo di situazione mi ha sempre attirato: quando c'è una cosa che pare assurda e tuttavia si vede che c'è, e dunque deve essere razionale. Mi piace cercare di circoscrivere la gamma delle verità possibili, e poi, risolto il problema, verificare se la spiegazione vera ci cade dentro. Qui però non mi veniva in mente nulla; proprio non riuscivo a pensare una spiegazione plausibile. Raccattai dei sassolini, e mi misi a tirarli addosso alle meduse per farle muovere; stranamente i sassi le attraversavano senza disturbarle, e questo aumentò ancora il mio senso di irritazione e di delusione. «Andate in quel paese» dissi infine, e ripresi a camminare. Appena fatta la svolta, in piena luce della luna, vidi che c'era una fontanella, e provai un moto di piacere, dato che avevo una gran voglia di bere. Non me la ricordavo questa fontanella, e anzi mi pareva una bella bizzarria che l'avessero costruita proprio lì, in una landa deserta di montagne, dove non ci sono né case né niente. Era stata costruita da poco, e moderna di stile; c'era un pilastrino fatto di pietre levigate a profilo irregolare; dalla canna ricurva verso il basso scaturiva un bel getto pieno. Mi appoggiai al pilastrino e mi curvai con la bocca aperta, ma il pilastrino non mi sorresse, lo attraversai con tutto il corpo e feci una cascata sul fianco, una gran cascata, perché il terreno andava ancora all'ingiù. Male non ne sentivo molto, ma sull'anca mi restò una botta nera che trovai qualche giorno dopo: era un po' più grande di un pomo, un po' più piccola di un caco.

Mi tirai su e provai a ripartire; della fontana credo che mi fossi dimenticato, fatto sta che non mi curai di tornare indietro per bere; il sentiero era in discesa, largo e tutto pieno di pietre scheggiate. Era una fatica matta appoggiarvi i piedi, non per il dolore in sé, che era piccolo e acuto, ma per una specie di guizzo che i piedi mi facevano per conto loro, quando muovevo un passo. Continuavo a cascare come un ubriaco; ora mi facevano male anche le mani, ma soprattutto mi irritava la coscienza di essere perfettamente sobrio, e in pieno possesso delle mie forze, tranne questa insubordinazione della zona tra le piante dei piedi e le caviglie, e i suoi ridicoli scatti. È un piccolo problema tecnico, mi dicevo sedendo sulle pietre acuminate del sentiero, che ne approfittavano per pungermi anche il sedere; bisogna risolverlo.

Provai a scendere in ginocchio a quattro zampe, ma era peggio che andar di notte; che del resto *era* notte, saranno state le due. Provai anche a mettermi di fianco, e rotolare: ma rotolavo storto, e andavo subito ad arenarmi sulla sponda. È il baricentro, mi dicevo; è incredibile quante cose determina il baricentro. Le schegge approfittavano continuamente per pungermi in ogni posto; tutto quello che mettevo giù, loro me lo pungevano. Discesi per un pezzo nella posizione di un uomo seduto, ignorando l'attività di queste schegge. "Vi ho in culo" pensavo. Era ben vero.

Poi la luna fa un lungo salto a pesce nel cielo, la sua luce color mandarino si decanta; sono in piedi e sto in piedi, cammino sulla strada tra le case di Frizzón, batto alla prima porta, la casa dell'alpino che è in Russia, dove so che c'è sua madre, chiamo. Ma questa donna aveva paura e non volle aprire. «Non conosco nessuno» gridò dalla camera di sopra. Avevano avuto tre rastrellamenti negli ultimi giorni a Frizzón e questo riserbo era naturale, ma allora non lo sapevo, e mi arrabbiai. «Speriamo che a suo figlio gli aprano, in Russia» le gridai, e poi mi pentii. Mi avviai alla casa di fronte, dove stava la Rosina con suo padre.

«In questa casa non c'è nessuno. Sono tutti morti.»

«Aprimi almeno tu!»

«Sono morta anch'io.»

«Morta? e allora che cosa fai costì alla finestra?»

«Aspetto la bara che venga a portarmi via.»

Invece la Rosina e suo padre mi apersero subito. Erano già alzati e io dissi: «Ma che ora è, che siete già alzati?». Erano passate le tre, cioè ora di alzarsi. Io ero tutto bagnato, mi fecero spogliare davanti al fuoco e mi diedero degli stracci da mettermi indosso. Raccontai all'incirca com'era andata a noi, e loro raccontarono dei rastrellamenti nella contrada. Mi diedero una ciotola di latte che mi piacque molto; poi vomitai e andai a dormire. Lui mi accompagnò fuori (il buio cominciava a impallidire), mi fece salire sulla tezza, dove non c'era fieno; mi misi sul tavolato con sopra una coperta militare; lui ritirò la scala a pioli, e mi avrà anche augurato buon riposo, ma non sentii niente. Un momento dopo era risalito e voleva svegliarmi, e non era facile. Quando fui un po' svegliato mi disse che arrivava il quarto rastrellamento, ed era meglio che andassi via. Io dissi: «Ma che ora è?» e lui disse: «Le nove»; non le nove di sera, non era possibile, perché c'era un gran chiaro. Mi fece scendere per la scala a pioli, e mi affidò a un ragazzo che aspettava.

Attraversammo in fretta la strada e ci calammo nel vivo nella valle che qui strapiomba bruscamente, fino a un punto dove c'è un salto di roccia inciso da una cengia. Arrivammo a una grotta, giusto sullo strapiombo, ma defilata dal fondovalle perché a qualche centinaio di metri lì sotto ci sono gobbe a mezza costa che la defilano. Il ragazzo mi salutò, e io mi rimisi a dormire con la coperta militare sopra, mentre si sentivano già i primi spari all'imbocco della contrada.

Vennero credo alcuni altri rastrellamenti in quei giorni; io dormivo per lo più, e ogni tanto arrivava la Rosina col latte e la polenta. Mangiavo molto volentieri e vomitavo dolcemente e senza difficoltà. Facevamo anche conversazione, prima di riaddormentarmi, e un po' alla volta smisi di vomitare, e facevamo più conversazione. Questo sarà durato una settimana.

Io avevo l'impressione di esser sotto l'ala di un paese, ma in realtà Frizzón era una minuscola frazione, una contrada fra il bosco e il dirupo che salta in Valsugana. Come ho già detto, c'erano cinque case, e le famiglie in queste cinque case erano quindici: la povertà era estrema e antica. Pure erano gente come noi, parlavano la stessa lingua, i ragazzi andavano soldati, la religione era la stessa, salvo che era più scomoda. C'era una chiesetta, una specie di cappella signorile, sopra alle cinque case; ma era chiusa, e per la messa, i battesimi, le nozze e i funerali io penso senz'altro che scendessero a Enego, che ci vuole un bel pezzo a scendere, e molto di più a tornare.

La Rosina aveva vent'anni; era la prima di sei fratelli e sorelle. La mamma era morta otto anni prima.

«Me ne ha lasciati altri cinque, e l'ultima aveva cinque giorni» mi disse. Lei la mamma di ricambio, aveva dodici anni, quando passò di grado.

«Cristo» dicevo io. «Ma come avete fatto?»

«Bisogna tribolare» diceva la Rosina.

«Cosa fa tuo papà?»

«È invalido, tende le bestie.»

«Ma cosa mangiate?»

«Quello che cresce qua intorno» disse la Rosina. «E anche latte»: perché avevano due vacche.

Ero imbarazzato di bergli il latte, a questa povera gente, tanto più vomitandolo; ma sarebbe stato ancora più difficile dire di no. Mi riprendevano le consuete fantasie, se erano fantasie, che i popolani erano meglio di noi, infinitamente meglio. In ogni caso non erano fantasie private, so che i miei compagni le condividevano. Ne parlavamo di rado, ma vedevo che anche loro registravano le cose non meno di me. Il linguaggio delle cose era semplice e chiaro; in certi momenti acquistava una forza e un'intensità fulminante. Questi fulmini erano eventi individuali, a chi capitava qui, a chi là. A Lelio fu nella sua lunga marcia dall'Agordino all'Ortigara; la chiamo sua perché sono sicuro che la diresse più lui che Antonio. I calcoli per l'approvvigionamento erano stati minuziosi e pertinaci, ma erano sbagliati: alla fine del primo giorno i viveri erano quasi finiti, e da allora in poi ebbero sempre fame. Erano un piccolo branco affamato, i due inglesi, il russo, Toni e Lelio, con una fame da orbi; un po' chiedevano, e un po' rubavano, e un po' andavano digiuni. Lelio, che doveva badare a non perdere la strada senza mai percorrerla (perché sulla strada passavano le macchine dei tedeschi) non aveva certo il tempo di sdilinquirsi sulle virtù dei montanari. Eppure una sera andò così: c'era una donna anziana che li stava a guardare mentre venivano in su verso la sua casupola, una specie di malghetta stanziale; stava in piedi su un piccolo terrapieno, ed era vestita di nero, con un fazzoletto scuro attorno ai capelli, e li guardava senza parlare. Antonio le domandò la strada, e lei prima non rispose niente (e Lelio pensava che non capisse, perché lì non siamo lontani dalle zone dei mòccheni, e questa donna poteva anche essere una mòcchena), ma poi invece disse in dialetto: «Volete un piatto di minestra?».

Questo fu il momento: perché Lelio aveva ben capito quanto poca poteva essere la roba da mangiare, ma capiva anche che questo sacrificio per lei era naturale, e la cosa gli fece una grande impressione, e si vergognò di trovarsi lì, stracciato e affamato, a importunare con le nostre guerre civili questa povera donna. Sarà stato anche perché Lelio era stanco, e inoltre perché era verso sera, con una luce singolare sullo sfondo; ma lo schema della faccenda è riconoscibilissimo, e il sentimento che Lelio ha cercato di descrivermi, a pezzi e bocconi come fa lui, mi è ben noto.

Così le andarono dietro, e dentro nella malghetta. Dentro ardeva un piccolo fuoco di legna verde, c'era un bambino infante che aspettava la pappa, qualche forma di pappa, e un bambino più grande seduto alla tavola che aspettava anche lui. Forse la donna era la madre, forse la nonna. C'era minestra di erbe, e la spartirono, e c'era pane secco, e la donna glielo diede tutto a loro.

Si sentiva che questa gente, su pei monti, e anche nelle pianure, aveva sempre a che fare con le durezze elementari della vita, e pareva che al confronto noi fossimo dei ragazzi viziati che ci mettevamo nei guai, e poi andavamo a farci assistere da loro: e loro ci assistevano.

A quasi tutti i miei compagni è capitato qualcosa di simile, per Gigi per esempio è stato in pianura molto più tardi, una notte che eravamo andati a ammazzare uno, e Gigi portava solo la vanga per seppellirlo, perché era un po' anti-militarista, e sceglieva i lavori non violenti; e fummo ospitati da una donna che si chiamava la Cinca, in una casa in mezzo alla pianura. Io non me la ricordo neanche più la Cinca, ma Gigi fu allora che prese il suo colpo di fulmine, perché era novizio, e non era stato con noi sulle montagne; lo prese allora e si ricorda tutto di questa Cinca, che a sentir lui doveva essere un paragone di donna, e io gli credo volentieri, solo che non mi ricordo.

Cominciavo a sentirmi in forze, e la Rosina mi portò anche un po' di grappa; credo che la tenessero come un tesoro, per metterla nel caffè il primo dell'anno e qualche altra festa grande. Me la portò in una bottiglietta di vetro, di quelle per le medicine: ne bevvi un sorso, e quando la Rosina andò via ne bevvi ancora, perché mi faceva bene, e mi sentivo tornare la voglia di rimettermi a fare la guerra. La grappa appena posso gliela ricompro, pensavo; invece non gliel'ho più ricomprata.

Per la prima volta provavo a figurarmi razionalmente come potevano essere andate le cose per i miei compagni, e mi veniva la speranza che forse alcuni fossero ancora vivi. Sentii gente che s'avvicinava per il sentiero, con qualche fischio premonitorio e chiamandomi sottovoce. Arrivò il cerchietto di luce di una pila; era il Cris con un altro. L'avevo incontrato più volte, su in alto, il Cris, ma gravitava da questa parte, e aveva rapporti con la valle, e col massiccio del Grappa che è lì di fronte. Era alto, sdentato, allegro: una canaglia. L'altro era il ragazzo che mi aveva accompagnato in questa grotta la mattina del mio arrivo.

«Te la senti di venir giù in fondovalle?» disse il Cris.

«Se è per la cuccumetta» dissi. Era un suo termine personale per indicare ciò che di solito scendeva a cercare, i flesh-pots del fondovalle.

«Hanno preso due che erano con Maometto» disse. «Lo hai conosciuto tu Maometto?» Maometto. Feci segno di no. Lui disse: «Noi andiamo a liberarli: occorre uno che parla tedesco. Tu lo parli, no?».

Io dissi: «A chi appartiene la vecchia nonna?».

«Chi?» disse il Cris.

«So dire: grazie prego» dissi; «ragione e intelletto; e a chi appartiene la vecchia nonna appollaiata sull'alto albero. Quattro acche.»

«Potresti farti passare per tedesco?»

«Neanche parlarne.»

Il mio vero terrore non era la raffica che giustizia gli impostori, ma il terrore dello sbaglio di grammatica, la enne in più.

«Sai dire, sono ferito, apritemi?»

«Certamente.»

«Andiamo» disse il Cris. «Ti abbiamo portato anche la prugna.» Infatti aveva anche lui una bottiglietta da medicine, la stessa misura dell'altra ma più scura, color zucchero-orzo; era piena, e io (dopo aver assaggiata la prugna) la misi nella crepa che mi faceva da armadio, pensando: "Si vede che è la sera delle bottigliette", e promettendomi di regalarla alla Rosina. L'altra bottiglia ancora mezza piena di grappa, me la misi in tasca.

«Sono senza scarpe» dissi.

Il Cris mandò il ragazzo a prenderne un paio nella contrada; il ragazzo aveva uno zio anziano, circa della mia corporatura; e questo zio aveva un paio di scarpe, che gli servivano quando doveva andare in qualche parte.

«E se non torniamo per domani?» disse il ragazzo. «Se mio zio dovesse andare in qualche parte?»

«Digli che aspetti» disse il Cris, e il ragazzo andò via brontolando.

Il Cris mi spiegò tutto il piano: «Vedrai che ci divertiamo» disse.

«Sono anche senza parabello» gli dissi. «L'ho lasciato in un buco.»

«Si può andare a prenderlo, è lontano?» disse il Cris. Sentii una piccola fitta di gioia all'idea che non si era scandalizzato.

«Due giorni andare e due tornare» dissi.

Il Cris rise, e disse: «Guarda, ti do la mia P.08», e la tirò fuori, e me la diede. Controllai il caricatore, e il colpo in canna, e la sicura. Mi pareva di sognare.

Arrivò il ragazzo con le scarpe. Mi erano grandissime, e parevano vive: avevano file regolari di chiodi esposti, come dentini. Quando ci mettevi dentro il piede te lo morsicavano, sia pure senza stringere.

«Ci sono tanti chiodini» dissi. «Perché non li ribatte tuo zio, eh?»

«Mio zio è un testardo» disse il ragazzo.

«Andiamo» disse il Cris, e cominciammo a scendere. Era la prima volta che camminavo da molti giorni, ma scendere in quel punto della Valsugana non è camminare. Tra il buio, e la grappa, e la prugna, e l'incredibile pendenza dello scoscendimento, mi pareva di decollare a ogni passo. Non si faceva altro che gettarsi in piccole trombe di aria nera abbarbicate ai dirupi informi: io penso che slavinassimo. Il Cris faceva strada, o per meglio dire continuava a tuffarsi per primo in queste trombe nere, e io che lo seguivo mi tuffavo dietro a lui. Il ragazzo veniva ultimo. Il Cris s'incappò due o tre volte, e bestemmiò come per spiegare che aveva sbagliato tuffo; ciascuna volta gli andai addosso e lui dopo bestemmiato mi domandò: «Come si dice in tedesco?».

A mano a mano che scendevamo, le proporzioni della fiancata dell'Altipiano apparivano sempre più immani; dalla parte di qua il monte è millesei, millesette, e di fronte sarà milletré, millequattro; arrivai in fondo intatto nel corpo, ma stordito; i ginocchi facevano strani numeri da mal-caduto.

Ci fermammo a un capitello, vicino a una casa vuota. Il Brenta era a due passi. Con la pila del Cris guardai un momento il capitello, che era piccolo e casalingo. C'era una donna dipinta, un lumino spento, un mazzetto di fiori secchi; sotto era scritto: *A Santa Barbara i minatori*. Tutti hanno il loro santo.

Lì vicino aspettavano due partigiani; con loro risalimmo un pezzo di fondovalle, e poi un tratto di costa, fino a una casotta, in cui entrammo. Mi buttai per terra tra due che dormivano, senza neanche cavarmi le scarpe coi chiodini. Prima di addormentarmi mi misi a pensare frasette in tedesco, pezzi di poesie per lo più, e alla mattina quando mi svegliarono dissi, senza aprire gli occhi: «*Im Traum sah ich ein Männchen, klein und putzig*», e quello che stava vicino a me disse: «Cos'è che hai sognato?» e lo disse in tedesco. Mi venne uno di quei soprassalti che nel nostro dialetto si chiamano tremóni. "Maledizione" pensai; "abbiamo sbagliato posto."

Stavo infatti tra due tedeschi, ma vidi che avevano le mani legate. Erano *loro* che avevano sbagliato posto. Erano stati presi due giorni prima sull'altro versante del Grappa, e trasferiti qui; li tenevano per ostaggi.

Fuori della casotta c'erano altri partigiani. Eravamo bassi in costa, ma ben defilati dal fondovalle. Dietro di noi, guardando in su quasi a perpendicolo, s'intravedevano gli spalti terminali dell'Altipiano; errando cogli occhi verso le creste mi figuravo il posto dei Castelloni di San Marco, la direzione della conca di Marcésina, e la Fossetta, e tutte le altre cose di lassù, illuminate dal sole. Tutto mi pareva lontano lontano.

Eravamo in ombra, ma uno spicchio di sole camminava verso di noi, aggirando un contrafforte. In questo spicchio di sole improvvisamente comparve il Cris; gli sorrisi, e lui accennò a rendermi il sorriso con la sua bocca sdentata, e disse: «Li hanno impiccati un'ora fa dietro al paese».

Entrammo insieme nella casotta, e il Cris mi disse: «Domandagli se sono tedeschi-tedeschi». Erano tedeschi-tedeschi; uno era da un paese vicino a Bamberga, l'altro dal Nord.

Stemmo lì tutto il giorno. I partigiani si erano messi a fare dei preparativi e pareva che tutti sapessero già cosa fare. Quando fu sera partimmo in quattro o cinque, coi due tedeschi in mezzo, camminando in fila. Ultimo veniva il ragazzo da Frizzón. Cosa c'entrasse lui non si capiva, penso che ci seguisse per custodire le scarpe di suo zio.

Scendemmo sul fondovalle, e arrivando al Brenta lo passammo su un ponticello con la ringhiera di ferro; poi seguendo una stradicciola fra i campi (il fondovalle sarà largo un chilometro, ed è coltivato) attraversammo fino alla scarpata della ferrovia, dove cominciano le prime case del paese.

«Spiegagli che dobbiamo imbavagliarli» disse il Cris. Mentre li imbavagliavano coi fazzoletti da collo, il Cris mi fece segno di seguirlo e mi condusse al di là della ferrovia fino alla strada. C'era un capitello piuttosto grande, con un lumino acceso davanti a un grosso Cristo. La valle è piena di capitelli.

Dall'altra parte della strada, appesi a un infisso su un muro, c'erano i due impiccati. Parevano identici; le schiene si toccavano; avevano entrambi un cartello sul petto. Nella strada non c'era nessuno.

«Erano parenti?» sussurrai al Cris. Lui indicò qual era il Rino, dell'altro non disse niente.

Tornammo dov'erano gli altri. Lì vicino c'era una specie di praticello cintato, forse un cimitero in disuso, ma non si vedevano lapidi né tracce di fosse. Il cancello di ferro era appena accostato. Entrammo e il Cris mi disse: «Digli così, che dobbiamo legargli anche le gambe. Digli che dobbiamo lasciarli qui per un po'». Gli legarono le gambe, e li distesero per terra. Vidi in mano al Cris un trincetto da calzolaio e vidi che s'inginocchiava alle spalle di quello da Bamberga e gli posava una mano sulla fronte, come per sentire se aveva la febbre.

Mi voltai verso il monte, velato da una mano di luna arancione, e distinsi il rumore del Brenta dai campi, e l'eco di una porta sbattuta dalla parte del paese. Sentivo le gambe unite del tedesco che provavano a pontare per terra. Vennero alcuni altri rumori smorzati, in piccole sequenze rivoltanti.

Cavammo le scarpe ai tedeschi, e le demmo da tenere al ragazzo da Frizzón. Poi li strascinammo fino alla strada. Tutto il resto fu fatto in fretta; sui due cartelli su cui era scritto *Bandito*, scrissi in grande sul rovescio con un pezzo di matita copiativa: *Tedesco*. Avevo la febbre alta: toccandomi la fronte la sentivo. Vidi che il Cris impugnava un gancio di ferro e di nuovo distolsi lo sguardo.

Andammo via col Rino e il suo parente, se era suo parente. Il Rino se lo era caricato in spalla il Cris, con l'altro si davano il cambio. Passammo di fianco a un capitello di media grandezza. Guardai la pittura sotto l'arco, e riconobbi San Luigi. "Ostia," mi dissi "scommetto che oggi è San Luigi." Dietro al capitello era addossata una piccola concimaia. Arrivammo a un cimiterino cintato, tale e quale l'altro, solo che qui c'erano fosse e lapidi. A questo punto sentendo venire uno svenimento, bevvi l'ultima grappa, e guardai la bottiglietta controluce. La gettai via verso il muro e la sentii fracassarsi.

«Fa' piano» disse il Cris. I due morti erano per terra affianca-
ti. Io guardavo quello che non era il Rino, e dissi al Cris: «Questo lo conoscevi?» e mi pare che lui dicesse di sì. Il resto è confuso. Un po' partecipavo a quello che facevano gli altri, un po'
svenivo. C'era da scavare e ogni tanto davo il turno a qualcuno.
Ora i partigiani avevano cominciato a parlottare, e parlottavano
parlottavano; allora mi misi a parlottare anch'io, chissà di che cosa. Credo che loro dicessero che volevano andare sul Grappa, e io
che volevo tornare a Frizzón nella mia grotta, per svenire con più
comodo.

Ero appoggiato a una lapide, davanti al cancello di ferro; avevo in mano la P.08 e pensavo: "Ora devo ridarla al Cris".

Vidi ombre sul cancello, e la sagoma nera degli elmetti, a due
metri da me. Sparai, e in un attimo sparavamo tutti, quasi frammischiati, come spararsi per così dire a corpo a corpo. Un corpac-
cio nero mi venne letteralmente addosso, mezzo rinculando, probabilmente già colpito in qualche parte: lo afferrai con un braccio
e gli presi d'istinto le misure, e cercai il posto dove c'è il cuore, e
lì indirizzai un colpo. Mi venne in mente un pomodoro, mi pareva
di tenerlo in mano.

Il groppo di gente si era sciolto, c'erano persone singole che si
aggiravano in mezzo alle fosse. A un certo momento ero appoggiato a una lapide.

Felice lei...
dalla breve infermità
a vita eterna...

La breve infermità! la *fitful fever*. Su una fossa vicina c'era uno
rovesciato all'insù: era ancora vivo, ma non tanto. Di nuovo cal-
colai dov'era il cuore, e sparai. La P.08 fece solo *cik*; il caricatore
era finito.

Questa è l'ultima cosa distinta che ricordo; poi mi è restata
l'idea di rumori di macchine dalla strada, spari confusi, scoppi,
una marcia nella notte, qualcuno che mi accompagna, forse il ragazzo di Frizzón, una costa erta interminata, e la luna che era color arancio, e quando la guardavo mi faceva svenire.

Questa cosa è accaduta nello spacco della Valsugana, una ferita della mia mente, in una notte di giugno del 1944, che credo

fosse la notte di San Luigi. Il Cris andò disperso in un rastrellamento in settembre, e non si è più trovato; il ragazzo di Frizzón,
diventato uomo, è morto in Belgio, in miniera; degli altri non so
nulla, neanche il nome.

«Non l'hai mica bevuto ieri il latte» disse la Rosina. Me l'aveva fatto portare, perché era andata a Enego. «È ancora lì dove te
lo hanno lasciato.»

«Avevo la febbre» dissi.

«C'è un disastro in Valsugana» disse lei. «È tutta la mattina
che passano camion. Rastrelleranno anche quassù.»

«No, non credo» dissi io. «Rastrelleranno i mòccheni.»

«Magari» disse lei. «E proprio ieri mio cugino era giù in Valsugana.»

«Anch'io» dissi: sbadatamente, perché non intendevo palesare
i fatti miei.

La Rosina rise e disse: «A piedi nudi?».

Mi guardai i piedi; effettivamente erano nudi.

«Oh bella» dissi. «Dove sono le scarpe?»

«Eri senza scarpe,» disse la Rosina «fin da bel principio.»

«Sì» dissi; «ma ieri invece le avevo.»

«La febbre avevi» disse lei.

Certo che avevo la febbre, ma *anche* le scarpe. Si vede che il
ragazzo da Frizzón se le era riprese. Dissi alla Rosina, che c'erano
stati due a trovarmi, ed eravamo andati giù insieme per un affare,
e mi avevano preso delle scarpe in prestito. «Si vede che poi me
le hanno cavate» dissi; «avevo un gran sonno. Guarda: mi hanno
anche lasciato una boccetta di prugna, anzi vorrei darla a te, per
te e tuo padre»; e le indicai dove l'avevo messa.

«Questa è la bottiglietta che ti ho dato io» disse lei.

«No» dissi. «È un'altra. Non vedi che è di vetro scuro?»

Le dissi di bere un sorso di prugna alla mia salute, e lei lo
bevve.

«Non è mica prugna» disse. «È grappa.»

«Ieri era prugna» dissi io.

«Avevi la febbre» disse la Rosina.

Poi lei andò via, e tornò nel pomeriggio, tutta agitata. «Hanno ammazzato tedeschi giù in valle» disse. «Pare che li abbiano impiccati coi ganci.» Mi sentì la fronte, e disse che non avevo più la febbre. Ma in fondo è tutta una febbre, la guerra, una strana febbre terzana.

8

Quando partii per tornare in pianura mi rivestirono mezzo da contadino e mezzo da sciatore (calzoni di panno pesante, blu scuro, venuti chissà da dove), e la Rosina mi portò un paio di scarpe troppo grandi. Le riconobbi immediatamente; mettendoci dentro i piedi trovai i soliti chiodini, ma decisi di ribatterli strada facendo. Salutai la Rosina, e lei mi diede metà di una focaccia che aveva fatta per me; voleva darmela tutta, ma io dissi di no. Così partii su per la costa del Lisser zoppicando: zoppicavo parte per ragioni generali, nel senso che quando mi misi a camminare sentii che zoppicavo, e addio, parte per queste scarpe troppo grandi, coi chiodini. Provai più volte a ribatterli con una pietra per forma e un'altra per martello; ma con scarso successo. Camminavo appoggiandomi a un bastone; avevo dietro un'enorme coda di paglia, apprestandomi a tornare nel mondo degli uomini e delle case; mi sentivo acconciato da ribelle, quasi colorato e dipinto da ribelle. Non avevo naturalmente né carte né danaro e neanche il fazzoletto: per soffiarmi il naso, tiravo fuori un lembo della camicia dai calzoni, perché l'altro modo di soffiarselo, con le dita, è soddisfacente esteticamente, ma non è pratico. Prima, in Altipiano, non mi ricordo di essermelo mai soffiato, il naso, né così né cosà; ma ora che stavo scendendo mi sentivo ridiventare civile, e mi veniva da soffiarmelo.

Mi tenevo vicino al ciglio orientale, regolandomi sull'andamento del Canal del Brenta; le coste erano amplissime, tutte rase e indicibilmente belle. Ero piccolo, camminando nel paesaggio smeraldino, e zoppicavo allegramente.

Quando cominciai a trovare i primi paesetti, li aggiravo, mentre invece attraversavo senza riguardi le contrade e i casolari. È un bel divertimento aggirare un paese come Foza tutto allineato su un crinale, proprio nel momento in cui spunta il sole. Le case s'indorano e luccicano lì in alto; ci si sente liberi di fare quello che si vuole, l'itinerario si fa come giocando, uno può dire: passo sotto Foza, punto verso sud, fino al primo spacco grande, e quella sarà certamente la Val Frenzela; poi continuando a sud si deve arrivare a Conco, e lì vicino c'è l'orlo meridionale dell'Altipiano, e il resto dell'itinerario si vede dall'alto.

In una casa dove chiesi acqua, mi portarono dal nonno della famiglia, che da un pezzo restava a letto in camera sua, e passava le giornate a sputare su un paramento di carta gialla attaccata appositamente al muro. Mi dissero però che il nonno seguiva con interesse i fatti del mondo. «Vincono, le barétte nere?» domandava ogni tanto. Gli dicevano: «No, nonno, no» e lui diceva: «Bene, bene», e si fregava le mani. Questo vecchio simpatizzante mi infuse una certa allegria. Quando mi portarono da lui, che mi vedesse, mi guardò con piacere e si fregò le mani. I famigliari ci stavano attorno con le facce contente.

Io domandai: «Ma effettivamente come vanno, giù in pianura? Vincono?».

«Giù no» dissero i famigliari: «E su?».

Io dissi prontamente: «Neanche su», e poi aggiunsi: «Ci fanno solo perdere tempo, bisogna continuamente ricominciare».

«Fateli fuori tutti» dissero loro, e a me venne da dire: "Proverò", ma invece dissi: «Grazie intanto», e me ne andai.

Cammina e cammina, mi stufai di andare a prati, e scesi sulla strada.

Già riconoscevo l'aria più luminosa che circola sopra l'ultimo margine dell'Altipiano, come quando ci si avvicina al mare. Erano circa le cinque del pomeriggio; sentii il camion dietro di me quando era troppo vicino per provare a svicolare nel bosco; continuando a camminare voltai un po' la testa, come per guardare un ciuffo di rododendri sul pendio, e con la coda dell'occhio vidi i tedeschi. Due erano in cabina, altri nel cassone.

Mi colpì immediatamente l'aspetto ridicolo della cosa; sciatore da erba, come si dice in tedesco? Mi spostai sul ciglio sinistro della strada; al mio fianco comparve un parafango e si arrestò; io lo guardai come da un marciapiede, e continuai a camminare finché mi chiamarono. Dissi a quelli della cabina: «Oh buongiorno,

volevano qualcosa?». Nelle prime due o tre frasi nelle lingue stra-
niere che so faccio sempre buona figura.

«Vuole un passaggio?» disse uno dei due in cabina. «Andiamo a Conco e non sappiamo la strada. Può indicarcela?»

Non la sapevo neanch'io, ma dissi: «Con molto piacere». Mi
pareva di essere a teatro. Buttai via il bastone e montai in cabina.
Parlammo del più e del meno con quello che non guidava. Era un
sergente, da Stoccarda, sui trentacinque; mi parlò della sua famiglia, dei bombardamenti, e della sua città.

Tenevo una mano sopra il gnocco della canadese, che mi ri-
gonfiava un calzone, e mi preparavo storie di ogni genere, chi ero,
e perché ero lì, e perché non ero militare, e perché ero vestito così, e zoppo, e senza carte; ma il tedesco da Stoccarda mi parlava
di Stoccarda. Si dà il caso che il nome di questa città mi abbia
sempre attirato; entrai nello spirito della cosa, e alla fine quasi mi
dispiaceva di non poter continuare ad ascoltare queste notizie di
Stoccarda.

Al bivio prima del ciglio dissi: «Io smonto qui, voi andate a
destra; in due chilometri ci siete». Non era vero, ma io dovevo
mollarli in tempo, questi tedeschi mansueti, e verso Conco volevo
andarci io.

Ora i tedeschi svoltano verso Granezza, e si può dire che per
me finisca qui, con questa strana commedia, il nostro lungo rastrellamento di giugno. Pochi passi ora, dal punto dov'ero, e si è
fuori; il paesaggio complesso si spiana, lastroni di roccia e prati
conducono sul ciglio, e all'improvviso si vede la pianura, tutta la
pianura fino ai Berici, agli Euganei e al mare. Si vedevano i torrenti, le strade, i paesi riconoscibili a uno a uno in una specie di
grande lago; tutto era di smalto e d'oro; distinguevo il mio paese,
in fondo a destra, sotto le colline che da quassù parevano appiat-
tite, e per un po' mi venne una specie di emozione che non mi
aspettavo, come se uno viaggiando in Cina si affacciasse a una
valle remota, e gli apparisse lì sotto Thiene, il fumo di Schio, e le
montagnole sotto le quali c'è il suo paese, casa sua.

Sono in piedi sull'orlo dei grandi declivi verdi che scivolano
all'ingiù con bei piani limpidi, immensi; il sole s'è abbassato a destra, le ombre sono assai più lunghe del vero; la luce è chiara e
netta. Sono piantato là in cima, l'emozione mi è passata, mi sento
bene; ho un'ombra lunga lunga sotto i piedi; saluto i paesi della
pianura.

Mentre guardavo la china dei prati, l'ombra lunga, e la pianura lontana, sentii spari alle mie spalle, non vicini ma ben distinti. Parevano molto fuori luogo in questo ambiente così idillico: perché qui le malghe erano abitate, c'erano animali attorno, e miti scampanii, e malgari sulla porta delle malghe, con una ciotola di latte in mano. Andai a chiacchierare con un malgaro, e lui mi diede un po' di latte; in principio non si sbilanciava, ma poi cominciò a fidarsi, forse per la manifesta onestà del mio dialetto paesano e non cittadino, e dopo un po' si fidava forte.

«Ce n'è tre o quattro lassù, verso le Melette» mi disse. «Sono arrivati stanotte: forse sono stati loro a sparare.»

Decisi di andare a vedere; non mi pareva probabile che fossero i miei compagni, eravamo troppo lontani dal nostro selvatico centro di irradiazione, in Colombara; ma non si sa mai.

Entro mezz'ora risalendo un vallone coll'ultima luce del giorno, vidi in cima tre o quattro persone, e andando avanti riconobbi fra loro il Suster. C'era anche una donna, certamente una staffetta. Mi fecero festa, e io dissi: «Siete stati voi a sparare?».

«Sì» disse il Suster. «C'era una camionetta tedesca.»

«Due in cabina, e tre o quattro dietro» dissi io.

«Sì» disse il Suster. «Li hai visti anche tu?»

«Sono venuto fuori con loro» dissi. «Sono smontato qui dietro.»

«Salute» disse il Suster.

La donna era una staffetta appena venuta su dalla valle. Era un gran bel pezzo di ragazza, in blusa e calzoni. Faceva pensare un po' a una lanciatrice di peso, un po' a una vitella. Si chiamava la Gina.

«Pensavo che ci fossero i miei compagni» dissi.

«Dov'è che hai detto che siete stati rastrellati?» disse il Suster.

Io veramente non avevo detto niente, si vede che bastava guardarmi. «Sul Colombara» dissi. Il Suster disse che allora potevano essere in qualunque parte. «Dovrò andar giù in pianura» dissi: «Si faranno vivi, se sono vivi».

Dormimmo all'aperto, senza guardia. Eravamo in cinque in tutto, quattro loro, e io. Uno aveva un'infezione a un piede, e pensavano di star lì ad aspettare che gli passasse.

La Gina, il Suster gentilmente la mise a dormire fra me e lui. Era una montanara praticamente da quintale. Ogni volta che l'occhio mi cascava sui rialti dei fianchi e i volumi delle cosce, nel sangue mi si faceva un vuoto d'aria. Mi veniva la tentazione di toccarla, anche solo con la punta del dito; ma non osavo assolutamente. Dopo un po' si girò sul fianco, voltandomi la schiena. C'erano poche stelle; e fra me e loro la grandiosa montagna nera del sedere, che escludeva lo sguardo da tanta parte del cielo.

"Se arrivo a vederla, la pace," pensavo "voglio procurarmi un sedere così, anche più grande, e portarmelo quassù. No, non più grande: esattamente come questo, neanche un pollice di più."

Poi mi venne sonno, mi misi a volare, e volando in mezzo ai vuoti d'aria mi addormentai.

La Gina ripartì la mattina; prima era andata a far toilette nel bosco, con profonda emozione da parte mia; e poi tornando aveva scambiato due chiacchiere con me.

«Tu sei studente, no?» mi disse. Io dissi di sì e lei volle sapere se ero alle tèniche.

Le dissi che ero all'università.

«Mària-vèrgola» disse la Gina.

«Non s'impara niente» dissi.

«Allora si vede che non studi.»

«Per studiare studio» dissi. «Ma non imparo niente.»

«Allora si vede che sei uno zuccone» disse la Gina. Poi mi domandò se studiavo da vocato.

Io feci segno di no, e lei disse: «Da cosa studi tu, allora?».

«Filosofia» dissi. Lei mi domandò cosa si fa quando si è studiato da filosofia, e io le dissi che si prende la laura. Lei voleva sapere che mestiere si fa, e io dissi che volendo si può insegnare filosofia agli altri, ma di solito quelli che la sanno non la insegnano, mentre quelli che la insegnano non la sanno.

«E cosa fanno allora quelli che la sanno?»

«Se la tengono in mente» dissi.

«E poi?»

«E poi pensano, e tutto quello che pensano è filosofia.»

«E poi?»

«E poi muoiono.»

Poi lei ci salutò, e ripartì verso le fratture a oriente che saltano in Valsugana, per tornar giù in valle. Noi restammo lì senza far niente, alcune ore, e a un certo punto mi accorsi che si preparava un temporale.

In alto il monte col cappello della nuvolaglia; sotto, le bracciate di nebbia che calavano qua e là a imbottigliare la valle come tappi. Tutto avveniva sveltamente; c'era una tensione meravigliosa.

«C'è un rastrellamento» mi disse il Suster.

«A quest'ora qui?» dissi io. Sarà stato mezzo bòtto.

«Si vede che hanno l'orologio indietro» disse il Suster.

Li scorgevamo distintamente a metà valle, mezzo chilometro davanti a noi, dalla parte dove ero venuto su io la sera prima. Erano italiani. Il temporale era quasi pronto. L'aria era diventata violetta, c'erano quegli ultimi preparativi drammatici, con tutte le nuvole che vanno a prendere i loro posti, e le coste del monte che si caricano di elettricità. Sentivamo quest'elettricità accumularsi anche in noi. Io avevo preso il parabello del ragazzo con l'infezione. Facevamo letteralmente scintille, il parabello mi crepitava tra le mani. Quelli con l'orologio indietro cominciarono a sparare da tre o quattro punti sotto di noi, e si schieravano per venir su.

Non potevamo più muoverci; tra noi e il bosco c'era un tratto scoperto che finiva in un pendio erto e nudo. «Restiamo qua» disse il Suster.

Gli schiocchi dei primi goccioloni venivano a spiaccicarsi sulle nostre facce come sberle. In un attimo eravamo anche noi in mezzo a un pulviscolo di nebbia elettrizzata, in una tensione accresciuta, quasi isterica, inverosimile. "Non è possibile" mi dicevo. "Non è credibile." Sparavamo qualche colpo singolo, a casaccio. Poi cominciò una specie di finimondo: raffiche di pioggia, grandine, strepito. Dietro di noi, sulla chiostra dei monti, c'era un parapetto di fulmini turchini, corti e fitti; i fulmini che ci ballavano davanti erano bianchi: si vedeva la nebbia stracciarsi, e la forca accecante ballare a mezz'aria. Ora in basso non si distingueva più nulla, altro che un'enorme confusione.

Io ero stufo di essere sempre in mezzo a questi rastrellamenti; stufo orbo. Mi sentivo vagamente esaltato per il gran rumore, e il senso di esser preso tra forze irresistibili. Mi venne in mente che sarebbe facile farla finita, andargli incontro; in mezzo al chiasso sentivo un languore, una voglia irresponsabile di scherzare. «Che andiamo a fare come la plebe vile?» dissi al Suster.

«Cosa?» gridò il Suster.

Non si capiva niente. Ci avviammo in tre, giù per la china, sotto un'acqua da cinema, con intermezzi di grandine da montagna, sparacchiando. A un certo punto tirai la canadese, affidandola ai vortici della pioggia. Scendemmo tutto il mezzo chilometro senza danno; non mi sentivo bagnato, mi sentivo un ruscello, l'acqua scorreva dappertutto; quando fummo in fondo, non c'era più nessuno. Si vede che li aveva dispersi il temporale; tempo permettendo, avrebbero facilmente potuto acquistare altri nove punti in Rastrellamento (parte pratica), per gli esami di sergente.

Non tuonava più, pioveva liscio e fitto. Le canne dei parabelli traboccavano di acqua. Li sgocciolammo, poi avendo ancora un mezzo caricatore ciascuno, lo scaricammo addosso al bosco. L'altro ragazzo si chiamava Tecche-Tecche.

Credo che al Suster piacesse questa curiosa escursione, e che la credesse, da parte mia, una prova di coraggio.

«Vuoi restare con noi?» disse mentre ci asciugavamo; e io mi sentii tentato, ma resistetti.

Il Suster mi disse che potevo fare il vice-comandante, se stavo con loro.

«Eh no» dissi. «Voglio trovare notizie dei miei compagni, qualcuno ce ne sarà ancora. È meglio che stia con loro, perché lì non devo né comandare né ubbidire. Naturalmente tra i miei compagni sdottorerò un pochino, perché è la mia natura, ma in complesso sdottorano anche gli altri, e così saremo sempre pari.»

«Che lungo discorso,» disse il Suster «per dire che qui con noi non ti piace.»

«Mi piace troppo» dissi. «Non si può sempre divertirsi.»

Ci dicemmo arrivederci, col Suster, ma non ci si è più rivisti; perché lui in settembre morì impiccato a Bassano, e se restavo con loro, chissà se questa fine la facevo anch'io. Ogni volta che passo sul viale degli impiccati, a Bassano, ho la sensazione di *sapere* qual era il mio albero.

Insomma ci salutammo e io partii, disarmato, e in un paio d'ore ero di nuovo sul ciglio meridionale dell'Altipiano, come l'altra volta, nello stesso punto, alla stessa ora, con una lunga ombra sotto ai piedi, come se l'intermezzo me lo fossi sognato, e guardavo la pianura là sotto, fumigante, e studiavo il mio itinerario come su un plastico della zona.

I miei compagni in quel momento erano a non più di un'ora di strada alla mia destra, in Bosco Nero: bastava solo saperlo. E dire che c'è già tutto in Mazzini; perché Mazzini è davvero anche lui uno di quelli in cui c'è già tutto, come sant'Agostino.

«*Il Capitano non ordinerà mai un assalto* (intendasi: *né una fuga*)
senz'aver prima indicato ai militi, pel caso di dispersione inevitabile, il punto
di riunione dopo la zuffa.»

Col punto di riunione ci saremmo risparmiati, dopo la zuffa,
un sacco di fatiche, e io vari giorni di strada. I miei compagni su-
perstiti erano lì in Bosco Nero, e io non me lo sognavo nemmeno,
e per cercarli dovetti andar giù in pianura. Bastava saperle le cose,
ma noi non le sapevamo, e dovevamo scoprircele per conto nostro. Era un modo lento e dispendioso, col pericolo che alla fine
delle scoperte fossero finiti anche gli scopritori. Ad ogni modo io
dopo aver guardato la mia ombra lunga e sciocca sui prati di sme-
raldo, andai giù.

Il giorno stesso del nostro secondo rastrellamento, il dieci giugno, Gualtiero e Giampa, nostri compagni di studi, terminavano i
preparativi per venir su da noi. Vennero infatti, e io penso che per
la strada s'incrociassero coi rastrellatori di ritorno. Erano alti tutti
e due, e gran bei ragazzi; uno biondo, strambo, sportivo, l'altro
scuro di capelli e di barba, raffinato, angoloso. Arrivarono proprio
il giorno che io stavo camminando verso nord-est *in trance*, mentre Dante dormiva a Gallio per dimenticare i fantasmi; e trovarono in Zebio i resti della piccola banda stracciata.
«C'è stato un po' di movimento» disse Bene, per spiegare la
situazione. «Toni non c'è più, e neanche Nello, e neanche Dante
e neanche Lelio.» Di me dissero che avevano trovato le scarpe.
«Dove saranno andati?» disse Giampa.
«Mah» disse Bene. «Cosa vuoi sapere, dove si va?»
«Genericamente in mona» disse Enrico.
«Allegria» disse Giampa.
«Ci sono armi?» disse Gualtiero.
Ce n'erano, e gliene diedero. «Magnifiche» disse Gualtiero.
Andava così, disfatta una incarnazione della banda cominciava
subito a formarsene un'altra. Il nostro nome, anche quando era-
vamo già andati genericamente in mona, attirava nuovi partigiani.
Facevamo già scuola.
Dove c'erano due o tre di noi si può dire che c'era la banda,
spesso è difficile oggi stabilire chi c'era o non c'era personalmente
in un dato momento; bisogna domandarlo a lui direttamente, se è

ancora vivo, e se no, pace: non si può più saperlo. Era la cosa migliore in tutta questa faccenda, che avevamo davvero un senso collettivo, e la presenza di due o tre non ti dava una mezza banda, ma la banda *tout court*.

Mario, Enrico, Renzo, Dante redivivo: dopo i rastrellamenti del principio di giugno, i cardini dell'istituto per qualche settimana furono questi. C'era anche Bene, ma presto si slogò una caviglia, camminando di notte in un trasferimento; questa caviglia diventò così grossa che bisognava portare in giro Bene a braccia, ed è una meraviglia che riuscissero ad alzarlo da terra, visto il peso supplementare. Finirono col metterlo in una caverna, dove gli davano tedeschi e altri da custodire; ma Bene non era un buon carceriere, tendeva a fraternizzare con tutti. Nella sua caverna-prigione non c'era sveglia, né orari, né disciplina: c'era una specie di placida simbiosi di gente seduta per terra. Uno dei prigionieri aveva anche una rivoltellina calibro sei, sottratta non si sa come alle perquisizioni, e la fece vedere a Bene; e Bene gli rammentò quanto è pericoloso gingillarsi con le armi piccole.

Quando Dante durante un'ispezione venne a sapere di questa rivoltellina, fece i salti alti così. «Irresponsabile» diceva a Bene: «Incosciente». L'irresponsabilità di Bene era sempre umanistica, signorile, civilissima. La rivoltellina fu sequestrata.

Le zone erano la Val Bella e il Bosco Nero, vicino a Granezza. È il lembo meridionale dell'Altipiano, boscoso, turistico. Ci sono parecchie strade assai buone, i trasporti erano agevoli, i paesi relativamente vicini; c'erano non pochi asiaghesi e altri locali con qualche capo piuttosto bravo, comprese le nostre vecchie conoscenze, i veterani del Corno di Campo Bianco, il Castagna, il Finco, e qualcuno di nuovo, come il Giuliano e il Bigatto.

Fu il nostro effimero capolavoro di giugno. Tutt'a un tratto i miei compagni si sentivano padroni di una tecnica, e facevano sul serio la guerra civile. Avevano perfino una caserma nel bosco, costruita in fretta ma solidamente dagli asiaghesi, e per qualche settimana dormirono al coperto; arrivava anche la posta da Asiago. Ogni altro giorno c'era un'impresa; tutte partivano dai nostri compagni, ed erano rapide, semplici, efficaci. Non ricordo più l'ordine giusto: il farmacista di Lusiana, il medico di Rotzo, il farmacista di Gallio... E Cesuna? e Roana, Treschè-Conca, Camporovere? e Canóve? e Conco?

Quell'anno nelle nostre zone, ci fu una specie di epidemia politica che colpì principalmente il personale sanitario; quando venne l'estate in certe zone di mezza montagna morivano come le mosche.

C'erano i casi da prelevare, e i casi da risolvere sul posto. Accadevano piccoli equivoci, come quando Enrico e il Ferrabino andarono dal Dr. Stèrchele intendendo risolvere il suo caso nell'ambulatorio. Enrico si fermò in sala d'aspetto; il Ferrabino, che conosceva personalmente il dottore, andò dentro direttamente. Enrico se ne stava lì, seduto in attesa del piccolo sparo all'interno, perché doveva essere uno solo; ma invece lo sparo non veniva, e Enrico cominciava a innervosirsi dato che la caserma della GNR era a due passi; finalmente si aperse la porta dell'ambulatorio, e comparvero il dottore, che era piccolo e vivace, e dietro di lui il Ferrabino, che era altissimo. Enrico guardò la faccia del Ferrabino come per dire: "E allora?". Il Ferrabino rispose con quel tipo di smorfia che significa: "Non lo conosco mica".

«Ho visitato il suo amico» disse il dottore a Enrico. «Secondo me non ha niente.» C'era stato un disguido: il dottore lo portarono via lo stesso per prudenza, ma il Ferrabino, visto che non lo conosceva, essendo una persona seria, non gli aveva sparato, e lì per lì si era lasciato visitare. Pensava però che dopotutto per la legge delle probabilità anche questo Dr. Stèrchele che non era il Dr. Stèrchele a lui noto doveva essere della stessa risma. Invece non lo era; e quindi dopo un po' di marcia, col càmice indosso, e un interrogatorio sotto i pini, lo rimandarono all'ambulatorio a finire le visite. Fu proprio a questo Dr. Stèrchele ignoto al Ferrabino che una notte riportarono il Ferrabino con una palla in una natica, e lui gliela tirò fuori cortesemente quasi da amico a amico.

L'azione normale era l'occupazione notturna di un paese, che comprendeva di solito una parte dimostrativa (caserma) e una parte pratica (medico o farmacista). Facevano i posti di blocco nei punti giusti, piazzavano un Bren davanti alla caserma, poi una pattuglia specializzata andava alla casa del prelevando, accompagnata da una guida locale. Suonavano il campanello; uno si promoveva tenente Girardi della polizia politica, e chiedeva di essere ammesso per informazioni urgentissime. Qualche volta il prelevando non voleva saperne di aprire, malgrado lo sdegno del tenente Girardi: al massimo si lasciava indurre ad affacciarsi alla finestra. Non era una buona idea neanche quella. Il fuoco del parabello tra le case è veramente brillante; il Bren davanti alla caserma si scatenava per simpatia; le signorine volavano. Il fracasso era grandioso.

In seguito la tecnica si era semplificata; l'ingresso nella casa avveniva per sfondamento diretto, attraverso farmacia o ambulatorio; i campanelli non si suonavano più. Quando era il momento di andar via, seguivano ordinatamente un itinerario di uscita. La guida diceva, additando una casa: «Questa è di fascisti»; Enrico scaricava i fondi del caricatore. «Enrico, sbrigati» diceva Dante: «Dai». La guida diceva: «Anche questa», e Enrico tirava le ultime bombe: non si tirano sipe alle case, beninteso, solo signorine col gonnellino.

Cercavano di dar tempo alle pattuglie di militi di ritornare verso i nostri posti di blocco a prenderne una dose; purtroppo accadevano inconvenienti. In uno di questi paesi, il blocco più importante, verso Asiago, era affidato al Bigatto, il quale era una figura di grande indipendente, della classe di un Finco, e in fama di notevole prodezza e ferocia. Dalla piazza li avevano sentiti sparare, ma erano tranquilli perché c'era un Bren e una mezza dozzina di uomini, più il Bigatto che contava per un'altra mezza dozzina. Il posto di blocco era tra un ciuffo di alberi, e di lì, ad azione finita, ripassò il reparto, col farmacista in mezzo. C'era silenzio tra gli alberi, uno strano silenzio: il Bren era al suo posto, la canna era calda; le cassette delle munizioni erano disposte lì attorno; sulla strada, venti metri più in là, c'erano due morti in divisa di militi. Il Bigatto e i suoi furono rintracciati più tardi nel bosco; atterriti dai propri spari, dalla stupenda romanza del Bren, erano scappati via, mollando tutto, le armi, il posto, i nemici morti. Questa fitta di paura, questo panico notturno della guardia popolana che avrebbe dovuto proteggere l'intellighenzia vicentina impegnata in atti di banditismo, turbò alquanto l'intellighenzia vicentina.

«Incoscienti» disse Dante. «Irresponsabili.»

Era il solito problema: o queste cose si puniscono, o non si puniscono. Enrico esigeva almeno il processo, ma Dante disse: «Lascia stare». C'era ancora il processo al medico di Rotzo, o di Roana che fosse; e ora il processo a questo farmacista. L'amministrazione della giustizia è sempre sovraccarica di lavoro, in Italia, sempre in ritardo. Erano processi scrupolosamente onesti, coi testimoni o già sul posto, o prelevati allo scopo. Enrico voleva sempre fare l'accusatore; la difesa, per lo più in mano a Bene, era una cosa seria, intransigente, fondata sull'analisi dei fatti, ma non aliena dal ricorrere a puntigli di procedura, e in certi momenti all'ira e alle grida.

«Se tu sostieni questo, sei da processare anche tu» gridava Enrico al difensore durante il dibattito.

«Qui si fa giustizia, non intimidazione» gridava Bene agitando la mano al modo di uno che dice "addio, addio", come fa lui quando si scalda.

Uno di questi prigionieri non arrivò nemmeno al processo. Era un dottore. Quando l'avevano preso era in pigiama; ma uscendo di casa l'avevano ravvolto in una coperta, perché era ancora fresco alla notte, e questa coperta se la tenne poi addosso in permanenza.

«Chi istruisce il processo?» disse Bene.

«Io direi di non farglielo il processo» disse Giuliano.

«Sei matto?» disse Bene. «Vuoi accopparlo come un cane?»

«Io direi di rimandarlo a casa» disse Giuliano.

«Come-come?» disse Enrico.

Gli asiaghesi cominciavano a preoccuparsi della incisività di queste operazioni contro i servizi sanitari.

«Portiamo via troppi dottori» disse Giuliano.

«Che facciano i dottori,» disse Enrico «non i fascisti.»

«Pare che questo qui non sia nemmeno così carogna» disse Giuliano.

«Come-come?» disse Enrico.

Dissero che forse c'era stato un malinteso; questo dottore, sì, era fascista, ma insomma non era neanche il peggiore.

«Ma se ce l'avete indicato voi?» diceva Enrico. Infatti l'ampio lavoro preliminare per la scelta del miglior candidato al prelievo era basato su informazioni fornite dai locali.

«Siete degli irresponsabili» disse Dante.

«Il prigioniero non deve andarne di mezzo» disse Bene. «Se si sospende l'istruttoria bisogna fargli le scuse.»

«Naturalmente è sempre un fascistone» disse Giuliano.

«Possiamo mangiargli gli orecchi» disse il Bigatto, che era uno di quelli che avevano sempre questa fame. «Almeno uno.»

«Se lo tocchi do le dimissioni» disse Bene.

«Da che cosa?» disse Enrico.

«Se lo tocchi, il processo lo facciamo a te» disse Dante, e il Bigatto si allontanò brontolando. Dopo l'abbandono del Bren la sua autorità era completamente scaduta. Il prigioniero, con gli ammonimenti del caso, fu rimandato in libertà, ravvolto nella sua coperta.

Scendendo per la china che è lunga lunga, facile, nuda, e va a sprofondarsi tra i vigneti e le colture sopra ai primi paesi della pianura, ripensavo al Suster, e al suo invito di stare con lui, e ogni passo, ogni lungo passo leggero che mi portava più in giù, mi pareva una stupidaggine. Andiamo in giro a cercare gli italiani, pensavo, e quando ne troviamo uno buono andiamo via.

Quando fui giù mezzo chilometro, era troppo tardi per pentirsi; ormai è fatta, mi dissi: e così smontai dalle montagne.

Col primo buio ero giù, a Fara. Qui sapevo che abitava un contadino-alpino che conoscevo, e mi feci indicare la sua casa; mi fecero gran festa. Nessuno disse la parola "partigiano" ma mi ammiravano e mi rimpinzavano. Mi lasciai rimpinzare (pane e minestra) perché ero ancora mezza provincia lontano dal mio punto di arrivo, e questa era l'ultima casa dove intendevo entrare. "Ci considerano le loro forze armate" pensavo. "Dev'essere la prima volta che questo succede, nella storia italiana. Peccato che ogni tanto ci troviamo piuttosto disarmati." Mi diedero una provvista di pane che mi misi come si dice, in seno, e il mio amico contadino-alpino mi accompagnò fino all'argine dell'Astico, e lì mi salutò, e io partii lungo l'argine.

Dall'alto del monte avevo ripassato dal vero la carta dell'Alto Vicentino, cercando di imprimermi bene in mente l'andamento dei torrenti e la relazione con le strade e con le colline lontane che delimitano il paesaggio a ovest. Sapevo che, volendo poi passare le colline nel punto prescelto, dovevo seguire l'Astico almeno fino a Sandrigo. Di notte ci si confonde, ma io facevo questo calcolo: quando arrivo a un ponte, quello è Sandrigo, e lì si deve cominciare a obliquare a destra, e prima della fine della notte avrò attraversato tutte le strade grandi, che sono le più pericolose; poi si può puntare liberamente sulle colline, e salire anche di giorno.

Invece a mezzanotte, quando fui sotto il ponte, a Sandrigo, mi venne un colpo di sonno, e mi dissi: "Ora mi riposo dieci minuti". Mi distesi sull'argine a faccia in su. Passava acqua nell'Astico, le stelle erano fitte, l'aria fresca e piacevole; chiusi gli occhi per dieci minuti, a mezzanotte, e mi svegliò il sole alto. "Con un po' di fortuna posso camminare anche di giorno" mi dissi; e il contrattempo non mi dispiacque, perché avevo cominciato a fare esperienza delle noie del percorso notturno in pianura, soprattutto la petulanza dei cani.

Camminai tutto il giorno in mezzo ai campi, aggirando i paesi e i casolari, e tutto quello che sembrava troppo umano, perché mi sentivo in territorio occupato. Nei campi il grano era tutto maturo: mi pareva di aver fatto un salto di una stagione intera, oppure di essere stato trasportato in un altro paese, con altre stagioni; qua era già l'estate piena, e trovandocisi in mezzo all'improvviso si sentiva la forza della terra e del sole.

Mi fermai, a mangiare l'ultimo pezzo del pane che mi avevano dato, e mi sedetti al margine di un campo di frumento, proprio sullo spigolo, tra il frumento e la siepe. Guardavo le cuciture dei papaveri scarlatti, e qua e là nell'oro giovane, le nuvolette azzurre dei fiordalisi. Questi due colori mi piacciono molto. Ero sulla spalletta di un fosso, e, seduto, arrivavo con gli occhi all'altezza delle spighe: da vicino si vedeva che le più non erano ancora maturate appieno, c'era un sospetto di verde che s'asciugava al sole; ma molte altre erano perfette, oro secco. Sgranavo gli occhi su queste piccole tèche montate sull'asticciola d'oro; mi sentivo sopraffatto dall'idea che la pianura ci fa questo grano, e sono migliaia di anni che ce lo fa, e noi lo mangiamo.

Com'è antico, mi dicevo; com'è elegante. Stavo lì, sparuto, inelegante, recente, con questo pezzo di pane in mano, e pensavo: che strana bestia è l'uomo.

Attraversavo le strade grandi con circospezione; la geografia che portiamo in testa, e che è quella dell'infanzia, diventava reale, e l'avevo sotto i piedi. Appena passato, svelto svelto, da dietro la chiesa della Motta, lo stradone nostro, che va a Thiene e a Schio, sapevo che dietro *deve* esserci il torrente, perché lo si vede andare press'a poco in quella direzione a Castelnovo, dove la strada lo lascia, e poi lo si ritrova al ponte dopo la Motta: ha cambiato nome, ma si sa che è lui.

Infatti a poche decine di metri di là dalla strada, c'era. Era tutto secco, stretto, incassato tra gli argini; pareva un giocattolo. Io sognavo da bambino come suprema avventura di risalirlo sia in su che in giù per chilometri e chilometri, tra campagne sconosciute, fuori del mondo delle strade. Me lo figuravo stretto, misterioso, incassato tra gli argini; ora me lo ritrovavo proprio così. Mi venne perfino la tentazione di lasciar perdere tutto e mettermi a risalirlo adesso; dopotutto ero libero e come in vacanza; era così autentico.

Invece lo attraversai, e puntai sulle colline lì davanti, sapendo che alla seconda piccola catena parallela avrei trovato il paesetto e la casa che cercavo. Ero contento di aver camminato di giorno, anziché alla notte in mezzo ai cani, che poi in tempo di guerra molti li lasciavano senza guinzaglio, ed erano una seccatura continua.

La costa era fitta di colture e di castagneti; c'erano tratti di macchia abbastanza folta. In cima alla collina presi una viottola che andava verso una casa; qui corsi uno dei maggiori pericoli della mia guerra. Dal fondo della viottola, tra le siepi folte, sotto frasche ombrose, mi veniva incontro una creatura che mi aveva visto ma non mi guardava. Era alto press'a poco come me, ed essendo indiscutibilmente un cane, sgomentava con la sola statura. Io non avevo mai visto un cane così, e neanche l'ho più visto in seguito. Era un mostro, nero di colore, e indicibilmente feroce nell'aspetto. Io non ho paura dei cani, se ho qualcosa in mano per ammazzarli; come quella volta a Merano che io e Lelio eravamo andati a rubare le mele in un orto, bruttine e acerbe, e poi le raccattavamo quasi tutte dal suolo; dalla casa venne fuori una tedesca, brutta anche lei, con due cani lupi che incitava gridando, in tedesco. Noi cominciammo ad andar via, ma a un certo momento mi venne in mente che potevo anche voltarmi, e così mi voltai, e con un gesto da teatro sfoderai la baionetta. I cani, sciocchi, abbaiavano ancora come prima, ma la tedesca cambiò immediatamente registro, e si mise a tirarli indietro. Allora cominciai io a digrignare i denti; avanzavo a scatti, e facevo una faccia come se ormai avessi stabilito di ucciderli tutti e tre. La donna si mise a strillare in italiano «No, no», e io invece di ucciderla mi riempii la giubba di mele acerbe, sotto agli occhi suoi e dei suoi cani. Faccio per dire che non ho veramente paura dei cani, ma solo se ho qualcosa di adatto in mano però; altrimenti un po' sì, e lì sulla collina avevo un bastoncello così smilzo, che il cane nero, grande come una giovenca, se alzavo questo bastoncello mi avrebbe sbavato in faccia in segno di disprezzo.

Questo cane dell'apocalisse veniva avanti senza guardarmi, e io continuavo a andargli incontro rallentando un po', ma simulando lo stesso ritmo nel passo, perché a cambiare il ritmo si precipita la crisi. Tenevo la testa dritta e gli occhi storti per sorvegliarlo, e ripassavo disperatamente tutto quello che c'è in Jack London sulla lotta coi cani. Ci incrociammo quasi sfiorandoci, e sentii che brontolava qualcosa tra sé; lui guardava via, e io guardavo tutto dalla sua parte ma con la testa dritta in avanti, e quando fu passato raddrizzai anche gli occhi e non mi voltai più, e di questo cane gigantesco non ho più saputo nulla, e neanche non ne ho mai più visti di grandi così.

9

La nostra piccola guerra si sposta sul piede di casa, s'incivilisce. Eccoci qua sulle collinette nostrane, dietro a Isola Vicentina; è un presepio di monti domestici, con ciuffi di castagni e macchie di acacie, noccioli e rovi. Qui si può dire con proprietà che siamo alla macchia.

La pianura è a due passi: seduti sullo sgabello delle masiere, pare che i piedi ci spenzolino sopra gli orti di Isola; si potrebbe tirare un sasso, quasi sputare, sulla strada dove passano i brutti musi degli automezzi tedeschi, e le colonne facinorose della Tagliamento. I tedeschi sono attestati in tutti i paesi principali della pianura; gli ucraini da rastrellamento sono nei loro stallaggi a Marano; la Tagliamento è a San Vito. Siamo a contatto di gomito, ci stiamo appena, in questa zona così ingombra di paesi, frazioni, contrade, cascine.

In piazza a Isola c'è un cartello che dice in tedesco: *Zona di bande*; è per noi. In tutti i paesi ci sono avvisi bilingui che precisano quanti chili di sale vale ciascuno di noi. La gente però non lo vuole, questo sale, dice che possono metterselo addosso loro, e specifica dove. In cinque minuti, da Isola (svoltare in piazza, passare il ponte, cambiare marcia), i tedeschi potrebbero venire direttamente a trovarci qui dove siamo accampati, cento metri sopra la pianura; i facinorosi di San Vito potrebbero agevolmente renderci visita in qualunque momento. Le strade sono scomode ma transitabili; non facciamo nemmeno la guardia. Invece provano a prenderci col sale.

La guardia non la facciamo perché non ce n'è bisogno; la fa la gente per noi, i contadini, la popolazione. Siamo così mescolati con loro, qui in mezzo alla vegetazione e alle colture, che non occorre nemmeno scomodare le staffette, le notizie arrivano di bocca in bocca. Ai piedi della collina e su in costa ci sono cascine isolate, agricoltori e contadini, alcuni più prosperi, altri più poveri, tutti amici nostri; per loro la vita continua più o meno come sempre, è uno schema che dura da secoli, salvo che ora c'è la guerra, in questi ultimi anni; e ora, negli ultimi mesi, ci sono inoltre, qui attorno, questi ragazzi partigiani. Le donne cucinano spesso qualcosa anche per noi, le famiglie ci ricevono liberamente in casa. Alla festa ci mandano un fiasco di vino.

Veramente quando arrivammo facevano la grappa clandestina. Arrivammo alla spicciolata, un pomeriggio al principio di luglio, parte già armati, parte inermi, chi dalle colline, chi per sorghi dai campi, chi in bicicletta per le strade con le carte false. C'erano stati accordi, appuntamenti a raggiera, ordini diramati attraverso le morose, e gli amici delle morose, e le morose degli amici; tutto funzionò a dovere. Dopo i mesi selvaggi in montagna, c'era qualcosa di campagnolo e di domestico nella faccenda; io ero di quelli che vennero per i sorghi; sbucai ai piedi delle colline in un'aia. Erano già tutti lì. C'erano i reduci dall'Altipiano, Dante, Mario, Enrico, Bene; c'erano altri nostri vecchi compagni vicentini, Marietto, Gigi, e alcuni nuovi; e c'erano i contadini che facevano la grappa. Pareva una festa campestre. La cordialità della cosa mi dette immediatamente alla testa; eccoci in basso, partigiani tra gli uomini e le donne, ribelli con le radici. Avevo caldo e sete, un contadino mi porse ridendo una scodella piena a tre quarti di grappa limpida, incolora come acqua fresca. La presi a due mani, ipnotizzato, e la bevvi come se fosse appunto una scodella d'acqua. Era all'ultimo grado a cui la grappa si può ancora distinguere dall'alcool puro. Tutti risero, e io dissi: «Alla faccia della guerra».

Per un quarto d'ora mi comportai press'a poco come prima. Il pomeriggio s'era incredibilmente intensificato, e splendeva come una cosa che arde; poi con una serie di scatti irrimediabili, cominciò a spegnersi, prima i rumori, poi le tinte, poi le cose, poi l'assenza stessa delle cose. Alla fine si estinsero anche i sensi delle parole, aggettivi, nomi, quei vigliacchi dei verbi; rimanevano alcuni pronomi e qualche interiezione, che si convertivano gli uni negli altri, come oggetti che trascolorano. Da ultimo restammo soli io e il non io.

Quando rinvenni il giorno dopo non provavo vergogna ma inquietudine; avevo intravisto di nuovo quanto è vicina la coscienza all'incoscienza, che curiose vicinanze ci sono al mondo.

Anche la vicinanza dei tedeschi aveva effetti curiosi. Una mattina Gigi mi svegliò (dormivamo fino a tardi, come a un campeggio in riva a un lago), e mi disse: «Ascolta». C'erano molti spari, vicinissimi, subito al di là della siepe. «Che sia l'apertura della caccia?» disse Gigi; ma capiva anche lui che non era una teoria seria. Andammo a spiare strisciando nel frascame; oltre la siepe c'era un prato in discesa, e lì, a una cinquantina di metri, una piccola radura tra le acacie.

«Santo cielo» disse Gigi. Era tutto pieno di tedeschi. Osservai però che sparavano con una certa serenità, ordinatamente e come a turno; e inoltre non all'insù, verso di noi, ma per il lungo; insomma facevano solo il tiro a segno. Lo spiegai a Gigi fingendo una certa sufficienza; lui disse: «Ti domando se è creanza».

Scherzavamo, ma sotto sotto eravamo impermaliti. Erano gli incerti della vicinanza; c'era il territorio nostro, e il territorio loro, e noi ci eravamo messi proprio sul confine.

Pareva di essere su un crocicchio, passava di tutto; davanti a noi tedeschi e fascisti, alle nostre spalle partigiani di ogni colore. La vita civile continuava per conto suo, la guerra europea anche (benché più lontano); la nostra propria guerra s'intesseva di rapporti fitti e complessi, della pianura col monte, dei paesi colle campagne, dei Comitati con le bande, delle bande con le bande.

Quando eravamo partiti per andare in montagna, pareva che la resistenza popolare in pianura fosse finita, e che toccasse a noi portarci via sui monti l'onore dell'Italia, e tenercelo lassù per campione. Al momento di scendere, non si presagiva niente di buono, ma in realtà potevamo anche risparmiarcele, queste inquietudini: l'Italia in nostra assenza si era comportata benissimo.

La popolazione dell'Alto Vicentino era tutta dalla nostra parte: gli altri non entravano nemmeno in gara. Le colline e le campagne erano piene di partigiani; dappertutto s'erano organizzate formazioni di ogni tipo; con la buona stagione il moto popolare dell'autunno scorso aveva ripreso vigore, in forme più specifiche e più tenaci. Non eravamo più soli, anzi si sentiva che avevamo dato troppa importanza alla nostra solitudine. Ora c'erano reparti, zone, settori, comandi: c'erano armi, gradi militari, collegamenti, staffette, coccarde, parole d'ordine; c'era un mondo, complesso e caotico, ma reale. Noi avevamo una gran fame di realtà, dopo i mesi allucinati nel deserto. Qui bastava prendere il proprio posto in mezzo agli altri; e noi lo andammo a prendere sopra le case di Isola, a poche centinaia di spanne di altezza.

Si vedeva un gran pezzo di pianura, verso Thiene e Bassano e verso Schio e i monti. Eravamo sul corno di una piccola baia lunata, con la gobba a ponente. Il diametro di questa baia è un paio di chilometri, l'altezza dei colli tre o quattrocento metri; sui due corni stanno Isola e Santomio. Alti sul crinale si vedono due paesini, che ora appartenevano ai partigiani, Torreselle e Monte Pulgo. Il caso ci aveva portati qui, a due passi dal mio paese, nei territori dove anche da bambino facevo la guerra coi miei compagni.

Era l'estate colma; eravamo frammischiati alle colture, alle fronde fitte; si aveva sempre il senso di sbucare da frasche, coltivi. C'erano carri, bestie, fieno, attrezzi agricoli, suppellettili rustiche. Bevevamo coi contadini, ridevamo con le contadine, cantavamo sulle aie. L'estate nutriva frutti e fiori, e nei festoni c'erano le nostre facce soffuse di salute. Le siepi, le macchie, i boschetti ospitavano i nostri nidi come bozzoli impigliati tra i rami; io avevo perfino una piccola tenda mimetizzata tra le acacie.

Nella piena salute dell'estate, anch'io mi sentivo sano e forte come non sono mai stato. Ero quasi grasso, e sentivo la forza fisica gonfiarmi dall'interno; abbracciando i miei amici, per fare la lotta, dovevo riguardarmi per non stritolarli serrando le braccia. Facevamo la lotta sbuffando e ridendo, e le nostre prese scherzose erano formidabili. Pareva un gran peccato, non poter sfruttare direttamente questa forza a scopi bellici. Sembravamo un branco di scimmiotti che si fanno gli sgambetti sull'erba.

Venivano le ragazze a trovarci, vestite di chiaro; morose, compagne di scuola, amiche. Si vestivano come da festa per venire, ed era un piacere riceverle, fare circolo seduti sull'erba e chiacchierare tra le campane delle gonne leggiadre. La Simonetta, veniva da Enrico. Era vestita di blu. Io non avevo una ragazza: ero seduto davanti alla tenda e stavo smontando la mia pistola che era una banale pistola italiana, benché calibro nove. La Simonetta comparve sotto le frasche ombrose e disse: «Cosa fai di bello?». Io dissi: «Smonto questa qui: e poi la rimonto». La Simonetta era graziosa e spigliata, leggeva i poeti ermetici, arrampicava in roccia, guidava la motocicletta, e si vestiva con eleganza. Mi pare che a quel tempo fosse già iscritta a ingegneria.

Mi stette a guardare un pezzo, in piedi; io non sapevo davvero cosa dirle, anche perché era la ragazza di Enrico. Dopo un po' le dissi: «La conosci tu, la calibro nove?» e lei disse di no. Le offersi di spiegargliela, e passai con lei una mezz'oretta deliziosa. Era semplice cameratismo, però il sesso mi si era gonfiato, mi pareva più ingombrante della pistola, e ci stava a stento nei calzoncini cachi, stretti e corti.

«Simonetta» dissi.

«Eh?» disse lei.

«Niente, andiamo a vedere dove sono gli altri.»

Erano sotto un filare di viti, le ragazze raccoglievano di sull'erba i bicchieri vuoti, i tovaglioli, e si preparavano ad andar via. I partigiani vagamente in divisa le guardavano con gli occhi amichevoli. Pareva il momento più bello della guerra.

Io ero sceso dall'Altipiano per cercare notizie degli altri; prendevo per sottinteso che poi saremmo tornati su, che il nostro posto era sui monti alti. Quando fui giù cambiai idea. Lassù era troppo facile; bisognava fare la guerra in mezzo al paese reale, non in Tebaide. Provare a fare il terrorismo spicciolo, concreto, quotidiano; organizzarsi in modo da non essere più soltanto roba da rastrellamento. Stare in basso per essere i più forti; il lusso di essere deboli, soli, virtuosi, rastrellabili, sterminabili, ce lo eravamo concesso a sufficienza.

Non ricordo se fui io a mandare a dire queste cose ai miei compagni, quando seppi dov'erano, o se anche loro arrivarono da sé alle stesse conclusioni. Fatto sta che in luglio erano scesi anche loro, in un paio di notti, armati, attraversando orgogliosamente i paesi abbuiati, come veterani che non si degnano di aggirarli per prudenza.

Renzo non era con loro. Era rimasto su, in circostanze che non sono mai state chiarite appieno. Presto cominciarono ad arrivarci sue notizie, che s'era aggregato a reparti comunisti-indigeni sull'orlo occidentale dell'Altipiano, o forse erano questi reparti che s'erano aggregati a lui. Si chiamava Tempesta, e fece il resto della guerra in proprio, e con questo nome; s'era fatto crescere i baffi (dicevano le notizie) e gli erano venuti grandi e storti, veramente tempestosi, color rame; aveva già una fama terribile, che nei nove mesi di guerra che ancora restavano andò ingrossando.

Dal piccolo ribelle in erba, come me lo ricordavo io al suo arrivo in Altipiano, mingherlino, chiuso, tutto assorto nei problemi delle cose mute e inesprimibili, era venuto fuori questo gaglioffo, duro come il paesaggio dalle parti di Rotzo, ma con in più la malizia della cultura riflessa.

Anche Giampa e Gualtiero erano restati su, e andarono in seguito con la Sette Comuni; tutti e tre svernarono poi sui monti, emissari di civiltà vicentina in quella lunga barbarie dell'ultimo inverno di guerra. Le loro imprese non sono parte di questa storia; ma la loro gloria la contiamo come nostra: toccò a loro, diventare l'immagine di ciò che c'era in ciascuno di noi allo stato di pupa. Dopo la liberazione, quando comparvero, pelosi, spaventevoli, pittoreschi, nelle strade di Vicenza, erano così perfetti che la gente sentiva solo l'impulso di dire:

"Tornate su, e restate sempre così".

Perché non fossero scesi anche loro con gli altri in pianura non è chiaro: per Giampa e Gualtiero probabilmente era troppo presto, essendo quasi appena arrivati; in Renzo, può darsi che ci sia stata una punta di dissenso, una sfumatura di impazienza per le nostre, e le sue proprie, squisitezze ideologiche: o forse fu solo un impulso. I nostri compagni davano spiegazioni vaghe.

«Perché non c'è Renzo?»

«Sai, era andato a Campo-gallina» dicevano.

«Come a Campo-gallina?» dicevo io; «perché non l'avete aspettato?»; e loro dicevano: «Gliel'abbiamo fatta».

Veramente questi parevano scherzi da prete; ma ripensandoci, la cosa ha senso. È difficile oggi ricordare quanta parte aveva il caso, l'improvvisazione, in ciò che facevamo in quei mesi.

Renzo torna da Campo-gallina, carico e stracco, e trova solo asiaghesi.

«Dove sono i tusi?»

«Sono andati giù in pianura; dicevano che vanno a fare il terrorismo concreto.»

«E quando tornano allora?»

«Moh.»

«E per me, cosa hanno lasciato detto?»

«Niente.»

«Puttanieri» dice Renzo; e per dispetto riparte subito in cerca di comunisti, ne trova sul ciglio occidentale, si mette con loro, e comincia a tempestare. Già gli spuntano i terribili baffi rossi su cui l'autunno e l'inverno non prevarranno.

Eravamo di nuovo una dozzina, nove fissi e due o tre aggregati saltuari, tutti armati di parabello, salvo Raffaele che era venuto con un mitra, e Marietto che aveva il 91. Lo mettevamo ultimo quando camminavamo in fila per uno, col suo bislungo 91 in spalla. La canna alta pareva un'antenna. Marietto era miope, vergine di naia, e con questo fucilone in spalla arrossiva di piacere. Era il più giovane di noi, matricola di filosofia, e bravissimo. La squadra pareva perfetta. C'era più grammatica tra noi, più sintassi, più eloquenza, più dialettica, più scienze naturali pure e applicate che in ogni altra squadra partigiana dal tempo dei Maccabei. Tuttavia delle nostre bravure di studenti eravamo piuttosto imbarazzati, specie coi nuovi venuti, Raffaele, Severino, che erano uomini di altra provenienza.

Era un vero sollievo avere tra noi uno come Severino. Noi parlavamo dell'atto puro, e lui di quelli impuri; noi discorrevamo delle operazioni della Gironda e della Montagna, e lui ci raccontava di quel suo amico con le emorroidi, che non aveva i soldi per farsi fare l'operazione, e perciò s'era dovuto ingegnare a operarsi da sé. Si era fatto legare per i piedi a una trave in camera da letto, in modo da spenzolare con la testa in giù davanti alla specchiera dell'armadio, e con un rasoio a mano si era operato. Il sangue cadeva in un catino collocato per terra. Questo suo amico faceva quasi tutto con le corde, anche l'amore con la moglie.

«Non si potrebbe reclutarlo?» dicevamo noi. Ma Severino l'aveva perso di vista e diceva: «Forse sarà con le Brigate Nere».

Anche Raffaele era una novità tra noi; aveva la nostra età, ma pareva più giovane; ciò che si ricorda è un ragazzo biondo, e di aspetto delicato e gentile, che arrivò con un mitra. Pareva scappato via dal cortile di casa, interrompendo i giochi coi fratelli. Invece aveva pratica dei pericoli e della violenza, ne aveva più di noi. In pace arrampicava rischiosamente in roccia, in guerra era stato in un reparto anti-partigiano in Croazia. Andavano in giro per i boschi che ci sono laggiù, non già a rastrellare, ma a sterminare partigiani da pari a pari; giravano per questi boschi come se fossero partigiani anche loro, e quando trovavano un branco di partigiani veri, seduti in cerchio attorno al fuoco, si avvicinavano pian piano, e li sterminavano. Qualche volta saranno stati i partigiani a sterminare loro; ad ogni modo Raffaele era restato vivo, e all'armistizio si era tenuto il mitra, questo mitra da sterminio, e ora era qui con noi.

Il capo ufficioso era Dante, l'avevamo rieletto informalmente. Lui si era schermito, ma noi eravamo stati irremovibili, gli avevamo *ordinato* di comandare. In realtà il nostro comandante era una specie di presidente; le decisioni venivano prese democraticamente, anche in presenza del nemico. Si andava ai voti, magari bisbigliando per non farci sentire. Accadeva che, a turno, ciascuno si trovasse a fare le funzioni di un vice-comandante di fatto, quando qualcosa gli stava particolarmente a cuore; il più vice-comandante di tutti credo che fossi io, almeno in pratica: è vero che mi consideravo pari grado con tutti gli altri, ma è anche vero che davo un sacco di ordini.

Fu la nostra seconda maniera. Possedevamo una nostra tecnica, non ci sentivamo più apprendisti, ma maestri in proprio, gelosamente indipendenti da ogni scuola, rigorosi, esigenti. I comunisti sparavano di più, e guastavano con mano più pesante; ma noi avevamo più vivo il senso delle conseguenze dei guasti e degli spari. In certi momenti ci pareva di sparare poco, e guastare male; eravamo inclini ad accusarci di inefficienza, ma adesso mi è chiaro che la nostra scrupolosità non era priva di pregio anche nel confronto coi comunisti. Loro avevano comandanti e commissari già sposati a una dottrina generale sull'uomo, e la società, e la guerra in genere, e questa in ispecie; avevano alle spalle tutto l'impianto del comunismo internazionale, che è certo uno degli impianti più impressionanti del mondo (però non l'avevano mica fatto loro). Noi non avevamo niente: dovevamo giustificarci ogni più modesta esplosione, ogni più piccola morte.

Arcigni nei concetti di fondo, garbati e quasi soavi nella fattispecie, non prendevamo nemmeno in considerazione l'idea di fucilare qualcuno villanamente. Inoltre, non volevamo rompere senza pagamento (coi buoni), non spaventare senza bisogno, non assassinare senza spiegazioni. Queste erano le intenzioni: in pratica poi, non rompevamo molto, non spaventavamo che mediocremente, e non assassinavamo quasi nulla; un gruppo di artigiani-artisti, dalla produzione severamente limitata, e con un forte senso di autonomia professionale e personale.

Credo che siamo stati gli unici, in tutta la zona, a rifiutare fino in fondo di assumere nomi di battaglia. L'utilità ci pareva dubbia, e come fatto di stile ci ripugnava. L'arcadia dei nomi è antica malattia italiana, semmai i nomi che spettavano a noi sarebbero stati quelli degli arcadi e dei pastori, Menalca, Coridone, Melibeo; o forse degli accademici in maschera, l'Inzuccato, l'Intronato, l'Iperbolico. Così in mezzo a Tigre, Incendio, Saetta, restammo Mario, Severino, Bruno. Questo Bruno era uno dei nostri da Vicenza, ma non fu con noi tutto il periodo: quando venivano a trovarci i comunisti, si infilava una lunga penna bianca nei capelli neri, e li riceveva così. Mentre russi e alleati tiravano il collo al nazismo, noi cercavamo almeno di tirarlo alla retorica.

Forse la cosa più importante era di esserci; di farci vedere armati sul lungo crinale che accompagna dall'alto l'andamento della strada, fino a Vicenza. Lo percorrevamo spesso, da Torreselle a Ignago a Monteviale; lì sotto, la pianura apparteneva a loro, almeno di giorno e lungo le strade; qua in cima, a un tiro di fionda, il piccolo reame delle colline apparteneva a noi. C'erano convenzioni analoghe a quelle che separano gli stati. C'erano tolleranze. Noi potevamo andar giù a nostro rischio, e infatti ci andavamo; loro potevano venir su a rastrellare un po', e infatti qualche volta vennero. Ma come noi non presumevamo di occupare il loro territorio, così loro non presumevano seriamente di occupare il nostro. Il problema del territorio si era risolto da sé: non era più la zona chiusa e fortificata da difendere palmo a palmo, cose assurde; era aperto, accessibile. Ma in realtà non vi accedevano se non per breve tempo, e con poco sugo.

Si esercitava questa signoria precaria, avventurosa, sulle colline e sui paesetti lassù; la notte si scendeva a lavorare la buia campagna. Avevamo i nuovi esplosivi plastici, che un tecnico con la valigetta era venuto da Vicenza a spiegarci. Era venuto in bicicletta, con le sue carte false, impersonando un commerciante di maglie e mutande. I detonatori erano tubetti di rame tenero, verniciati a tinte vivaci o blu, o rosso, o viola; dentro avevano una fialetta di acido che si spezzava schiacciando l'involucro di rame coi denti. Il colore indicava il tempo, ma nei momenti di debolezza si poteva figurarsi che ci fossero scoppi azzurri, e scoppi viola, e scoppi arancione.

L'alba al campo ci trovava coi visi voltati a oriente, verso Villaverla, Marano, Dueville: con gli occhi spalancati per captare i lampi delle esplosioni seminate nel seno della notte. Veramente la prima volta che mandammo Gigi e Marietto, per fargli far pratica (perché Marietto era inesperto, e Gigi pacifista), alla mattina non riuscimmo a identificare tra i molti altri il loro scoppio particolare. Gli avevamo scelto un bel pezzetto della Vicenza-Thiene, lonta-nuccio ma agevole; loro si erano preparati con cura, ma anche con qualche riserva. «Ma è importante la Vicenza-Thiene?» diceva Gi-gi, distribuendosi i detonatori colorati in giro pei taschini. Torna-rono a giorno fatto, perplessi. Si erano fermati sulla via del ritor-no, ad aspettare anche loro lo scoppio, il primo di loro fattura. Aspettando, avevano mangiato il formaggio che Gigi s'era portato in tasca; ma siccome lo scoppio non arrivava, a Gigi venne in mente che la fetta del formaggio e quella dell'esplosivo erano quasi uguali di formato e di colore; e non gli parve vero di poter giocare un po' con l'idea di aver sbagliato tasca. A noi disse che, se c'era stato un errore, il gusto dell'esplosivo è un misto di sapo-ne e di creta, ma prevale la creta. Aggiungo che quello del for-maggio era press'a poco lo stesso, ma forse prevaleva il sapone.

Armi, camicie inglesi, detonatori e margarina ci arrivavano di notte. Sceglievo io i messaggi per i lanci, ma dovevo rinunciare ai più belli che mi venivano in mente. Gli annunciatori di Radio Londra avrebbero scioperato piuttosto che indursi a pronunciarli ad alta voce. Uno che mi pareva carino e possibile mi fu riman-dato indietro dall'operatore. Diceva: *Hanno ucciso il re con palle tre*. Naturalmente è una citazione. Avevo accluso un chiarimento, che il testo non vuol dire, come potrebbe voler dire: *Il re aveva tre palle, e loro l'hanno ucciso*, ma semplicemente: *Per uccidere il re, hanno scelto il metodo delle tre palle*. Ma non servì a nulla, in que-ste cose gli inglesi sono permalosissimi.

I lanci in pianura erano memorabili. Buio pesto, perché si sce-glievano le notti senza luna; incontri alla cieca, frotte che sbucano dai quattro cantoni dell'orizzonte, bisbigli in mezzo alla campa-gna. Quando arrivava il ronzio dell'aeroplano, si accendevano le fascine per campire il prato; una pila segnalava in Morse: *È qui, molla*. Il cielo nero si riempiva dei fantasmi dei grandi paracadute in arrivo; si spartiva in fretta il materiale, e si cominciava a portar-lo via. I cani abbaiavano per chilometri intorno.

Mi trovai solo con Marietto in mezzo ai campi, col solito ca-rico spropositato, barcollando tra i solchi disuguali. Lui è miope anche di giorno, e andò subito a sbattere contro un filare, e fece un'impressionante caduta. Portare mezzo quintale non è niente, il bello è metterselo in spalla. Passammo la notte a provare. Marietto era ostinato ma inesperto. Quando andava su il carico, andava giù Marietto e viceversa. Non so se anche a lui venivano in mente i miti appropriati. Era un pezzo che li avevamo tra i piedi, quello che facevamo veniva disfatto, quello che portavamo sul monte rotolava giù; su e giù quarantanove, non era mai finita. Rotolando e strascinando arrivammo sotto al campo che albeggiava.

Si percepiva attorno a noi l'abbondanza e la varietà delle forme, l'intreccio fitto della partigianeria estiva, la vitalità dell'Italia.

Nei paesi c'erano territoriali, sistemati nelle proprie case, o in stato di occultamento parziale, o più spesso con qualche esenzione e mimetizzazione autorizzata. Avevano armi nascoste in orto o in solaio; partecipavano a qualche riunioncina notturna, per contarsi, ricevere ordini, andare a prelevare un lancio. Erano in fondo gli eredi diretti di quelli che fin da principio volevano, in ciascun paese, "difendere il paese", tenersi in serbo per "il momento opportuno". Rappresentavano l'ala moderata, attesista della Resistenza. Ora però si vedeva quanto importante era diventata la loro funzione. Erano loro che ci organizzavano i viveri e i rifornimenti, ci collegavano coi Comitati, annunciavano i preparativi di rastrellamento, fornivano notizie, segnalavano "azioni". Raramente si abbandonavano ad atti bellicosi in proprio: l'idea base restava sempre quella di aspettare, e prepararsi per il momento buono: che era poi in sostanza il momento in cui di armi non ci sarebbe più stato bisogno, né pericolo a portarsele addosso.

I comandi militari in pianura erano prima di tutto in funzione di queste utili ombre, e perciò davano spesso l'impressione di organi troppo cauti e benpensanti: in verità tra i comandanti di pianura ce n'erano di bravissimi, come il nostro Conte barbuto a Santomio, e i giovanotti dinamici che governavano la linea dei paesi sul nostro orizzonte orientale, da Dueville a Thiene, agli imbocchi della Val d'Astico. Questi intendevano sul serio fare la guerra, e lavoravano in pianura per estrarre dalle leve territoriali nuovi nuclei di formazioni di monte; il loro mestiere era forse più pericoloso del nostro, e non si può certo dire che non pagassero di persona. Di quelli che conoscevamo meglio, uno fu impiccato, uno deportato, e un paio uccisi in scontri a fuoco; il nostro Conte, preso in settembre dai ceffi di San Vito, e interrogato attraverso l'osso sacro, e in altri modi, riuscì a convertire uno dei carcerieri, negli intervalli dell'interrogatorio, e fuggì con lui: e stranamente fu poi il carceriere, in veste di partigiano, a restare ucciso dai fascisti.

Ma alcuni altri capi territoriali, specie al livello locale, erano invece attesisti per vocazione, prudenti per dono di natura, veri estremisti della moderazione. Pareva che per costoro le bande sui colli fossero quasi un male inevitabile; e trattavano come un noioso elemento di disturbo l'impazienza di "far qualcosa", che nasceva nei loro stessi organizzati. Così molte iniziative partivano dal basso, da gruppetti di giovani sprovvisti di documenti, e risoluti a "uscire con le armi", i quali senza il benestare e magari contro la volontà dei comandi, un bel giorno prendevano la strada del monte, o anche dei campi.

Nella squadra di mio fratello Bruno erano una mezza dozzina, due operai, due contadini, uno possidente, uno studente. Non avevano "carte" e non le volevano; volevano i parabelli, e star fuori in permanenza. Il Comitato, stretto attorno al comandante locale, venne a ordinargli di riconsegnare le armi: erano in un'aia; per un po' parlamentarono, poi accerchiarono il Comitato e tolsero la sicura ai parabelli. Poi il Comitato diede il permesso.

Stettero fuori tutta l'estate, come una squadretta autonoma. Li comandava un contadino biondo che era reduce da uno degli scontri più sanguinosi sul Pasubio. Giravano attorno al paese, per orti e broli; si allargavano sulle frazioni e sulle contrade di pianura, proprio ai piedi dei colli dove eravamo noi. Avevano l'appoggio caloroso delle giovani contadinotte, che offrivano ridendo la libertà delle grandi case di campagna, e di tutte le loro risorse (e fu oltre a tutto la rivincita delle contadinotte sulle smorfiose ragazze di piazza e del centro, alle quali in tempo di pace toccavano le chicche). Si erano perfino data una divisa, calzoncini corti e bluse di tela, tutte dello stesso colore, che era un bel celeste: più che un piccolo reparto militare parevano un gruppo sportivo, una sorta di CAI agreste e armato: ed erano fieri delle loro armi, come di una bella bicicletta nuova. Della gloria (che qualche volta turbava i nostri sonni) non gli importava né tanto né poco, ma se gli capitava l'occasione erano ben contenti di sparare: e la presenza di gente come loro nel contado significava che in pratica anche il contado era più nostro che degli altri. Durante i rastrellamenti in grande, in quattro passi potevano arrivare sulle colline: è incredibile quanto è scomoda la pianura piatta in questi casi; non si vede niente, sbocchi in un'aia per sfuggire agli ucraini, e trovi l'aia deserta, e la banderuola sopra il pagliaio, bersagliata or ora dagli ucraini, che sta ancora girando. In collina è tutta un'altra cosa, gli ucraini li vedi. Bruno e i suoi compagni vennero ospiti da noi per un po' di giorni. Ciò che più li colpì fu la severità della nostra dieta: perché noi mangiavamo ancora principalmente polenta, con la margarina dei lanci. I nostri ospiti, usi alle soppresse di campagna, ai pollastri, alle grandi angurie, guardavano con stupore non scevro di compassione questo branco di selvaggi, che eravamo noi, tra i campi magri di collina, col nostro pastone spartano; e in quel periodo ci procurarono e ci imposero un regime di abbondanza.

Sulle colline sciamavano i partigiani di monte, che facevano capo a reparti più o meno regolari, coi loro quadri, un campo-base, una certa disciplina: l'unica diversità rispetto ai partigiani delle montagne alte era che questi reparti erano basati sul reclutamento locale, e tendevano a operare sui propri paesi di origine, con tutti i vantaggi della familiarità e della conoscenza diretta. Erano bande abbastanza numerose, ottimamente comandate da capi come il Tar, il Tigre, il Negro; teoricamente inquadrate in grosse formazioni riconosciute, ma in realtà largamente autonome. I loro metodi erano bruschi e sbrigativi; molti di loro trovavano più che naturale continuare (ma con vigore incomparabilmente più grande) l'antica lotta con gli occupatori delle caserme, le autorità costituite, e i benpensanti più odiosi, che erano di solito anche i fascisti più in vista. Erano continuamente attivi, con spedizioni, catture, piccoli scontri a fuoco, per lo più evitando di attaccar briga coi tedeschi (che di regola evitavano di dar noia a loro), ma cercando volentieri i ramarri della Tagliamento, e ogni altra forma di brigante nostrano. I ramarri, coi loro baschi mimetici e le pretenziose brache a sboffo, non parevano in grado di venirli a snidare: le poche spedizioni in camion su per le strade di collina finirono sempre male per loro; il Q. G. del Tar, pur situato a meno di mezz'ora di strada (a piedi) dalla piazza del mio paese, non credo che sia mai stato posto nemmeno in stato di allarme vero e proprio, tutt'al più qualche preallarme. Durante questi conati di rastrellamento, il Tar avrà continuato a dare i suoi ordini brevi e sereni, suonando qualche accordo sulla chitarra; e non credo ci sia mai stato bisogno di niente altro.

Questo Tar, il principe dei monti alle nostre spalle, era l'uomo col berretto di pelo che avevo conosciuto nelle prime riunioni clandestine al mio paese. Adesso era un capobanda leggendario, e aveva cambiato copricapo, portava un casco coloniale. Aveva ancora stima di me, e rispetto per noi. Venne a trovarci con Aquila, uno dei suoi luogotenenti, che era Rino; c'erano molte Aquile su pel monte, alcune semplici, altre Bianche o Nere. Aquila-Rino era vestito con modestia, armato con discrezione, solo il parabello e due bombe; e naturalmente il pugnale-lima nel calzetto. Aveva i capelli lisci, pettinati con cura, e le basette assai lunghe. Il Tar era uno splendore; aveva le basette più lunghe e più folte del suo luogotenente; era armato poco o nulla, una pistola vecchiotta, infallibile, negligentemente appesa alla cintura. Portava i calzoni corti, i gambali, e questo elmetto coloniale. Tutto splendeva in lui, il viso colorito, gli occhi di morbido velluto, i denti bianchi, i tratti preziosi del viso, i gesti eleganti.

Vennero in visita privata, quasi in incognito; parevano lieti, e chiacchieravano ad agio un po' della guerra, un po' di altre cose. Il Tar tirò fuori un astuccio di cuoio, me lo diede e disse: «Apri». Io apersi, e saltò su, in mezzo a due o tre sigarette milit, un piccolo fallo rosso che una molla faceva rizzare in aria; sarà stato grande come un fagiolo; il Tar sorrideva signorilmente.

Dopo questo primo contatto, mantenemmo col Tar rapporti di buona vicinanza; il suo regno era grande, centrato sul nodo di colline a sud del mio paese, ramificato all'insù lungo i crinali che vanno verso Schio, e a sud su quelli forcuti che scendono verso Vicenza; la nostra propria zona veniva ad essere quasi una piccola provincia federata, alla periferia di questo regno.

Oltre che un grande guerriero, il Tar era un grande legislatore; la legge nei suoi territori regnava sovrana, se l'era fatta lui, e la veniva imponendo alle pianure confinanti.

«Le armi lunghe devono stare sul monte» ci disse un giorno. Dante, che era un po' puntiglioso di temperamento, gli domandò perché, e il Tar disse: «Ho fatto un decreto». La spiegazione ci parve stupenda. Apprendemmo in seguito che anche il parabello era lungo. Così i poveri territoriali ne venivano brutalmente spogliati; arrivavano di notte per una riunione di addestramento, tutti coi parabelli nuovi in collo; la sentinella gridava «Mani in alto» nel buio, e loro, poveretti, le alzavano, e venivano avanti così, capi e gregari. La sentinella li catturava uno per uno e gli sfilava il parabello. Così le armi lunghe tornavano a stare sul monte.

Un giorno che ci era stato regalato un tacchino, che da noi si dice un pao, i contadini ci allestirono un banchetto, e invitammo il Tar con Aquila. Disgraziatamente verso sera mi venne uno dei malditesta che mi venivano allora, e così non potei parteciparvi. Passai la sera disteso in mezzo ai cespugli davanti alla casa, un po' gemendo sottovoce, un po' ascoltando i discorsi dei convitati. C'era tutta la nostra squadra, le ragazze dei contadini, e gli ospiti; inoltre all'ultimo momento erano sopraggiunti anche il fratello e il papà di Enrico. Questa strana visita era del tutto eccezionale: il papà di Enrico si era messo in testa improvvisamente di andare a vedere che cosa faceva suo figlio su per i monti; il fratello ci aveva mandato a dire di nascondere un po' di armi, e in generale di mettere in evidenza gli aspetti più placidi della situazione. Il banchetto in programma pareva adatto allo scopo. Poi a me venne questo malditesta, e andai a distendermi in mezzo ai cespugli.

La serata fu molto allegra; presentarono i due invitati al papà di Enrico, che era un dirigente d'industria a Valdagno; li salutò con molto garbo. «Aquila?» disse; «non mi pare un cognome di queste parti.»

Il Tar gli piacque, e lo volle seduto vicino. Sentivo pezzi della conversazione.

«Prima ho fatto portar via il Commissario,» diceva il Tar «e poi anche il figlio del Commissario. Adesso farò portar via la figlia.»

«La figlia?» diceva il papà di Enrico. «Anche la figlia?»

«Evviva la figlia!» gridava Enrico. Il Tar diceva: «Intendiamoci però: atti materiali, niente».

«Niente?» diceva il papà di Enrico.

«No» diceva il Tar. «La farò coprire da un cane lupo.»

La notte era umida di guazza. Sentivo l'acciottolio delle stoviglie, e le frasi pacate.

«Si fa un cerchio con questo filo di ferro attorno alla testa...»

«E con questa pinza si dà una giratina ai capi intorcigliati...»

«E alla seconda giratina...»

«E quando gli ossi della testa fanno cric...»

Si cominciava a sentir parlare di reparti democristiani; tardivi ma sicuri arrivavano anche loro. La partecipazione dei preti e di qualche persona di chiesa alle prime fasi della Resistenza era stata ammirevole; ma ora questo intervento organizzativo, leggermente in ritardo, faceva quasi pensare a una mossa di opportunismo, di concorrenza.

Era emerso un gran capo dei neo-partigiani guelfi; si chiamava Omobono, intendeva operare in una zona non lontana dalla nostra. Un giorno ci fu annunciata la sua visita; venne nel pomeriggio senza scorta; era Robertino, il nostro ex compagno di scuola Robertino, dai lunghi capelli castani pettinati alla mascagna. Alla sorpresa successe un moto di scortese ilarità: tutti puntavano il dito scontorcendosi dalle risa. «E così Omobono saresti tu? Ma pensa: Omobono è Robertino!»

A scuola con noi non era restato molti anni, Robertino, perché non ce la faceva a passare le classi; si alzava prestissimo alla mattina per studiare, e passava tutto il giorno al suo tavolo. Suo padre si avvicinava in punta di piedi, cercando con l'occhio il giornaletto illustrato incastonato tra i libri, appioppava la prima sberla, scompigliando i lunghi capelli castani. Non bisogna credere però che quando il giornaletto non c'era Robertino schivasse le sberle. Erano sberle dattiliche, rinforzate da esortazioni sdrucciole. «Muòviti! Scuòtiti!» diceva sberlottando il papà di Robertino, con l'aria di chi prescrive una cura radicale, con poche speranze.

A sberle in testa, Robertino aveva fatto una curiosa carriera scolastica, spostandosi non di classe in classe, ma di scuola in scuola, e diventando infine uno dei grandi privatisti della nostra generazione. A suo tempo, non si sa bene in qual modo, si era trovato al corso ufficiali bersaglieri; lì era stato di nuovo in difficoltà, poveretto; e quelli che erano con lui si ricordano che certe volte sostava davanti ai finestroni della caserma, al secondo piano, come uno incerto sulla via di uscita. Era un buon ragazzo, sinceramente desideroso di far bene; aveva grandi occhioni grigi, che alle ruvidezze della vita gli si empivano spesso di lagrime come grandi polle sorgive.

Quando venne a trovarci sopra Isola, più d'uno tra noi rifletté che la grande marcia di ricongiungimento dei cattolici non cominciava con buoni auspici. Se va avanti così, si pensava, sarà il partito dei ripetenti, gli habitués delle sberle in testa: si vede che si sono messi a muoversi, a scuotersi. Oggi in Italia siamo tutti contentissimi di essere in mano di coloro che ci hanno in mano; ma allora, in quel caldo pomeriggio, seduti sull'erba vicino a Omobono nei cui occhioni rampollava il solito laghetto di pianto, quasi

quasi ci mettevamo a piangere anche noi sulla culla della nuova classe dirigente guelfa.

A Torreselle c'era un reparto soggetto all'imperium del Tar, ma con molta autonomia. Il capo era un ometto con la testa grossa che si chiamava il Negro; aveva le gambe corte e storte, i modi semplici e franchi, e una certa vitalità sparsa sul viso e nel corpiciattolo. La prima volta che andammo a trovarli io e Mario, ci portarono nella casa che avevano occupato, e imbandirono un pranzo di cose secche, abbastanza buone. Ci trattavano con rispetto e familiarità insieme; a un certo punto Mario voleva soffiarsi il naso, e mi domandò un fazzoletto, che però non avevo. Mario si preparava a soffiarselo con le dita, ma il Negro non volle assolutamente, e ordinò a un gregario: «Va' a prendere il fazzoletto». Il gregario andò di sopra, e lo sentivamo rovistare; finalmente ricomparve col fazzoletto del reparto. Era appallottolato, secco, e come inamidato. Il Negro lo prese a due mani e lo tirò; il fazzoletto crepitava e scricchiava; quando fu ben disteso, il Negro lo diede a Mario che si soffiò il naso, e poi lo passò a me, e mi soffiai il naso anch'io tanto per gradire.

Con le messi dell'estate, coi primi frutti, maturavano anche le nuove leve partigiane. Arrivavano reclute, e noi andavamo a prenderle nelle prime ore della notte, in vari punti delle colline; venivano dalla città e dai paesi, in piccoli gruppi; erano giovani per lo più; poche ore prima avevano lasciato le case e le famiglie; erano stati condotti ai piedi del monte da apposite staffette, e avviati per una stradicciola in salita; a una svolta prendevano il primo *Alto-là*, e forse la sensazione di star facendo una ragazzata si mescolava con una certa tremarella. Poi li prendevamo in consegna; l'idea era di sistemarli in forme semi-autonome, come nostri satelliti. Spiegavamo l'impianto orografico della zona, i reparti confinanti, l'armamento, e concludevamo: «Vi ambienterete subito». Per ambientarli gli si dava qualcosa da fare, ancora al primo giorno, una piccola spedizione in pianura, una missioncina a un reparto vicino. Berto arrivò una notte, con un amico, e alla mattina li mandammo dal Negro a prendere alcuni caricatori.

Partirono di buon passo canticchiando motivi di canzoni; qualcosa di mezzo tra gli Aspiranti e la Giovane Montagna.

Si vedeva che erano ragazzini bene allevati, puntuali alle messe, anzi certamente capaci di rispondervi di persona, prodotti tipici dei nostri oratori vicentini, queste forge di chierichetti-calciatori e di cantori-alpinisti. Non erano però ragazzi bigotti, anzi allegri e perfino scanzonati: non avrebbero mai detto una bestemmia, ma le brutte parole sì, come i bambini. Il loro interesse per la Resistenza era difficile da valutare. Dice Berto che quando arrivò su da noi, io che ero a riceverli, dopo le prime accoglienze, gli domandai severamente: «Perché sei qua, tu?» e lui, preso alla sprovvista, non sapendo cosa altro dirmi, sperando di farmi piacere, disse: «Per la bandiera della Patria». Sfortunatamente io avevo la luna, e gli dissi ancora più severamente: «E cosa te ne importa a te della bandiera della Patria?» (ma non dissi *te ne importa*). Berto aggiornandosi immediatamente, disse: «Non me ne importa un fico secco»; e io gli dissi con estrema severità: «Perché?». Qui Berto smise di rispondere, e pensava: "Si vede che questa è la banda dei perché".

Insomma questi due s'incamminarono verso i crinali di Torreselle canticchiando canzoni, a mezza mattina. "Puri e forti" pensavo; "sempre primi sulle vette: simpatici però." Ritornarono molto pallidi, nel tardo pomeriggio.

Erano stati accolti cordialmente, al reparto del Negro. Era un ambiente pittoresco; c'era un po' di trambusto, perché quella mattina era in programma la distribuzione delle camicie. «Potete assistere anche voi» disse il Commissario. Erano arrivate dal cielo, con le armi e il formaggio canadese; erano le solite camicie militari inglesi, quelle di panno cachi, con gli attraenti taschini a trapezio. Berto e il suo compagno, vestiti in borghese, concepirono una mezza speranza di beneficiare della distribuzione anche loro. Un aiuto chiamò l'adunata, e i partigiani vennero a frotte, raggruppandosi davanti al Negro e al Commissario. Berto e il suo amico erano aggregati a questo gruppetto delle autorità. Il cielo era alto e sereno.

Il Commissario cominciò a parlare con la sua aria negligente, e annunciò ufficialmente la distribuzione delle camicie. «Siamo un po' scarsi anche di scarpe» disse; «ma intanto cominciamo con le camicie.» Lui personalmente era in ciabatte di pezza color cenere: era sempre così, e la cosa si addiceva alla sua aria negligente; pareva un vezzo, un modo di viziare i piedi. Era un uomo rachitico, che strascinava i piedi e le parole; appoggiava le mani, come uno che è stanco, al piccolo mitragliatore fuori ordinanza che gli pendeva dal collo.

«Dato che siamo radunati,» diceva «ne approfittiamo anche

per fare un controllo delle armi per conto del Comando di Brigata. È una formalità.»

Gli aiuti si misero a fare il giro, e i partigiani consegnavano le armi. Improvvisamente si fece un trambusto, un rimescolio come quando si aizzano delle bestie. Il gruppo dei partigiani disarmati si allargò formando un semicerchio: in mezzo, stretti fra tre o quattro sgherri con le canne puntate, c'erano due uomini con le mani in alto.

Erano visibilmente due fratelli, abbastanza anziani, molto robusti. "Che sia una specie di Vestizione?" si domandava Berto. I ginocchi impensieriti si facevano anche loro delle piccole domande.

Le canne degli sgherri erano disposte a raggiera; il Commissario aveva fatto qualche passo avanti, sempre appoggiando le mani al suo piccolo mitragliatore. Ora faceva perno sul calcagno del piede sinistro, e con la punta della ciabatta di pezza accompagnava le parole. Diceva: «Riale Giovanni e Riale Saverio, colpevoli di furto, condannati a morte. L'esecuzione avrà luogo ora».

I due fratelli gridarono: «No, dio-ladro!».

Il Commissario gridò: «Sì, dio-boia!».

Il resto del dibattito si svolse concitatamente, ciascuna parte portando gli argomenti dell'altra.

Riale Giovanni e Riale Saverio: «Dio-boia!».

Commissario: «Dio-ladro!».

Riale Giovanni e Riale Saverio: «Dio-ladro!».

Commissario: «Dio-boia!».

Ora il Commissario sparava, sempre continuando a sostenere il suo punto di vista; i due fratelli, rimbeccando, cominciarono a scendere e si accartocciarono. I ginocchi di Berto battevano forte e a Berto pareva che il battito si sentisse.

Il Commissario tornò indietro un paio di passi ciabattando, e disse a Berto: «Vista la mira?» poi diede disposizione per la riconsegna delle armi. Berto guardò di sfuggita i due fratelli accartocciati: sul corpo avevano spruzzi scuri che si allargavano.

Questa fu la distribuzione delle camicie. Da allora Berto e il suo amico ogni volta che veniva annunciata qualche distribuzione, trasalivano.

Risultò in seguito che sapevano praticamente tutti gli inni dell'Azione Cattolica e del Littorio, specie quelli delle organizzazioni femminili, dalle beniamine alle madri prolifiche, dalle figlie della lupa alle figlie di Maria. Era il loro modo, estroverso e umoristico, di criticare le cose tra le quali erano stati allevati. In fondo era il loro *perché*. La più bella di tutte era quella delle "mamme di domani" che diceva:

> *I nostri picciol cuor*
> *picciol ma ardenti d'amor*
> *come uccellini gorgheggianti*
> *cantano: Salve Duce liberator!*

Questi due avevano capito benissimo che il centro della cosa è quel *picciol* maschile plurale, e infatti lo cantavano in modo squisito.

La giornata era piena di cose. Colle prime luci del giorno arrivavano automezzi rubati; la consegna avveniva sulla strada asfaltata, in pieno territorio nemico, davanti al cimitero vecchio di Isola. Ci davano anche le parole d'ordine, perché i catturatori erano vestiti da tedeschi o fascisti: ma non si vede a cosa servissero. La prima volta che ci andammo la parola era "barba"; curioso, trovarsi lì all'alba sul cancello di un cimiterino, infreddoliti, mormorando: «barba, barba», attorno a un camion di tedeschi che parlavano il dialetto di Thiene. La preda era molto mista, quella volta, e solo indirettamente bellica: c'era fra l'altro un gran sacco di galline di penna bianca, vive. "Il cerchio è chiuso" mi ricordo che pensai; "siamo arrivati alle galline."

A volte toccava a noi far sparire gli automezzi nei campi; qualcuno s'impuntava su un ponticello rustico, scivolava in un fosso; e non restava che portarne via il più possibile in forma di pezzi di ricambio.

Poi c'erano le visite al Q. G. del Tar, che ci riceveva seduto per terra suonando la chitarra, accanto a qualche prigioniero seduto anche lui per terra a torso nudo. Da un arbusto pendeva una cinghia di cuoio; lì accanto un luogotenente, davanti a uno specchio appeso a un ramoscello, si faceva la barba.

C'erano lunghi giri per le colline, a cercare contatti coi partigiani delle zone più lontane, in Val dell'Agno, sui monti di Recoaro. Ogni lungo giro era un'avventura, s'incontrava continuamente gente che pretendeva di arrestarti, di sequestrare le tue armi, o addirittura di passarti per le sue. In certe valli contava il mio no-me, in altre quello di Enrico, che era di Valdagno, in altre ancora la nostra pratica.

C'erano riunioni tecniche, per preparare i "colpi", corsi acce-lerati di addestramento all'uso dei plastici, sopraluoghi, perfino udienze. Veniva gente da tutte le parti a consultarci, come piccoli oracoli sul monte. Chi chiedeva consigli militari, chi morali; alcuni portavano gli auguri del seminario, altri le *avances* del questore, al-tri altro ancora. Tutti fungevamo talvolta da consulenti; ma i sec-catori, le anime in pena, li davamo a Gigi, che era paziente e tol-lerante.

Le rapine si facevano verso sera, sempre di contenuto schiet-tamente politico, e delicate nella forma. Si entrava con le pistole in pugno, ma domandando permesso; si invitava la famigliola se-duta a cena a non spaventarsi; si spiegava la natura legale e ordi-nata dell'operazione, e si procedeva a farla. Severino correva con l'occhio ai piedi degli uomini, perché aveva le scarpe rotte, e spe-rava sempre di trovare qualcuno col piede grande come il suo, ma senza fortuna.

C'era bensì fra i nostri sostenitori di pianura un grosso fabbri-cante di scarpe, disposto a rifornirci dei suoi prodotti: ma il nu-mero di Severino non l'aveva neanche lui. Questo sostenitore ci mandava periodicamente qualche paio di scarpe, e un messaggio, sempre lo stesso: «Non attaccare». Aveva la fissazione dell'attac-co riservato.

Poi veniva la notte, quando si va in giro a dissodare le rotaie, a insidiare i depositi di marmellata nazista, e gli aeroplanucci del campo di Villaverla, e potendo a scopazzare ramarri.

Quanto alle scarpe di Severino, il numero buono lo vedemmo un giorno io lui e Raffaele stando sulla strada di Priabona, in Val-di-là. Venivano su due tedeschi, scortando un carretto quasi arcai-co, tirato da un arcaico cavallo. Parevano territoriali della prima guerra, contadinotti anziani coi baffi; anzi non parevano soldati, ma piuttosto mugnai, o forse carrettieri, magari da qualche valle non molto diversa dalla Val-di-là.

Arrivati proprio davanti a noi si fermarono per orinare. Uno si voltò verso l'impluvio della valle, l'altro si accostò alla masiera do-v'ero io e si mise a orinarmi praticamente sul muso. Fu a questo punto che vedemmo che piedi avevano, e a tutti e tre venne la stessa tentazione. Sapevamo però che bisognava, a ogni costo, evitare di provocare i tedeschi in quel tratto della valle. Questi due discorrevano bonariamente, in un loro dialetto, coi grugniti corti di gente che in complesso ne ha le scatole piene. Quello che stava davanti a me, separato da uno schermo semitrasparente di foglie d'acacia, aveva la testa all'altezza della mia, a un paio di spanne, ma teneva gli occhi in basso, come si fa orinando. Se alzava gli occhi, avrebbe visto i miei in mezzo alle fogliette delle acacie, e in questo caso...

(Sparare addosso alle persone, se capita per incidens, non fa impressione; si cammina per un sentieruolo di monte a notte fatta, col Gios in Valstagna; a una svolta del sentieruolo il Gios salta, pare un gatto, in un lampo esplode qualcosa di multiplo, ti investe una ventata, un globo di baccano; sbatti per terra col petto e col viso, spari anche tu come un matto, da sotto in su. Queste due cose che vi rotolano addosso sono uomini ammazzati; questo non è niente.

Altra cosa col ragazzotto tedesco, sull'Altipiano; aveva detto di aver disertato per unirsi a noi, è stato qui qualche tempo, poi ha tentato di scappare, è stato preso, dopo un po' ha confessato, è una spia. Non abbiamo scelta. Siamo tutti d'accordo, anche lui. Gli abbiamo legato le mani con lo spago in questa piccola dolina di roccia. Abbiamo scacciato il Finco che si disponeva a rosicchiargli un orecchio, senza alcuna autorizzazione.

Si domanda a questo biondino se vuol lasciar detto qualcosa, per qualcuno a casa sua in Germania, se saremo ancora al mondo alla fine della guerra. Esita, poi dice di no. Gli si domanda chi vuole che resti con lui, e lui sceglie. Gli altri vanno via.

Si sentono ronzare le api. Qui la stagione è tarda per loro.

Si è in piedi, quasi ci si tocca. In una specie di scossa pare di morire insieme.)

L'estate andava avanti per conto suo, e i contadini le tenevano dietro faticando. Sconquassata nelle soprastrutture, l'Italia rivelava le sue infrastrutture di fondo. La terra continuava a fruttare, e gli alberi a mettere fronde; la gran massa della popolazione rurale, legata ai propri campetti, continuava il giro del suo lavorofatica: rastrellare, segare, zappare, raccogliere; sempre fatica, sempre gli stessi gesti. In certi momenti ci sentivamo violentemente in ozio.

In una valle fuori della nostra zona, c'erano tre o quattro contadine che zappettavano il sorgo; sarà stato verso la fine di luglio, quando il sorgo cinquantino è alto un paio di spanne e i contadini lo zappettano, solo che in quell'anno lo zappettavano le contadine. Il sorgo normale era già bello-alto. Eravamo in un boschetto di acacie ai margini dei campi.

«Guarda quelle povere criste là» mi disse Enrico. Avevano in testa fazzolettoni e cappelli di paglia. Era un caldo afoso: se avevamo caldo noi, lì all'ombra, che solo a prender su il parabello si sudava, per queste donne curve sotto il sole a zappettare doveva essere un vero strapazzo di piacere.

«Vedi» dissi a Enrico. «Qua le fatiche della guerra e lì i piaceri della pace.»

Enrico non rispose niente e io dissi: «Nota che noi dalle fatiche della guerra saremo sollevati quando viene la pace; invece per loro i piaceri della pace durano sempre».

Domandai a Enrico se sapeva quanti sono i contadini in Italia: ma lui disse: «Andiamo a aiutarle». Io sarei probabilmente riuscito solo a spaventarle, ma Enrico spuntando sul margine del campo chiamò «Ehi-là, donne!» con perfetta naturalezza, e quelle non si spaventarono affatto, nonostante i parabelli, e dissero anche loro «Ehi-là» e Enrico disse: «Volete una mano?».

Ci mettemmo a zappettare alla brava, press'a poco con la forza che ci vuole per spaccare la legna. Il lavoro veniva bene, ma la forza calava a velocità vertiginosa. Lavoravamo sportivamente, cioè come gente che ha da zappettare un quarto d'ora, e poi può fare qualcos'altro: invece la gente che ha da zappettare, lavora come gente che ha da zappettare tutto il giorno.

Una o due donne lavoravano con noi, e le altre che ci avevano dato la zappa ci stavano a guardare. «Si vede che non avete pratica» dicevano. Entro dieci minuti io ero ridotto come quando si fa una fuga inconsulta in bicicletta, che fin dai primi strappi si sente che si sta esagerando, ma invece di rallentare si gettano le ultime bracciate di forza in questa fornace di stanchezza. Il sudore mi zampillava da tutte le parti, le mani mi si erano già riempite di vesciche, vesciche galoppanti, nutrite dalla pappa del caldo; il sangue ronzandomi in testa tendeva ad annerire il paesaggio, le piantine del granoturco parevano di metallo nero verniciato. Dissi a Enrico: «Bisogna cambiare stile». Si trattava di lavorare allo stesso ritmo delle donne; appaiarsi e *copiare* il ritmo.

Ci mettemmo a fare così. Non erano rose e fiori, ma andava molto meglio. Un po' alla volta mi abituavo, tornavo pian piano a galla. In principio avevamo veduto le contadine come un gruppo, ma ora che ne avevo una al mio fianco, cominciai a vederla separatamente. Era fra i trenta e i quaranta, del tipo castano-biondo che è frequente nelle nostre campagne. Era scalza, con la sottana fino a metà tra il ginocchio e la caviglia. Era vestita di tela pesante, aveva sbottonato due bottoni sotto il collo, e le si vedeva spuntare la maglia di flanella. Lavoravamo fianco a fianco, quasi toccandoci. All'improvviso sentii quanto era donna questa donna; mi venne come una vampata, quasi la voglia di essere un contadino, non solo per motivi generali di fervore storico-sociologico, ma per lei.

Quando si zappetta, per qualche minuto si picchia e poi per qualche minuto si sta fermi appoggiati alla zappa, poi si ricomincia: questa è la tecnica. Mi venne in mente quel pezzo che dice: *l'azzurrino fiore del cìano nelle luci avea*, e in uno di questi intervalli che si sta fermi, le guardai le luci. Non aveva il cìano. Aveva occhi grigio-pietra, belli. Sentivo il suo odore acre, che si mescolava col mio, più giovane; quanto era che non mi cambiavo io? solo qualche settimana, lei chissà quanto.

Si confondea con le spighe la chioma: storie, le spighe non c'entrano coi capelli di una donna sporca e sudata; e questo vale anche per la spigolatrice di Sapri, e tutte le altre, e naturalmente la Ruth.

A sera, sentivo i cristalli del sudore raggrinzarsi sulla pelle, e il mio odore mi pareva diverso dal solito, macchiato. M'insognai tutta la notte la Palestina antica, e la Ruth, che era un pezzo di ragazza palestinese, molto belloccia, e m'insegnava a zappettare stretto stretto, con un attrezzo biblico simile al nostro, ma più tozzo. Sentivo l'odore della sua pelle, che era come salvia ma più forte, e dei capelli rossi, che era come resina e fieno.

Per spostarsi in pianura si andava principalmente a sorghi. La campagna era come una scacchiera, che dall'alto appariva lucida e razionale; invece scendendovi dentro non ci si raccapezzava più, e bisognava rifarsi una logica empirica, seguendo le quinte degli alberi, i festoni delle viti, i muri agresti. Rumori, voci arrivavano come nuotando in aria, disancorati dalla storia; ci si sentiva assurdi in mezzo a questa gran macchina placida che continuava come sempre a produrre foglie, polenta, uva.

I grilli, in agosto, cominciano a strillare quando la luce scema, verso le sette di sera, e le collinette s'inazzurriscono. L'aria si rinfresca, gli scherani rientrano nelle loro tane, i bambini nelle aie gridano, in guerra come in pace, e i cani abbaiano allegramente in mezzo ai bambini. Partono come fagottini i pipistrelli, mentre gli ultimi uccelletti sono già in casa, e chiacchierano prima di dormire. C'è anche il fumo sulle casette. Seduti per terra, collo schioppo tra le ginocchia, ci pare che la campagna ci custodisca come figli. Non abbiamo mai amato tanto la campagna che ora s'annera.

I riflessi rosei evaporavano in aria. I colori si raddensavano, si vedeva lo spettro di un grande lago formarsi in alto, e riflettere il lago scuro del sorgo. Il paesaggio si spegneva mareggiando; cominciavamo a percepire il giro lento della terra, la grandezza spropositata della sua crosta su cui eravamo posati. Per un po' i disegni lontani delle montagne ci facevano compagnia, ci davano la scala delle cose; poi scomparivano anche loro, inghiottiti nel lago, e non si vedeva altro che il cielo.

Le notti al campo, sotto il monte di Torreselle, erano formidabili. C'era l'oscuramento nei paesi, e non c'erano riflessi di luci artificiali. Si stava distesi con la faccia in su: e in una notte stellata un quarto d'ora in queste condizioni fa girare la testa. Anche parlare faceva un effetto strano, l'acustica del cielo notturno è stranissima, la voce si sente, ma perde ogni qualità, si scorpora. Dante sapeva i nomi delle stelle e delle costellazioni, e li mandava su in aria; il cielo se li beveva.

Guardando il cielo notturno, ogni tanto si ha la sensazione di partire col corpo; è un effetto analogo a quello dell'ubriachezza da vino, e qualche volta per noi ci sarà stata anche una punta di ubriachezza da vino, perché i contadini ce ne davano. Così facevamo vertiginose sortite dove stavano Berenice, Cassiopea, Andromeda. Raccontavo a Severino le storie di queste donne, quando le sapevo, confondendole un po'. «Tutte puttane» diceva Severino. La sua voce veniva inghiottita nell'aria.

L'estate era troppo folta; si sentiva la stagione sfibrarsi. Ero andato a bere a una polla d'acqua sorgiva a mezza costa. Era caldo, ed io ero preoccupato per certe notizie arrivate dalla pianura, e mi era venuto uno di quei momenti di sconforto sotterraneo che ogni tanto venivano nel corso di quell'estate; quando si perdeva sul serio il senso di quello che facevamo, e il paesaggio diventava sibillino, vagamente allucinante. Questo sentimento io mi figuro che somigli un po' alla morte, e siccome è impossibile essere del tutto insensibili all'aspetto riposante della morte, sentivo sotto allo sconforto una specie di stanco benessere. Bevvi avidamente dell'acqua limpida e fresca, finché mi sentii sazio, e poi mi allontanai pochi passi dalla fontana, e trovandomi su un marginetto erboso fra gli alberi e i cespugli, mi sdraiai per terra guardando all'insù le foglioline che tremavano, e dopo un po' chiusi gli occhi quasi senza accorgermi; e così in mezzo ai rumori minuti dell'estate, mi addormentai, col mio parabello in una mano, e l'altra posata per terra, colla palma all'insù. Dormendo mi pareva che dai rami sopra di me mi venisse a cascare qualcosa in palma di mano, ma sentivo che non era una cosa escreta da uccelli petulanti, era assai più leggera, però meno leggera di una foglia. Allora mi mettevo a fare meccanicamente il mio gioco consueto, ponendomi sul piano razionale la domanda: "Che cosa può essere?" e cercavo la gamma delle soluzioni plausibili. Tutt'a un tratto ebbi la sensazione di sapere esattamente che cos'era, era una cicala. Volevo riaprire gli occhi per controllare, ma mi venne in mente una cosa curiosa, che non avevo mai visto una cicala. Non è che non avessi mai *potuto* vederla: basta montare su un albero dove ce n'è qualcuna che grida, perché si sa che non volano via, solo smettono di gridare, e restano ferme. Ma la verità è che non avevo *voluto* andarla a vedere, per qualche motivo indefinito, associato con un senso di sacrilegio. Sarà forse il modo che hanno di gridare, che per un bizzarro effetto di acustica non si sa mai se è una ragnatela di gridi sottili a poche spanne dall'orecchio, o un coro abissale grande come tutto il paesaggio. Non c'è prospettiva nello stridore delle cicale. È inutile, dev'esserci una punta di magico dentro, quel rumore non è interamente di questo mondo. Fatto sta che cicale non ne avevo mai viste, né in persona né in effigie sui libri.

La cicala dev'essere senz'altro greca. È impossibile che i greci non abbiano sentito quanto è misteriosa: e per i misteri avevano un orecchio incredibile. Come si dirà in greco cicala? E quanto antica è biologicamente? Più antica dell'uomo, del cane? Perché non ci insegnano a scuola queste cose? Vigliacchi traditori, mi dicevo (ma pigramente, perché era caldo), pare che facciano apposta a non insegnarci le cose interessanti; almeno ci insegnassero sul serio il greco. Mi svegliarono delle voci. Era gente venuta a bere alla fontana. A mano a mano che parlavano li riconoscevo. Erano in tre.

«È tutta questione di non prenderlo in corpo di guardia» diceva Enrico. Poi lodò l'acqua, e il piacere di bere a sazietà.

«Quando è finita la guerra me ne voglio cavare dei capricci» disse.

«Non sei figlio del direttore di Marzotto tu?» disse il Negro.

«Sì» disse Enrico. «E tu, cosa fanno i tuoi?»

«Niente» disse il Negro. «Da quando mi ricordo io, sono sempre stati morti.»

«Mi dispiace» disse Enrico.

«Però quando è finita la guerra, anch'io me lo voglio cavare qualche capriccio» disse il Negro.

«Io devo pensare a dare gli esami» disse Raffaele. «Perché i miei di casa mia hanno fatto i sacrifici.»

«Non vai in roccia tu?» disse Enrico. «Allora dopo la guerra devi portarmi. Ho una voglia matta di andare in roccia.»

«Capo primo, la moto» disse il Negro. «Un Saturno rosso che vada anche a centodieci, e anche di più.»

«Io voglio dedicarmi un po' seriamente alle donne» disse Enrico. «Ma voglio cavarmi la voglia di andare in roccia.»

Ora che ci ho ripensato, e ho ricostruito le frasi, vedo bene che non c'era niente di singolare in questa conversazione, ma allora mi parve singolare. Sentendo solo le voci, mi parevano in un'altra sfera di realtà, come dei fantasmi che parlassero; e del resto si dà il caso che essendo morti tutti tre, in complesso *sono* fantasmi anche adesso.

Stetti lì con gli occhi chiusi fin che furono andati via, senza chiamarli. Nella palma della mano aperta, quando mi alzai a sedere sull'erba, e guardai, non c'era più niente, e così la chiusi, e pensai: Quando si chiude la mano si prende un pugno di aria.

Per ferragosto avevamo prenotato il Maggiore, la più grossa delle nostre vittime etico-politiche: e la più lunga delle nostre spedizioni in pianura, quasi mezza provincia. Eravamo stati si può dire suoi allievi nelle organizzazioni giovanili del regime; sentivamo il dovere di risolvere personalmente il suo caso. Era un uomo allo sbaraglio, una figura molto in vista, di quelle che chiedevano pubblicamente piombo per qualcuno (di solito per noi) due o tre volte alla settimana. Discutemmo a lungo se era più giusto che sapesse o no chi lo promoveva Caduto (ci conosceva tutti benissimo); ma poi, forse per un moto di pudore stabilimmo di lasciarlo all'oscuro. Sapevamo che ogni sera, verso il tramonto, passava in bicicletta per una stradicciola fuori di Vicenza, diretto al paese dov'era sfollato presso una famiglia.

La spedizione durò vari giorni. La prima notte ci spostammo per sorghi e stradette campestri, prendendo a mano a mano il largo nella pianura; poi entro un giorno o due procedendo in terra incognita, trovammo il posto, e chiedemmo ospitalità a una famiglia di contadini. Mi pare che fosse gente che conosceva qualcuno di noi, forse una delle nostre famiglie; in Italia si va sempre avanti con le conoscenze; fatto sta che questi contadini, specie le donne, erano semplicemente entusiasti di noi. Si vedeva qui, dove eravamo in fondo forestieri, di che tempra era l'appoggio popolare ai partigiani. Credevano nell'onnipotenza dei partigiani, e nella nostra in particolare; erano convinti che potessimo fare qualsiasi cosa, e quando alla sera spuntava Venere sopra i colli lontani, erano sicuri che fosse un segnale per noi, ed era perfettamente inutile negarlo. Dei rischi che correvano ospitandoci non avevano paura, anzi erano orgogliosi di averci, e si vedeva che credevano di avere chi sa che cosa.

Eravamo in quattro o cinque, tutti col parabello, anche perché volevamo uccidere il Maggiore collettivamente; salvo Gigi, che aveva il compito di seppellirlo, e ci seguiva con una vanga. La casa era a un paio di chilometri dal punto della strada che avevamo prescelto; la campagna è irrigua, tutta solcata da fossi e canali, e gli spostamenti risultavano azzardosi. È un bel traffico ammazzare un uomo. La vigilia di ferragosto eravamo ai nostri posti tra i cespugli, una buona ora prima del tramonto. Ci eravamo portati un'anguria, e quando fummo sistemati ce la spartimmo. Sulla strada passavano in bicicletta le operaie di ritorno dalla fabbrica, e dicevano: «Senti che buon odore di anguria». Tenevamo gli occhi sul rettilineo da cui doveva spuntare il Maggiore: l'ordine di sparo era stato sorteggiato.

Venne il tramonto, con la sua luce incantata; poi venne la sera. Passarono alcuni ciclisti, per lo più assai diversi dal Maggiore, per sesso o corporatura; uno o due corsero un po' di pericolo.

Ben presto fu buio, e si capiva che il Maggiore non sarebbe più passato. A notte alta decidemmo di tornare a dormire nei sorghi vicino alla casa dei nostri contadini; era una bella notte con una gran luna.

Oltre un magnifico prato, splendido sotto la luna, c'era un fosso assai largo. Né a destra né a sinistra, fin dove arrivava lo sguardo, si vedeva traccia di un ponte.

«Questo fosso bisogna passarlo» dissi.

Nessuno era molto entusiasta, e io stesso ero un po' incerto sul come. Forse il metodo delle frasche: ci si attacca ai rami di un buon gelso sull'argine, una dondolata energica... Oppure il metodo della pertica (ce n'era una lì per terra): piantarla nell'acqua, con la dovuta rincorsa, e fare un volteggio. Gigi però disse che non se la sentiva: la nostra maggiore preoccupazione era lui, che non ha mai veramente amato lo sport.

«Va bene» dissi; «allora si passa a piedi.»

«Andiamo a cercare un ponte» disse Dante.

«No,» dissi «qua si passa» ed entrai nell'acqua. Con due passi andai sotto fino al collo; al terzo scomparvi, tranne le mani col parabello. Devo confessare che i fossi mi fanno paura, ma ero così irritato che continuai a camminare, e riemersi dall'altra parte. Gli altri mi raggiunsero mezz'ora dopo, avendo trovato il ponte un po' più in giù. Mi ero spogliato, e giravo di corsa attorno a un capanno di canne su cui avevo messo la mia roba ad asciugare alla luna. Non era affatto asciutta, e Gigi mi diede il suo maglione senza maniche, che infilai al posto dei calzoni; mi era largo e Gigi da dietro mi assisteva a tenerlo su.

Il giorno dopo tornammo sulla strada un'ora prima del tramonto. Mario aveva il parabello incompleto perché durante il giorno l'aveva smontato, e non riusciva più a trovare il calcio. «Me lo hanno rubato» diceva; e noi dicevamo: «Spara col resto».

Subito dopo il tramonto in fondo al rettilineo comparve un ciclista, e vidi subito che era il Maggiore. Eravamo accucciati tra i cespugli, coi parabelli puntati; il Maggiore veniva avanti, tutto assorto nei suoi pensieri; vestito così in borghese pareva depresso e debole; io spostavo piano piano il parabello, camminando in aria col cerchietto del mirino un po' davanti al Maggiore. Quando fummo al punto giusto mi fermai ad aspettarlo, e in un momento lo vidi entrare nel mio mirino, coi suoi tristi pensieri; e lì in questo cerchietto di ferro lo voglio lasciare.

Ora la stagione era come un festino confuso, in quel momento di anarchia che prelude alla fine. Dai nostri crinali pareva di sentir muoversi il terreno, come se l'Italia in basso si crepasse, e mandasse su una lava disordinata. Arrivavano da tutte le parti bande estroverse, di passaggio; spesso l'orda vera e propria non risaliva nemmeno sui crinali, ma lambiva il piede delle colline, brucandolo. In cima venivano invece i capi, gli avventurosi Stati Maggiori ambulanti. Bastava guardarli per vedere quanto erano diversi da noi. Pareva che fosse arrivata una nuova mutazione, un prodotto di qualche altra cultura. Avevano fasce di seta, mitragliatori fuori ordinanza, facce allegre e terribili.

I loro incontri erano sempre da vedere; Attila, quando venne coi suoi incontro a Aquila, era veramente terrificante, roba da Salgari. Dopo i saluti a mano, si presentarono:

«Aquila».

«Attila.»

«Aquila?»

«At-ti-la!»

Faceva spa-ven-to! Aveva una compagna, questo Attila; la chiamava lui così, era bruna, piccola, col profilo elegante e i tratti minuti. Dante la stava guardando intensamente, perché era molto fuori ordinanza, e Attila sorrise e disse con affettuoso orgoglio: «È poco loquace, trentadue parole». Saranno state in slavo: era cecoslovacca.

Accadevano cose straordinarie; ci dava appuntamento il vicequestore, veniva su a Monteviale coi suoi sgherri, noi venivamo giù, senza sgherri perché i nostri sgherri eravamo noi, e ci incontravamo in un'osteria. Mettevamo gli schioppi in un cantone, per delicatezza, ordinavamo vino bianco, e trattavamo. Loro venivano a offrire collaborazione, protezione ai prigionieri politici, in cambio di certe assicurazioni per le loro persone alla fine della guerra. Negoziavano bene, con un certo stile corrotto. Si mettevano in sostanza nelle nostre mani, ma con stile. Io avevo sempre sottinteso che la guerra civile separasse le due fazioni come un sacramento, «un segno indelebile che non si cancella mai più».

Era l'ora delle stramberie, la prova generale della fine della guerra. Inoltre era sconcertante sentirsi creduti importanti; veniva da dirgli: "Guardate che noi siamo dei privati, e non intendiamo di *contare* alla fine della guerra". Però pareva un peccato deluderli.

Poi venne settembre con le prime uve, e la confusione diventò minacciosa; vennero i grandi rastrellamenti sui monti, gli arresti nei paesi, le case bruciate, le piccole fucilazioni; i briganti, abbandonati dai loro vice-questori, inferocivano per conto proprio. Ci portarono via anche il Conte che era tra i capi di pianura, non solo un amico stretto, ma il primo dei nostri sostegni. Le regole si accantonavano, ci si trovava a correre empiricamente di qua e di là, cercando di rispondere ai brutali inviti.

In marcia verso San Vito, dove tengono il Conte, se è ancora vivo; è una grande azione dimostrativa, a cui partecipano tutti i reparti della zona. È il primo pomeriggio, già tutto l'arco dei colli è pieno di spari, e noi ci affrettiamo per arrivare in tempo per la nostra parte di gloria. La gente ci incoraggia come nelle gare sportive; «Bravi! bravi! accoppateli tutti!». Si entra, si esce per cortili, porticati, orti, quasi tra due file di gente che applaude.

Ora siamo sui monti sopra San Vito, io e Gigi staccati dagli altri, per fondare un nuovo battaglione alla memoria del Conte, in mezzo ai rastrellamenti collinari. La gente nelle contrade, in attesa del turno, si radunava davanti alle case a recitare il rosario; passavamo in mezzo alle sedie delle donne in preghiera. Eravamo alti alti tra il Faedo e il Mución, guardando bruciare le case lì sotto.

Siamo andati a finire sotto un ponte a Priabona, io e Gigi. Sulla strada sfilano da un pezzo colonne di camion tedeschi, abbiamo cercato di attraversare in fretta tra un camion e l'altro; quando siamo stati proprio sul passo è arrivata un'altra colonna, abbiamo avuto appena il tempo di ficcarci sotto il piccolo ponte, ed ora eccoci qui. I camion ci passavano rimbombando sopra la testa. L'ultimo rallentò al ponte, e si fermò un po' più in là; si sentivano i soldati chiacchierare, erano ucraini.

Stupidi anche loro però; come si fa a non guardare sotto un ponticello così? Avrebbero potuto divertirsi.

Finiva l'estate, i bradisismi si arrestavano, le orde estroverse non passavano più, i rastrellamenti si smorzavano, e noi giravamo negli ultimi sorghi in pianura a fare piccole azioni stanche. Nei grandi campi di sorgo passavamo ore terrose, granulose. Conoscevamo tutti i fenomeni dell'inframondo verdastro; la terra umida, i gambi sempre un po' acquosi, i cancri pulverulenti, i ciuffi teneri delle pannocchie. Veniva la fantasia di essere anche noi creature del sorgo; si era imparato a camminare a quattro zampe là sotto, a sostarvi in conversazione, a dormirci le notti.

«Quando tagliano il sorgo stiamo freschi.»

«Forse quest'anno non lo tagliano.»

«Presto sarà tutto secco.»

«Se si mette a piovere, resterà verde.»

«Se si mette a piovere, faremo le docce.»

«Vorrà dire che andremo via.»

«Dove vuoi che andiamo?»

Si cominciava a pensare all'inverno. L'altro inverno eravamo ancora chi a casa, chi nascosto. In montagna c'è la neve, d'inverno; sulle colline non ci sono più foglie. La nostra guerra era figlia delle foglie.

«Vuoi che passi un altro inverno?»

«E chi lo sa?»

Non m'importava più niente di niente. Le foglie già cominciavano a morire. C'erano anche i cani, con cui certi reparti andavano alla cerca tra i campi. Io avevo un coltello speciale per questi cani, a mezza-via tra il ronchetto e la scimitarra. Me l'aveva dato un amico che era venuto a trovarci, e ci aveva lasciato gli auguri di buona guerra, e a me questo coltello; assicurava che era perfetto per i cani. Diceva che basta distendersi per terra a faccia in su, il cane passa di furia e per un attimo espone la pancia: tu alzi un po' il coltello e frùn, lo scucisci da cima a fondo. Meccanicamente provavo a fare un piccolo sforzo per credergli, e quasi ci riuscivo. Certo però nel sorgo il coltello fa compagnia, e sono convinto che è ottimo contro i cani.

I Colli Berici sono dietro a Vicenza, a sud; con minuscole propaggini, come miniate, fanno vallette e insenature. In una c'è un laghetto triste che si chiama Fimón; al di là del laghetto si divaricano due versanti pelosi, come gambe distese. La divaricazione è considerevole sotto alle ginocchia, e lì c'è il lago, come una antica urinata del monte; dalle ginocchia in su il monte tiene le gambe più strette. A mezzo autunno noi siamo lì, in questo spazio interfemorale. La terra è cretosa, tutta cosparsa di riccioli di castagne; ci sono alcune case isolate; la gente che ci abita vive sempre in questo luogo, passa qui tutta la vita. Sono così poveri, che non si capisce come riescano a campare: tutto ciò che si può dire è che stanno in piedi, e quando aprono la bocca vien fuori la voce; mangiano anche, cucinano, e ne danno anche a noi; ridono. Dicono di essere contadini, ma dove sono i campi? Gli uomini vanno a opere, o su pei boschi o là sotto oltre il lago. Le donne fanno figli e minestre, e vanno a prendere acqua coi secchi, e mescolano la polenta.

Dove vanno in chiesa, e a scuola? Chi verrà quassù a curarli, se si ammalano? Quando devono scendere loro in città, ci vanno scalzi con le scarpe in mano: le indossano entrando a Porta Monte.

La loro relativa allegria mi sconcertava.

«Bisognerebbe avere sempre un'espressione lugubre sul viso, fin che ci sono italiani in queste condizioni» dicevo a Bene.

«Avresti una nazione lugubre attorno a un gruppo di valligiani relativamente allegri.»

«Se fossi nato qui farei il terrorista.»

«E non lo fai lo stesso?»

Analizzavamo insieme la possibilità di sfruttare meglio le risorse della valle. C'erano tutte queste castagne per terra, e altrettante ancora sugli alberi. Perché non andavano in pianura a venderle? Ne parlammo ai contadini, e loro ci dissero: «Perché nessuno le vuole». Ci mettemmo a postulare fabbrichette di marmellata di castagne sotto ai pendii; e immaginavamo la valle ripulita e redenta dalla prosperità, e la gente con le scarpe.

«Dove le faresti le fabbrichette?»

«Là sotto, in pianura, oltre il lago.»

«E allora perché la gente dovrebbe restare proprio qui, a vivere?»

Già: anzi, perché proprio la marmellata di castagne? Forse la cosa importante non sono le castagne, ma le fabbrichette. Si possono fare anche bottoni.

«Cosa dici tu, che in Italia si faranno, queste fabbrichette?»

«Cosa vuoi sapere?»

«Questa valle resterà vuota, le case saranno abbandonate; sarà un costone di collina.»

Queste case non mi parevano edifici, ma modi di vivere; le corti tra i castani, e le viottole, e le stalle, e i sottoportici, tutto era mescolato con la povertà, era questa *la forma* della valle e della vita italiana.

Dissi a Bene: «Per uccidere la povertà, dovranno sfasciare l'Italia».

«Esagerato» disse Bene.

Passavamo molto tempo sulla paglia, a pancia in su. Erano gli ozi di Fimón. Sognavamo stancamente di inventare una nuova forma di guerra, e intanto giocavamo a carte. Non c'era più tra noi e il mondo lo schermo delle foglie; non c'erano più che nudi stecchi, e stoppie nei campi. Sotto le foglie marcite si sentiva la creta; ci sentivamo fangosi e cretosi anche noi, esposti.

Facevamo le ultime azioncine, le ultime rapine impeccabili. Veramente alle volte c'erano delle pecche. «Orca-miseria, non ho il buono» disse Mario a cui lo avevamo affidato. In questi casi il buono si manda per posta. Si prendevano soprattutto biciclette e scarpe: ci preparavamo al ritorno in pianura. Dopo la rapina si andava via, alcuni a campi coi parabelli, altri in bicicletta, in borghese e disarmati. Dante portava Mario sul palo, sopra la Commenda: videro venirgli incontro una macchina tedesca, e prepararono le facce legittimiste.

A cinquanta metri Dante disse: «Ostia, hai il parabello». Mario se lo era tenuto per distrazione. Saltò direttamente dal palo nel fosso, a pesce. Dante incrociando i tedeschi fece "ciao, ciao" con la mano.

«Siamo malmessi» dicevamo. Pareva di essere visibili dappertutto, e per scomparire un po' meglio risalivamo a mano a mano la valle, internandoci fino in cima. In cima, proprio sotto il ciglio oltre il quale corre una strada sul crinale, c'era una caverna bassa e cretosa in cui finimmo col rintanarci. Pioveva. Ci si sentiva come dovevano sentirsi quei primi branchi di uomini, o anche di scimmiotti preumani, quando erano ridotti a una mezza dozzina, e cominciavano i freddi, e loro si affacciavano avviliti alla bocca di una caverna come questa, che sarà sembrata anche a loro l'apertura del grembo della terra, nel quale estinguendosi la stagione e la vita, non restava che rientrare.

«Bisogna andar via da questa valle.» E al tempo dei morti, ci mettemmo a fare i preparativi. La piccola banda perfetta si disbanda, si apre come una siliqua, ci proietta in giro come bottoni; una raggiera di piccoli maestri itineranti, soli o a coppie, andiamo attorno a spargere per le province il sale della nostra maestria.

Io e Marietto partimmo in bicicletta dalla sponda del lago, per la stradicciola di terra in mezzo ai campi, e facemmo un pezzo di strada insieme, fino agli sbocchi negli asfalti, negli stradoni ostili, nella pianura vera. Mi misi a recitargli versi di Gozzano, del quale ammiravo la tecnica, e lui che era sospettoso verso le frivolezze della poesia, mi ascoltava con poco entusiasmo.

«La sai quella delle cetonie?» gli dissi. Marietto non la sapeva e così io recitai:

per dare un'erba alle zampine delle

mentre si sentivano i raggi a ruota libera che facevano *vrrr*, *vrrr*, e poi dissi con tre bòtte sorde e neutre:

disperate cetonie capovolte.

Naturalmente mi venne la pelle d'oca. «È praticamente perfetto» gli dissi. «Sai, aveva occhio per gli insetti.»

Eravamo all'ultimo rettilineo tra i fossi, e in fondo si vedeva passare il traffico emozionante dello stradone; ci ripetemmo il luogo e l'ora dell'appuntamento a Padova, e poi via, lui da una parte e io dall'altra.

Il guerriero in riposo legge libri disteso su un divano, mangia l'ovetto sbattuto, riceve visite confidenziali. Un giorno arrivarono dei signori che non conoscevo; dallo studio al primo piano li vidi venir su per la strada chiacchierando, con le mani nelle tasche dei paltò. La Marta andò ad aprire; quando sentii la voce del visitatore in capo, nell'entrata, pensai subito: "Ahi!". Tanto per fare qualcosa, chiusi a chiave la mia porta dall'interno, e mi misi in tasca la chiave. Poi gettai il portafoglio direttamente nella stufa. L'idea di non farsi trovare con le carte addosso era parte di una tecnica riconosciuta, ma era anche un po' una mania nostra; certo non c'era necessità di bruciare *tutto* il portafoglio, c'erano dentro le mie dieci lire, e non ne avevo altre. Il balcone sporgeva su una terrazza cintata con la rete metallica; oltre la rete si vedeva uno dei visitatori che aspettava con la rivoltella in pugno. Ero senza armi – il guerriero in riposo le deposita prima di andare a riposarsi – e mi sentivo molto in trappola. Dabbasso i visitatori s'erano messi a visitare stanza per stanza, e a mano a mano chiudevano a chiave le porte. La mia di sopra era *già* chiusa a chiave; la situazione sarebbe stata ridicola.

"Ocheta vèrzeme" – *"Mi no"*
"Ocheta vèrzeme" – *"Mi no"*
"Ocheta vèrzeme"

E poi? Si può anche vèrzare. Quando il visitatore in capo ebbe finito al pianterreno, chiamò dentro i piantoni per venire di sopra in forza. Io spiavo dalla vetrata del balcone; vidi l'uomo con la rivoltella girare per entrare in casa, e quando fu sparito uscii sul poggiolo, legai una sciarpa di seta azzurra che avevo a una sbarra della ringhiera, scesi fino in fondo alla sciarpa e poi mi lasciai andare. Ero già praticamente al suolo, e non caddi quasi niente; ma poi scavalcando con un certo impeto l'alta rete metallica col filo spinato in cima, m'imbrogliai nel filo spinato, e per non strappare troppo smisuratamente il vestito, ricaddi disordinatamente dall'altra parte. Era una di quelle storte che rimbeciliscono una gamba; e dovetti trascinarmela dietro correndo via per i campi.

La casa è su una collina, e domina un gran pezzo del paesaggio. Corsi un bel tratto con la sensazione di essere visibilissimo. Avevo addosso l'unico vestito borghese che mi era restato a quei tempi; era un vestito da festa, un doppio-petto a righe marron scuro, ancora quasi nuovo, salvo questi ultimi strappi da filo spinato. I campi erano quelli secchi e nudi del tardo autunno, accidentati dalle arature; io correvo energicamente, in doppio-petto scuro, strascinando la gamba. La casa non si vedeva più, ma intanto mi ero ricordato della sciarpa di seta azzurra, e mi pareva ovvio che mi avrebbero inseguito. Quando fui a un chilometro, non ce la facevo più: inoltre il terreno era fatto in modo che proseguendo sarei tornato allo scoperto. C'erano delle biche, e mi cacciai dentro a una di queste; lo spazio, standoci seduti dentro con le ginocchia in su, era press'a poco la mia misura. Se passano per di qua, pensavo, speriamo che non abbiano la curiosità di guardare nelle biche; non avevo riflettuto che se hanno un cane, ci pensa lui. Questo cane mi venne in mente quando lo sentii che cominciava a abbaiare cento metri lontano. "Eccoli" mi dissi; sentivo anche la voce dell'uomo che parlava al cane, venendo avanti con lui. Decisi di restare dov'ero. Quasi quasi avevo voglia di andarci un po', in prigione.

Il cane mi veniva scovando infallibilmente; si sentiva all'abbaio che era già sicuro del fatto suo. Infatti arrivò ben presto, e abbaiava furiosamente alla bica. L'uomo venne ad aprirla, e io mi trovai seduto allo scoperto; però non era il visitatore ostinato, era un contadino.

«Mi dispiace del disturbo» dissi io, e lui disse: «Che Dio li fulmina», poi mi rimise a posto la bica, e andò via col cane. Così riprende il riposo del guerriero, si dormicchia fino a sera, poi si riparte a campi. In poche ore arrivai in una zona sicura, e mi scelsi una casa di gente che conoscevo, e per non disturbare così di notte, andai nella tezza che era piena di fieno, ed essendo freddo mi seppellii tutto nel fieno, e in questo modo corsi un gran brutto pericolo; perché alla mattina i contadini miei amici vennero a prendere il fieno coi forconi, e lo infilzavano a grandi colpi di forcone (li ho visti tante volte prendere il fieno nella tezza), finché disseppellirono una scarpa, e sollevandola in punta di forca ci veniva dietro una gamba; e dietro alla gamba un giovanotto in doppiopetto marron a righe, addormentato sotto il fieno, e così mi svegliarono e ci salutammo.

So che la Marta, quando arrivarono al primo piano davanti alla porta dello studio chiuso a chiave, disse che la chiave non l'aveva, che era poi vero, perché l'avevo io in tasca; così le fecero un po' di elettroshock (avevano la macchinetta portatile), poi buttarono giù la porta. Per la sciarpa di seta azzurra le fecero un altro po' di elettroshock, e qualche scottatina con le sigarette. Lei però non disse nemmeno il mio nome. Era brava, la Marta: disse le prime due sillabe e cambiò le altre. Così aveva l'impressione di averlo detto, e non lo disse più. Purtroppo le peggio torture gliele fecero poi in prigione, quei bastardi sifilitici impotenti.

10

Nella città la gente faceva i fatti suoi. C'erano i bar, i cinema, i tram, i giornali: roba da matti. In un primo momento questo si percepiva semplicemente come il regno di Satana: i marciapiedi scottavano, i volti della gente sui marciapiedi ci facevano trasalire; e i vestiti, i paltò, le cravatte, ispiravano ribrezzo e paura. Padova sembrava una gran sentina di peccati; bisognava stare in guardia per non concludere d'istinto che tutti questi cittadini traditori, tutto questo impianto di portici, di fòrnici, di bar, di cloache, di caserme, di rotaie, rappresentasse semplicemente il mondo da sterminare. Ci sarà stato in noi anche un pizzico di banale reducismo, l'inevitabile goffa polemica contro gli imboscati; certo i compagni d'università che ci riconoscevano per via, e dicevano: «Carissimo: quanto tempo! l'hai fatto Tagliavini? l'hai fatto Cessi?» dovevano restare molto male davanti al nostro frettoloso riserbo; facevano rabbia, ma non era principalmente questo.

Non mi ero mai sentito tanto bandito fuorilegge come ora, tornando con le mie carte false nel mondo ordinario; nelle guerre normali ciascuna delle due parti ce l'ha, il suo mondo ordinario, il rispettivo fronte interno dell'accidente. Qui pareva che lo avessero solo gli altri; i tram erano fascisti, e così la posta, i negozi, i rifugi antiaerei, le tessere annonarie, tutto.

In fondo al cuore mi pareva di detestare la società, non solo questa in particolare, ma ogni società urbanizzata, e quasi la società in sé, la bestiale convivenza degli uomini civili, schifosi parassiti gli uni degli altri. Succhiatevi il vostro schifoso sangue, pensavo; convivete. Benedetta la nostra Tebaide, dove cercavamo l'acqua negli anfratti della roccia, e il corvo ci portava la polenta e la margarina! Peccatori, puttanieri, sodomiti, fatevi i vostri accoppiamenti bestiali: accoppiatevi con le vostre cagne domestiche, accoppiatevi coi vostri tram. Andate alle vostre messe ultime, ficcatevi nel sedere le candele devote!

Insomma avevamo paura del mondo, in principio. La gente per la strada ci pareva temibile; cercavamo con gli occhi il mitra in mano al lattaio, alla donna dell'edicola. La prima volta che entrammo in una trattoria tutti gli uomini seduti ai tavoli ci parevano briganti neri, con quell'aria rivoltante che avevano quando si mettevano in borghese. In poche settimane ci abituammo; presto si andava apposta nei luoghi frequentati dai funzionari dei ministeri, delle questure, dei comandi, delle stesse case di tortura; apposta per vederli. Incontravamo sconsigliatamente gli odiosi occhi del romano d'adozione politica, un tipo che mi pareva allora intensamente detestabile. Non so se i democristiani ne abbiano prodotto una variante propria.

A Padova eravamo al Centro. Un Centro clandestino è una cosa singolare: più ci si avvicina e meno lo si vede. Da lontano nessuno dubitava che fosse un organismo solido e tangibile, una forgia di direttive, un imponente laboratorio; ma poi, appressandosi, questo organismo non si trovava più, si entrava invece in una rete di contatti precari e faticosi. Anzi non era nemmeno una rete; c'erano alcune persone coi nomi falsi intente a tesserla. Fin che durava il lavoro, la rete c'era, e dentro vi circolavano correnti magnetiche, ma il momento che si smetteva di farla non c'era più. In principio pareva che in mezzo dovesse pur esserci, come un ragno, il Centro vivo, in una sua nicchia di seta: ma c'era davvero? Poi si cominciava a capire che la rete stessa era il Centro, continuamente stracciato, continuamente rifatto. Finché tenevamo annodati i fili, le correnti passavano. Il Centro funzionava così.

Il Centro era fittamente collegato con l'intera regione, e noi ci mettemmo quasi tutti a questo lavoro di collegamento, chi a Padova, chi sparso per le province; alcuni con rigore di professionisti, altri solo a mezzo servizio. Si vedeva ora che il lavoro di collegamento non era un aspetto importante della Resistenza, ma era la Resistenza stessa. L'una cosa passava nell'altra, come si diceva così volentieri allora, "senza residui"; quando si era provveduto a collegare, solitamente si era fatto anche tutto il resto, creati i Comitati, diffusa la stampa, eseguiti i finanziamenti, sparse o raccolte le notizie, comunicati e insieme eseguiti gli ordini. Cercate i collegamenti, e tutto il resto vi sarà dato per soprappiù.

Una parte delle nostre energie erano impiegate a tenerci collegati fra noi, ma ne avanzava un bel po' per collegare anche gli altri. Si girava con carte e licenze false; alcuni di noi (specie Marietto ed io, essendo di sede a Padova stessa) cambiavamo spesso casa e identità; qualche volta io mi calavo gli anni e mi facevo matricola diciassettenne, esente ancora da impegni militari; altre volte mi promovevo presso reparti e distretti remoti, e mi concedevo licenze ordinarie e straordinarie. La prima volta che fui fermato (a Treviso) il cuore mi fece una trematina; ma poi ci avevo fatto l'abitudine, e presto mi misi io a fermare la gente e a controllargli le carte, per rinfrancarmi. Qualche volta quando le controllavano a me, mi usciva di testa il nome che portavo quel mese, non parliamo del reparto; ma andò sempre liscia e mi ricordo anzi che strana impressione faceva poi, alla fine della guerra, ritrovarsi di nuovo in tasca la propria identità nuda e cruda.

Si viaggiava molto, anche coi treni, ma soprattutto in bicicletta; si andava in tutti i centri provinciali, e nelle città, Venezia, Verona, Treviso, Rovigo. Da Vicenza, si capisce, giravamo al largo. Un paio di volte andai in bicicletta anche a Milano, al Centro dei centri.

Questi viaggi erano sostanzialmente possibili perché, se non avevamo un nostro fronte interno, avevamo però qualche cosa di meglio: l'alleanza clandestina ma naturale di un gran numero di famiglie e di persone. I professionisti veri e propri erano indubbiamente pochi; ma il margine dell'adesione e della compromissione degli altri era enorme. Per lo più era gente che non si sarebbe mai sognata di mettersi a fare la Resistenza per conto suo; ma per i ragazzi che la facevano, erano disposti a molte cose. Ci ospitavano, ci nutrivano, ci fornivano le biciclette, ci recapitavano i messaggi, tenevano in casa depositi e archivi, e magari anche la trasmittente clandestina, e addirittura l'operatore della trasmittente clandestina; e provvedevano perfino a chiamare, secondo il bisogno, un radiotecnico di fiducia per la trasmittente, o il medico di famiglia per l'operatore.

Sparsi un po' dappertutto nel Veneto, passammo mesi a collegare. Molti di noi furono più volte fermati per mercato nero, ma nelle pesanti valigie di fibra c'era solo stampa sediziosa; cercavano burro e trovavano Giustizia e Libertà. I fermati dichiaravano di aver perduto le chiavi delle valigie, e di non poterle aprire per l'ispezione; e aspettando che si decidessero a forzarle, cercavano con l'occhio l'itinerario giusto per scattare. E poi scattavano.

Furono, oltre a tutto, i mesi delle energiche fughe, cittadine e campestri; qualche volta bisognava abbandonare il contrabbando, talora si riusciva a portarselo via, aggravando le fatiche della fuga. Anche alcune biciclette ne andarono di mezzo, ma non mai, che io sappia, il danaro che così spesso ci portavamo addosso: segno che la nostra solida educazione borghese dava i suoi frutti.

Qualche guaio serio poteva derivare proprio dalle carte false, documenti d'identità e licenze militari. Nei primi controlli sul posto non c'era alcun rischio, ma quando accennavano a trattenerci per successivi controlli alla fonte, il pericolo era grosso: una carta falsa è come una piccola bomba a orologeria, può produrre un vero sconquasso.

A me non capitò mai; ma altri dovettero spesso, trovandosi casualmente coinvolti in qualche retata, impegnarsi a fondo per far apparire plausibili le malattie specificate nei fogli di licenza. Bene aveva la pleurite secca destra.

«Fai vedere» disse il tenente.

«Non si vede» disse Bene. «È dentro.»

Da allora si pennellava ogni mattina la spalla e un pezzo di schiena con la tintura di iodio.

Una licenza falsa in tasca, un pacco di giornali sul portapacchi, un berretto in testa per confondere gli eventuali conoscenti, e spesso un tesoretto di carte da mille nascosto in qualche parte come un'eucarestia paleocristiana. I giornali circolavano principalmente all'interno dell'organizzazione; venivano scritti, stampati, trasportati al Centro, distribuiti nelle province: e a chi? a chi li aveva scritti, stampati, trasportati, distribuiti. Tutti costoro li leggevano e li studiavano con grande soddisfazione; poi si mettevano di nuovo a scrivere, e si ricominciava. Almeno questa era l'impressione generale.

Era tutto in un sistema chiuso, come il milione che circolava nelle mutande lunghe di Franco. Eravamo pieni di milioni. Si viveva come asceti, misurandoci il cibo e tutto il resto; per comprare un libro si saltava un pasto che costava quattro lire; però trasportavamo fino a una mezza dozzina di milioni per volta, centinaia e centinaia di milioni di oggi. Li portavamo in borsa, o anche addosso. Erano in pezzi da mille, e non mi risulta che di questi ne sia mai andato perduto uno solo. Alla sera arrivando nelle famiglie dove chiedevamo ospitalità, tiravamo fuori i milioni sudati e strapazzati, per asciugarli. La maggior parte delle famiglie non avevano mai visto un milione tutto in una volta, in vita loro; e noi con le opportune cautele glielo mostravamo sul pavimento.

Il milione che circolava nelle mutande lunghe di Franco, una volta vi circolò due giorni interi; in principio frusciava forte, poi si adattò alquanto. La prima sera, in sosta, lo lasciò dentro, perché era stanco; alla seconda sera, arrivato a destinazione, lo tirò fuori e si accorse che un biglietto da mille era andato ad alloggiarsi sopra un ginocchio e gli attriti l'avevano spappolato. Franco era terrorizzato. I destinatari raggianti dicevano: «Non importa, non importa» (ritenevano sufficienti gli altri novecentonovantanove); ma lui non trovò pace finché non ebbe recuperato tutti i pezzetti sparsi in giro per la mutanda, e ricomposto il foglio, che un cospiratore bancario di Lonigo s'incaricò poi di cambiare con uno buono.

In certi momenti ci pareva di essere il governo ombra del Veneto; in altri momenti ci si sentiva i soliti quattro gatti, che andavano in giro in bicicletta a contarsi a vicenda. In teoria si mantenevano rapporti con dei Comitati, dei comandi, con "la Resistenza" politica o militare dei vari paesi; in pratica ciò che s'incontrava erano soltanto alcune persone, e la natura stessa degli incontri aumentava l'impressione d'irrealtà. Era una cosa incredibile; si diceva: «Oggi otto, qui nello stesso posto, a mezzodì», e questo era tutto. Una volta era un crocicchio in campagna, una volta un pezzo di strada vicino a un paese, ma più spesso un ponte. Forse mi esagero la funzione dei ponti: ma di molta gente non sapevo quasi altro che su che ponte trovarla, in mezzo alla campagna, e in che giorno della settimana. Avvicinandomi in bicicletta, nel paesaggio secco dell'inverno, riflettevo: "La domanda che non bisogna mai farsi è: quanti siamo in realtà?". Ed ecco il ponte, e lì appoggiato al parapetto a guardare la campagna invernale, il Comitato di Albettone, o il comando di Montegaldella, col paltò, e immerso anche lui nei suoi pensieri resistenziali. Ci collegavamo, ci scambiavamo le borse, o i contenuti delle borse, e qualche consiglio politico; e poi ripartivo.

I Comitati nei paesi erano quel che si diceva paritetici: c'erano individui con un'etichetta, quasi un distintivo invisibile, indossato spesso così alla buona, per necessità immediata di simmetria: questo è il comunista, questo è il socialista, questo il democristiano, magari il liberale lo potresti fare tu, ti andrebbe bene liberale? e così ci siamo tutti.

Alcuni dei nostri amici immersi fin da principio in questo lavoro non si erano ancora rassegnati alla inevitabilità di trovarsi fra i piedi, a guerra finita, un grosso partito cattolico, e cercavano di indurre i suoi rappresentanti, che erano spesso gente aperta, a ripensarci.

«Ma che bisogno c'è che facciate un partito?» diceva un nostro amico, attivo in un grosso centro provinciale, al suo dirimpettaio democristiano. «Perché voialtri cattolici non vi spargete invece per gli altri partiti, che sono quelli veri, e così (questo era detto un po' in malafede) li cristianizzate? Perché volete un partito vostro, contrapposto agli altri? In questo modo tirate nel ballo le cose della fede, e così le abbassate al livello dei meri negozi politici.» Dicevamo continuamente «mero, meri» a quel tempo. «Ma andiamo!» concludeva l'amico: «iscriviti al Partito d'Azione invece». Il democristiano ascoltava, avanzando timide obiezioni; però non si iscriveva.

Un giorno improvvisamente lo arrestarono; e il nostro amico, pur dolendosene molto come compagno di cospirazione, politicamente si fregava le mani. «Politicamente mi fa comodo» diceva, come si dice che in circostanze non troppo diverse dichiarasse anche Mussolini: «l'equilibrio del Comitato si sposta verso di noi». L'arresto dei politici era considerato ormai una cosina da nulla; uno usciva dalla circolazione, gli altri prendevano qualche precauzione supplementare, e arrivederci alla fine della guerra. Purtroppo qualche giorno dopo arrestarono anche il nostro amico, e così l'equilibrio del Comitato si spostò un'altra volta. Li spedirono tutti e due a Dachau, dove forse avranno ripreso il loro dialogo sulla miglior struttura politica dell'Italia; ma non si sa con che esito, perché non sono più tornati né l'uno né l'altro.

Io e Marietto benché residenti al Centro collegavamo forte: penso anzi di aver corso di più in bicicletta in quell'inverno che in tutti gli allenamenti ciclistici della mia vita messi insieme; tuttavia per noi due il lavoro principale era in città. Dei nostri compagni eravamo i soli fissi a Padova; gli altri ci venivano saltuariamente; c'erano però alcune morose, che stavano lì con la scusa dell'università; e c'era la Simonetta la quale si dava un gran da fare per noi, anzi presto abbandonò studi e famiglia, tale e quale come noi, e faceva in sostanza il nostro stesso mestiere.

Onestamente non mi ricordo più che cosa fossi io di preciso. Ispettore militare? Primo segretario del Comando veneto? Commissario? M'innervosiva l'idea di avere una carica, ma una ne avrò avuta senz'altro, e spero un po' più importante di quella di Marietto, almeno per ragioni di anzianità. Abitavo con lui nella stessa camera; nell'armadio c'erano i parabelli; sotto il letto tenevamo il valigione del Regionale, con decine di chili di carte dentro. La sua cattura avrebbe spopolato la Regione, ma in qualche parte bisognava pur tenerlo. Mi domando che cos'era di preciso questo Regionale. Era un ente importante, ma non sono proprio sicuro se fosse prevalentemente militare o politico, di partito o di governo. Era un po' alla Kafka, fondamentale ma incerto, quasi inesistente. Lavoravamo soprattutto per Lui, ma senza veramente conoscerlo; a volte veniva l'idea che fosse nel valigione.

Oltre alla sostanza centrale, Padova aveva anche i suoi accidenti decentrati. Li chiamavamo i GAP. Erano ragazzi con cui eravamo continuamente a contatto nelle strade e nei caffè. Il loro mestiere era affascinante: la vera risposta alla peccaminosità impudica dell'ambiente urbano, il terrorismo puro.

Un bel giorno mancavano all'appuntamento: dopo aver aspettato i minuti regolamentari andavo via, e più tardi mi arrivava un messaggio nel corso di uno dei molti altri appuntamenti della giornata; e quando andavo a casa alla sera, sulla pagina del mio *Cahier jaune*, nel punto dov'era segnato il simbolo e l'ora, cancellavo tutto con due o tre freghi della matita, poi strappavo la pagina e la guardavo bruciare finché la fiamma mi lambiva le dita.

Dei nostri superiori militari, il più vicino e più conoscibile era Spartaco, molto bravo; diceva una bestemmia sola, breve e accorata, che si potrebbe trascrivere così: *Coìo*. La diceva con una vocina stridula, diversa dalla sua normale. Era friulano. Politicamente non avevamo superiori diretti, salvo sempre l'enorme autorità morale di Franco che di tutti i collegatori era il più scatenato. Franco non era in grado di camminare molto, ma andava divinamente in bicicletta; la bicicletta era parte integrante della sua personalità, e perciò in questa fase ciclistica della Resistenza, in questo regno della bicicletta, Franco grandeggiava. Aveva sempre avuto la passione di ispirare e promuovere: le sue idee, le sue scoperte, le sue pregiate manie, non voleva mai tenersele, ma distribuirle liberamente agli altri; anche in tempo di pace, era sempre in giro a spargere miele da tutte le parti. Piantava qua un concetto, là un rimprovero, là una bibliografia. Figurarsi ora.

Nelle cose politiche in senso stretto ci affidavamo al suo giudizio. Venivamo anche a contatto con varie altre fonti di pensiero e giudizio politico, incomparabilmente più rinomate; vecchi antifascisti, professori addottrinati, la gente insomma da cui si andava solitamente a prendere gli articoli di fondo per i giornali clandestini. Ma non sempre ci apparivano veramente convincenti. Credevamo in un *corpus* di sapienza anti-fascista; ma non che ne fossero questi i custodi. Se si fosse potuto indurre Franco a capeggiare un po', ci saremmo sentiti più tranquilli: ma Franco voleva solo ispirare, mai capeggiare. Ispirava con energia, persuadendo in certi casi, e in altri gridando: «Ma fatti uomo!» magari a eminenti cospiratori due volte più vecchi di lui, e anche in presenza delle mogli. Ma capeggiare, niente.

Così Marietto ed io, tra gli appuntamenti e i viaggi e i Comitati, dovevamo sforzarci anche di studiare. Non ci passava nemmeno per la testa, si capisce, di studiare roba di scuola, esami. Studiavamo letteralmente per l'Italia, per l'inesistente grande classe dirigente italiana che doveva emergere dopo la guerra. Doveva.

Era freddo quell'inverno. Studiavamo allo stesso tavolo, nelle ore e nelle rare giornate senza appuntamenti e senza viaggi, ravvolti nelle coperte del letto, coi passamontagne in testa, e i guanti di lana.

Era un corso accelerato di sapienza anti-fascista. Toccando i quaderni rossi di *Giustizia e Libertà*, si aveva la sensazione di attingere a una fonte immensa e quasi sacra. Cercavamo di intendere e di assorbire non solo i saggi presi nel loro insieme, ma i singoli paragrafi, le frasi staccate. Credevamo che tutto fosse sapienza, anche le virgole: e i refusi ci facevano una curiosa impressione, come incredibili sviste dello Spirito Santo. Intravedevamo un mondo di verità incorrotta, una ricchezza di cui ci avevano finora truffati.

Sentivamo sulle nostre spalle, misuravamo ammucchiato sul tavolo, il peso dell'enciclopedia delle scienze politiche. La storia dei partiti, la teoria delle classi dirigenti, l'economia di mercato, l'agricoltura italiana, i sindacati, il marxismo, la sociologia; cosa mai non si doveva studiare?

A volte venivano dubbi e sconforti. Che cosa faremo quando finisce la guerra, di mestiere? mi domandavo; ma non dicevo niente a Marietto, non volevo deprimerlo. Pensavo tristemente: "Scommetto che faremo gli storici della storiografia".

Nelle questioni politiche di importanza immediata, si aveva l'impressione che toccasse a noi fare praticamente tutto: le autorità locali che consultavamo sembravano sorde a certi problemi, abuliche. Le altre, più in alto, al Centro dei centri, sembravano inavvicinabili. Come in certi racconti americani di avventure violente, dove il capo più capo sta, quasi inconoscibile, nel suo yacht, con la grande bionda, e si può solo tentare di avvicinarsi di furto, come ladri nella notte, forse remando in una barchetta; così i nostri capi più capi erano avvolti in nembi alti e lontani. Quando ci andai di persona, al Centro dei centri a Milano, in bicicletta, fui ammesso nell'anticamera, forse nel retrobottega: c'era gente illustre, dall'aspetto distinto, che disputava animatamente attorno a una copia del *Times* di Londra arrivata proprio allora. Pareva inconcepibile interessarli ai nostri problemi effettivi. Di questi ci sentivamo incaricati e responsabili soltanto noi.

La guerra civile è una cosa troppo seria, dicevamo, per lasciarla fare alle passioni, al caso. Occorre affidarsi a un'impostazione razionale, meditare la lezione del passato, essere storicisti. Avevamo una fede ardente e ignorante nella parola storicismo. Tornammo a consultare *La rivoluzione napoletana* del Cuoco per attingervi saggezza rivoluzionaria, e poi producemmo in segreto un documento che speravamo potesse servire a mitigare il bruciore degli animi, non appena fosse finita la guerra.

A sinistra c'era il grado militare o la funzione civile, a destra l'annotazione relativa alla pena. L'Italia sarebbe uscita dalle nostre mani veramente snellita. Discutevamo coscienziosamente su ciascun caso:

«I capitani, cosa dici? a morte o all'ergastolo?».

«Quanti saranno i capitani in tutta Italia?»

Facevamo il conto; poi io dicevo sospirando: «A morte, sai».

Marietto mi domandava quanti uomini comanda un capitano, e io glielo spiegavo; pesavamo il pro e il contro e infine scrivevamo: «Morte: commutare».

Commutavamo le pene a molti militari (tutti vedono che non è importante spegnere fisicamente i sergenti, per esempio, tranne s'intende per Brigate Nere, Decima Mas, e simili), ma a pochi civili.

Sentivamo profonda la necessità di stroncare ogni tentativo di giustizia sommaria, ogni confusione passionale; anzi pensavamo che i prevedibili abusi in questo senso dovrebbero venire equiparati a un grado della GNR e puniti con la stessa pena. Bisognava fare il bene dell'Italia, estirpare dal proprio cuore l'odio, lasciar governare la ragione.

«Non credi che sarebbe opportuno uccidere i famigliari?»

Pei motivi umanitari e pratici forse sì. Si potrebbe istituire delle tavole di consanguineità: il primo grado si fucila senza processo, il secondo ha facoltà di chiedere la fucilazione. Sarebbe oltre che il metodo più pietoso, anche il più sicuro: per chiudere questo orrore a catena della guerra fratricida, e non lasciare uno strascico di lutti.

Così nella nostra cameretta si configurava il problema della liquidazione della guerra civile. Eravamo isolati, questo tipo di attività isola. Il nostro tentativo era indubbiamente molto serio, e onesto: sentivamo però che c'era qualcosa che non andava. Riguardavamo il Cuoco, e un po' di Machiavelli e di Tocqueville, per controllare le principali impostazioni etico-politiche. A noi pareva che fossero tutte giuste. Rifacevamo i conti: tornavano. Pure restava un certo disagio.

Si vede che eravamo semplicemente impazziti per eccesso di fervore; eravamo buoni ragazzi, eravamo stati bravi studenti, appartenevamo a famiglie onorate, laboriose, pacifiche. Ci era venuto, si vede, un accesso di follia da guerra civile acuta, che nessuno diagnosticò, come quelle itterizie che si portano avanti una settimana o due, si sta a letto con la febbre, una specie di influenza; e poi quand'è finita viene il dottore e dice: «Era itterizia»; e infatti le lenzuola hanno un bizzarro colore giallastro.

Stendemmo con cura le nostre liste di proscrizione, con un appello alle autorità a sentire l'importanza vitale di regolamentare questa materia, e col Sommario delle proposte e le Tavole riassuntive in appendice. Quando in seguito lessi la *Modesta Proposta* di Swift di far mangiare agli irlandesi affamati i loro propri bambini, vidi immediatamente che cosa mancava alla nostra, cioè l'umorismo.

Eravamo senza *humour*, io e Marietto, soli e imbacuccati nella nostra camera fredda, due filosofi, due storicisti, due robespierrini in una casa di Padova. La cura migliore per un accesso di proposte come la nostra, è di scriverle. Quando l'avemmo spedita al Centro mi sentii già molto più calmo. Guarivo.

«Marietto, sai cosa mi è venuto in mente, a proposito di quella proposta?»

Marietto stava cavandosi i calzinotti. Li chiamava così. Era un ragazzino, appena uscito dalla famiglia si può dire; tutti lo eravamo in fondo, ma lui di più. Si lavava la faccia e il collo sfregando e sfregando, come le mamme una volta imponevano ai bambini di fare; si vestiva, si sfilava i calzinotti, si comportava in tutto coi gesti e i modi di un ragazzino; dietro ai nomi toscani dei suoi indumenti si sentivano gli ammonimenti familiari diventati costume.

«Mi è venuto in mente che non riguarda veramente l'Italia.»

«E che cosa riguarda?»

«Non so» dissi. «Questa camera.»

«Vai-vai» disse Marietto.

«Pensa al problema dei cadaveri» gli dissi. «Questi cadaveri hanno un volume e un peso: invece uno striscio d'inchiostro non pesa praticamente niente, ha una superficie, ma si può dire che non ha un volume; un'idea poi non ha né peso né volume.»

«Ma abbiamo concluso che è necessario fucilarli.»

«Forse basterà fucilarli con l'inchiostro.»

«Vai-vai» disse Marietto; ma l'osservazione deve averlo colpito, e un po' alla volta ci abituammo all'idea di averli sostanzialmente già fucilati, e li chiamavamo infatti, tra noi, i giustiziati.

Me lo arrestarono, Marietto, al principio della primavera, e stranamente fu proprio un capitano. La colpa immediata fu della stampa clandestina, quella che noi criticavamo perché ci pareva che venisse letta soltanto dai suoi compilatori e distributori. La leggevano invece anche in questura, e un numero ne lesse anche il capitano della GNR di via San Francesco. Marietto era partito in bicicletta, diretto a Venezia, con un grosso pacco sul portabagagli; si cercava sempre di partire appena finito il coprifuoco, alla mattina presto. Sul portone del comando della GNR c'era il capitano, si vede che era mattiniero anche lui. La strada era ancora quasi deserta; Marietto passò davanti al portone, pedalando briosamente, e forse avrà voluto anche fare il saluto romano; fatto sta che il pacco gli si sfilò dal portabagagli e rotolò proprio davanti al capitano. Mentre Marietto si fermava, tutto rosso in faccia, il capitano gentilmente raccattò il pacco; l'involto si aperse e il capitano si mise a leggere.

La sede della GNR era a due passi da Palazzo Giusti. A Marietto ruppero alcune cartilagini e qualche osso, questo lo sappiamo, perché alla fine della guerra quando venne fuori non erano ancora aggiustati; gli fecero anche dell'altro, ma lui non s'è mai curato di raccontare i particolari. Mi disse solo, quando venne fuori, che le addette al carcere parlavano ai detenuti con straordinaria libertà, e una aveva descritto l'effetto che fanno i testicoli di un uomo non più giovane quando nel concubito vengono a sbatacchiare lunghi lunghi, sotto le zone erotiche della femmina. Pareva che, nella prigionia, la cosa che gli aveva fatto più impressione fosse questa.

Cominciava la primavera quando Marietto fu arrestato. Andai a far rapporto a Spartaco, e lui disse: «Coìo».

Marietto in prigione non parlò *punto*, come avrebbe detto lui; al momento non si poteva sapere se parlerebbe o no, anzi se non avesse già parlato, e se quelli non mi stessero ormai ad aspettare nella nostra camera, spionando nei segreti del valigione per ingannare l'attesa. Spartaco ordinò che mandassi avanti la Simonetta, e lei incosciente ci andò fischiettando. Io l'aspettavo sotto i portici, con la bicicletta pronta. Non c'era nessuno, e così in quattro e quattr'otto svuotammo la stanza, e ce ne andammo spingendo a mano la bicicletta con la nostra Arca di fibra issata sul manubrio, a cercare un altro alloggio. Eravamo in parecchi della covata militare di Spartaco, sparsi per Padova, il raffinato André bellunese, Fiorò trevisano, grande come un cammello, e Meo quasi prussiano, e vari altri. Era tutto Partito d'Azione, ma io avevo ancora in testa la nostra banda vicentina.

L'anno scorso eravamo partiti in marzo, ormai era quasi ora. Il nostro mestiere è quello, pensavo, io non voglio fare il custode delle valigie, e nemmeno il gappista clandestino; in montagna, via dai marciapiedi. Anche tra i miei vecchi compagni formicolava lo stesso istinto. Enrico mi mandò a domandare: «Su per Cima Posta ti va bene?». E io gli mandai a rispondere che mi andava benissimo. Chissà che soldati finalmente perfetti saremmo diventati, sulle groppe scarnificate di Cima Posta, se la guerra fosse continuata un altro po' di mesi. Invece eravamo (senza saperlo però) alle ultime settimane della guerra; sopravvennero alcuni contrattempi, alcuni arresti, e la necessità di fare subito un lungo giro in provincia. Si doveva andare in due; andammo io e la Simonetta.

S'incomincia davanti alla facciata sbilenca di Santa Sofia, dove avevamo l'appuntamento. Era mattina; la Simonetta era in elegante-sportivo. Aveva una bella bicicletta leggera da donna, coi cerchioni lucenti di alluminio, e una posa in bicicletta che era la quintessenza della grazia sportiva. Era una posa inventata da lei; più tardi si diffuse in Italia, e la gente che ha occhio per queste cose la associa credo con le ragazze italiane del dopoguerra. Le ragazze inglesi in quegli anni del primo dopoguerra andavano in bicicletta in tutt'altro modo; bello anche questo, per la verità; ma l'altro, italiano, era incomparabilmente più moderno. L'aveva inventato la Simonetta.

Stemmo fuori forse una settimana, nel Padovano, nel Veronese e nel Vicentino. Viaggiavamo per le strade secondarie, con la neve indurita ai margini della strada, e il fondo delle strade ghiacciato; dormivamo insieme per lo più, ora nelle case, qualche volta nei fienili, ma col permesso dei padroni. Non mi ricordo dove e come mangiassimo; certo, in segreto, ci scambiavamo i succhi della nostra gioventù, io almeno penso di essermi nutrito principalmente della figuretta vivace, dei maglioncini grigi, delle sottane dal taglio sportivo, del viso senza rossetto. Non mi sognavo nemmeno di corteggiarla. Lei si spogliava, quando andavamo a dormire, anche nella paglia; io mi voltavo dall'altra parte ad aspettare che si spogliasse, chiacchierandole. Quando eravamo distesi uno vicino all'altra, le chiacchieravo un altro po', poi ci dicevamo: «Dormi bene», e dormivamo.

Dev'essere la più graziosa partigiana del secolo, pensavo; certamente la più elegante. Quando mi svegliavo prima di lei alla mattina, e me la trovavo accanto, trasalivo. La guardavo dormire, serena, carina, dolcemente posata sulla paglia. Come si concentrano le cose: si taglia il grano, si ammucchia la paglia, si allevano i bambini e le bambine, si cominciano le guerre, cento correnti s'incrociano, e a un certo punto c'è la Simonetta in questa guerra, su questa paglia.

La stavo a guardare finché lei apriva gli occhi, e faceva il primo sorrisetto, e mi diceva: «Ciao» e cominciava un'altra giornata.

La penultima sera ci fermammo nella casa di campagna della

Marta. La Marta era in prigione, o già all'ospedale, adesso non mi ricordo; perché dalla prigione, dove le fecero quello che le fecero, quei vigliacchi, fu trasferita direttamente all'ospedale. La casa era vuota e silenziosa. C'era una fauna di profughi e rifugiati vari, nelle stanze dabbasso, una famigliola sfollata, un'anziana signora ebrea; penso che li nutrissero i contadini. Tenevamo le imposte chiuse e le luci abbassate; la casa era comoda, c'era quasi un'aria di lusso dopo i nostri peregrinamenti; eravamo lì sul divano letto dello studio, con intorno i libri addormentati; la Simonetta si era vestita come da città; non so dove tenesse questi vestiti, ma al momento buono li aveva. Le venne voglia di ascoltare musica, c'era un grammofonetto e qualche disco, e così stemmo ad ascoltare delle sonate e delle fughe, e pareva che a lei importasse molto. A me non dava fastidio, il volume era minuscolo, appena un piccolo filo di musica. Quando la sera fu un po' avanti, venne ora di andare a dormire; io sul divano, e la Simonetta andò a dormire nell'altra stanza. Fu così: a un certo momento lei si alzò e mi disse: «Buona notte, allora», e io le dissi: «Buona notte», e lei andò nell'altra stanza.

Ci separammo il giorno dopo, finito il giro sulle strade congelate, nella campagna a nord-est di Vicenza, alla fine del pomeriggio; c'era una lunga strada diritta che sboccava in un'altra ad angolo retto. Strade strette, innevate. Andavamo avanti piano piano chiacchierando di come si trovano le donne cogli uomini, e viceversa. La neve secca scricchiolava sotto le gomme. Ci fermammo a finire il discorso all'incrocio delle due strade. Non passava nessuno.

«Credo che sia tutta una storia,» dicevo io «che a un certo momento, in queste cose dell'amore, si trova quello che si cerca.»

La Simonetta disse che invece è vero, e che lei lo aveva saputo proprio in questi giorni. Poi rimontò in bicicletta, e mi disse: «Ciao», e andò via, con la sua posa elegante.

Quando fu partita io pensai: "Salute: invece di andare in montagna con Enrico, gli porto via la ragazza in pianura".

Andava fortissimo in bicicletta; io ero più o meno un ex corridore ciclista, biciclette da corsa, allenamenti e tutto il resto; ma dico la verità che alle volte durante questo viaggio stentai a starle dietro e dovetti impegnarmi sul serio.

Questo saluto sulle strade innevate, separandoci per alcuni giorni, me lo ricordo vividamente; il resto che venne in seguito, molto meno. So ancora com'erano gli occhi guardati da vicino vicino; nella vita normale non erano quello che si dice begli occhi, di quelli che paiono fiori, o stelle; erano occhi qualunque, tra il verde e il grigio direi, giovani, abbastanza attraenti. Invece guardandoli da vicino vicino, si scopriva una qualità singolare; erano variopinti, e contenevano la miniatura di un bel giardino, nel quale mi pareva di entrare.

11

La pioggia mattutina, la gioia, la Simonetta nell'aria elettrica, col suo golfino grigio-perla e il mitra ad armacollo... L'insurrezione di Padova fu un fatto abbastanza importante, la nostra felice trovata di primavera, eravamo nelle strade, armati, eccitati, giovani, finiva la guerra con notevoli atti e spari: pure devo confessare che la cosa più importante mi pareva lei, la figuretta aggraziata, il viso serio serio da insurrezione. Avrei voluto dedicarmi a contemplare lei insorta, ma c'era da fare.

La covata di Spartaco si disperse per la città, prima a promuovere l'insurrezione, poi a tentare di dirigerla. Un sacco di gente cominciava a farsi avanti, e l'impressione generale era che ci venissero molto tra i piedi. I più importanti erano riuniti presso i padri gesuiti; stavano nella sala d'ingresso, in crocchi, discutendo. Dalla strada si vede il Pra della Valle; c'era un'automobile ferma in mezzo alla via selciata, con un muro da una parte, dall'altra i portici; qua e là c'erano gruppetti di partigiani. Come in uno scherzo, cominciarono a esplodere proiettili tutto attorno. Agli strappi sulle lamiere dell'auto riconobbi la mitraglia da venti: sparavano dal Pra della Valle, infilando tutta la strada. Sarà stato un plotone; si distingueva qualche elmetto sotto gli archi in fondo al Pra. In due o tre ci mettemmo dietro i pilastri, e cominciammo a sparare anche noi. Faceva l'effetto di tirare piselli con la fionda. La macchina bruciava.

Provai ad avvicinarmi un po' ai mitraglieri; anche gli altri per conto loro cercavano di fare lo stesso. Il portico era pieno di cose che rimbalzavano. Feci due pilastri, al terzo c'era un ragazzo seduto per terra, voltato all'indietro. Sulla spalla gli si era formata una macchia di sangue; cercai istintivamente le gocce sul marciapiede, ma non ce n'erano ancora. Pensai con grande compiacimento: "Più quarantotto di così, si muore". Poi lo tirai sotto il portico. C'era un portone tipicamente padovano, di quelli che pare custodiscano una casa abbandonata; c'era un campanello senza nome, e lo suonai.

Il portone padovano fece uno scattino. Dentro c'era un ingresso ampio e vuoto, uno scalone. E in cima allo scalone, perfettamente incredibili, due giovani donne bionde e graziose che già scendevano i primi gradini con le braccia amorevolmente distese. Pareva di essere caduti dentro a un componimento patriottico. Il piacere era schiacciante.

Siamo in una stanza con le finestre alte, molto padovane, affacciate su un giardino. Il ragazzo ferito è seduto su un letto, ha il busto nudo, e le ragazze gli si affaccendano intorno. Una delle due, la più carina, è vestita da infermiera; ha i capelli biondo cenere, e sta fasciandogli la spalla con fasce vaporose. Ci disse che studiava legge, ma aveva fatto i corsi di crocerossina, e si vede che aveva in casa l'uniforme bianca con la croce scarlatta; forse avrà pensato anche lei: "Un'occasione così non torna più". Infatti (come schema) è frequente nell'*Orlando innamorato*, ma rara nella vita; io l'ho incontrata ben poche volte, e sempre ho sentito acutamente la voglia di restarci e non tornare di qua.

La crocerossina mi riaccompagnò fino in cima alla scala; in fondo mi voltai per salutarla, e la vidi com'era: vergine, linda, un po' sul magro.

Dabbasso le sparatorie continuavano: ogni tanto i tedeschi da in fondo al Pra spazzavano la strada con le loro cartocciate di mitraglia. Se sono anche solo una dozzina, pensavo, e volessero proprio venire qui, chi glielo può impedire? Sono cinque anni che fanno pratica, una strada più una meno, per loro fa tutto lo stesso; così entrano dai gesuiti, e ammazzano i pezzi grossi che stanno disputando chi farà il discorso in piazza, e poi magari anche i gesuiti. Quasi quasi se lo meritano, quegli incoscienti.

Pensai di andarli almeno ad avvertire e attraversai di corsa il tratto scoperto, fino al palazzo. Ma quando entrai dall'ingresso nella sala, lo spettacolo di questa gente che cicalava, frammischiata ai gesuiti, mi fece perdere il senso della misura, e mi misi a gridare come un ossesso. La folta adunanza tacque: il rumore della mia rabbia mi infuriò ancora di più, e senza volerlo cominciai a bestemmiare ad altissima voce, intercalando i pezzi della comunicazione che intendevo fare. Non so se in quella sala, nell'intera storia dell'istituto, si fossero mai udite bestemmie a voce così alta. I presenti mi ascoltarono senza proteste, ma anche senza vero interesse. Poi si voltarono di nuovo a formare i loro crocchi.

Tornai nel sottoportico tra gli altri, irritatissimo. Eravamo in tre o quattro; facevamo le corsette tra i pilastri incrociandoci a zig-zag, tirando un po' di piselli per rappresentanza. Quando i tedeschi si decisero a venir fuori mi dissi: "Ci siamo: questo è il momento delle bombe a mano: tanto, non serve a niente: gli sta anche bene, a quelli là". Ma i tedeschi, un gruppetto di signori in glauco, stranamente avevano alzate le mani e le tenevano su. Mària-vergine! Non li avevo mai visti così, e quasi mi spaventai. Dalla destra vidi irrompere una frotta di borghesi armati; corsi fuori e feci a tempo a gridargli: «To', prendeteli in consegna», prima che se li fagocitassero di propria spontanea volontà. Di sparatorie grosse io non ne vidi altre quel giorno, solo qualche raffica che mi tiravano isolatamente da finestre e abbaini, di solito a uno svolto di strada, e io a loro. Loro a me non fecero niente, e forse neanche io a loro, così siamo pari. La guerra era finita.

Tutt'a un tratto si era entrati nell'atmosfera di una grande sagra. Chi correva, chi passeggiava, chi marciava; spuntava gente da tutte le parti, per lo più coi bracciali tricolori. Ma chi sono tutti questi qui? veniva da domandarsi. Se a uno svolto partiva una raffica, un tratto di strada si spopolava, restavamo in due o tre, per un po' si tornava a giocare coi pilastri; poi ricominciava la sagra.

Con gli amici ogni tanto ci si incrociava per strada, ciascuno indaffarato per conto suo. A un certo punto vidi la Simonetta di spalle che accompagnava un grandissimo tedesco con un grandissimo cappotto di cuoio nero, e un mostruoso elmetto. Lei era graziosa, come sempre, col mitra ad armacollo e quel suo golfino grigio-perla lo stesso colore dell'aria, accanto alla grande macchia nera del tedesco. Erano a dieci metri davanti a me, e in mezzo c'erano gli epifenomeni della sagra; la chiamai forte, e si voltarono insieme. Il tedesco era il nostro amico Fiorò. Presto saremo tutti indistinguibili, pensai. Mi salutarono con la mano, lui tutto compiaciuto, lei con quel piccolo broncio da insurrezione che aveva messo alla mattina, e faceva un gran bel vedere. Poi tornarono a voltarsi, e gli epifenomeni della sagra ci divisero.

Ora si era qua, ora là. Le cose sembravano sempre le stesse, e invece cambiavano minuto per minuto. Questa insurrezione non è proprio autentica, riflettevo, ma nel suo piccolo, nel suo imperfetto, riproduce certamente lo schema e l'andamento generale di queste cose. Ci sono forze impersonali in gioco, che si spostano come vortici in un fiume rapido, e ciascun vortice sposta gli altri. Pare che manchi un centro, e invece se ne formano continuamente; chi riesce a tenersi in questi centri controlla tutto il resto. Si capiva che cos'è l'arte dei rivoluzionari da insurrezione; colpo d'occhio, tenersi in anticipo sulla corrente, riconoscere il centro dei vortici in arrivo.

Ogni tanto mi trovavo sottomano una squadra di ragazzi perbene, gappisti veri, anche senza il bracciale; li portavo a fare piccoli snidamenti e occupazioni senza importanza. Mi dicevo: che sciupio non adoperarli per qualcosa di grosso con tutto quello che c'è da fare in Italia, e la certezza che alcune cose se non si fanno oggi, non si potranno più fare domani, e chissà quando le faranno, che noi saremo già vecchi bavosi e non c'importerà più niente. Non siamo pronti: ci volevano ancora, quanti?, sei mesi, due anni, cinque anni di guerra. Ora Padova è di chi la vuole, e in tutta l'Alta Italia dev'essere così: tra qualche ora o al massimo qualche giorno, bisognerà riconsegnarla. Non varrebbe almeno la pena di fare qualcosina alla buona, non so, l'alta borghesia, alcune gerarchie ecclesiastiche...?

Poveri signori, solo per il fatto di appartenere a categorie che a quel tempo consideravo genericamente nocive all'Italia, corsero questo pericolo nella mia testa.

Le cose continuavano a cambiare; i miei compagni arrivavano con macchine mimetizzate, motocarrozzette, pastrani di cuoio, elmetti; ogni volta che ripassavano parevano più autorevoli. Cominciavano le sfilate, i cortei; turbe di gente col bracciale marciavano risolutamente, cantando o sventolando qualcosa. Comparivano bandiere alle finestre: quelle con lo stemma del Re facevano una certa rabbia, quelle senza parevano strambe, come quando uno s'infila il maglione alla rovescia. Un po' alla volta mi veniva un'assurda voglia di ritirarmi subito da questa storia, andare in biblioteca quella mattina stessa, prendere un libro, mettermi a studiare. A parte che la biblioteca era chiusa.

Cominciavamo a orientarci su palazzi, saloni. Qua era scritto *Comando*, qua *Direzione*, qua *Partito*, qua *Comitato*. Stavamo parte sugli ingressi, parte dietro ai tavoli. C'era un grande andare e venire. Nelle sale c'erano persone importanti che facevano Comitati. Io ero con Marietto ora; Marietto era uscito di prigione con gli altri politici, e i ladri, nel corso della mattina; mi era venuto incontro per strada come un'apparizione in piena luce del giorno, vivo e sano, salvo alcune cose rotte che non si vedevano.

A un certo punto eravamo in un salone di un palazzo importante, e da una porta lucida e scura venne fuori un uomo piuttosto autorevole (nostro amico e capo), e ci vide, e ci chiamò, e disse:

«Il fondo del giornale che esce domattina, il primo giornale libero del Veneto, lo scrivete voi due. Fate presto».

Marietto si mise a deglutire. Io domandai: «Cosa volete dire, in questo fondo?».

«Arrangiatevi voi» disse l'uomo.

«Io e Marietto qui, siamo diseducati» dissi.

«Cosa siete?»

«Diseducati, politicamente diseducati. Non abbiamo niente da dire a nessuno. Non possiamo educarci per iscritto a spese del pubblico. Questa è roba per una persona matura.»

L'uomo invece di arrabbiarsi si rattristò.

«Ma sono cose da dire in un momento come questo?» mormorò.

«Noi abbiamo bisogno di studiare, non di scrivere articoli» dissi. «Gli articoli li abbiamo già scritti sui giornali fascisti, almeno io, lui no perché era troppo giovane.»

La sua faccia diceva: che tristezza! I suoi occhi contrariati cercavano qualcosa di meno sconsolante su cui posarsi. Lì vicino c'era Zacchèo, bruno, scattante, occhialuto. Bravo ragazzo, con un impianto etico-politico di quart'ordine (il nostro sarà stato di secondo, i gradi medi del secondo ordine).

«Tu» disse l'uomo.

Zacchèo batté i tacchi. Portava un elmetto tedesco.

«Te la senti di scrivere il fondo del giornale per domani?»

«Agli ordini» disse Zacchèo confermando coi tacchi. Sprizzava senso di responsabilità. L'uomo autorevole gli diede qualche disposizione, e un po' di carta; poi tornò dentro, là dov'era il cuore di quel palazzo importante, e Zacchèo si mise a scrivere.

Il nome non me lo ricordo più, e tanto meno il cognome, e non li voglio cercare nei libri; anche la faccia è andata. C'è una gamma di colore a tre quarti di strada dal biondo verso il castano, c'è il taglio del viso, e l'impianto generale della corporatura, che era grande e forte. Il ragazzo non c'è più, sono restati questi rimasugli che lo rappresentano.

Stavo dietro a un tavolo in atto di sbrigare pratiche d'emergenza, con un senso vivo di urgenza e d'inutilità. I pavimenti erano grandi e specchianti, il colore dell'aria neutro; passavano conoscenti in borghese, sconosciuti in divisa, amici indaffarati. Uno venne davanti al mio tavolo, si mise mezzo sull'attenti e disse:

«Quei tre che hanno ammazzato a Voltabarozzo, sono stati messi nella chiesetta. Questi sono i portafogli».

Alla prima carta d'identità che tirai fuori c'era lui che mi guardava.

Anche dei miei rapporti con questo ragazzo ricordo solo la forma generale, un sentimento di simpatia, un po' ammirazione un po' protezione, come dal più introverso al meno e dal meno giovane al più giovane.

Alzai gli occhi e dissi al messaggero:

«Ma allora questo qui è morto?».

Lui disse: «Lo conoscevi?».

Mi alzai e mi diressi verso la finestra con l'intenzione di guardar fuori. Questo tipo di esperienza partecipa della natura di una tosse violenta. Stavo in piedi, ma la natura di questa esperienza è tale che si tenderebbe a curvarsi, e guardare verso la terra.

Mezz'ora dopo entrammo io e Zacchèo nella saletta dove un gruppo di uomini comitavano attorno a un tavolo. Io provai ad aprire la bocca, ma mi veniva solo un avviso di tosse, e così restai a guardare quelli che comitavano. Allora intervenne Zacchèo, e fu immediatamente all'altezza: teneva l'elmetto sotto il braccio, a bocca in su; scattò sull'attenti e annunciò con voce forte e precisa:

«Informo il Comitato che il comandante dei gruppi d'azione padovani è caduto in combattimento questa mattina, a Voltabarozzo».

I suoi occhi lampeggiavano dietro le lenti degli occhiali a pince-nez. Gli uomini attorno al tavolo presero atto della notizia con discrezione, e pareva che dicessero: "Bene, bene; bravi ragazzi. Segretario, si faccia un appunto". Poi tornarono alla questione dei manifesti.

Andai a prendere i tre morti col camion alla sera. Erano stati messi nella chiesetta; l'effetto principale era come se fossero infagottati nei vestiti. Tutto bene ormai: la verità è proprio questa, il dolore ha a che fare con la verità. Caricammo questi ragazzi infagottati e li riportammo a Padova.

Andai io di persona a ricevere l'ottava armata alleata quando si decisero a entrare a Padova. Ero in pattuglia tra il Santo e il Bassanello, un po' prima di mezzanotte. Ai posti di blocco avvenivano scene curiose. Le parole d'ordine erano tutte diverse, a rigore avremmo dovuto spararci tra noi ogni trenta metri; solo l'euforia generica impedì, credo, una strage universale interna. Dicono che l'euforia promuove gli spari; ma è certo che non promuove la mira.

Avevo passato l'ultimo posto di blocco con la mia pattuglia (c'era anche la Simonetta col mitra), e si camminava nel buio pesto della periferia oscurata, un lungo stradone fra le case, che porta fuori Padova, verso sud. Non c'era nessuno nella strada, naturalmente; si sapeva che gli alleati erano vicini, ma reparti tedeschi continuavano a passare nei dintorni, alcuni arrendevoli, altri compatti e feroci. Ecco dunque come finisce una guerra. Prima parte un esercito, poi ne arriva un altro; ma questa non è veramente la fine. La guerra finisce negli animi della gente, in uno un po' prima, nell'altro un po' dopo; è per questo che ci sono ancora queste sparatorie insensate.

Da in fondo allo stradone cominciava ad arrivarci uno strepito di grossi motori; era una cosa compatta, intensa.

«Sono inglesi» dissi alla Simonetta per buon augurio; e mi domandavo quante probabilità c'erano che fosse invece l'ultima colonna tedesca. Decisi meno del trenta per cento.

«Sei sicuro?» disse lei.

«Sicurissimo» le dissi, e lei mormorò: «Sembra un sogno».

Sembrava infatti letteralmente un sogno. In fondo erano solo due anni che li aspettavamo, ma pareva una cosa lunga lunga. Io ho una certa esperienza di cose che pare non vogliano più finire, e a un certo punto si crede che non finiranno più, e poi quando finiscono tutto a un tratto, pare ancora impossibile, e si ha fortemente l'impressione di sognare.

Camminavamo in mezzo alla strada, andando incontro all'ottava armata, almeno al settanta per cento. Il rumore diventava sempre più grande, e noi in mezzo alla strada buia sempre più piccoli. S'incominciavano a distinguere confusamente i volumi scuri dei carri armati: erano enormi. Quando fummo a cinquanta metri feci fermare la pattuglia; avevamo due pile, e ci mettemmo a fare segnalazioni. Poi andai avanti un altro po' con la Simonetta.

Com'è strana la vita, sono arrivati gli inglesi. Benvenuti. Questi carri sono i nostri alleati. Con queste loro gobbe, con questi orli di grandi borchie ribattute, questi sferragliamenti, queste canne, vogliono quello che vogliamo noi. L'Europa è tutta piena di questi nostri enormi alleati; che figura da nulla dobbiamo fare noialtri visti da sopra uno di quei carri! Branchi di straccioni; bande. Banditi. Certo siamo ancora la cosa più decente che è restata in Italia; non lo hanno sempre pensato gli stranieri che questo è un paese di banditi?

Il primo carro si fermò; sopra c'era un ufficiale con un soldato. Avrei voluto dirgli qualcosa di storico.

«Non siete mica tedeschi, eh?» dissi.

«Not really» disse l'ufficiale.

«Benvenuti» dissi. «La città è già nostra.»

«Possiamo montare?» disse quell'irresponsabile della Simonetta. Ma ormai la pattuglia non occorreva più; la colonna si sentiva accumularsi dietro al primo carro per centinaia e centinaia di metri; il rombo dei motori era magnifico. Rientrammo in città seduti sul carro chiacchierando a urli con gli inglesi.

«E chi sareste voialtri?» disse l'ufficiale a un certo punto. Io risposi senza pensare: «Fucking bandits», ma subito mi venne in mente che c'era un risvolto irriguardoso nei confronti della Simonetta, e arrossii nel buio. L'ufficiale gridò: «I beg your pardon?» e io gridai: «Ho detto che siamo i *Volontari della Libertà*».

«Libertà?» gridò l'ufficiale, e io glielo confermai, e poi aggiunsi: «E adesso canto una canzone che vi riguarda, se non le dispiace».

«Sing away» disse lui, e io attaccai:

Sono passati gli anni
sono passati i mesi
sono passati i giorni
e ze rivà i inglesi.

La Simonetta si mise ad accompagnarmi al ritornello. Io sono stonato, lei invece no. Il fracasso confondeva tutto.

La nostra patria è il mondo intèr...
solo pensiero – salvar l'umanità!

«Cosa dicono le parole?» disse l'ufficiale.

«Che finisce la guerra» dissi, e poi aggiunsi: «E che ci interessa molto la salvezza dell'umanità».

«You a poet?» disse l'ufficiale.

Io gli circondai l'orecchio con le mani, e gridai dentro:

«Just a fucking bandit».

Così accompagnammo a Padova l'ottava armata, e poi io e la Simonetta andammo a dormire, e loro li lasciammo lì in una piazza.

scritto gennaio 1963 - gennaio 1964
riveduto settembre 1974 - aprile 1975

Nota

I piccoli maestri *è stato scritto con un esplicito proposito civile e culturale: volevo esprimere un modo di vedere la Resistenza assai diverso da quello divulgato, e cioè in chiave anti-retorica e anti-eroica. Sono convinto che solo così si può rendere piena giustizia agli aspetti più originali e più interessanti di ciò che è accaduto in quegli anni.*

Mi proponevo però anche di registrare la posizione di un piccolo gruppo di partigiani vicentini, che eravamo poi io e i miei amici, come esempio di una merce di cui non c'è molta abbondanza nel nostro paese, il non-conformismo. In Italia ci piace dire che siamo grandi individualisti, ma a me sembra che in fatto di etica civile siamo invece profondamente conformisti. L'esperienza di questa singolare squadretta, frutto della scuola di un ignorato maestro, mi era sembrata retrospettivamente paradigmatica. (Queste due ultime parole mi sembrano ora retro-retrospettivamente molto lunghe, ma ho deciso di lasciarle come stanno.)

È toccato a me, tra i miei compagni, scrivere questo libro, sapendo che le cose che esprime non consonavano con la mentalità del nostro establishment *culturale. Mi sono attaccato all'orgoglio di fare almeno un buon libro, di non mancare in questo ai miei compagni e alla memoria del nostro maestro: sperando di trasmettere una testimonianza della nostra esperienza in forme letterariamente vitali.*

Devo confessare però che, scrivendo, ho sentito anche organizzarsi attorno al mio nucleo tanti altri aspetti, un quadro organico di ciò che è stata la Resistenza nel Veneto, e qualche volta sono stato tentato di considerarmi il suo cronista. Sentivo di stare raccontando dall'interno, con l'autorità di chi parla di ciò che sa, e solo di ciò che sa. Certo non ignoro che il disegno generale degli eventi non si vede sempre bene dall'interno; ma d'altra parte se il materiale di cui altri si serve per fa-

re quel disegno dall'esterno non è assolutamente autentico, il disegno non conta nulla, e può riuscire uno sgorbio. Questo libro non ha lo slancio sintetico di certi resoconti generali dei fatti in questione, ma non è, a differenza di alcuni di essi, uno sgorbio.

Dell'accoglienza che fu fatta inizialmente ai Piccoli maestri da chi ought to have known better, e delle questioni di etica letteraria, professionale e civile, che vi sono implicate, non ho mai voluto finora parlare pubblicamente e non lo farò qui. Dirò solo che all'uscita del libro, che seguì di pochi mesi quella di Libera nos a malo, furono espressi due dubbi: che fosse stato scritto prima di Libera nos, e tirato poi fuori dal cassetto come una fetta di vecchia torta: e che, al contrario, fosse stato improvvisato per dare in fretta un seguito al primo libro, forse sotto le pressioni dell'editore, sul piano dei libri "di consumo".

Poiché ogni tanto questi patemi me li ritrovo riecheggiati da recensori in cerca di spunti o da laureandi in fase di tesi, ai quali consiglio invano di occuparsi d'altro, mi pare giusto dire qui qualcosa sul modo e sul tempo in cui il libro fu scritto.

Anzitutto, due parole sul genere. Il vecchio editore lo chiamò «romanzo», il secondo anche, e io non ho niente in contrario; ma non mi ero certo proposto di scrivere un romanzo (né del resto un non-romanzo). Ci tenevo bensì che si potesse leggere come un racconto, che avesse un costrutto narrativo. Ma ciò che mi premeva era di dare un resoconto veritiero dei casi miei e dei miei compagni negli anni dal '43 al '45: veritiero non all'incirca e all'ingrosso, ma strettamente e nei dettagli. Troppo forse, dal punto di vista del garbo narrativo: ma il garbo m'importava assai meno. Mi ero imposto di tener fede a tutto, ogni singola data, le ore del giorno, i luoghi, le distanze, le parole, i gesti, i singoli spari. Come per ciò che ho scritto sul mio paese, non prendevo nemmeno in considerazione la possibilità di adoperare altra materia che la verità stessa delle cose, i fatti reali della nostra guerra civile, così come li avevo visti io dal loro interno.

È risultato che anche questa materia, come quella della mia infanzia a Malo, aveva radici profonde; estrarle ed esporle alla luce è stato ugualmente lungo e difficile, ma più doloroso; i veleni non erano quelli di un bambino, ma di un giovane uomo, veleni più adulti; e le cose da esorcizzare più inquietanti.

Ho cominciato a scrivere nel primo dopoguerra: brevi attacchi che *poi restavano sospesi in aria, qualche volta un paio di duri versi, o un'impaurita filastrocca «per ben morire». (Non sono mai riuscito a comporre la filastrocca definitiva; e mi viene l'idea che forse sul punto di morire fucilati non si deve dire* niente.*)*

Al principio degli anni Cinquanta c'è stato un tentativo di scrivere una prima versione organica dei Piccoli maestri *in inglese: gli abbozzi che conservo sono intitolati «The issue of the shirts». Vertono infatti sulla storia della distribuzione delle camicie sul crinale di Torreselle, che in seguito ho rifatta più volte in italiano, e di cui una breve versione arrivò infine nel libro (pp. 188-189). Quest'ultima è piuttosto smorta. Peccato. Quando accadde ci pareva, in senso etico-politico, una cosa straordinaria. Facevamo i salti per l'eccitazione.*

In tutti questi assaggi, scrivevo a fatica e con l'animo contratto. Sentivo che c'era un territorio in cui non potevo ancora addentrarmi senza ribrezzo. Ogni tanto avevo il senso di toccare un punto più pericoloso, quasi una breccia in un argine; e mi pareva che smuovendo sarebbe venuto giù un fiotto di caotiche affezioni personali, civili e letterarie che mi avrebbe portato via.

Per anni ho continuato a tentare di dar forma a singoli pezzi di questa materia: sapevo che per formarla bisognava capirla, scrivere è una funzione del capire. Di stagione in stagione, sono tornato su questo o quel frammento, per lo più in italiano, talvolta in dialetto vicentino (che fu la lingua di quella nostra guerra), non di rado in magri versi, senza mai trovare vero sollievo, e senza mostrare a nessuno ciò che scrivevo, neanche a mia moglie. Questi agoni sono privati. In certi momenti ho perfino temuto (ma senza veramente crederci) che fosse mio destino di dover continuare così per tutta la vita.

Riguardando le pagine che restano sparse tra le altre mie carte, si vede che c'erano tre o quattro nodi a cui mi attaccavo ossessivamente: il rimorso di non aver saputo fare una guerra semplice e felice, il puntiglio anti-retorico, l'eccitazione dei rastrellamenti tra le lastre di roccia, e naturalmente la paura e il fascino della morte violenta.

Tutto questo era mescolato con altre ricerche personali e letterarie, nell'ambito delle quali – nell'estate del 1960 – mi trovai d'un tratto a scrivere sciolto, credo per la prima volta in vita mia: erano paginette staccate, legate da un filo, un centinaio di piccole pagine vive da cui nacque in seguito, dal gennaio al novembre del 1962, il mio primo libro.

Quando lo ebbi finito e copiato, e spedito il manoscritto a fine dicembre, entro pochi giorni, stando nella casa che un amico mi aveva prestato sull'Altipiano di Asiago, in mezzo alla neve, mi misi a pensare un'altra volta al giugno del 1945, quando ero tornato sull'Altipiano con una amorosetta che avevo, e una tendina celeste, sul fianco del monte Colombara proprio nei posti dove l'anno prima ero stato coinvolto in un rastrellamento; e mi accorsi che finalmente ci vedevo abbastanza chiaro, era nato il distacco, l'intera faccenda di quei nostri dolori di gioventù si schiariva, potevo scriverla.

Scrissi per circa un anno, con lo stesso senso di liberazione con cui avevo scritto l'altro libro. Qualche punto doleva ancora, e nel testo si sente. Molte parti furono riscritte più volte, cercando i mezzi stilistici per tenere a bada la commozione. Un mare di fogli, da cui le pagine della stesura conclusiva emersero poi da sole: tirandosi dietro qualche impurità.

Per la seconda edizione, quella del 1976, ho fatto una revisione assai impegnativa del testo, procedendo quasi esclusivamente per via di levare. Nel complesso ho tolto l'equivalente di una cinquantina di pagine tagliando qua e là blocchi di qualche decina di righe, ma soprattutto attraverso una serie continua di piccoli interventi su singole frasi e paragrafi di pagina in pagina; riscrivendo pochissimo, il minimo necessario a ricomporre il tessuto disturbato.

Lo scopo era quello di rendere il libro più stringato, e come spero più leggibile: e in particolare di togliere di mezzo alcuni undertones che forse erano ineliminabili in origine, ma che si potevano rimuovere ora con un flick della penna; salvo i pochi casi in cui questi toni sottostanti mi hanno fatto un contro-flick e creato qualche difficoltà.

Ho tolto certe inflessioni di semplicismo nella voce del narratore, di cui credevo inizialmente, ma ora non più, di aver bisogno; ho sfrondato i luoghi in cui per un eccesso di revulsione dalla retorica mi ero indotto a sviluppare con troppo accanimento qualche spunto anti-retorico, battendo e ribattendo sullo stesso chiodo in modo che poteva parere meccanico; e infine ho eliminato più che ho potuto l'autolesionismo personale, che rischiava a tratti di creare effetti collaterali di frivolezza.

Ne è uscita una specie di seconda ultima stesura, quasi una "versione 1976" del testo del 1964, che è riprodotta in questa edizione.

SOMMARIO

Finito di stampare nel maggio 2009 presso
il Nuovo Istituto Italiano d'Arti Grafiche - Bergamo
Printed in Italy

ISBN 978-88-17-01076-4